L'été de la peur

J'ai lu

T. JEFFERSON PARKER

Little Saigon	*J'ai lu* 2861/**K**
Pacific Tempo	*J'ai lu* 3261/**K**
L'été de la peur	*J'ai lu* 3712/**K**

T. Jefferson Parker

L'été de la peur

Traduit de l'américain
par Philippe Safavi

Éditions J'ai lu

Pour Cat

Titre original :
SUMMER OF FEAR
St. Martin's Press, N.Y.

1

Certaines nuits, ici, dans le canyon, le vent souffle avec une telle rage que c'est un miracle si ma maison tient encore debout.

Il faut dire qu'elle est construite sur pilotis, perchée au sommet de l'un des versants du canyon de Laguna. Vue de la route en contrebas, on dirait un gros moustique porté par des pattes ridiculement fragiles. Les rafales qui s'engouffrent dans la gorge percutent de plein fouet les parois rocheuses, rebondissant d'un flanc à l'autre. Pris au piège dans cette cage trop étroite, l'air rugit de frustration. La maison s'ébranle, s'inclinant un peu plus chaque fois que la bête se retourne. Les fenêtres craquent, les poutres grincent. Dans ces moments de fureur, je m'attends que, d'une chiquenaude, la main divine nous envoie valser.

Je m'installe alors sur la terrasse et me laisse bercer par les oscillations de la charpente. Plus bas, dans les ténèbres, à près de cent mètres de profondeur, je devine les blocs de grès et j'admire la façon dont les éléments virent, sur un coup de tête, de l'harmonie au chaos le plus complet. On voudrait nous faire avaler que mère Nature n'est qu'ordre et beauté, que seule la malveillance de l'homme est capable de réduire en miettes l'équilibre et la paix. Erreur. Là-haut, plongé dans l'obscurité de ma terrasse, quand le vent se déchaîne, je sais qu'elle n'est ni ordonnée ni parfaite. Elle peut se montrer plus humaine que l'homme : ivre de rage et assoiffée de carnage. D'aucuns revendiquent un « retour à la nature ». Mais c'est elle qui, parfois, voudrait nous ressembler et régresser à un état transcendant de violence libératrice. Par ces nuits de tempête, ça crève les yeux.

Le mois prochain, on part s'installer au Mexique, ma femme et moi. Ça me laisse trente jours pour achever ce que je viens de commencer, faire mes bagages et filer à l'aéroport.

Je me présente : Russ Monroe, spécialiste du crime, ex-flic. J'ai rendu mon insigne il y a dix ans pour écrire, d'abord des articles, puis des livres. Mon premier, *En remontant le courant, biographie d'un tueur en série*, a connu un certain succès. Bien accueilli par la critique, il a même eu droit à un retirage avant sa parution en librairie. Les deux suivants ne vous diront probablement rien. J'en découvre parfois des exemplaires chez quelques bouquinistes avec, en page de garde, l'ex-libris du premier lecteur qui lui a fait remonter le courant jusqu'aux rayons des nanars à deux sous. Cela blesse mon orgueil, une de mes multiples faiblesses. Pour des motifs purement alimentaires, je continue à écrire des papiers pour divers journaux.

Cette histoire est celle de l'été de la peur. *L'Eté de la peur*, le titre est de moi. C'est vrai, dans le genre, on a fait mieux. Mais c'est censé reproduire une manchette, or les manchettes pèchent rarement par excès d'originalité.

Avant tout, il y a quelques détails me concernant que vous devriez connaître, cela servira de toile de fond puisque, pour la première fois dans ma carrière d'écrivain (et j'espère la dernière !), je suis un des personnages clés du récit. C'est lourd à porter, pour un auteur. Mais ce n'est rien à côté de ce que j'ai enduré l'été dernier, quand je me suis trouvé en plein cœur de l'action, à l'instar de 2,6 millions de mes concitoyens du comté d'Orange. Personne n'en est sorti indemne.

J'ai quarante ans. Grand, brun, d'origine anglo-irlandaise. Ma famille s'est installée dans le comté en 1952, à une époque où le nombre des orangeraies dépassait celui des lotissements de préfabriqués et où il y faisait encore bon vivre. Mon arrière-grand-père a épousé une girl rencontrée dans un dancing du Yukon, en Alaska, pendant la ruée vers l'or. Son fils, artificier, a inventé un dispositif encore utilisé aujourd'hui pour faire exploser la dynamite à distance. En cachette, il écrivait des nouvelles de science-fiction que j'ai retrouvées dans une malle dont avait hérité mon père, son fils. Ce sont des histoires à vous faire dresser les cheveux sur la tête, apparemment destinées à exorciser ses nombreux démons plutôt qu'à être publiées un jour. J'ai repris un de ses titres pour mon deuxième roman, *L'Ere du Scorpion*, qui, à en croire les critiques, aurait mieux fait de rejoindre le manuscrit de mon grand-père au fond d'un vieux coffre solidement cadenassé.

Mon père dirigeait un ranch – il était responsable du département des agrumes pour la compagnie Sun-Blesst. Autrefois grande exploitation agricole, Sun-Blesst a peu à peu mis ses terres en location. Plus tard, dans les années 60, elle en est venue à vendre les orangeraies, les unes après les autres. Mon père a assisté, amer, au démantèlement de son royaume. Je le revois encore, peu avant son départ à la retraite, parcourant les plantations à cheval. Il avait fière allure, grand, sec et stoïquement martial. En fait, il ne lui restait plus rien à diriger, mais c'était sa façon à lui de résister au dépècement du domaine.

Au-dedans, toutefois, il se ratatinait aussi sûrement qu'une vieille orange. A chaque saison, il devenait un peu plus dur et plus noueux. Il y a cinq ans, il a fini par capituler et prendre sa retraite. Il s'est retiré au fond d'un canyon isolé, qui porte le nom de Trabuco, soit « tromblon », une arme à feu rudimentaire importée dans le comté par les colons espagnols au début du XVIIIe siècle. Il vit désormais dans une petite cabane de rondins, battue par les vents, perpétuellement plongée dans l'ombre spectrale de chênes séculaires.

De ma mère, je tiens une certaine propension à la mélancolie, une irrésistible attirance pour le désordre et une méfiance instinctive de l'autorité qui, il faut bien l'avouer, n'a pas facilité ma brève carrière de représentant de la loi. Fille unique d'un couple d'agriculteurs, ma mère a grandi dans une ferme, seule la plupart du temps, ne partageant ses rêveries qu'avec une chèvre, Archie, sa seule amie. La décrire comme « farouchement indépendante » est un doux euphémisme. Le monde extérieur dans son ensemble constituait une ingérence permanente dans son intimité, cet univers secret qui, pendant toute son enfance, n'avait appartenu qu'à elle et à Archie. A dix-sept ans, ses études secondaires sitôt terminées, elle ferma les yeux et plaça un doigt au hasard sur la carte des Etats-Unis. Le sort désigna Denver. Elle y loua une chambre dans un foyer de jeunes filles, trouva un emploi de secrétaire et arrondit ses fins de mois en faisant le mannequin pour le grand magasin Daniels & Fisher. Mon père l'aperçut un après-midi à travers la vitrine. Ce fut le coup de foudre. Deux mois plus tard, ils étaient mariés et emménageaient en Californie où mon père avait trouvé un poste. Un an après, Russell Paul Monroe était en route.

Elle aussi, elle a fini par trouver son canyon isolé, ressemblant comme deux gouttes d'eau à celui de mon père. Elle y a vécu jusqu'à sa mort, il y a trois ans, un an jour pour jour après leur divorce. Elle avait cinquante-cinq ans. J'ai toujours trouvé assez ironique qu'ils aient décidé de se séparer, d'abandonner le ranch où j'avais grandi, de se retirer chacun dans son désert, pour finir à quelques kilomètres l'un de l'autre. Là, chacun proclama son bonheur d'être enfin débarrassé de l'autre. J'aimerais croire qu'ils se sentaient seuls, mais c'est sans doute la réaction naturelle d'un fils qui veut se persuader que ses parents s'aiment toujours. Elle est morte dans son sommeil, probablement des suites d'un anévrisme (elle faisait de l'hypertension). Quoi qu'il en soit, on ne le saura jamais : sous la pression insistante de mon père, j'ai refusé qu'on procède à son autopsie. L'idée de médecins découpant à la scie le crâne d'un être aussi secret nous parut le comble de l'horreur.

Nous sommes en hiver et rien n'est pareil : ici, dans la maison avec ma femme, dix kilomètres plus loin, à Laguna Beach, où tant de choses se sont produites, et dans l'ensemble du comté, autrefois si fier de son parc Disneyland, de son aéroport baptisé « John Wayne », de son industrie d'armement florissante (on dit pudiquement « aérospatiale ») et de ses prix immobiliers parmi les plus élevés des Etats-Unis.

Tout a changé parce que l'Eté de la peur nous a ouvert les yeux. Il nous a appris que nous nourrissions en nous quelque chose de terrible.

Pourtant, l'Œil de minuit (c'est moi qui, le premier, ai révélé son nom au monde entier) n'était pas le premier. Le comté d'Orange n'a rien à envier à quiconque en matière de tueurs en série. Mais ses prédécesseurs étaient perçus comme des oiseaux de proie qui devaient inévitablement fondre sur quelques-uns d'entre nous. Vous en avez certainement entendu parler. Les journaux ont décrit la façon dont ils s'introduisaient dans les maisons, comment ils étranglaient, égorgeaient, fracassaient les crânes, tiraient à bout portant, glissaient subrepticement des somnifères dans une canette de bière offerte aux auto-stoppeurs, dessinaient des signes cabalistiques dans la paume de vagabonds. On se souvient encore des dépouilles de jeunes recrues, empoisonnées, bâillonnées, sodomisées, découpées en quartiers comme des pièces de bœuf, puis emballées dans des sacs-poubelle et jetées sur le bas-côté de la route ou dans le parc forestier qui borde le comté (non loin de l'endroit où vit mon père aujourd'hui).

Tout le monde les connaît : l'Etrangleur de l'autoroute (dix victimes), la Sentinelle de la nuit (quatorze), Randy Kraft (dix-sept). Aujourd'hui, ils jouent au bridge ensemble, dans le quartier de haute sécurité du pénitencier de Vacaville. Ils ont même eu droit à un article dans *Vanity Fair*. (Généralement, c'est Kraft qui mène. L'Etrangleur de l'autoroute use sa patience et se fait rabrouer comme un petit morveux. La Sentinelle de la nuit est mauvais joueur et lance des annonces farfelues. Kraft admire son esprit compétitif.)

Toutefois, ces hommes étaient tous considérés

comme des marginaux. Même Kraft, un informaticien à l'air débonnaire. Il avait beau avoir grandi ici, il semblait venir d'ailleurs. Peut-être parce que ses victimes étaient tous des jeunes gens qu'il avait pour la plupart séduits ou violés. Son homosexualité en faisait un être à part, vivant dans un monde mystérieux dans lequel peu d'hétérosexuels pouvaient s'imaginer entrer un jour. La logique générale, implicite, était : « Je ne suis pas pédé, donc ça ne me concerne pas. » Au cours de son procès, j'ai eu plusieurs entretiens avec Kraft et j'ai été frappé par son intelligence, son humilité, son apparente franchise. Je devrais peut-être préciser que, quand on l'a arrêté au volant de sa voiture, il se promenait avec le cadavre d'un jeune Marine tranquillement installé sur le siège du passager. On a trouvé sur lui un carnet d'adresses avec les noms et les descriptions de plusieurs hommes précédemment découverts en pièces détachées. Bon nombre des autres patronymes figuraient également dans le fichier des « disparus » de la police. Malgré cela, Kraft n'a jamais produit dans l'inconscient collectif l'effet qu'allait avoir plus tard l'Œil de minuit.

L'Œil de minuit était l'un d'entre nous. C'est nous qui l'avons créé et nourri. Vers la fin, je crois que les gens étaient persuadés qu'il *était* nous et que, dans une moindre mesure, nous étions lui.

A présent, nous sommes en hiver, et le comté commence enfin à oublier.

Mais il y a une chose que je n'oublierai jamais : on ne libère pas forcément sa conscience parce qu'on a dit la vérité.

2

Je ne peux pas vraiment expliquer pourquoi j'avais appelé Amber Mae Wilson cette nuit-là, le samedi 3 juillet. C'est vrai, j'avais été son amant autrefois, mais cela remontait à plus de vingt ans. Oui, il m'arrivait de penser à elle de temps à autre. Oui, j'étais marié, heureux de l'être et sans regret, depuis cinq ans.

C'était peut-être à cause de ce rêve que j'avais fait la veille : Amber Mae Wilson, âgée de quatre ans, se tenait debout, nue, sur le porche de ma maison et me déclarait : « Je m'appelle Amber Mae. J'habite dans la maison blanche. Tu me donnes un biscuit ? »

C'était une histoire, sans doute véridique, qu'Amber m'avait racontée elle-même à l'époque où nous filions le parfait amour. Je dis « sans doute véridique » parce que cela résume quelques-unes des nombreuses particularités d'Amber : son audace, son innocence, sa propension à altérer la réalité, sa nudité. Pendant les deux courtes années de notre liaison, j'ai eu l'occasion de me rendre compte qu'elle était toujours en train de se réinventer. Je comprends aujourd'hui qu'il lui fallait faire d'Amber Mae Wilson un être avec lequel elle pouvait cohabiter. Pour elle, la vérité n'était jamais immuable, définitive, ou même irréversible. Elle n'impliquait jamais aucune responsabilité. C'était une garde-robe où elle venait régulièrement puiser une tenue de circonstance.

Cette nuit-là, je l'appelai d'un bar. C'était une nuit moite et oppressante. Je tombai sur un répondeur. Il était minuit vingt et j'étais résolu à aller jusqu'au bout.

Je me rendis chez elle, au sud de la ville. Assis dans ma voiture, je contemplai son portail en fer forgé, les palmiers bordant la rue, leur pied illuminé par mes veilleuses, la cour derrière la grille où une fontaine en forme de dauphin dressé sur sa queue crachait un gargouillis. Derrière, la ville formait une ombre menaçante. Bâtie sur les hauteurs d'une colline, elle surplombait le Pacifique. Selon un journal local, la villa et son hectare et demi de terrain lui avaient coûté deux millions huit cent mille dollars. Il n'y avait pas un voisin à plusieurs centaines de mètres à la ronde.

C'était la troisième nuit de la semaine que je passais là.

Amber y habitait depuis cinq ans, sans doute un record pour elle. Elle avait fait redessiner le jardin à trois reprises : d'abord des allées de brique, une multitude de girouettes en cuivre et une armée de grandes jardinières carrées, genre station balnéaire prise de folie ; ensuite un désert parsemé de plantes grasses, de sentiers en poussière de granit, de cactus ; enfin, ce compromis entre la Méditerranée et la Californie. Ce n'était pas que je passais mon temps à épier les faits et gestes de mon ancienne maîtresse, mais ma profession m'amenait à parcourir le comté de long en large. Je ne pouvais pas m'empêcher de remarquer les travaux en passant.

Il faisait donc une chaleur impitoyable. Je baissai la vitre et m'adossai contre l'appui-tête. Je pensai à Isabella, ma tendre épouse, qui devait sans doute dormir. Isabella, la femme de ma vie, celle qui m'avait enseigné l'amour. Je l'imaginai dans notre lit, avec son bonnet de nuit en tricot rouge pour garder la tête au chaud, malgré la canicule. Son fauteuil roulant et sa canne près du lit. Ses pilules soigneusement préparées dans des petits gobelets en plastique, rangés en file indienne sur une étagère à portée de main, de sorte qu'elle puisse les saisir dans l'obscurité, à moitié endormie, encore abrutie par la dose précédente.

Isabella avait vingt-huit ans et une tumeur maligne au cerveau. Cette fameuse nuit du 3 juillet, la troisième de la semaine où je tentais de rassembler mon courage pour sonner enfin à la porte d'Amber, cela faisait plus d'un an et demi que sa maladie avait été diagnostiquée.

Vous vous dites sans doute que Russell Monroe n'est pas un type très clair.

Vous avez raison, ô combien !

Tout ce que je peux dire, c'est que je n'étais pas d'humeur à fournir des explications, et surtout pas à moi-même. Cela aurait risqué de compromettre ma mission, qui était de commencer une double vie, du moins l'espérais-je.

Je sortis ma flasque de la boîte à gants (un mince flacon en argent sur lequel était gravé : « Pour toi, mon amour, Isabella »). Je m'envoyai une autre rasade de whisky. J'allumai une cigarette et m'enfonçai dans mon siège, ne quittant pas le jardin des yeux. J'essayai de me vider la tête, ou plutôt, de la remplir d'images d'Amber Mae, de ces jours lointains où le monde nous semblait comme un fruit mûr à portée de main. N'avons-nous pas tous, dans notre mémoire, des souvenirs de nos vingt ans, d'une année ou deux, où la vie semble, avec le recul, avoir frôlé la perfection ?

C'est à ce moment que j'entendis la porte de la villa s'ouvrir puis se refermer. Une ombre traversa la cour et s'approcha de la grille.

C'était un homme. Il essuya quelque chose avec un mouchoir, avant de laisser le portail claquer derrière lui. Il marchait tête basse, les pouces dans ses poches-revolver, le mouchoir en boule dans le poing droit. Sans l'ombre d'une hésitation, il tourna à gauche, fit trois pas sur le trottoir, traversa la rue, grimpa dans une Firebird noire et s'éloigna.

Il ne m'avait pas vu, mais moi si. Je n'ai vu que lui.

C'était Martin Parish. L'enquêteur-chef de la brigade des homicides du bureau du shérif du comté d'Orange. Une relation, un collègue, puis un de mes meilleurs amis pendant vingt ans.

C'est un grand type costaud au regard bleu et doux, un mordu de la chasse à l'appeau.

Nous avions fait nos classes ensemble à l'académie de police.

C'était lui qui m'avait présenté Amber Mae, l'hiver 74, à la soirée de remise de nos diplômes.

C'était le seul homme qu'elle ait jamais épousé. Leur mariage avait duré douze mois. Et voilà que quinze ans plus tard, il sortait de chez elle après minuit et effaçait ses empreintes digitales sur la poignée du portail.

Je regardai les feux arrière de la Firebird disparaître dans la nuit. Apparemment, il était venu s'abreuver à la même source que moi. Je l'avais imaginé plus fort que ça. Je me sentis soudain piteux, mais sans pouvoir dire qui, de Martin ou de moi-même, me faisait le plus honte.

Je recomposai le numéro d'Amber sur mon téléphone de voiture, pour entendre une fois de plus son message enregistré. Quelle voix troublante et complice !

J'avalai une autre gorgée de whisky, rangeai la flasque dans son compartiment, remontai la vitre et sortis de la voiture.

Une voix intérieure me chuchotait : « Rien ne justifie ta présence ici, si ce n'est un million de prétextes. » Mais j'étais déjà presque devant la grille. Le portail n'était pas fermé. La villa était sombre, hormis une faible lueur qui devait venir de la cuisine. Je frappai à la porte, tirai la sonnette, frappai de nouveau. La porte d'entrée était fermée à clé. Je fis le tour du bâtiment en suivant un petit sentier de fausses pierres en béton. La demi-lune éclairait faiblement la pelouse et les orangers blottis au fond du jardin. De minces volutes de vapeur s'échappaient de sous la bâche d'un Jacuzzi.

La baie vitrée était grande ouverte et la porte-écran entrebâillée. Entrebâillée ! Mon cœur fit un bond et je luttai pour ne pas céder à la panique. Etait-ce toujours ainsi que commençaient les doubles vies ? Les rideaux n'étaient pas tirés, sans doute pour laisser entrer la fraîcheur de la nuit. Amber disait toujours que l'air conditionné lui donnait la migraine. Martin était-il entré par là ? J'effleurai la porte-écran du bout du doigt. Il y avait une fente verticale de quinze centimètres légèrement à gauche du trou de serrure.

Je sentis l'angoisse monter en moi. Elle s'enroula autour de mes artères et rampa le long de ma colonne vertébrale, comme une de ces créatures blêmes des profondeurs marines, aux dents acérées, au museau plat, qui vivent là où la lumière ne pénètre jamais. Les veines de mon front palpitaient.

Ce que je fis ensuite allait à l'encontre de ma formation de policier, de mes instincts d'écrivain, de la logique de la situation, et même des émotions qui bouillonnaient en moi. Je craquai et me laissai envahir par la peur. Ou peut-être était-ce seulement par égard pour la santé d'Amber Mae. J'aimerais le croire.

Je me précipitai à l'intérieur, trouvai un interrupteur et allumai la lumière en hurlant :

– Amber, Amber... *Amber !*

Pas de réponse. Je parcourus au pas de course toutes les pièces du rez-de-chaussée. Personne. J'allumai une à une toutes les lumières, grimpai quatre à quatre les escaliers ; je trébuchai et me heurtai le menton contre une marche. Je ne parvenais plus à reprendre mon souffle. La lumière oblique du plafonnier soulignait les angles morts, les inclinaisons, les trous. Autour de moi, les objets s'animaient. Je fis irruption dans ce qui me parut être son bureau. Une pile de magazines glissa de sur un secrétaire, entraînant une lampe qui pencha lentement, puis s'écrasa au sol, l'ampoule éclatant avec un bruit sourd.

– *Amber !*

Je courus le long d'un couloir interminable au bout duquel j'aperçus une porte entrouverte. Sur les murs, des tableaux défilaient à toute allure. Le plafond semblait de plus en plus bas. Mon cœur n'était plus qu'un martèlement ininterrompu. Je franchis le seuil et trouvai d'instinct l'interrupteur. La pièce s'illumina brutalement. Rien ne m'avait préparé à un tel spectacle.

Je crus d'abord que c'était du sang. Puis je rectifiai mentalement : de la peinture rouge en bombe. Les lettres les plus grosses étaient tracées sur le miroir de la penderie :

SO JAH SEH

En face, au-dessus de la tête de lit :

ÉVEILLE-TOI OU MEURT DANS L'IGNIORANCE

Sur un autre mur :

L'ŒIL DE MINUIT EST DE RETOUR

Et partout, ces cercles rouges mal dessinés avec un « y » inversé, ces horribles signes hippies en pattes de poulet, ces symboles de paix ou de je ne sais quoi. Partout, rampant le long des murs.

Amber gisait sur le dos, au pied du lit, bras et cuisses écartés. Elle portait une chemise de nuit en satin bleu. Ses longues mèches brunes étaient étalées en corolle autour de son visage, ou de ce qu'il en restait : des lambeaux de chair blafarde et rose. Ce visage autrefois si ravissant, intemporel, envoûtant, à présent retroussé comme un gant, la peau ne tenant plus que d'un côté comme si elle avait voulu se retourner pour contempler sa chevelure baignant dans une mare de sang.

Jamais, en dix ans de service dans la police, je n'avais vu...

Jamais, en dix ans passés à décrire les gestes sordides des pires criminels, je n'aurais conçu...

Jamais. Pas une fois. Ni même l'espace d'une seconde.

J'étais cloué sur place, les talons plantés dans le

sol, les cuisses tremblantes, le regard tourné vers le plafond, bouche bée, cherchant à laisser échapper un cri que je sentis partir de mes orteils pour aller mourir étranglé dans ma gorge, me laissant les yeux exorbités, une atroce douleur irradiant de mon estomac à ma mâchoire. Les symboles de paix tournoyaient autour de moi.

Je m'approchai de sa tête et me penchai sur elle, cherchant son regard gris. Ses yeux étaient ternes, sans vie, froids comme deux billes de verre.

Jamais, en dix ans...

Je voulus hisser la tête hors de cet océan de rouge qui imprégnait les objets, soulignait les ombres, teintait le sol, nimbait la pièce. J'effleurai mes lèvres puis tendis la main vers les siennes. La distance me parut immense, insurmontable. Et soudain, ce contact glacial et hésitant, le bout de mon doigt sur sa bouche mauve !

Je me redressai. Dans la salle de bains, je saisis une poignée de papier hygiénique, puis retournai auprès d'Amber et regardai autour de moi dans la chambre. Des valises pleines étaient ouvertes sur le sol près de l'armoire. Où se préparait-elle à aller ? Rassemblant mes dernières forces, je me laissai tomber à genoux, tendis la main, hésitai, l'avançai de nouveau et parvins enfin à essuyer ses lèvres. J'effaçai également mes empreintes sur l'interrupteur en sortant de la chambre, puis, l'une après l'autre, tous ceux de la maison, même ceux que je n'étais pas sûr d'avoir touchés, ainsi que le contour de la fente de la porte-écran par où j'étais entré, et enfin, quelques instants plus tard, comme un somnambule, la même poignée en laiton froid que Martin avait essuyée avant moi.

Les quelques mètres me séparant de ma voiture me parurent plusieurs milliers de kilomètres.

J'allai à la grande plage et pataugeai dans les vagues. J'enfouis mes mains dans le sable, m'aspergeai le visage. Je restai là, à regarder la vase glisser entre mes doigts. Que devais-je faire ? Donner un coup de fil anonyme aux flics ? Leur annoncer que Martin Parish venait d'assassiner son ex-femme ? Attendre ? Me tenir à l'écart et les observer tandis qu'ils mèneraient l'enquête ? En tout cas, il y avait une chose que je n'étais pas près de faire : admettre que j'étais entré chez Amber. Jamais. Pour Isabella. Pour nous deux.

Une autre pensée me vint à l'esprit. Sans doute la plus cynique qui m'ait jamais traversé la tête : à genoux dans l'eau, mes ongles creusant le sable du Pacifique, je sentis un frisson parcourir ma colonne vertébrale et se déverser dans mon cœur confus. Je tenais peut-être la meilleure histoire de ma vie. Un sujet en or et rien qu'à moi... *Si tu sais jouer tes cartes*. C'était bien plus qu'une double vie, qu'une diversion. Là, servi sur un plateau, se trouvait l'événement, *l'événement* qui, si je m'y prenais correctement, pouvait faire bien davantage pour ma carrière qu'une douzaine de polars à deux sous. *Je connaissais personnellement les protagonistes du drame*. Je pouvais dire : « J'y étais ! » Le véritable visage de mon ambition dans toute sa rapacité m'écœura légèrement. Mais à cet instant précis, tandis que le froid glacial des vagues envahissait peu à peu mes bras et mes jambes, la honte avait du mal à s'insinuer dans une âme encore habitée par la vision horrifiante du visage d'Amber.

Je repris le chemin de ma voiture dans la pénombre de la demi-lune. Quelques couples se promenaient enlacés. Des amoureux s'embrassaient sur la jetée. Un chien passa à mes côtés en trottant.

So Jah Seh.

Ainsi parle Dieu.

Soudain, je fus pris d'un besoin furieux d'être chez moi, au lit près d'Isabella. Une envie déferlante, comme si un barrage venait de céder et déversait ses flots. Je filai en trombe vers le canyon, mes pneus crissant dans les virages qui menaient à notre maison précaire et haut perchée.

Dans la cuisine, je vérifiai que je n'avais pas de traces de sang sur les genoux de mon pantalon. Je ne vis rien, mais les aspergeai néanmoins de détachant. Je me déshabillai au premier et jetai tout ce que je portais de lavable dans le panier de linge sale.

Je pris une douche qui sembla durer une éternité, d'abord brûlante, puis glacée.

Isabella gémit et posa un bras sur ma poitrine quand je me couchai près d'elle. Son visage frôlait le mien et je sentais son souffle ensommeillé contre ma bouche.

– Ton cœur bat fort, murmura-t-elle.

– Il bat pour toi.

Elle émit un « Hmm » que je connaissais bien : un sourire en coin, tendre et bref, ressombrant déjà dans la torpeur.

– Il est tard, Russ.

– Je n'en ai bu que trois.

– Hmm...

– Je t'aime, Isabella.

– Moi aussi, je t'aime.

– Je t'aime vraiment.

– Hmm. Mon héros...

Les battements de mon cœur s'accélérèrent, résonnant de plus en plus fort. Ils devinrent bientôt assourdissants et, comme un bruit de bottes, ils m'entraînèrent dans leur élan et me firent descendre l'escalier des songes.

3

Le lendemain, je passai la matinée au poste de police de Laguna, attendant que la nouvelle tombe. Je comptais m'arranger pour accompagner l'équipe qui serait envoyée sur place. Bien que la villa d'Amber n'entrât pas dans leur juridiction, les officiers de Laguna étaient censés couvrir tous les appels d'urgence. Je flattai le chef à propos d'un livre qu'il voulait écrire, mais dus soudain interrompre la conversation pour me précipiter dans les toilettes et vomir, tirant la chasse d'eau pour couvrir le bruit. Pour la première fois de ma vie, j'étais malade de révulsion.

Le besoin de raconter ce que j'avais vu, de me confesser, me brûlait littéralement les poumons. Je commençais à comprendre ce que ressentait un suspect coupable pendant son interrogatoire. Savoir ! Je discutai sur un ton intéressé et naturel avec les détectives. On parlait de la sécheresse en Californie, je crois. Je m'éclipsai une seconde fois pour vider mes tripes. Je papotai ensuite avec un membre de la brigade des stups, le directeur du département, l'officier chargé du central et quelques contractuelles. Tous me lançaient des regards suspicieux.

Mais il n'y eut pas d'appel. Personne ne signala un homicide au 1316 Ridgecrest. C'était une matinée calme pour un jour de fête nationale. Au fond, ce n'était pas si étonnant. Peut-être qu'on ne découvrirait pas Amber avant plusieurs jours.

En outre, ce n'était pas au poste de Laguna que j'avais envie d'être mais devant Martin Parish, nez à nez, pour voir l'expression de son visage quand on viendrait lui annoncer la nouvelle. Finalement, vers midi, je n'y tins plus et me rendis dans les bâtiments administratifs du comté, à Santa Ana, où se trouvait le Q.G. du shérif.

Il était derrière son bureau, se taillant les ongles. Je savais qu'il serait à son poste un 4 Juillet. Martin avait depuis toujours cette tactique concernant les jours fériés : comme ils comptaient double, il les accumulait pour pouvoir prendre le large dès l'ouverture de la chasse et aller tirer aux frais du comté.

Je posai ma mallette sur son bureau et en sortis trois boîtes de cartouches de calibre 20. Mes mains étaient tremblantes et froides.

– Je les ai achetées par erreur (ce qui était vrai), j'ai cru que c'était du douze. Tu pourras les utiliser dans ton browning.

Il hocha la tête, posa son coupe-ongles, se leva et me serra la main. Ses yeux bleus étaient injectés de sang. Sa paupière gauche tombait légèrement, ce qui lui conférait cet air de réflexion intense sous des dehors nonchalants. Il avait la peau tannée d'un homme qui vit au grand air. Bien qu'il n'eût que quarante-deux ans, on lui donnait la cinquantaine.

Avec sa vue parfaite, son ouïe fine, son corps massif et musclé qu'il pouvait déployer avec une rapidité et une adresse surprenantes, Martin appartenait à la race des prédateurs. C'était un tireur hors pair, avec une maîtrise apparemment innée de la distance, de la trajectoire et des lignes de mire. Des années plus tôt, à l'époque où nous chassions ensemble, nous nous étions mutuellement offert des congélateurs pour stocker le gibier avec, à la clé, un concours annuel sur celui qui serait le plus rempli à la fin de la saison. Martin l'emportait invariablement. Il avait des mains épaisses de charpentier, avec des doigts carrés, bien que je ne l'aie jamais vu maniant des outils.

Ses yeux fatigués étaient profondément cernés de bleu. Il avait dû se couper en se rasant, car il y avait une petite éraflure horizontale juste au-dessus de sa pomme d'Adam. Le sang avait taché son col ouvert. Malgré l'air conditionné, il régnait dans les locaux une chaleur étouffante.

– Comment va Isabella ?

– Elle tient le coup.

– C'est une sacrée bonne femme. Tu ne mérites pas ta chance.

– C'est ce qu'on me dit souvent.

– La chimio doit se terminer bientôt, non ?

– Il lui reste une séance, après on verra.

– Je t'admire, Russell. Tu as du cran.

– Je n'ai pas vraiment le choix.

– J'en connais pas mal qui se seraient débinés.

– Pas moi.

Martin n'avait jamais été très loquace, mais après qu'Amber l'eut quitté, cela faisait déjà longtemps, il s'était encore considérablement assombri. Cependant, quand il avait bu ou s'échauffait, il pouvait se montrer bruyant et expansif. Parfois, il était carrément terne. Mais s'il était un peu dur à la détente, on n'avait jamais besoin de lui dire deux fois la même chose. Pour certains, ses silences mélancoliques trahissaient une profonde sagesse, j'en étais convaincu.

A mes yeux, Martin Parish avait toujours incarné une certaine forme d'intégrité.

Depuis son divorce d'avec Amber, il s'était remarié à une très jolie femme, appelée JoAnn. Leur union durait depuis quatorze ans. Ils avaient deux filles. A en juger par son absence totale d'humour dès qu'on abordait le sujet des relations extraconjugales, Martin était entièrement dévoué à sa famille. C'était un homme secret. Et il buvait trop.

Il m'indiqua une chaise où je pris place.

– Alors, quoi de neuf ?

J'avais inventé un prétexte, bien que tenaillé par la curiosité.

– Où vous en êtes avec l'affaire Ellison ?

Quelle sensation étrange et terrible d'avoir vu ce que j'avais vu... et de savoir ce que Martin avait vu, lui aussi, sans pouvoir en dire un mot.

– C'était plutôt moche, répondit-il.

– Vous y croyez vraiment à cette thèse du cambriolage ?

– Ouais. En tout cas, c'est comme ça que ça a commencé.

– Hmm.

– Y a pas de « hmm », Monroe. Un cambriolage reste un cambriolage, même s'il tourne mal. Tu veux voir les photos ?

– Je n'osais pas demander.

Il me lança une enveloppe en papier bulle sur les genoux.

M. et Mme Ellison – Cedrick et Shareen – étaient restés un couple uni jusque dans la mort. Shareen était tombée au milieu de la chambre, la joue écrasée contre le plancher. Son mari était couché sur elle. Ils étaient nus. Le traitement infligé à leur crâne et à leur visage rappelait étrangement celui qu'avait subi

Amber Mae Wilson. Une sueur glacée envahit mon front.

Les clichés effectués sur les lieux du crime ont toujours quelque chose d'encore plus obscène que la scène elle-même. L'échelle est réduite, l'horreur est à la fois concentrée et dépersonnalisée. On a la sensation désagréable de violer l'intimité d'un instant de vie tragique. Quand on est flic, on a au moins l'illusion rédemptrice de pouvoir se rendre utile, si étrange que cela puisse paraître. Dans ce cas précis venait s'ajouter le mystère de là où la chair s'arrêtait et où le sang commençait, car les Ellison étaient noirs, et le contraste était nettement moins marqué que s'ils avaient eu une peau claire. Leurs deux corps jeunes, fermes et entrelacés, étaient d'une grâce dérangeante.

– A ton avis, c'était un tueur, ou deux ?

– Deux. Ça fait beaucoup de dégâts pour un seul homme. Ils n'ont même pas eu le temps de se défendre.

– Vous avez déjà des preuves matérielles... de la présence de deux assassins ?

Martin me lança un regard torve et reprit son coupe-ongles. Nous approchions d'un point sensible, et nous en étions tous deux conscients. Le problème, quand on quitte la police pour accéder à la gloire et à la fortune (ha, ha !), c'est qu'il y a toujours des types comme Martin qui estiment que, par principe, ils doivent vous cacher des informations. C'était un jeu. Quand je soupçonnais un détail qu'ils ne voulaient pas voir paraître dans les journaux (à l'époque, j'écrivais quelques articles pour le *Orange County Journal*), ils essayaient de détourner mon attention. Quand j'en étais *presque* sûr, ils niaient. Quand j'étais sur le point de mettre le doigt dessus, ils m'orientaient sur une fausse piste. De grands enfants !

Mais dans ce cas précis, nous savions l'un comme l'autre où je voulais en venir. Et il n'était plus question de jouer au chat et à la souris.

– Bien sûr qu'on a des preuves. On ne passe pas notre temps à inventer des histoires...

– Puisque c'était un cambriolage, ils ont dû emporter des objets ?

– Confidentiel.

– Non.

– Si.

– Et le couple Fernandez ?

– Qu'est-ce que tu veux savoir ?

– Je peux voir les photos ?

Il savait que, s'il ne me les montrait pas, l'assistant du médecin légiste s'en chargerait.

Deux autres enveloppes apparurent sur le bureau. J'examinai les photos des cadavres de Sid et de Teresa Fernandez, tous deux âgés de vingt-six ans, battus à mort pendant leur sommeil. Ils n'avaient même pas eu le temps de sortir du lit. Les draps étaient à peine froissés. Sid était recroquevillé comme un homme épuisé après une longue journée à l'atelier. Il repeignait des voitures. Une grande partie du contenu de son crâne fracassé gisait sur l'oreiller près de sa tête. Teresa était à ses côtés, tournée dans l'autre sens, son visage et son bras pendant hors du lit. Son cerveau s'était déversé sur le plancher. On aurait dit que deux esprits maléfiques avaient tenté de s'échapper de leur boîte. Je pensai à Isabella et me demandai où en était sa tumeur. Treize mois plus tôt, elle avait encore la taille d'une balle de golf. Valait-il mieux partir ainsi, tout d'un bloc, ou cellule après cellule ? Mon visage était de nouveau moite. Malgré ma douche du matin, je puais déjà comme un homme qui en savait trop.

– Naturellement, cette fois il n'y avait qu'un tueur. Et vous avez des preuves matérielles.

– Ce n'est pas à nous de prouver quoi que ce soit. C'est le boulot du procureur.

– Tu éludes ma question.

– Quelle est ta question, Russ ?

– C'est un psychopathe ?

– Deux incidents ne font pas un tueur en série. Ce que tu veux, c'est un sujet pour ton prochain bouquin.

– Quatre meurtres en un mois, Martin. Tous dans le comté. Tous vers minuit. Même manière de s'introduire dans la maison : une baie vitrée laissée ouverte à cause de la chaleur. Tu prétends que les Ellison ont été cambriolés, mais on ne sait toujours pas ce qui a été dérobé. J'ai parlé aux gars du labo la semaine dernière, les techniciens ont trouvé un rang de perles de cinquante centimètres de long dans le tiroir de la table de nuit.

– Les types du labo feraient mieux de fermer leur grande gueule.

– Et tu voudrais me faire avaler que c'est un cambriolage qui a mal tourné ? Les Fernandez ont subi le même sort, mais là, tu ne parles plus de voleurs. Revenons aux Ellison. Tu veux mon avis ? Le type assomme d'abord monsieur, pour pouvoir agir tranquillement. Mais madame est plus rapide qu'il ne l'avait prévu. Elle se lève et essaie de filer. Mais vu la disposition du lit sur la photo, elle doit en faire le tour. Il la rattrape vers le milieu de la pièce, et la bute. Entre-temps, M. Ellison a refait surface et se jette sur lui. Mais il est nu, sans arme et a déjà reçu un sale coup sur la tronche. En deux temps trois mouvements, le voilà parti rejoindre sa femme.

Je pouvais voir Amber étendue sur le plancher du bureau de Martin. Elle était si près, j'aurais pu effleurer ses lèvres une nouvelle fois. Ma gorge se noua, je toussotai.

Martin n'avait guère l'air en meilleur état. Ses yeux étaient ternes, comme ceux d'un homme qui n'a pas beaucoup dormi. Il fixait le même point que moi sur le sol. Quelque part dans ma tête, un doute se dessina lentement. Peut-être que Martin ne s'était pas contenté d'assassiner Amber mais avait également tué les Ellison et les Fernandez. C'était une idée pernicieuse, de celles qui prennent forme au sommet du cerveau et se fraient lentement un chemin hésitant vers le cœur, qui se met alors à battre plus fort pour la chasser. C'est également ainsi qu'il réagit lorsqu'on découvre qu'un soupçon atroce était fondé. *L'Ordre bafoué, Le Poulet assassin*, de Russell Monroe.

Bon sang.

– Tu vas couvrir cette histoire pour le *Journal* ?

– Pas encore.

– Ils n'ont peut-être plus les moyens de s'offrir tes services.

– Et peut-être que tu as raison, peut-être que ces homicides n'ont aucun rapport entre eux.

– Alors, qu'est-ce que tu veux ?

– Laisse-moi voir les preuves matérielles.

– Pas question.

– Parce que vous n'en avez aucune ?

– On a tout ce qu'il nous faut. S'il y a un lien entre ces crimes, on le trouvera, et tu en seras informé, comme l'ensemble de la population. Mais je ne veux pas crier au loup tant que je ne suis pas sûr. Il n'y a eu que deux cas, Russ. On a pas mal d'indices qui suggèrent qu'ils étaient deux, voire trois, chez les Ellison, et un seul chez les Fernandez. On travaille sur l'affaire. On a déjà divulgué tout ce qui pouvait l'être, et il n'y a rien de nouveau pour l'instant. On ne peut pas semer la panique à cause d'une simple coïncidence.

– Vous ne pouvez pas non plus laisser les gens dormir la fenêtre grande ouverte par temps de canicule s'il y a un malade qui se promène dans la nature.

Le visage de Martin passa du bronze doré au rose pisseux. Son regard revint se poser sur l'endroit où gisait Amber un peu plus tôt. Il saisit son coupe-ongles dont le cliquetis résonna dans la pièce.

– Merde, jura-t-il en portant son pouce gauche à la bouche. Merci pour les cartouches, Russ. On se fera peut-être quelques cailles à l'automne. Je devrais avoir plusieurs jours de repos.

C'était sa manière de me signaler que l'entretien était terminé, mais je ne bougeai pas.

– C'est bon, garde tes pièces à conviction et merci pour l'expo photo. Mais, au moins, sois franc avec moi. Tu me dis la vérité ou c'est *Herr* Shérif qui t'a demandé de la boucler ?

– Casse-toi, Russ. Si tu t'intéresses tant à ce que font les flics, tu n'avais qu'à rester dans la police.

– Que dit le grand patron ?

– Dans quel canard est-ce que je vais retrouver ce que dit le patron ?

– Nulle part. Je ne t'ai jamais doublé, Martin, ni toi ni personne portant un insigne.

– Tu as doublé Erik Wald.

– Il n'est pas de la police.

– Toi non plus. Ecoute, le bureau des relations intercommunautaires a réclamé les clichés des Ellison et des Fernandez, mais je peux te dire une chose : les pièces à conviction ne correspondent pas. C'est la vérité. Ce sont deux affaires distinctes, au moins deux types différents, et non pas le même. Cela dit, ceux qui les ont butés n'ont rien pris, c'est vrai.

J'avais comme l'impression que Martin se foutait de moi, essayant de m'entraîner sur une fausse piste, ou du moins hors de son bureau. Il me vint soudain à l'esprit que, parmi les photos qu'il m'avait montrées, il n'y avait aucune vue d'ensemble, aucun grand angle, pas de murs, rien que des gros plans sur les corps. Pourquoi ?

– Donne-moi un petit tuyau sur le tueur.

– *Les* tueurs, Russ.

– Pardon, les tueurs.

– Tu en sais autant que moi.

– Tu ne crains pas d'avoir mauvaise conscience, si ça se reproduit ?

– A un de ces quat', Russ. Il va sans dire que si je lis un mot de tout ça dans la presse, tu ne mettras plus un pied ici.

– Tu n'as pas d'inquiétude à avoir.

Je me levai. Martin était en train d'examiner la goutte de sang sur son pouce.

– Au fait, tu as des nouvelles d'Amber ? hasardai-je.

Parish secoua la tête sans me regarder. Le téléphone sonna. Il tendit la main pour saisir le combiné mais avant de décrocher, il épongea la sueur de son front avec sa manche de chemise.

Je m'attardai, des fois qu'il s'agirait d'un appel au sujet d'Amber.

– Bonjour, chérie, lança Martin.

4

J'appelai la rédactrice en chef du *Journal* depuis ma voiture. Les téléphones cellulaires ont été inventés pour ceux qui se croient plus importants qu'ils ne le sont, mais aussi pour ceux qui ne veulent pas être surpris composant un numéro qu'ils ne sont pas censés appeler. Comme celui d'Amber, la veille, et comme celui-ci.

La rédactrice s'appelait Carla Dance. C'était une petite femme rondelette, d'une intelligence redoutable et d'un sang-froid à toute épreuve. Depuis dix ans, elle avait l'art de me dénicher une mission chaque fois que mon compte était à sec. J'avais beaucoup d'affection pour elle, et je crois qu'elle me le rendait bien. Quand elle n'était pas en salle de rédaction, elle s'occupait de son père, atteint d'un cancer. Dix-neuf mois plus tôt, à l'époque du diagnostic d'Isabella, nous avions passé pas mal de temps tous les deux dans un bar, à deux pas des bureaux du *Journal*. Sa vision raisonnée des choses m'avait aidé à faire le point. Elle savait déjà ce que j'étais en train d'apprendre : lorsque la personne qu'on aime souffre d'une maladie grave, la ligne de démarcation entre l'espoir et le désespoir est une frontière qu'on franchit plus de mille fois par jour. Il y avait de quoi devenir dingue. J'avais aussi appris que nous autres, qui aimions et veillions sur un cancéreux, formions un club fermé. Pour le monde extérieur, nous affichions un optimisme inébranlable. Mais entre nous, nous pouvions admettre, sans craindre de paraître faibles, pitoyables ou alarmistes, que l'être aimé ne serait peut-être pas là aussi longtemps qu'on l'aurait souhaité. Le cercle des accompagnateurs impuissants. Dans cette foi des derniers retranchements qui nous unissait, je retrouvais la même sensation décapante que me produisait la messe quand j'étais enfant.

– J'ai peut-être quelque chose pour toi, annonçai-je.

– C'est le supplément dominical qui paie le plus, si ce n'est pas trop macabre.

– C'est trop macabre. C'est de l'info pure et dure. Très dure.

– Avec effraction ?

– Ouais.

– Les Ellison ?

J'aurais peut-être dû préciser que Carla Dance était aussi médium.

– Ouais.

– Qu'est-ce que tu as de nouveau ?

– Il va remettre ça.

– Il faut faire très attention, Russ. C'est un sujet à connotation raciale, et tu sais à quel point c'est explosif.

– Ça risque d'être encore plus explosif si on n'en parle pas.

– Ça aussi, ça m'inquiète.

– J'ai besoin d'autre chose avant, un espace pour

un nouveau papier sur Dina. Ce n'est pas la peine de réserver le haut de la page.

– Encore Dina ?

– Le grand jeu commence la semaine prochaine.

Dina était le nouveau décodeur génétique acheté par le labo de criminalistique du comté un an plus tôt. Il avait coûté la bagatelle de huit cent mille dollars et n'avait pas encore produit une miette de preuve recevable devant un tribunal. Pire encore : entre-temps, les avocats de la défense avaient peaufiné l'art de démontrer la vraie valeur des techniques génétiques : trop complexes, non fiables, et ne répondant à aucune norme légale. Deux hautes juridictions californiennes avaient déjà prononcé un arrêt d'annulation au cours des six derniers mois et un accusé venait d'être acquitté par un jury estimant que la défense avait prouvé le caractère peu probant des empreintes génétiques. Inutile d'ajouter que Dina avait été préalablement présentée par le labo comme la future grande vedette des enquêtes criminelles. Mais son éclat se ternissait avant même qu'elle ait eu le temps de faire ses preuves et personne au labo, dans les bureaux du shérif ou dans celui du procureur, ne semblait pouvoir endiguer le flot de critiques de plus en plus acerbes. Le premier procès dans lequel Dina allait intervenir s'ouvrait la semaine suivante. Il s'agissait d'une affaire de viol. Un accusé, Ballard, allait être jugé, et Dina également. Un article favorable dans le *Journal* pourrait calmer les esprits avant le grand jour. En outre, cela m'attirerait quelques faveurs en haut lieu.

– La police a établi un lien entre les Ellison et le premier couple... comment ils s'appellent déjà, les Fernandez ? On a passé un article aujourd'hui qui dit le contraire.

– Ils ont les éléments mais refusent de les divulguer.

– S'ils se décident, on aimerait avoir la primeur. En attendant, je te réserve un espace pour Dina.

– Merci.

Elle raccrocha après m'avoir recommandé de prendre soin de moi. Elle ne demanda pas de nouvelles d'Isabella, pas plus que je n'en avais demandé de son père. Le cancer n'est pas un sujet qu'on aborde à la légère pour clore un appel professionnel, même quand la conversation porte sur le meurtre.

Ensuite, j'appelai le boss de Martin – le shérif Dan Winters – et lui proposai mon marché : un bon article sur Dina en échange de l'exclusivité des informations concernant... je faillis dire l'Œil de minuit.

Je développai.

Il fit mine de ne pas comprendre, puis de rejeter mon offre, ce qui était à prévoir. Mais la graine était semée, c'était le principal. Sans compter que, deux ans plus tôt, alors qu'il se présentait pour un second mandat, j'avais mis à son service ma petite renommée (et une non moins petite contribution financière) pour sa campagne électorale. A présent, il était dans la ligne de mire de la presse : prisons surpeuplées, enquêtes bâclées, taux de criminalité en hausse, budget sécurité en baisse. Mon offre toucherait la corde sensible du politicien et ne lui coûterait pas grand-chose. Il promit d'y réfléchir.

Dans ma voiture, je laissai mon émetteur-récepteur branché sur la fréquence de la police, au cas où le meurtre d'Amber serait signalé. J'en avais un dans chaque pièce de la maison – un luxe discutable que je m'étais offert avec les droits de l'adaptation cinématographique de *En remontant le courant*. Au tout début de ma brillante carrière de reporter, ils étaient branchés en permanence quand j'étais éveillé, et même parfois pendant que je dormais. Isabella mit un terme à cette manie peu après notre mariage. Elle n'eut pas trop de mal, n'importe quel homme préférerait être bercé par sa voix chaude et tendre plutôt que par le bourdonnement métallique d'un pupitreur débitant des numéros de code.

Mais le meurtre ne fut jamais annoncé. Il était 17 h 30 et je commençais à me poser des questions.

J'appelai l'agent d'Amber à Los Angeles en me faisant passer pour Erik Wald. Erik Wald, tout comme moi, était un ex-« compagnon » d'Amber. Je les avais présentés cinq ans plus tôt, tout comme Martin nous avait présentés auparavant. Amber et moi avions alors rompu depuis belle lurette, mais il m'arrivait encore de l'accompagner dans des soirées. Pour moi, c'était une manière de continuer d'espérer et j'accomplissais mon devoir pathétique avec dignité. Peu après leur rencontre, Amber et Erik devinrent inséparables. Je fus un peu jaloux, mais leur liaison ne dura pas et entre-temps, j'étais tombé fou amoureux d'Isabella Sandoval. Je suivis la trace du couple flamboyant dans la rubrique mondaine du *Los Angeles Times*. Etant souvent en contact avec Erik, tant sur le plan professionnel que social, j'appris qu'Amber était parvenue à le plonger jusqu'au cou dans le bourbier de ses affaires financières aussi sûrement qu'elle m'avait précédemment enlisé dans le cloaque de mes propres désirs. Apparemment, Wald s'en était mieux sorti que moi.

J'étais sans doute une des rares personnes à ne pas déborder d'affection pour Erik Wald. Comme la plupart de ceux qui mènent une vie semi-publique, il s'était forgé une personnalité qui, telle la coque blindée d'un croiseur porte-missiles, lui permettait de naviguer sans heurts dans les eaux houleuses des médias et de la politique et celles, souvent traîtresses, du monde académique.

Il enseignait la criminologie à l'université. Il avait obtenu une chaire douze ans plus tôt, alors qu'il n'avait que trente et un ans, peu après avoir mis en pratique les principes soutenus dans sa thèse de doctorat : « L'attrait du mal : le transfert d'identité chez le criminel violent. » Il était parvenu à démasquer un violeur qui avait fait huit victimes en six mois dans le nord du comté. Selon sa théorie, la psychose paranoïaque s'accompagnant souvent de délires mégalomanes (ce qui est un fait), certains « génies persécutés » mettaient en scène des scénarios dans lesquels ils pouvaient s'attribuer un rôle diamétralement opposé aux modèles héroïques proposés par la société. Ils créaient ainsi leur propre définition du « mal », qui leur servait de point de repère dans leur vie quotidienne et leur permettait de satisfaire leur besoin de supériorité et de persécution.

Dans le cas du violeur, Wald avait déduit qu'il devait s'agir d'un individu cultivé, appartenant à la classe moyenne, jouissant d'une réputation irréprochable (sans doute un bon paroissien), frustré dans ses aspirations sociales probablement à cause de quelque défaut profond de sa personnalité, voire de sa physionomie. Les huit victimes étaient des femmes âgées, certaines physiquement diminuées. Pendant que la police et le shérif se prêtaient main-forte pour rassembler les suspects habituels, Wald exposa sa thèse à Daniel Winters, un jeune inspecteur noir plein d'ambition. Celui-ci établit alors un lien entre deux des victimes et un service de traiteur à domicile organisé par une association paroissiale du nord du comté. Une enquête sur les livreurs bénévoles n'eut aucun résultat, mais Wald ne lâcha pas Winters jusqu'à ce qu'il pousse les recherches plus loin et découvre enfin que l'un des cuisiniers, Cary Clough, correspondait assez bien au profil tracé par le criminologue. Il avait trente-quatre ans et était célibataire. Diplômé en droit après des études dans une université catholique (!), il avait échoué trois fois de suite à l'examen du barreau de Californie et s'était apparemment retranché dans une vie tranquille de cul béni, offrant accessoirement des conseils juridiques. Il vivait avec sa grand-mère qui s'avéra être une amie de trois des victimes. Après avoir filé le suspect en dehors de ses heures de service, Winters resserra ses filets. Il l'épia toute une nuit, garé dans une rue tranquille de banlieue, devant le domicile de Madeleine Stewart, une dame seule, âgée de quatre-vingt-deux ans, qui venait de demander les services du traiteur. Le lendemain, Winters le guetta de nouveau, caché dans une camionnette banalisée. Quand Clough approcha de la maison, au lever du jour, il le coffra pour comportement suspect. Il portait sur lui une cagoule de ski rouge et une paire de gants en latex. Le labo révéla que, non seulement les fibres de la cagoule correspondaient à celles retrouvées sur les victimes, mais que l'empreinte dentaire de Clough était la même que celle laissée dans une pomme décorative en bois que le coupable avait mordue par mégarde après avoir violé sa troisième victime !

Cette affaire, qui mêlait si harmonieusement le biblique et le scientifique, fit grand bruit. Elle eut droit à la une de la presse écrite et télévisée et même à un reportage de quinze minutes dans l'émission de faits divers la plus regardée du pays. Wald fut immédiatement et incontestablement lancé sur la scène publique. Un an plus tard, l'université lui confiait une chaire et Dan Winters était catapulté au grade de capitaine de police, le plus jeune dans l'histoire du comté, et le premier Noir. Clough écopa de cent cinquante ans de prison.

Plus intéressant encore, Wald fut nommé à la tête des unités de réserve du shérif, un poste non rétribué qu'on pouvait occuper sans être assermenté. On lui donna un bureau au même étage que celui de son compagnon d'armes Dan Winters, et les deux hommes partirent en croisade pour transformer les unités de réserve en puissants alliés du bureau du shérif. (On fit valoir à l'opinion publique que cela signifiait plus de sécurité pour le même prix.) Tout cela redora l'image de marque de Jordan Clemens, un politicien aux dents longues dont le mandat de shérif ne serait naturellement pas renouvelé éternellement.

Depuis mon poste d'enquêteur stagiaire, j'observais ces événements d'un œil vaguement intéressé. « Vaguement » car je n'aspirais qu'à quitter le navire pour pouvoir écrire à ma guise et parce que mon cœur encore tendre ne s'était toujours pas remis d'avoir été piétiné par Amber Mae Wilson. En outre, j'avais rencontré plusieurs fois Wald qui passait régulièrement voir Winters dans son bureau en fin de journée et je l'avais trouvé, malgré moi, à la fois intimidant et sympathique.

Physiquement, il en jetait. C'était un de ces grands types sveltes dont les muscles se nouent élégamment au moindre effort. Il se savait beau et avait le don de feindre de n'y attacher aucune importance, se déplaçant avec cette aisance faussement naturelle que les caméras de télévision adorent. Son visage était large et juvénile, avec des petites rides formant une parenthèse autour d'une bouche toujours prête à sourire. Ses cheveux dorés et ondulés étaient assez longs mais toujours impeccables, le parfait compromis entre l'excentricité universitaire et le conservatisme policier. On le disait ceinture noire de quelque art martial sino-philippin particulièrement ardu et collectionneur d'armes anciennes. Mais le plus impressionnant encore, c'était son esprit, d'une nonchalance incisive, qui prenait tout le monde de court, moi y compris. Dans une même phrase, il pouvait être charmeur et assassin. Une autre de ses qualités me frappa d'emblée : sa capacité à faire des confidences et à en recevoir. Je n'avais jamais rencontré un homme qui cultivât avec autant de soin la pseudo-loyauté. Pour cette raison précise, je décidai de ne pas lui faire confiance. Aussi, je ne fus pas surpris outre mesure, mais légèrement agacé, quand Amber Mae se mit à m'interroger au sujet du « beau chevalier redresseur de torts ». Je ne m'étais pas encore habitué à l'idée d'être un homme qui a fait son temps.

Ce qui me dérangeait le plus chez Erik Wald, c'était le simple fait qu'il ait présenté par trois fois sa candidature à l'académie de police, sans réussir à se faire admettre. Ce n'était un secret pour personne et les premiers articles de presse sur sa contribution spontanée dans l'affaire Cary Clough en avaient fait mention. Il souffrait d'un prolapsus de la valvule mitrale, une malformation cardiaque due à une maladie d'enfance. J'étais secrètement ravi qu'il n'ait pas les capacités physiques de l'emploi, bien qu'à le voir cela parût invraisemblable. Ses facultés de compensation étaient exceptionnelles. Mais je lui en voulais surtout d'avoir acquis une telle notoriété auprès du shérif sans être passé par la hiérarchie habituelle. Cela lui conférait une sorte d'immunité diplomatique, et il pouvait décrire des cercles élégants autour de nous autres, pauvres petits flicards. Pour finir, je dois bien avouer que la finesse et la clarté du style de sa thèse m'avaient laissé vert de rage. J'étais jaloux. Aussi trouvais-je une bien piètre consolation en comprenant qu'il n'avait pu percer la personnalité de Cary Clough que parce qu'ils partageaient une frustration commune : un triple rejet.

Quatre ans plus tard, au cours de l'enquête sur ce qui allait devenir *En remontant le courant*, Wald me dressa un profil surprenant de la personnalité de l'assassin, qui s'avéra être un boucher (ça ne s'invente pas !) travaillant à temps partiel, âgé de quarante et un ans et du nom de Art Crump. Le coupable arrêté, j'eus l'immense satisfaction de découvrir que la plupart des « tuyaux » de Wald étaient totalement faux, inutiles, voire farfelus. Je les décrivis néanmoins dans mon livre, à la grande consternation d'Erik. Cela fit l'objet de nombreuses plaisanteries entre Crump et moi au cours de mes visites au pénitencier de Vacaville.

Mais je comprenais ce qu'Amber voyait en Erik Wald. Elle avait toujours été attirée par des hommes capables d'infliger la souffrance. Il m'avait suffi d'un regard pour deviner que s'il donnait libre cours à la violence qu'il recelait en lui, elle atteindrait une force terrifiante.

J'appelai donc l'agent d'Amber en me faisant passer pour Erik et lui demandai si elle était en prise de vues.

Il émit ce petit gloussement propre aux êtres supérieurs très occupés.

– Un instant, répondit-il.

Je ne m'attendais pas du tout à la voix qui retentit quelques secondes plus tard dans le combiné.

– Je suis Erik Wald. Et vous, qui êtes-vous ?

J'avouai. Erik éclata de rire, un rire de baryton

qui se sait à son avantage. Je le laissai ricaner encore un peu. J'entendais l'agent d'Amber, Reuben Saltz, qui s'époumonait de concert. Quand ils se furent calmés, je demandai à nouveau si Amber travaillait ce jour-là.

– Pourquoi ?

– C'est à propos de Grace.

Je suis un bon menteur. Grace était la fille d'Amber.

– Et pourquoi ne pas parler directement à Grace ? C'est une grande fille maintenant.

– Je sais, mais je ne la trouve nulle part. J'espérais qu'Amber saurait...

– Trouver Amber est encore plus difficile. Elle était censée venir travailler aujourd'hui, une pub de shampooing. On l'attend toujours. Personne ne sait où elle est. On a cinq mille dollars de l'heure en jeu. Reuben est au bord de la crise de nerfs, son insatiable vénalité ne tiendra pas le coup.

J'essayai de prendre un ton dégagé.

– Elle est peut-être malade.

– Reuben l'a appelée plusieurs fois depuis 10 heures ce matin. Toi aussi, sans doute, si tu as vraiment besoin d'elle. Mais Reuben, lui, a l'esprit d'initiative. Il revient de chez elle, à Laguna. Il n'y avait personne.

Mon estomac se noua.

– Elle dormait peut-être.

– Je viens de te dire qu'il n'y avait personne, Russ. Reuben, en mentor prévenant, a un double des clés.

C'était un de ces moments où la pesanteur semble s'abattre brutalement. J'eus l'impression que mon cœur était descendu au niveau de ma ceinture. Je tournai à fond le bouton du climatiseur et dirigeai le jet d'air sur mon visage. Comment était-ce possible ? Reuben n'était donc pas monté à l'étage ?

J'essayai de prendre une voix normale et dégagée.

– Bah ! Tu connais Amber.

– Ouais, justement, je la connais. Si je la trouve le premier, je lui donnerai de tes nouvelles, ha, ha !

– Moi de même, ha, ha !

Prenant un ton satisfait, je changeai de sujet.

– Qu'est-ce que tu penses de l'affaire des Ellison et du couple de Mexicains ?

– Pour le moment, je m'en tiens à la version officielle. Tu as déjà parlé à Marty ?

– Bien sûr.

– Moi aussi, la semaine dernière. Si tu veux mon avis, notre capitaine nous cache quelque chose. Ça m'a l'air d'être une sale affaire. Un cinglé du couteau, ça va semer la panique. Ces types sont généralement des fous furieux, intrépides et pas très propres sur eux. Il y en a même qui vont jusqu'à porter la barbe. Ils se prennent pour des écolos, des amoureux de la nature. Ils ont aussi souvent du mal à décider quoi faire de leurs instruments tranchants : les laisser ou les emporter ? Tu sais ce qui m'intrigue ? Celui-ci fait une fixation sur les minorités. Je pressens la progéniture de quelque ultra-conservateur, raciste, néo-nazillon du type Ku Klux Klan. Alors, ne t'éloigne pas trop, Russ, il y aura peut-être matière à écrire un nouveau best-seller. Ce qui me fait penser que j'ai vu *L'Ere du Scorpion* hier, à la librairie Crown, à un dollar quatre-vingt-dix-huit. Avec couverture cartonnée, s'il vous plaît !

Avoir un livre sur le rayon à deux dollars chez Crown revenait à être cloué au pilori. D'un autre côté, chaque livre représente un investissement personnel considérable. Il faut se faire à l'idée que certains se vendront mieux que d'autres.

– Il n'était pas si mauvais. J'ai pris quelques risques.

– Le général Custer aussi. En tout cas, j'en ai acheté six. Pour faire des cadeaux, tu sais.

– C'est sympa, Erik. Tu apprécies toujours ta mission à la tête de l'empire financier d'Amber ?

– Oui. Mes entretiens avec M. Saltz au sujet des nombreuses embrouilles financières dans lesquelles elle s'est fourrée sont un vrai régal. D'ailleurs, ce n'est pas étonnant qu'elle me confie uniquement la gestion de ces « petites affaires », comme elle dit : son régime de liquidités.

La parcimonie et la prudence maniaque d'Amber dès qu'il s'agissait d'argent n'étaient pas un secret pour moi. J'avais déjà eu l'occasion de m'en rendre compte quand nous étions ensemble. A l'époque, elle était pauvre et avait de bonnes raisons d'être économe. Je me souvins d'une remarque caustique de Marty, quelques années auparavant, après qu'Amber eut « réglé » leur divorce en faisant condamner son ex-mari – déjà sur la paille – à lui verser la coquette somme de soixante-quinze mille dollars. Il avait dit quelque chose au sujet des cordons de sa bourse qui étaient encore plus serrés que son trou du cul. Se pouvait-il que sa rancœur ait fermenté ? Je me rappelai aussi, très distinctement, qu'Amber m'avait proposé la même somme pour me dissuader de la traîner en justice au sujet d'une question de pension alimentaire. Je n'en avais jamais eu l'intention, pas plus que d'accepter son argent. Cet incident avait déclenché toute une série de disputes sordides qui, avec le recul, me parurent comiques.

Que n'aurais-je pas fait, vingt ans plus tard, pour avoir une telle somme sur mon compte en banque !

– Je peux sentir son parfum sur les chèques, continua Erik. Je me branlerais bien avec si j'arrivais à les garder en main suffisamment longtemps. C'est fou ce qu'une femme aussi belle et intelligente peut être conne, parfois. En parlant de beauté, comment va Izzy ?

– Isabella va très bien.

– Pas de problèmes avec ton assurance ?

– Non.

– N'hésite pas à m'appeler si je peux faire quelque chose. Nous autres, les rebuts, on doit se serrer les coudes.

– Nous autres, qui n'avons plus que notre dignité dans laquelle nous draper...

– Prends bien soin de toi, Russell. Et n'essaie plus de te faire passer pour moi. Tu n'es ni assez malin, ni assez beau, ni assez dangereux.

– Mais je sais aussi bien emmerder le monde.

– Je m'y prends mieux que toi, parce que ça vient du fond du cœur.

– Pourquoi, tu en as un ?

5

Ce soir-là, je m'affairais dans la cuisine, en proie à un profond désarroi. Nos dîners en tête à tête avec Isabella nécessitaient des créations complexes, car elle avait été un cordon-bleu et demeurait un gourmet. Les stéroïdes qu'on lui administrait pour réduire la tumeur dans sa tête lui donnaient un solide appétit. Elle établissait le menu et je suivais ses instructions, dans la mesure de mes moyens. La femme de ménage nous préparait le petit déjeuner et le déjeuner. Mais le dîner était notre moment d'intimité.

Depuis son fauteuil roulant, Isabella dirigeait les opérations. Après sa longue sieste qui commençait parfois dès la fin du déjeuner, elle était reposée. Je me mettais aux fourneaux, ouvrais une bouteille de vin, l'entamais et faisais la conversation tout en cuisinant.

C'était presque comme au bon vieux temps, si l'on faisait abstraction de l'apoplexie d'Isabella, de sa tumeur cérébrale, de l'implantation expérimentale de tissus radioactifs dans son cerveau et de la perte consécutive de l'usage de ses jambes. Non, en vérité, ça n'avait plus rien à voir avec notre passé. De fait, elle refusait même de regarder les photos d'elle prises avant la maladie. Non pas qu'elle fût vaniteuse, pas plus qu'une autre, mais il lui était insupportable de voir l'image de cette jeune femme souriante, élancée, débordante de vie, à la longue chevelure de jais (elle était d'origine mexicaine, son nom de jeune fille était Sandoval). Elle pesait maintenant près de cent kilos. Elle avait perdu ses cheveux à la suite de la chimiothérapie. Ses jambes, désormais inutiles, s'étaient ratatinées.

Elle qui, autrefois, adorait faire du monoski derrière un hors-bord filant à trente-cinq nœuds, pouvait à peine se hisser hors de son fauteuil et faire quelques pas à l'aide d'une canne. Nous avions fait installer un ascenseur pour qu'elle puisse monter à l'étage. Pour l'inaugurer, elle avait mis une paire d'ailes d'ange et un halo qu'elle avait porté une fois pour un bal costumé quelques mois plus tôt. Sur ses genoux, elle avait posé une petite harpe en plastique achetée dans un magasin de jouets. Elle avait appuyé sur le bouton avec un sourire et était arrivée en bas en larmes. Je l'avais regardée descendre lentement, le cœur rempli d'amour et de rage.

Le monde d'Isabella fluctuait désormais entre un humour sublime et un désespoir sans fond.

Une des rares choses que sa maladie n'avait pas encore minée était sa virtuosité au piano. Tous les après-midi, après la sieste, la maison s'emplissait de belles mélodies. Elle jouait Bach et Mozart, des airs de music-hall des années 30, Jerry Lee Lewis et Elton John. Mais surtout, elle composait. Cette année-là, elle avait écrit des morceaux parmi les plus douloureusement langoureux que j'aie jamais entendus. Quand ses doigts effleuraient les touches d'ivoire, c'était comme si Isabella elle-même se répandait en parfum dans chaque coin de notre cabane perchée, faisant vibrer les moindres particules d'air. C'était son souffle, son cœur, sa respiration. Elle ne donnait plus de leçons. Les déplacements étaient devenus trop difficiles et elle ne voulait pas que ses élèves la voient dans cet état : obèse et chauve. La musique était désormais l'un des deux piliers de son équilibre mental. L'autre pilier, je le compris plus tard, c'était moi.

Ce soir-là, elle avait choisi une recette infernale : de l'agneau rôti avec une sauce au chutney que je ratai lamentablement. Les légumes furent massacrés. Le riz n'était pas assez cuit et la viande, carbonisée. Chaque fois que je plongeais le nez dans mon verre, j'apercevais la mare de sang sur le tapis d'Amber. Je sifflai la bouteille en un quart de temps. Nous dînions sur la terrasse, l'un à côté de l'autre, face à la mer. Isabella y passait des heures entières pendant la journée, fixant les collines dénudées.

– Tu bois beaucoup.

– Je suis un grand garçon.

– Tu devrais faire attention, Russ, dit-elle après une pause. Tu bois comme ça tous les soirs, à présent. C'est beaucoup.

– Je sais.

– Ça m'inqui... m'inquiète.

Le faït est que je m'étais mis à boire pas mal. Pour moi, le monde s'était divisé en deux : celui de tous les jours et celui qui s'ouvrait à moi grâce à l'alcool. Je préférais ce dernier. C'était un monde sans présent, il n'y avait que le passé et l'avenir, où l'action l'emportait sur la réflexion, où tout semblait encore possible. Il n'y avait pas de cancer dans ce monde-là. J'étais soûl quand j'avais appelé Amber la veille. Je l'étais également quand j'étais entré chez elle. A jeun, je n'aurais fait ni l'un ni l'autre. Sans alcool, mon monde n'était que devoirs et responsabilités matérielles. Je me sentais comme un pieu fiché en terre. Mais dans ma bouteille se trouvaient les mondes d'hier et de demain : l'accélération étourdissante, la griserie de la vitesse. Je ressentais un besoin insatiable de mouvement.

Aussi débouchai-je une autre bouteille. Le soleil s'était couché, mais une lueur orangée s'attardait derrière les collines. Un vautour se posa sur un poteau électrique et nous observa. J'avais horreur de cette bestiole. Elle était énorme. Izzy l'avait baptisée « Mort noire ». Elle donnait des noms à presque tout ce qu'elle voyait depuis la terrasse. Je jetai la bouteille vide en direction de l'oiseau de malheur qui battit en retraite. La bouteille disparut dans un des buissons de sauge qui poussaient comme du chiendent sur ces terres assoiffées. A mesure que la ville de Laguna s'étendait, la faune chassée de son territoire venait se réfugier en masse sur nos collines. Les daims et les coyotes y abondaient, au grand dam des roses locales et des chats errants. Les faucons et les vautours quadrillaient sans arrêt notre ciel, et j'avais même aperçu des lynx. L'été précédent, j'avais tué deux serpents à sonnettes de plus d'un mètre et demi de long dans l'allée du garage et j'en avais capturé un troisième qui avait deux têtes et que j'avais offert au zoo de Los Angeles. Un après-midi de printemps, une vieille dame qui habitait un peu plus haut dans notre rue avait vu avec horreur son minuscule caniche de boudoir arraché par un vautour (peut-être « Mort noire » en personne). Le vautour étant, selon les ornithologues, exclusivement charognard, la presse locale décida qu'il s'agissait d'un faucon. Mais je connais la vieille dame, elle s'appelle Astrid Kilfoy, et elle vit dans le canyon depuis suffisamment longtemps pour pouvoir faire la différence entre un faucon et un vautour. Quand elle est compressée à ce point, la nature donne naissance à des aberrations monstrueuses. Comme la tumeur dans le crâne d'Isabella. Comme l'Œil de minuit.

Je racontai ma journée à Isabella : j'avais traîné chez les flics à la recherche d'une piste pour un nouveau livre. Je fus à deux doigts de lui parler d'Amber, mais deux doigts espacés de plusieurs millions de kilomètres.

– Tu as trouv... trouvé un sujet ?

– Non. Je me demande si je ne vais pas me lancer dans la fiction.

– Je suis sûre que tu ferais un bon romancier.

– Ça me tente, mais j'ai peur de manquer d'inspiration. Jusqu'à présent, j'ai toujours eu une histoire livrée sur un plateau. Pour un roman, il faudrait que j'invente.

Isabella réfléchit à la question un long moment.

– Oui, mais tu pourrais y mettre la fin de ton choix. Le héros pourrait partir avec la fille et les gentils coffreraient les méchants. Et tu n'aurais plus besoin d'aller voir ces types horribles en pri... en prison.

Elle avait encore faim et je partis rechercher le plat à la cuisine. Dans la maison, elle portait des casquettes de base-ball pour cacher son crâne chauve. J'aimais sa tête ainsi, sa nudité, son humilité, son honnêteté. Mais je préférais de loin sa belle crinière noire. En revenant vers la terrasse, je fus secoué pour la énième fois en la voyant de dos. On aurait dit un petit vieillard, supporter d'une équipe de baseball, avec sa casquette de travers. Je voyais la ligne rebondie de sa joue, sa fourchette en suspens dans l'air. « Comme je t'aime ! pensai-je. Mon Dieu, aide-moi à l'aimer davantage, fais un geste pour la tirer de là ou je t'arrache les tripes à la tronçonneuse et les donne en pâture à Mort noire ! »

Je posai son assiette devant elle, m'assis et vidai mon verre.

– Le monde prend une tournure inquiétante, repris-je, la langue déliée par le vin. La vérité me semble de plus en plus pénible à transcrire. Et pour quoi faire ? Plus rien n'a de sens. Les tueurs choisissent leurs proies au hasard. Les bons tombent malades.

– La nature est cruelle. J'ai cessé de vouloir comprendre, depuis l'année dernière. Mais si tu t'atta... t'attaques à la fiction, tu pourras changer le cours des choses. La femme du héros sera belle, mince, avec de longs cheveux noirs, et elle l'aidera à résoudre l'énigme. Elle lui mitonnera des petits plats. La nuit, elle l'entraînera vers le lit et lui fera l'amour. Ce ne sera pas une baleine de deux tonnes.

– Tu n'es pas une baleine...

– J'en ai l'air. Je ne me reconnais pas dans le miroir.

– Tu maigriras quand tu auras terminé la cure de stéroïdes. Tu n'y peux rien.

– Pas étonnant que tu boives autant. Moi aussi, à ta place, si je devais me supporter...

Et voilà que ça recommençait : Isabella, clouée dans son fauteuil, minée par le cancer et les médicaments, les larmes coulant le long des joues et gouttant au bout de son menton. Le neurologue nous avait avertis que le traitement rendait l'humeur changeante. « Changeante » était peu dire.

Je m'agenouillai auprès d'elle et posai ma tête sur ses genoux. Les feux d'artifice du 4 Juillet commençaient sur Main Beach et je pouvais apercevoir les gerbes de lumière au loin dans la baie. Chaque explosion de lueur rouge me rappelait la tête d'Amber.

L'espace d'un instant, j'imaginai Amber et Isabella, côte à côte. Je vis à quel point elles étaient aux antipodes l'une de l'autre et comment leurs différences m'avaient conduit à les aimer chacune à leur tour. C'était son mystère qui m'avait envoûté chez Amber, son étrange absence de substance, sa solitude absolue dans l'univers. Elle évoquait rarement sa famille et jamais, au cours des années que nous avions passées ensemble, je ne vis ses parents ou sa sœur, qui vivaient, disait-elle, en Floride. Un jour, elle me confia, avec cette arrogance naturelle qui lui allait si bien, que sa sœur Alice était la seule femme au monde qui la surpassât en beauté. Une vague dispute avait fini par les éloigner définitivement l'une de l'autre. Je n'en sus pas plus. Elle ne téléphonait jamais aux gens de sa famille, ne leur écrivait jamais et n'avait jamais le cafard pendant les périodes de fêtes. Son véritable nom de famille était Fultz, qu'elle avait changé pour Wilson dès qu'elle avait été en âge de le faire. J'aurais voulu la protéger, construire pour elle des points de repère. Je croyais pouvoir combler ce vide immense qui l'entourait. Je n'avais pas encore compris qu'elle le voulait ainsi.

Des années plus tard, quand je rencontrai pour la première fois les parents d'Isabella – Joe et Corrine –, je constatai la différence avec un grand soulagement. Il émanait d'eux un sentiment puissant d'intimité, leur vie et celle de leur fille paraissaient inextricablement liées. Et là où Amber était seule, évasive et en mue perpétuelle, Isabella était fermement enracinée parmi les siens, sans équivoque, tranquillement satisfaite de leur présence et de la sienne. En tombant amoureux d'elle, je plongeai tête la première dans son réseau de liens, me demandant parfois ce qui m'avait tant séduit dans la solitude et l'errance d'Amber.

Assis sur la terrasse, la tête sur les genoux d'Isabella, je me sentis fier d'elle, et de moi-même pour avoir eu le bon sens de l'épouser.

– Quand tu descends en ville la nuit, tu regardes les au... autres fi... illes ?

– Non, je pense à toi.

– Alors pourquoi tu y vas ?

– J'ai besoin de prendre l'air.

– C'est ce qui me fait le plus de mal... que tu aies besoin de t'éloigner de moi. Tu te souviens quand on était inséparables ?

– Ça reviendra. Tu verras, ce sera comme avant.

– Mais tu as quand même besoin de prendre tes distances de temps en temps, et je le comprends. Je sais que tu dois m'habiller chaque matin au lieu d'écrire, et que tu dois te taper les courses et faire le ménage derrière moi. Puis fff... faire la cu... cuisine et la vaisselle. Et que tu négliges tes amis parce que je ne veux pas qu'on voie la truie que je suis devenue. Je sais que tu aurais vv... voulu avoir des enff... des enfants, Russ, et moi encore plus que toi. Et quand tu penses à l'avenir, tout te semble encore plus... plus noir. Parfois, je ne peux pas supporter de te regarder dans les yeux. Les tiens sont pleins de... de regrets et de haine. Ça me fait peur.

Je vidai un autre verre.

– Ce n'est pas toi que je hais. C'est cette maladie. C'est notre vie d'autrefois que je regrette. Ce sont toutes les choses que nous voulions faire.

– J'ai... j'aimerais pouvoir changer tout ça. Je fais de mon mieux pour m'endurcir. Je...

– Je sais. Tu fais de ton mieux, ma chérie.

Son élocution se détériorait rapidement. Elle me caressa les cheveux. Le ciel s'illuminait de couleurs. Tandis que des comètes tombaient pour agoniser derrière les collines, d'autres fusaient en zigzaguant dans l'obscurité, laissant une traînée de fumée dans leur sillage. Des coyotes aboyèrent au loin, leurs cris se répercutant dans la nuit en un écho sinistre. Je contemplai la ligne d'horizon et suivis des yeux la silhouette de Notre-Dame-du-Canyon, une des formations rocheuses préférées d'Isabella. Dans l'obscurité, deux collines l'une derrière l'autre devenaient une femme enceinte couchée sur le dos. Ses cheveux étaient des rochers de grès, ses seins des chênes. Les lumières de la ville qui s'élevaient entre ses cuisses formaient un halo autour de son pubis, comme un sexe lumineux. C'était Isabella qui l'avait ainsi baptisée. Elle avait même donné un nom au bruit du vent, ou était-ce le cri d'un animal égaré ? Une plainte funèbre qui montait certains soirs des profondeurs du canyon. Elle l'avait appelé « l'Homme des ténèbres ».

– Notre-Dame-du-Canyon est très en beauté ce soir, lançai-je.

Elle s'arrêta de sangloter et respira profondément.

– Elle admire le spectacle, elle aussi.

Il m'est difficile de décrire ce que je ressentais à ce moment-là, à genoux près de son fauteuil. Pour le comprendre, il faut avoir connu les affres de l'impuissance devant la souffrance de l'être aimé. Il faut avoir maudit le ciel pour le mal qu'il nous a fait. Il faut avoir eu tant d'amour et de rage bouillonnant dans son cœur qu'il devient impossible de les différencier.

Mais si profonde qu'ait été ma douleur, je savais qu'elle n'était rien comparée à celle d'Isabella. Je ne pouvais que la suivre un moment sur cette planche jetée au-dessus d'une mer d'un noir d'encre. C'était elle, la victime. Ce cauchemar était le sien. Isabella, quoi que je fasse ou dise, était seule à bord. Et elle en était pleinement consciente.

– Ça y est, j'ai fini ma petite crise, dit-elle enfin. Qu'est-ce qu'il y a au dessert ?

Vers 21 heures, j'avais lavé la vaisselle, mis Isabella au lit, et presque terminé le vin. Mon pouls commençait à s'accélérer. Je sentais le mouvement s'amplifier. J'imaginais une brise caressant mon visage, et des objets volants fusant de part et d'autre. J'étais un esprit sans entraves qui filait avec le vent dans le canyon de Laguna. J'étais un corps sans conscience. Libre.

Je déposai un baiser sur le front d'Isabella.

– Ne rentre pas trop tard, murmura-t-elle. Et ne souris pas à des blondasses aux gros seins.

– Non. Je serai sage.

6

Je retournai au sud de Laguna et arrêtai le moteur à trente mètres de la villa solitaire. Rien ne semblait avoir changé depuis la veille. La faible lueur émanait toujours du fond de la maison. Reuben Saltz n'était pas entré dans la chambre. Non, bien sûr que non. Il était resté dans le vestibule, avait appelé, et n'entendant rien, il avait peut-être gravi quelques marches avant de rebrousser chemin.

Je pris une gorgée de ma flasque. « Pour toi, mon amour, Isabella. » La petite voix intérieure m'intima de déguerpir, de rentrer chez moi auprès de mon épouse tant aimée et de me protéger. Mais elle fut vite noyée dans l'alcool.

Je longeai le trottoir, franchis le portail, suivis l'allée, fis le tour de la maison et arrivai dans le patio. La même demi-lune éclairait la scène, peut-être une fraction plus intense.

La baie vitrée et la porte-écran étaient fermées. Je passai un doigt dans la fente et ouvris le battant. La porte n'était pas verrouillée. « Parce qu'on ne peut pas la fermer de l'extérieur, pensai-je. Parce que quiconque est venu ici depuis hier soir ne voulait pas être vu sortant par la grande porte. » Reuben ?

Je fis glisser la baie vitrée et entrai. Je montai à l'étage et, sur le palier, m'arrêtai un instant pour écouter les bruits de la maison. La petite voix m'ordonna une nouvelle fois de foutre le camp. Je me dirigeai droit vers la chambre d'Amber. Mes tempes tambourinaient. Je me tins sur le seuil et appuyai sur l'interrupteur.

Le lit était fait.

Les murs et le miroir étaient immaculés.

Un tapis recouvrait la moquette, là où le corps était étendu la veille.

Amber n'était plus là.

Une horrible sensation étreignit mes viscères, s'immisça dans mon sang. Il me sembla que toutes les cellules de mon corps se recroquevillaient. Une odeur puissante envahit mes narines. Il me fallut quelques secondes pour comprendre que c'était celle de la peinture fraîche.

Je m'approchai du tapis, m'agenouillai et le soulevai. Il y avait une tache, si légère qu'elle disparut quand je fis quelques pas en arrière et la regardai sous un autre angle. N'était-ce qu'une ombre ? Je replaçai minutieusement le tapis.

Dans la salle de bains, j'allumai la lumière pour regarder dans le miroir mon visage moite et jaunâtre. Ces yeux appartenaient à un inconnu à qui je ne tenais pas à être présenté.

C'est alors que la porte claqua dans mon dos et que je sentis le contact glacial d'un canon de revolver dans le creux de ma nuque.

– Tourne-toi. Doucement.

Je connaissais cette voix. Mon front semblait sur le point d'exploser. Je me tournai très lentement, levant les mains bien haut.

– Salut, Marty.

– Monroe.

Martin Parish tirait une tronche pire que la mienne. Son haleine empestait le gin. Il était nu, mis à part un caleçon.

– Jolie tenue.

– Tu es en état d'arrestation pour... pour...

– Pour quoi, Marty ? Pose donc ce flingue...

– Pour effraction et...

Sans trop mesurer le risque que je prenais, j'avançai la main et éloignai le canon du revolver de mon visage. Je contournai Martin et retournai dans la chambre. Il resta debout devant le miroir, bras ballants, épaules affaissées, l'air perplexe et abattu.

– Qu'est-ce que c'est que cette connerie d'effraction, Martin ? Si tu veux m'arrêter, autant que ce soit pour le meurtre d'Amber. Mais dans ce cas, il faudra que tu expliques ce que tu faisais ici ce soir... et la nuit dernière. Je t'ai vu, Martin.

Parish se tourna vers moi, le regard vide.

– Ce n'est pas ce que tu penses. Ne te fie pas à ce que tu vois.

Je ne pus réprimer un sourire.

– Et qu'est-ce que je vois, Martin ?

– Ce n'est pas moi. Je te le jure. Ce n'est pas moi.

– Qui, alors ?

– Je n'en sais rien.

Il leva son revolver, un Magnum 44 avec un canon de cinquante centimètres de long, une arme d'une taille absurde, à mon goût. Il se mit à étudier la gueule du revolver. L'espace d'un instant je crus qu'il allait se faire sauter la cervelle. Mais il laissa retomber son bras. Il y a peu de visions aussi angoissantes qu'un type soûl en caleçon portant un revolver.

– Qu'est-ce que tu as fait de tes fringues, Martin ?

– Sous le lit.

– Sous le lit ?

– Oui, j'étais...

Le bref silence qui s'installa était chargé d'implications si étranges que je n'arrivais plus à les suivre.

– Rhabille-toi et filons d'ici. Je crois qu'il faut qu'on discute.

Pendant que Martin s'habillait, je vérifiai la douche et la baignoire. Elles n'avaient pas servi au cours des dernières heures, à moins qu'on ne les ait méticuleusement essuyées. Les serviettes couleur pêche d'Amber étaient sèches, comme le lavabo et la tuyauterie. Je retournai dans la chambre, tirai quelques fils des franges du nouveau tapis et les glissai dans mon portefeuille entre deux billets. Je m'approchai d'un mur et inspectai la peinture fraîche qui recouvrait les inscriptions. Les valises d'Amber étaient toujours près de la penderie. J'y jetai un œil, sans rien y voir de particulier. Où avait-elle eu l'intention d'aller ? Martin, glissant les pans de sa chemise dans son pantalon, me regardait faire. Pris de curiosité, je m'agenouillai et regardai sous le lit. Il n'y avait rien sinon un petit objet plat juste sous mon nez. Je le saisis délicatement et allai l'examiner à la lumière de la salle de bains : des attaches de sac-poubelle. Elles allèrent rejoindre mes autres trésors dans le portefeuille. Puis je passai une main sur le tapis. Je sentis alors ce que ma vue n'aurait jamais pu déceler : une vis minuscule, du type de celles qu'utilisent les horlogers et les bijoutiers, prise dans la trame. Je l'extirpai du bout des ongles, examinai sa couleur cuivrée et la glissai dans le capuchon de mon stylo. Il en contenait déjà plusieurs, des pièces de rechange pour la monture de mes lunettes, dont les branches se déboîtaient sans arrêt.

J'emmenai Martin loin des collines, dans un bar sur la plage d'où l'on pouvait admirer la ligne noire de l'horizon séparant la mer, d'un violet luminescent, du ciel étoilé.

J'avais un peu bu, certes, mais je m'étais dessoûlé à la minute même où j'avais coupé le contact du moteur devant la villa d'Amber. Martin, lui, avait *vraiment* bu et n'avait manifestement pas l'intention d'arrêter. Il commanda un double brandy. Je demandai un café.

– Toi d'abord, commençai-je. Qu'est-ce que tu foutais là-bas la nuit dernière ?

Martin vida la moitié de son verre d'une gorgée.

– Je n'arrêtais pas de penser à elle. Je crois que je l'ai encore dans la peau.

Il me dévisagea et leva de nouveau son verre. Il avait un pansement sur le pouce et sa coupure de rasage avait laissé une fine croûte en travers de sa pomme d'Adam.

– J'ai essayé de l'appeler plusieurs fois, mais je tombais toujours sur son répondeur. Alors, j'ai pris la voiture et je suis passé devant chez elle, juste comme ça. Ça ne va pas fort entre JoAnn et moi, ces temps-ci. Je l'aimais comme un fou, mais maintenant... je ne sais plus. J'en ai assez d'être toujours en train de me poser des questions.

Pour me faire ce genre de confidences, il fallait vraiment qu'il soit soûl.

– Amber et toi, ça remonte à quinze ans, non ?

– Ouais. Et vingt pour vous deux. Je peux te le dire, Russ, bon sang, ce que je t'ai détesté à cette époque !

– Peut-être, mais c'est toi qu'elle a épousé.

– Ouais, on a eu une année fantastique. Puis elle a filé.

– Comme d'habitude.

Martin vida son brandy et fit signe à la serveuse de lui en apporter un autre. Il attendit en silence que le verre soit sur la table avant de reprendre :

– Alors, hier soir, je me suis garé près de chez elle, et j'ai attendu dans ma voiture. Il y avait une autre voiture juste devant la maison. Une Porsche décapotable. Rouge.

– Tu as relevé le numéro ?

– Pas la peine. C'était celle de Grace.

Grace... si belle, sauvage et impétueuse. Le portrait craché de sa mère, de sa belle peau bistre à son esprit nomade.

– Elle est sortie de la maison vers 23 h 30. Elle est montée dans sa voiture et a disparu.

– Merde, Martin, ça veut dire qu'elle a vu la même chose que nous !

Martin avala une autre gorgée et sortit une cigarette de son paquet. Je lui tendis mon briquet.

– Sans doute. Elle avait l'air pressé. En arrivant devant le portail, elle a rejeté ses cheveux en arrière, comme Amber le faisait toujours. Puis elle s'est arrêtée devant sa Porsche. Elle a fouillé un moment dans son sac, cherchant ses clés. Je ne veux pas croire qu'elle ait tué sa mère. Mais elle était là. Et elle n'a rien dit à la police.

– Toi non plus.

– Et toi, alors ? J'aimerais savoir ce que tu as à me dire.

Je lui racontai ma version. Elle semblait calquée sur la sienne, au point que j'avais l'impression de le tourner en dérision. A mesure que je m'expliquais, mon comportement me parut si puéril, mièvre et calculateur que j'eus honte de moi, de m'être abandonné à des tentations que j'avais créées de toutes pièces.

Je nous vis soudain avec du recul, Martin et moi, les deux anciens amants d'une femme trop belle, cultivant leurs peines de cœur, agitant leurs petits espoirs, attisant des feux éteints depuis longtemps, se raccrochant au moindre souvenir d'une époque idéalisée pour se convaincre qu'ils avaient tant aimé se faire briser le cœur par Amber Mae Wilson. Nous étions pathétiques et méprisables.

– Peut-être qu'elle ne s'est intéressée à nous que parce qu'elle savait qu'elle nous manquerait à ce point, annonça-t-il sur un ton méditatif.

– Peut-être qu'elle n'était qu'une petite salope égoïste dont on n'aurait jamais dû s'approcher.

Martin acquiesça.

– C'est drôle que tu dises ça maintenant qu'elle est morte.

– Qu'est-ce qui s'est passé, Marty ? Qui l'a déplacée ?

– Qui a nettoyé la moquette et mis un nouveau tapis ?

– Repeint les murs ?

– Lavé le miroir ?

– Refermé la baie vitrée ?

– Emporté son corps ?

« Dans des sacs-poubelle », terminai-je en moi-même.

– Fait le lit ?

– Bordel, Russ... elle avait fait ses bagages... Qu'est-ce que je dois faire ? Je ne veux pas faire de mal à JoAnn. Je ne veux pas perdre mon boulot. Je découvre que mon ex-femme a été assassinée et si je dis un mot, je me retrouve dans le plus grand des merdiers. Je ne veux pas tout perdre à cause d'Amber Mae. Une fois suffit. J'ai payé mon dû. Merde, j'ai besoin d'un autre verre.

– Je crois que moi aussi.

Il commanda deux autres doubles brandies. Je ne connaissais qu'un seul homme capable de boire autant tout en continuant à fonctionner. Un soir, au cours d'une fête, il avait parié qu'il pouvait descendre une bouteille entière de Black Label cul sec, faire cent pompes et ne pas gerber. Ce qu'il prouva sur-le-champ. Malheureusement, il perdit quand même son pari, parce que je sifflai à mon tour une bouteille, fis cent cinquante pompes et tins bon. Cette nuit-là, une fois Martin endormi, je rentrai chez moi avec, au bras, la fille qui l'avait accompagné à la fête, Amber Mae Wilson, naturellement. Nous étions jeunes et cons.

Aujourd'hui, nous sommes toujours aussi cons mais plus vieux.

– Marty, tu peux expliquer... euh... ce que tu faisais dans cette tenue ce soir ?

Martin avala une autre gorgée.

– Je n'arrivais pas à croire ce que j'avais vu la nuit dernière. J'ai pensé que, si je me glissais dans ses draps et que je fermais les yeux... j'entendrais ses pas dans l'escalier.

– Que si tu te glissais dans ses draps, quoi... ?

– Qu'elle viendrait.

– C'est tout ce que tu as trouvé comme réponse ?

– C'est tout.

– Tu es malade, Martin.

– Je sais.

– Viens faire un tour.

Je réglai et nous sortîmes sur la plage. Nous marchâmes le long du rivage, vers le sud, où se trouvaient les rochers. Ouvrant la voie, je l'entraînai vers une petite crique, un peu à l'écart. Quand il arriva juste derrière moi, je lui envoyai mon coude dans le ventre, le plus fort possible, juste en dessous du sternum. Il se plia en deux, tête baissée, et je la lui redressai d'un coup de genou en plein front. Puis je le saisis par les cheveux, le tirai vers la mer et le poussai tête la première dans les vagues. Lui enfonçant un genou dans le creux des reins, je le maintins sous l'eau, le poing toujours fermé sur sa tignasse. A intervalles réguliers, je hissais sa tête quelques secondes pour un grand bol d'air.

– C'est l'heure de vérité, Marty. Tu l'as tuée ?

– Non...

– Allez, je suis ton pote, tu peux me dire...

– Non...

Je lui fis boire une autre bonne tasse. Il ne se débattait même pas, il se contentait de souffler des bulles. Je lui sortis la tête juste au moment où il allait aspirer une grande gorgée d'eau salée. Je reposai ma question.

– Non...

Il replongea dans le monde du silence. Les vagues nous portaient, nous soulevant à l'unisson. Je tirai de nouveau sur ses cheveux.

– Alors tu peux me dire ce que tu foutais chez elle la nuit dernière ? Et ne me dis pas que tu avais simplement besoin de la voir...

– Il fallait que je la voie... je te jure.

J'augmentai la pression sur ses reins.

– Et pourquoi tu y es retourné ce soir ? Pourquoi, Marty ? Pourquoi ?

– Je ne comprenais pas... pourquoi personne ne l'avait signalé... et peut-être...

– Peut-être que quoi ?

– Peut-être que j'avais rêvé... j'étais tellement soûl. Ce matin, je ne me souvenais plus très bien. Je me suis dit que j'avais peut-être déliré...

– C'est pour ça que tu t'es foutu à poil et que tu voulais te mettre dans son lit...

Martin gémit. Mais ce n'était pas de douleur. Cela semblait venir de loin, traduisant un affreux désarroi.

– C'était juste pour quelques minutes... pour revenir en arrière. Je l'aimais... Les autres fois... ça avait marché... tu comprends ? Je l'avais déjà fait...

– Quoi, te coucher dans son lit ?

– Seulement quand elle n'était pas là.

– Oh, bordel !

La mer commençait à s'agiter et un rouleau nous sépara. Je repris pied, empoignai Martin par la ceinture et le traînai jusqu'à la plage. Nous chancelâmes hors de l'eau et il se laissa tomber sur le sable, toussant et crachant. M'agenouillant devant lui, je l'attrapai par le col de sa chemise et poursuivis mon interrogatoire nez à nez.

– C'est le cinquième meurtre, Martin. Est-ce qu'il y avait les mêmes peintures chez les Ellison et les Fernandez ?

Martin fit non de la tête. Il était suffisamment ivre pour confesser s'être glissé nu dans un lit avec le fantôme d'une femme assassinée, mais pas assez pour désobéir aux ordres et divulguer à la presse ce que la police avait découvert sur les deux, voire trois, lieux des autres crimes. Les contradictions de Martin étaient plus profondes que je ne l'avais imaginé.

– Peut-être qu'elle s'est simplement relevée et qu'elle est partie.

Il sanglotait. A la lueur de la lune, son visage était comme celui d'un enfant, un nouveau-né qui se calme lentement après une crise de larmes.

– Ce n'était peut-être qu'une mise en scène. Elle est branchée avec tous ces gens d'Hollywood. C'était du cinéma...

Je le secouai violemment.

– Elle est morte, Martin. Mais on n'est que quatre à le savoir : toi, Grace, moi et celui ou celle qui l'a tuée. Et personne d'autre n'en saura rien tant qu'on n'aura pas retrouvé son corps.

Martin hochait la tête d'un air docile. Je le lâchai. Il ceignit ses jambes de ses bras et posa le front sur ses genoux, se balançant doucement d'avant en arrière. Il me fit pitié.

– Il faut qu'on parle à Grace... murmura-t-il. On doit parler à Grace.

C'était bien mon avis.

– Je vais la trouver.

– Tu ferais bien, Russ.

– Puisque je te dis que je m'en occupe.

– Il le faut, c'est ta fille, tout de même.

– Je sais, pas la peine de me le rappeler.

7

En rentrant chez moi, je trouvai la Porsche rouge garée dans l'allée. Grace attendait, adossée à la carrosserie. Une petite sonnerie d'alarme retentit en moi. Je ne l'avais pas vue depuis près d'un an. De temps à autre, elle passait un coup de fil, sans plus. Malgré la chaleur accablante, elle était emmitouflée dans une parka au col fourré, les épaules tassées, le menton enfoui, les mains dans les poches.

Dès sa naissance, Grace avait été monopolisée par sa mère. Elle s'en était emparée, se l'était appropriée et l'avait soustraite à mon regard. Avant même sa venue au monde. Amber avait attendu cinq mois pour m'annoncer qu'elle était enceinte. La première fois que je la vis, elle avait déjà deux semaines, après quoi il me fallut attendre encore deux ans avant de la revoir. Amber l'avait emmenée à Paris, puis à Rome, New York, Rio, Londres, Saint-Barth, Saint-Kitts et Saint-Thomas. Ma fille avait quatre ans quand j'entendis enfin le son de sa voix. Me tendant une joue réservée, elle me déclara : « Ravie de vous rencontrer, Russell. » Ce fut l'un des moments les plus étranges et les plus forts de ma vie, lorsque je me penchai pour déposer un baiser sur ce visage qui me ressemblait tant, tourné de trois quarts, ses grands yeux marron aux cils démesurés dirigés vers le ciel avec une assurance et un ennui suprêmes. Je crois bien que, ce jour-là, j'y ai laissé un petit fragment de mon cœur. Depuis, elle ne m'a jamais appelé autrement que Russell, jamais père, papa, ou p'pa.

Cette fameuse nuit – celle où Grace avait quatre ans –, Amber et moi étions montés dans les collines derrière Laguna pour nous livrer au combat le plus sanglant de notre vie. C'était le genre de scène où les deux parties adverses sont aussi sincères l'une que l'autre et où rien ne semble pouvoir enrayer l'escalade de l'agressivité. Je lui reprochai de m'avoir volé ma fille et exigeai qu'elle me soit restituée. Quelle naïveté ! Comment, à vingt-six ans, n'avais-je pas encore compris que si je devais un jour récupérer Grace, la décision viendrait d'elle et d'elle seule ! Je n'étais pas armé à l'époque pour comprendre à quel point elle était déjà loin. Amber rétorqua que je n'avais pas plus de droits sur ma fille qu'une fleur sur une abeille. Je n'avais fait que « fournir le pollen » ! Cette nuit-là, nous en vînmes aux mains, quoique, à ma décharge, Amber eût frappé la première. La lune était pleine et jetait une lueur glaciale sur le sentier rocailleux. Je revois encore l'éclat noir de la pierre qu'elle me lança.

Je ne revis plus ni Amber ni Grace pendant cinq ans.

– Grace ! m'exclamai-je en descendant de voiture.

– Russell ! répondit-elle.

Elle vint vers moi, ses talons claquant sur l'asphalte. Comme quatorze ans plus tôt, elle me tendit la joue. Sa peau était froide et il émanait d'elle une odeur forte, une fragrance féminine faite de parfum de luxe et de tension nerveuse. Elle était grande, près d'un mètre soixante-dix-huit, avec une silhouette sportive et un visage ravissant. Elle avait la longue chevelure brune et ondulée de sa mère.

– Désolée de faire irruption comme ça. Tu dois me prendre pour une revenante.

– Tout va bien ?

– Bien sûr que non.

– Entre.

– Merci.

Je la conduisis dans mon bureau et montai voir Isabella. Elle dormait. Je restai près d'elle un instant, contemplant son visage enfoui dans l'oreiller. Isabella n'apprécierait guère de trouver Grace dans la maison à son réveil. Pour elle, Grace et sa mère n'étaient que des manipulatrices de la pire espèce. Après cinq années de mariage, elle était encore irritée dès que j'évoquais leur nom. J'avais appris à l'éviter.

Quand je revins dans mon bureau, Grace regardait les livres de ma bibliothèque. Dans la lumière vive, je constatai qu'elle était légèrement pâle et moite. Une rosée de transpiration faisait luire ses tempes et sa lèvre supérieure.

– Tu devrais faire construire un bar là-dedans.

– Qu'est-ce que je te sers ?

– Un vermouth, sec, avec des glaçons, si tu en as. Et une rondelle de citron.

J'en servis deux dans la cuisine et revins vers elle. Elle avait déboutonné sa parka. Je l'observai qui traversait la pièce pour prendre son verre, stupéfait comme toujours de retrouver une partie de moi-même. C'était une fille superbe. Dix-huit ans, forte, maîtresse d'elle-même. Elle avait le visage d'Amber mais en plus large, héritage des Monroe. Son menton délicat, ses lèvres pleines et sensuelles, son long nez fin lui venaient également de sa mère. Mais d'autres traits étaient de moi : le grand front inexpressif, les yeux bruns qui semblaient parfois si vulnérables. Ces deux détails lui avaient épargné la caractéristique la plus frappante de sa mère, cette expression qui lui avait valu de figurer sur tant de couvertures de magazines et d'écrans de télévision : Amber était capable de suggérer n'importe quel état d'esprit – de l'innocence virginale à la provocation, de la traîtrise au désespoir amoureux – et de l'associer de façon plausible à une marque de shampooing, de rouge à lèvres ou de soutien-gorge. Car, affleurant sous ces « émotions », il y avait toujours cet air de connivence, ce désir de conspirer, cette sensation qu'il n'existait plus rien au monde qu'elle et celui ou celle qui croisait son regard. C'était comme un contrat exclusif et secret. Grace était belle, mais elle ne pouvait pas faire semblant. Quant à Amber, elle n'ensorcellerait plus personne. L'horrible vision de son visage profané me revint en mémoire et se superposa sur celui de notre enfant.

– Qu'est-ce qui t'arrive ? demandai-je.

– Je suis suivie. Ils sont deux, un gros avec de grandes oreilles et un mince, avec des cheveux en brosse. Ils ne me lâchent pas une seconde. Ils font le guet dans un break rouge... devant mon immeuble, devant la boutique où je travaille.

– Qu'est-ce qu'ils veulent ?

– Qu'est-ce que j'en sais ?

– Tu as prévenu la police ?

– Non. J'ai préféré venir ici. J'ai besoin d'une bonne nuit de sommeil.

– Ça dure depuis combien de temps ?

– Je ne sais pas. Je les ai remarqués il y a quelques jours.

– Ils ne t'ont jamais abordée ?

Grace m'examina avec un air pénétrant, comme si elle venait de découvrir quelque chose sur mon visage.

– Non. J'ai passé les deux derniers jours chez un ami, mais je ne crois pas qu'il soit capable de... me protéger.

– Qui ça ?

– Brent.

– Il a un nom de famille ce Brent ?

– Sides. Il est barman, mais il aimerait devenir scénariste.

– Quel bar ?

– *Sorrento's*. Vers Orange Hills.

Elle vida son verre, le reposa sur la table basse et s'assit sur le divan. Elle fixa le parquet, ses longues mèches brunes retombant en avant et cachant ses yeux.

– Il est fou de moi. Mais ce n'est qu'un gamin. Il n'arrête pas de me faire des cadeaux.

Elle releva la tête. Ses yeux brillaient.

– On m'a dit que tu étais passée chez Amber, hier soir. Je croyais que vous ne vous adressiez plus la parole.

Elle battit des paupières, puis plissa ce front qui ressemblait tant au mien. Elle me fixa longuement et j'eus l'étrange impression d'être examiné par mes propres yeux. Puis elle secoua lentement la tête et détourna le regard.

– Je n'ai pas vu maman la nuit dernière.

– Martin Parish m'a dit qu'il t'avait vue sortir de chez elle à 23 h 30.

– Puisque je te dis que je n'y étais pas !

– Il était pourtant sûr que c'était toi... il a reconnu ta Porsche.

– Qu'est-ce que tu veux que je te dise, Russ ? Ce ne pouvait pas être moi. Martin boit beaucoup trop pour être sûr de quoi que ce soit, tu ne crois pas ? La dernière fois que je l'ai vu, il était ivre mort sur le sofa de maman. Et ça ne date pas d'hier. J'ai passé la nuit avec Brent.

Son regard revint vers moi, il semblait aussi sincère qu'interrogateur. Je n'y lus aucune tromperie, uniquement un mélange de perplexité, de curiosité et d'attente confiante.

– Qu'est-ce qui se passe, Russ ? Tu revois maman ?

– Non, mais j'ai discuté avec Martin aujourd'hui. C'est comme ça qu'il m'a dit t'avoir vue la nuit dernière.

– Alors c'est Martin qui la revoit.

Je hochai la tête.

– Je n'ai jamais compris comment elle arrivait à vous embobiner à ce point.

– Brent Sides pourrait sans doute t'éclairer.

– Je n'ai jamais eu l'intention de le faire ramper à mes pieds.

– C'est ce qu'Amber aurait dit, elle aussi.

– On dirait que vous aimez qu'elle vous fasse souffrir. C'est donc si agréable ?

– Uniquement quand on est jeune.

– Comme moi.

– Comme toi. Ainsi vont les choses. *So Jah Seh.*

Elle redressa la tête, puis se leva. Si la phrase lui avait fait le moindre effet, elle n'en montra rien. Elle regarda par la fenêtre un long moment puis secoua sa crinière brune.

– Ainsi parle Dieu. Ecoute, Russ, réponds-moi franchement. Ça t'ennuie si je dors ici cette nuit ? J'en ai assez d'être harcelée et je suis crevée. Je sais qu'Isabella ne me porte pas dans son cœur, mais je filerai de bonne heure.

– Aucun problème, le lit de la chambre d'ami est fait.

– Le divan fera parfaitement l'affaire.

– Comme tu veux.

Elle leva son verre.

– Tu en prends un dernier avec moi ? Quelque chose d'un peu plus corsé que le vermouth ne serait pas de refus.

Je préparai deux généreux whiskies et les apportai dans le bureau. Assis sur le divan, je lui parlai d'Isabella et de mon travail. La conversation était étrangement solennelle et laborieuse, comme celle de deux anciennes accointances qui s'efforcent d'honorer un souvenir lointain. Mais nous n'avions même pas de passé commun. Néanmoins, je ne pouvais réprimer de grandes bouffées de tendresse protectrice d'un père pour sa fille. Je les sentais gonfler en moi jusqu'à ce qu'elles se heurtent à un grand mur invisible au pied duquel elles s'amoncelaient, crevaient et s'évaporaient, n'ayant nul endroit où s'épancher. Grace se tenait là, à un mètre de moi, discutant des difficultés du marché de la mode, et je ne pouvais que me taire. Parmi les blessures que m'avait infligées Amber en annexant Grace, c'était là la plus cruelle. Elle nous avait volé la seule chose que nous ne pourrions jamais récupérer : le temps.

Je plaçai ma main sur la sienne. Elle interrompit sa phrase en plein milieu, me lança un regard incertain, puis fixa de nouveau le parquet. Ses mèches retombèrent sur son visage.

– Excuse-moi, Russ. J'aurais pu trouver un hôtel, ou aller ailleurs.

– Je suis content que tu sois venue.

Nous restâmes un moment sans rien dire. Les muscles de Grace ne se détendaient pas. Sa main n'était dans la mienne que parce qu'elle s'efforçait de ne pas l'enlever.

– C'est drôle, Russ, dit-elle enfin. J'ai passé toute ma vie avec maman, à me « divertir ». J'ai été sur tous les continents, vécu dans dix pays, appris trois langues étrangères, mais je ne comprends toujours pas ce qui cloche. Il me manque quelque chose. J'ai quelque chose en moins, mais que je ressens quand même, comme un membre amputé. J'ai parfois l'impression qu'une partie de moi commence tout juste à sortir de la vase.

Je pressai doucement sa main et souris de ce mélange de confusion et de lucidité qu'on ne peut avoir qu'à dix-huit ans.

– Ça ne changera jamais, Grace. Sur ton lit de mort, tu te surprendras encore à découvrir que tu n'es pas celle que tu croyais être.

– C'est très réconfortant.

Elle se leva brusquement. Je détestai la sensation de cette main qui se retirait d'un coup.

– Je devrais m'en aller.

– Reste.

Elle s'approcha de la fenêtre et regarda la route de Laguna Canyon.

– Je ne peux pas m'empêcher de la haïr.

Je restai un instant sans rien dire, avant de déclarer :

– C'est parce que tu la vois telle qu'elle est pour la première fois.

– Non, je la hais vraiment.

Je réalisai soudain que Grace croyait sa mère encore en vie. Elle n'avait pas dit « Je la haïssais » mais « Je la hais ». Martin Parish avait menti, Grace n'était jamais allée chez Amber la nuit précédente. J'eus la chair de poule.

Martin, qu'est-ce que tu avais donc fait ?

– Tu veux qu'on en discute ?

– Non. Je n'ai pas envie d'en parler.

Elle se tourna vers moi.

– Bonne nuit, Russ. Je suis morte de fatigue.

Je la serrai dans mes bras. Elle était raide et froide comme le marbre.

– Tu trouveras une couverture dans l'armoire.

Je restai allongé auprès d'Isabella, blotti contre elle, regardant son visage par-dessus son épaule, écoutant le réveil égrener les minutes.

A 3 h 40, je descendis au rez-de-chaussée, armé d'une lampe-torche. Aucun rai de lumière ne filtrait sous la porte du bureau. Je me glissai dehors, dans le silence aride du canyon. Un parfum de sauge m'enveloppa. En contrebas, la route serpentait à perte de vue, tranquille, déserte.

Je grimpai sans bruit dans la Porsche de Grace et allumai le plafonnier.

La boîte à gants contenait quelques CD, un appareil pour mesurer la pression des pneus, les papiers d'immatriculation et d'assurance habituels. Il y avait aussi un portefeuille contenant six cent quatre-vingts dollars ; plusieurs reçus de cartes de crédit, la plupart du bar *Sorrento's* à Orange Hills, lieu de travail de Brent Sides, barman, aspirant scénariste et soupirant ; et trois boîtes de préservatifs, sans doute destinés aux rares moments de béatitude que Grace concédait généreusement à M. Sides. Aucun père n'apprécie la vision de sa fille de dix-huit ans en plein coït.

J'actionnai la manette d'ouverture du coffre, saisis

ma lampe-torche et sortis de la voiture. Il ne contenait rien d'inhabituel : un cric, une roue de secours, plusieurs bidons d'huile, une petite trousse à outils, une raclette. Entassés dans un coin se trouvaient un produit pour nettoyer les vitres, du cirage, un aérosol de silicone, plusieurs éponges.

A plat au fond du coffre, il y avait un carton de sacs-poubelle de cent litres.

Je dirigeai la lampe sur l'étiquette : Super-Résistants. Je tirai la boîte vers moi et cherchai une inscription indiquant un lieu de vente, mais ne trouvai qu'un code-barres. Je fouillai entre les sacs à la recherche du système de fermeture : des petits liens en métal souple recouverts de plastique, attachés les uns aux autres. Je les comparai à ceux pris sous le lit d'Amber.

Ils étaient identiques.

Les mêmes sacs-poubelle ?

Quand je me couchai enfin, il était 4 heures passées. Je restai allongé un long moment, me demandant si Grace m'avait menti et, si oui, pourquoi. Où aurait-elle trouvé la force de tuer ? C'était idiot. Vers 5 heures, je finis par m'endormir d'un sommeil agité, pour me réveiller en sursaut moins d'une heure plus tard, saisi par la panique.

Quand je descendis, Grace était partie. Elle avait probablement poussé la Porsche sur la route pour ne pas nous réveiller.

Dans mon bureau, je trouvai un message griffonné sur un bout de papier :

Merci, Russ. Finalement, je n'ai pas beaucoup dormi. Tu as trouvé quelque chose d'intéressant dans ma voiture? Je suis allée chercher quelques affaires. A plus tard. Grace.

8

Daniel Winters m'appela à 8 h 10 pour me dire qu'il voulait que l'article sur Dina soit long, subtilement persuasif, bien tourné et en kiosque dès le mardi suivant. Au ton de sa voix, je pouvais presque voir les sillons résignés sur son front. Dan Winters était un shérif qui savait qu'on n'a rien pour rien. Aussi fis-je ce que font tous les journalistes confrontés à une mission impossible, je promis la lune.

Il se tut un long moment, puis lâcha une adresse dans le quartier d'Orange Hills et raccrocha. Il avait mordu à l'hameçon.

La maison était une merveille d'architecture de verre et de bois, couronnant une longue allée bordée de pins. Il y avait déjà cinq véhicules garés devant le garage, deux voitures de patrouille, deux banalisées et la fourgonnette du service technique. L'air fleurait bon la montagne. Il faisait déjà chaud. Un bourdonnement nerveux résonnait dans mon estomac.

Martin Parish vint à ma rencontre à la porte de service et me fit passer devant deux officiers en uniforme à la mine soupçonneuse. Je le suivis le long d'un couloir interminable, à travers un salon aussi grand que toute ma maison, puis dans un autre couloir qui menait, présumais-je, aux chambres à coucher. Il ne se tourna qu'une seule fois vers moi, sans dire un mot. Je perçus un net changement chez lui depuis la nuit précédente, et ce n'était pas uniquement lié au fait qu'il était dégrisé. Il avait une marque rouge sur le front, là où je lui avais envoyé mon genou, mais il avait aussi le regard glacé de celui qui vous attend au tournant.

– Désolé pour hier soir, dis-je.

– Tu ne perds rien pour attendre, maugréa-t-il.

Il me dévisagea, comme s'il avait découvert quelque chose à mon sujet qui nous éclairait, moi, lui et tout le reste, sous un jour nouveau.

– Quand tu veux, dis-je bravement.

– J'attendrai le moment voulu.

– Qu'est-ce qui s'est passé ici ? demandai-je, histoire de changer de sujet.

– Je n'ai jamais rien vu de pareil. Deux gamins.

– Winters est enfin prêt à tout révéler à la presse ?

– Il aurait dû le faire après le meurtre des Ellison. Qu'est-ce que tu lui as promis cette fois ? Un autre article sur Dina ?

– Dans le mille.

Son regard me transperça.

– Plus rien n'a de sens, Monroe.

Il s'arrêta sur le seuil de la première chambre. Par-dessus son épaule, j'aperçus un mur bleu pâle moucheté de rouge sombre.

– Je te présente les jumeaux Wynn.

J'entrai. Ma première impression fut qu'il s'agissait d'un accident industriel, un incident impliquant des machines défectueuses et de la chair humaine. Je pouvais sentir l'odeur fétide des tripes exposées à l'air libre pour la première et dernière fois. On aurait dit qu'on avait projeté un seau de sang sur les murs, de grandes éclaboussures dégoulinaient sur la moquette bleue. Le mur d'en face était strié de giclées écarlates, épaisses par endroits, puis s'amincissant comme un coup de pinceau. Juste sous la trace du pinceau se trouvait un petit garçon, âgé de quelques années seulement, assis comme une poupée de chiffon, adossé contre le mur près d'une inscription en lettres grossières écrites avec son sang :

L'Œil de minuit nettoie les hippocrytes
So Jah Seh

Je pris une profonde inspiration et m'accroupis, examinant un mobile en carton qui avait sans doute été suspendu autrefois au-dessus d'un berceau. De petits avions de chasse gisaient écrasés à mes pieds : un P-51, un F-111 et un jet AWACS. Le berceau se trouvait dans l'autre coin de la chambre, devant un bow-window donnant sur un jardin. Au plafond, il y avait un crochet où avait été suspendue une fougère dans un filet en macramé, à présent répandue sur la moquette. A sa place, un autre enfant était accroché par les chevilles, ses petits bras pendant sous lui. On aurait dit un petit plongeur figé en plein vol, s'élançant vers la piscine de sang qui s'ouvrait devant lui. Il se balança légèrement d'un côté, puis de l'autre.

Je baissai de nouveau les yeux vers les maquettes d'avion et demandai pardon en silence à ces deux enfants pour ne pas avoir été là à temps.

Je sentis la présence de Martin dans mon dos.

– Justin et Jacob, annonça-t-il. On sait pas encore qui est qui.

Mes jambes étaient endolories, et mon pouls trop rapide. La main de Martin me tira le bras.

– La visite n'est pas terminée.

Avançant précautionneusement un pied devant l'autre, écœuré par l'odeur oppressante d'abattoir qui régnait dans la maison, je suivis Martin dans le couloir. Là, dos au mur, nous allumâmes chacun une cigarette. Le plafond me paraissait terriblement bas. Il faisait sombre aussi, malgré les appliques qui projetaient un halo de lumière sur le sol. Un officier en uniforme passa devant nous en évitant de croiser nos regards. Il s'arrêta sur le seuil de la chambre, esquissa un rapide signe de croix, puis entra.

– Tu gagnes suffisamment bien ta vie pour sortir de cet enfer, et tu reviens pour voir ça. Ça paie donc si bien ?

– Va te faire foutre, Martin.

– J'aimerais bien...

– Bon Dieu !

– Maman et papa sont dans la grande chambre. Ils avaient aussi une fille, mais elle était probablement sortie. On ne la trouve nulle part. Son lit est fait.

J'entrai dans la chambre. On aurait dit l'antre d'un fauve, une caverne où il serait venu dévorer ses proies, les dépecer et les donner en pâture à sa progéniture. Ou peut-être que quelque créature énorme s'était introduite ici non pour satisfaire son appétit, mais pour chercher un objet minuscule, très précieux et minutieusement caché, nécessitant de tout retourner, y compris meubles et occupants. Les cadavres, deux corps à la peau mate, pas très grands, étaient ouverts et vidés comme des tiroirs. Leur contenu était répandu partout, jonchant le sol, lancé contre les murs, suspendu aux pales du ventilateur de plafond, aux abat-jour, aux stores, aux dernières branches d'un petit palmier d'intérieur, collé sur l'écran de télévision, la commode, la vitre de la fenêtre, virant du rouge au noir tandis qu'il séchait lentement à la lumière dorée du soleil matinal. La dépouille de M. Wynn était étendue sur le dos en travers du lit, bras en croix. Mme Wynn était dans la baignoire, suspendue par les cheveux au support de la pomme de douche. Une partie de ses viscères bouchait l'évacuation, formant une mare de sang.

Les deux techniciens venaient de se mettre au travail avec une caméra vidéo et des sacs de scellés. Je sortis de la chambre et retrouvai Martin dans le couloir.

Un bruit étouffé nous parvint du salon, précédant l'apparition du shérif Dan Winters et de son équipe qui se dirigeaient vers nous d'un pas leste. Winters était un grand homme sec, portant des lunettes, toujours tiré à quatre épingles, avec des tempes grisonnantes et des yeux noirs, alertes et perçants. Il avait tendance à se voûter, mais se reprenait aussitôt et bombait le torse, pour s'affaisser de nouveau quelques minutes plus tard. Quatre personnes l'accompagnaient : deux assistants du procureur que je connaissais, un officier en uniforme que je n'avais jamais vu et une jolie rousse, Karen Schultz, la directrice des relations intercommunautaires du bureau du shérif. En passant devant moi, Winters m'adressa un signe de tête, puis il saisit Martin par le bras et l'entraîna dans la chambre des Wynn. Les assistants du procureur et l'officier les suivirent. J'entendis le cri de stupéfaction de Winters, suivi d'un autre, chargé d'horreur, d'incrédulité et d'abattement.

Les yeux verts de Karen Schultz me scrutèrent avec circonspection.

– Il va falloir procéder avec prudence, Russ.

– Dis-moi ce que vous voulez tenir secret.

– Tu devras me montrer ta copie avant de la publier.

– Tu pourras la lire mais je n'y changerai rien. Dis-moi d'abord ce que je peux révéler et je m'y tiendrai.

– On va reconnaître la possibilité d'un lien avec les affaires Ellison et Fernandez.

– C'est pour ça que je suis là.

– Mais rien d'affirmatif tant qu'on n'a pas tous les relevés ni toutes les analyses du labo. Tu parleras de « lien éventuel » et tu diras que la police ne dispose pas encore de preuves suffisantes mais y travaille d'arrache-pied. Il serait préférable d'éviter le terme « tueur en série ».

– Tu préfères « délinquant récidiviste » ?

Elle soupira, lança un regard vers la porte de la chambre, puis se tourna de nouveau vers moi. Elle avait une chevelure épaisse et lisse, un teint pâle, et des taches de rousseur sur le nez. Je ne l'avais jamais vue sourire.

– Raconte ce que tu veux dans le *Journal*, mais si on ne parvient pas à confirmer qu'il s'agit du même assassin, tu auras l'air fin.

– A quelle heure, la conférence de presse ?

– 16 heures. Je te donne trente-deux heures d'avance. Ça équivaut à un super-scoop, deux jours avant les autres. Veille à ce que Dina ait bonne mine.

– Elle sera superbe. Merci.

Elle lança un autre regard vers la porte.

– Bon sang, ce que je déteste ça !

Je ne trouvai rien à lui répondre, sinon :

– Désolé.

Je traînai dans les parages, prenant des notes, relevant des détails. Je découvris une petite buanderie avec une porte qui donnait sur le jardin, derrière la maison. J'en profitai pour fumer une cigarette, prendre un bol d'air frais et une gorgée de ma flasque.

Les détectives établirent rapidement que M. Tran Wynn était un médecin de quarante et un ans. Son épouse, Maia, en avait trente-six et travaillait pour une société d'aérospatiale.

Les jumeaux, Jacob et Justin, avaient deux ans.

Par miracle, leur fille, Kim, était absente. Où était-elle ? Je jetai un œil dans sa chambre. Le lit était fait. En arrivant, les flics avaient trouvé sa porte ouverte, alors que celles des jumeaux et des parents étaient closes. Karen Schultz demanda qu'on fouille la maison de fond en comble, en vain. Winters ordonna qu'on interroge tous les voisins, après que Martin et les assistants du procureur lui eurent expliqué que, d'après le « profil » du tueur, il était peu probable qu'il ait enlevé une enfant.

– Pas une ligne tant qu'on n'a pas retrouvé la petite, annonça Karen.

Son teint livide faisait ressortir ses taches de rousseur.

Ils ne tenaient pas à ce que Kim apprenne par l'édition du soir que toute sa famille, tout son univers avaient disparu. Moi non plus.

– Ne t'inquiète pas, assurai-je. Les Wynn étaient bien vietnamiens, non ?

Karen acquiesça.

– Wynn est une version anglicisée de Nguyen. Ça se prononce pareil. Jacob, Justin et Kim ? Apparemment Tran et Maia faisaient leur possible pour s'intégrer.

– Il y a beaucoup de catholiques qui viennent du Nord.

– Ils auraient peut-être mieux fait de rester chez eux. Au moins, on les aurait enterrés dans leur terre.

Une demi-heure plus tard, Martin me dénicha dans la buanderie et me fit signe de le suivre au salon. J'avais déjà noirci dix pages de mon calepin.

– J'ai quelque chose pour toi, annonça-t-il.

Winters, les assistants du procureur, les deux techniciens et Karen se tenaient tous en demi-cercle devant l'énorme chaîne hi-fi des Wynn. Un des officiers appuya sur un bouton et un grésillement retentit dans les haut-parleurs. Cela dura une dizaine de secondes. Je ne compris pas tout de suite que ce bruit n'était pas dû à une mauvaise qualité de la cassette, mais qu'il devait s'agir d'un bruit de vagues, de pas crissant sur le sable, ou peut-être de voitures passant en trombe sur une autoroute.

Une voix masculine résonna ensuite, lente, calme, presque plaisante. Il articulait et espaçait soigneusement chaque mot, comme pour nous laisser le temps de répéter après lui :

... Venu... Vu... Obtenu... Voulu...
Lavé... Enlevé... Jah

Puis encore des vagues, des voix faibles et lointaines, une longue inspiration, suivie d'un silence. Puis sur le même bruit de fond, la voix reprit, mais cette fois, ses paroles étaient inintelligibles, laborieuses, comme articulées sous l'effet d'une drogue ou pendant le sommeil :

Cheu... ai... reuheuhir... un... tôt... Oooz... trrrible... Hé... czé... cul... taie... moi... Dis... ààà... Blévère... sumô... deauh... Dis... ààà... Blévère... sumô... deauh... hiii... Mmmféfère... deuh... chose...

Un bruit sec marqua la fin de l'enregistrement, suivi du silence des haut-parleurs.

On écouta la bande une seconde fois, puis une troisième.

– « Dis à Blévère », dit pensivement un des assistants, Peter Haight.

– « Dis à Blévère sur mon dos », enchaîna Winters.

– « Diable vert sur mon dos, acheva Martin. Il me fait faire des choses. »

– « Exécutez-moi », dis-je.

Parish me regarda.

– C'est aussi ce que j'ai entendu, dit Karen.

Un silence de plomb s'abattit sur nous. Winters nous dévisagea chacun à notre tour. Karen demanda à entendre la bande une nouvelle fois. Nous la réécoutâmes.

Il me vint soudain un doute.

Quelque chose ne collait pas. Mais pas du tout.

Ce n'était pas uniquement le contenu de la cassette mais le fait que les enquêteurs l'aient découverte aussi vite. Nous étions dans une maison pleine de cadavres, de sang, d'empreintes digitales, de cheveux, de fibres aussi, sans aucun doute. Et ces types avaient soudain la présence d'esprit d'allumer la chaîne hi-fi ? Winters dut lire l'expression de mon visage. Il lança un regard vers les deux assistants du procureur et les techniciens et leur fit signe de nous laisser.

Je compris enfin.

– Pas un mot au sujet de l'enregistrement, annonça-t-il.

– Pas un mot au sujet des inscriptions sur les murs, renchérit Schultz.

– Et pas un mot sur le fait que vous avez déjà

trouvé la même mise en scène chez les Ellison et les Fernandez, lâchai-je. Mais à quoi jouez-vous ?

– Tu es prié d'oublier cette question dans ton article, dit Karen. Sinon, c'est toi qu'on oubliera pour toutes les enquêtes de police du comté, jusqu'à la fin de tes jours.

– Mais pourquoi ?

Les yeux de Winters se rivèrent aux miens.

– On a pris un risque. On a voulu lui tendre un piège et on s'est plantés. C'était une erreur. On espérait pouvoir le coincer avant qu'il ne remette ça. C'est aussi simple que ça, Russell. On te donne l'exclusivité, alors ne nous grille pas. Aide-nous. Et n'oublie pas que les éclaboussures de sang en première page n'ont jamais sauvé la vie de personne. A mon avis, du moins.

Dans le silence qui suivit, Parish me fixa d'un regard torve, Karen Schultz regarda le sol en se mordant la lèvre et Winters soupira, les yeux obstinément plongés dans le vide.

J'étais trop abasourdi pour réfléchir. La balle était dans mon camp, et je devais la garder.

– Laissez-moi écouter les autres bandes, demandai-je. Et montrez-moi les photos des murs.

– Pas question, lança Karen, oublie ça.

– D'accord, dit Winters, pas de problème.

– Mais Monroe est un reporter ! s'indigna Karen.

– C'est pourquoi il nous vendra sa conscience pour un bon papier, trancha Winters, passé maître en l'art des compromis. N'est-ce pas, Russ ?

Aucun journaliste sur terre ne l'aurait contredit. Je pouvais refuser et les descendre en flèche. Mais une seule fois, pas deux : je me grillais définitivement auprès des bureaux du shérif et du procureur et me condamnais à la rubrique des chiens écrasés pour le restant de mes jours. Quels que soient les dégâts causés par le silence prolongé de Winters, le mal était fait. J'étais un peu surpris de voir à quel point il avait changé depuis l'époque où j'étais sous ses ordres. Il était devenu un vrai fauve de la politique, pensant à long terme, sachant se couvrir, mais négligeant son devoir. Il avait commis une tragique bévue, qu'il n'aurait jamais faite cinq ans plus tôt, et il en était conscient. Il savait aussi qu'il pourrait la dissimuler. Karen et moi allions nous en charger.

– J'attendrai, confirmai-je.

– Je te promets un fauteuil au premier rang le jour où on enverra ce type à la chambre à gaz, conclut Winters. D'ici là, n'oublie pas que tu nous es redevable.

Il tourna les talons et sortit.

Je restai un moment dans la buanderie, adossé au chauffe-eau, contemplant les eucalyptus du jardin par la porte entrebâillée.

Je crus entendre un souffle à peine perceptible, tout près de moi.

Il me fallut quelques secondes pour l'identifier. Je ne bougeai pas. Je pensai d'abord à un chien endormi derrière le panier de linge sale, ou peut-être à un chat grimpé sur une étagère. C'était un son angoissant. Il venait de devant moi, juste au niveau de ma poitrine, si léger...

Il cessa, puis reprit.

Très lentement, je tendis un bras vers le sèche-linge et tirai la porte vers moi. « Mon Dieu, priai-je, faites que... » La lumière s'alluma à l'intérieur de la machine et deux yeux apparurent. Je m'agenouillai et avançai les mains, paumes ouvertes.

– C'est fini, Kim, dis-je doucement. Je ne te ferai aucun mal. Tu peux sortir.

Elle s'extirpa de l'appareil et se réfugia dans mes bras. Elle devait avoir quatre ou cinq ans. Elle se mit à gémir et sa respiration se fit plus profonde. Je la portai dans le jardin, au soleil. Elle enfouit son visage dans le creux de mon cou.

– Maman a crié et j'ai entendu « Bang ! ». Elle a crié, puis elle n'a plus crié.

– Tu as vu qui c'était, Kim ?

Je la sentis hocher la tête contre mon épaule.

– Il était grand et plein de poils... et il avait une batte rouge.

– Comme une batte de base-ball ?

– Il est sorti de la chambre de maman et papa. Je veux mon papa et ma maman !

Je la berçai en lui tapotant le dos. Le soleil éclairait ses cheveux englués de vomi.

– Tu as vu sa tête ?

– C'était un géant tout poilu, avec un manteau vert. Je veux ma maman et mon papa.

Je l'emmenai dans le salon. Martin et Karen se tenaient toujours devant la chaîne hi-fi.

– Mon Dieu ! souffla Karen.

Elle avança vers nous, d'abord lentement, puis, à mi-chemin, elle n'y tint plus et se précipita. Elle détacha doucement le bras de Kim agrippé à mon cou, prit l'enfant dans ses bras et l'emporta vers le hall d'entrée.

Martin et moi restâmes seuls. Son regard fixe me mettait mal à l'aise.

– Il y avait aussi une bande, chez Amber ? demandai-je.

Il acquiesça. Son expression s'adoucit.

– Tu l'as écoutée ?

– Une fois. Même genre de conneries. Même voix.

– Avec les bruits de plage et de voitures dans le fond ?

– De la musique. Du reggae et un brouhaha. Comme dans un bar. Elle était déjà rembobinée dans l'appareil. Le voyant de sa chaîne était allumé, ça m'a paru bizarre. C'est comme ça que je l'ai trouvée.

Je restai songeur.

– Martin, c'est l'Œil qui a tué Amber ?

– Ou quelqu'un qui voudrait le faire croire.

– L'Œil ne fait pas disparaître ses victimes dans des sacs-poubelle.

– Il ne refait pas les lits et ne lave pas les moquettes non plus, j'imagine.

– Alors, qu'est-ce que c'est que ce cirque ?

Le sourire qui s'inscrivit sur le visage de Martin était franchement malsain.

– Ce n'est pas si dur à comprendre, Russ.

Je ne saisis pas tout de suite les implications de ce commentaire. Je n'avais pas encore examiné la situation depuis son point de vue. Puis je compris soudain, et un petit spasme d'inquiétude accéléra les battements de mon cœur.

– Où est cette cassette, celle d'Amber ?

– Le deuxième soir, quand je t'ai surpris là-bas, elle n'était plus là. Disparue, comme Amber.

– Grace m'a dit qu'elle n'y était jamais allée.

– Alors, l'un de nous est un menteur.

– Peut-être bien un tueur, aussi ?

Martin m'adressa un grand sourire. Dans ses yeux brillait une lueur de certitude.

– J'avoue, Monroe. Je les ai tous tués. C'était plus fort que moi. Tu m'excuseras, mais il faut que j'y aille. Je dois rassembler des preuves pour pouvoir m'arrêter.

9

A la maison, je trouvai Isabella et Grace assises sur la terrasse, la première dans son fauteuil roulant et la seconde sur une marche. Les voir ensemble, apparemment en paix, me réchauffa le cœur. L'espace d'un instant, les images des Wynn s'effacèrent et tout ce qui importait était là sous mes yeux. Nous formions une famille.

J'embrassai Izzy et remarquai qu'elle avait soigné sa toilette : un chemisier à fleurs avec des boucles d'oreilles et un chapeau assortis, un caleçon de surfeur avec un motif clinquant rouge vif, noir et orange, des tennis avec des lacets dorés. Elle était maquillée et sentait terriblement bon.

Grace se laissa elle aussi embrasser.

– Tu es superbe aujourd'hui, dis-je à Isabella.

– GGGrace m'a aidée. Elle a mei... meilleur goût que toi.

– Et sans doute plus de patience, ajoutai-je.

– Elle a une garde-robe de reine ! s'exclama Grace.

Grace me lança un regard fier. J'ignorais comment elle avait pu amadouer Isabella si rapidement, mais de toute évidence, une trêve avait été négociée. Et les exigences de l'apparence et de la mode avaient fait le reste.

Isabella leva ses grands yeux noirs vers moi.

– Je ne veux pas ê-ê-être en retard.

– J'ai promis qu'on y serait à temps, la rassurai-je. Laisse-moi une heure pour écrire mon article. Est-ce que vous serez sages pendant ce temps-là ?

– Certainement pas, plaisanta Grace.

Isabella acquiesça.

Une heure plus tard, nous étions en route pour le centre médical universitaire Irvine où nous attendaient les résultats de la seconde tomographie d'Isabella. Les médecins craignaient que la tumeur n'ait augmenté de volume. Nous étions paniqués. Le rapport du scanner nous dirait ce qu'il en était et, le cas échéant, à quelle rapidité et dans quelle direction la maladie évoluait. J'avais écrit et télécopié mon article sur l'Œil de minuit à Carla Dance pour le *Journal*, avec une copie pour Karen Schultz. Je citais le nom qu'il s'était donné. La mort semblait partout.

L'ambiance qui régnait toujours dans la voiture durant le trajet jusqu'au centre médical tenait à la fois de la marche funèbre et d'une scène d'*Alice au pays des merveilles*. Il nous fallait traverser les collines arides du canyon puis d'immenses zones industrielles sinistres et polluées. Il régnait une atmosphère irréelle, accentuée par nos prières tacites pour que ce cauchemar se dissipe et que nous redevenions un simple couple plein d'espoir en route vers l'hôpital pour une visite de routine chez l'obstétricien. De fait, nous avions déjà accompli cette démarche, deux mois avant que la maladie d'Isabella ne soit diagnostiquée, après qu'un test de grossesse acheté dans un supermarché eut viré au rose bonbon. Mais les ultrasons n'avaient révélé aucun battement de cœur et, le lendemain, elle faisait sa deuxième fausse couche en six mois. Huit semaines plus tard, quand les médecins découvrirent la tumeur, nous comprîmes que son corps avait refusé de donner la vie à un autre être, parce qu'il était déjà trop occupé à lutter secrètement pour sauver la sienne.

Comme pratiquement tous les après-midi, il y avait un accident sur la route. La circulation ralentit et nous roulâmes au pas sur la bande centrale.

Isabella était assise à mes côtés, regardant par la fenêtre, perdue derrière ses lunettes de soleil.

– Et si elle a gro... grossi ?

– Elle n'aura pas grossi.

– Tu en es sûr ?

– Bien sûr. Les implants l'auront détruite.

– Et moi a... avec.

– Tu peux le dire.

– J'ai bien mérité une bonne nouvelle pour une fff... fois.

– Tu as mérité les meilleures nouvelles du monde.

Nous contournâmes trois carcasses de voitures, arrêtées sur le bas-côté. Assise sur l'asphalte, adossée contre la rambarde métallique, une femme se tenait la tête.

– Pourquoi les gens raaalentissent pour... pour regarder ?

– Ils sont soulagés de ne pas être à sa place.

– Tu crois que... c'est pour ça que mes aaa...mis m'appellent ?

– Tu es injuste. Ils t'appellent parce qu'ils t'aiment et ne savent pas quoi faire.

– Mon élo... élo... élocuuution empire, nnnon ?

– Je crois bien, ma chérie.

– Je vois le mot dans ma... ma tête, mais je n'arrive paaas à le prononcer.

– Je te comprends, c'est le principal.
– Oui, mais c'est pire que la semaine dernière. C'est peut-être les... les médicaments.
– Peut-être.
Isabella regarda les épaves en passant. Une fois la route dégagée, j'accélérai.
Elle resta silencieuse un long moment.
– J'ai entendu une voix de femme dans la maison, hier soir. J'ai rêêê...êvé ?
– C'était Grace.
– Pourquoi elle n'aaa pas été dormir chez sa mère ?
– Elle devait être absente.
– Tu aimerais qu'elle reste à la maison ?
Je lui résumai en quelques mots les problèmes de Grace.
Isabella réfléchit un instant.
– Elle aurait pu deeevenir une fille bien... si elle avait eu une autre nère, pardon, mmmère.
Je fis la sourde oreille. Isabella mettait toujours un point d'honneur à vilipender Amber et ce n'était pas à moi de lui ôter ce petit plaisir.
– Tu l'as vvvue, récemment ?
– Non.
– Et le 4 juillet ? Tu avais ta tête des jours d'Amber au dîner, ce soir-là.
– Non, Izzy. Ça fait des mois que je ne l'ai pas vue.
– Grace a l'intention de s'installer chez nous ?
– Non, elle a juste...
– Je ne veux pas d'elle dans la maison ! cria-t-elle soudain.
Son menton commença à trembler. Une larme apparut sous le cadre de ses lunettes, traçant une coulée de Rimmel sur sa joue.
– Excuse-moi, se reprit-elle.
– Ce n'est rien.

– J'ai teeelle... tellement peur qu'elle ait gro... grossi.

– Non, je suis sûr que non. Pas cette fois.

– Elle a encore grossi, déclara Paul Nesson, montrant la tache sombre sur le rapport du scanner. Elle ne se développe pas trop vite, plus ou moins comme on l'avait prévu. C'est peut-être en partie dû à l'effet de masse.

Le Dr Paul Nesson était le neurochirurgien d'Isabella. Un homme jeune, calme, qui parvenait à être tout à la fois grave, pince-sans-rire et chaleureux. De tous les spécialistes que nous avions consultés, il était le seul à avoir maintenu que le cas d'Isabella n'était pas désespéré. Il avait vivement déconseillé une opération ; au lieu de cela, il avait implanté des « graines » radioactives dans la tumeur. C'était un lundi. Le vendredi suivant, Isabella avait quasiment perdu l'usage de ses jambes. Nous étions restés tous les trois de longues heures dans le service de neurologie à assister impuissants à la disparition progressive de ses fonctions motrices ; ça commença par les orteils puis remonta de plus en plus haut. Paul Nesson avait tenté de nous rassurer en maintenant que cette perte n'était « probablement » pas irréversible, Mais, un an plus tard, il était manifeste qu'il avait eu tort. Je n'oublierai jamais la vision effroyable d'Isabella, coiffée d'un casque tapissé de plomb pour éviter d'irradier les autres personnes présentes dans la salle, essayant vainement de remuer les doigts de pieds, puis les chevilles, puis les genoux.

– Eh bien ! avait-elle dit, j'ai toujours rêvé d'essayer ces fauteuils roulants avec un moteur. Vous croyez qu'ils les font en rose bonbon, docteur ?

– On vous trouvera la couleur que vous voulez, avait-il répondu doucement.

Finalement, elle en eut un noir, sans moteur : quand vint le moment d'acheter le fauteuil, le rose bonbon avait perdu tout son charme.

Le regard d'Isabella passa de Nesson au rapport en couleurs du scanner. La tumeur formait une masse noire bordée de rouge et de jaune. Elle n'était plus ronde. Les puissants implants radioactifs en avaient fait un grumeau difforme.

– Qu'est-ce qu'ooo... qu'on fait ? demanda-t-elle.

– Comment vont vos jambes ?

– Plutôt mal.

– Encore plus faibles ?

– Oui.

– L'élocution ?

– Pire. Vous voulez faaaire les tests ?

Nesson effectua l'examen neurologique habituel : réflexes de la jambe (pratiquement nuls), nystagmus de l'œil (abondant), symétrie faciale (bonne). Il lui demanda de marcher. Isabella se hissa à grand-peine hors de sa chaise, saisit les poignées de ses cannes anglaises et traversa la pièce avec une lenteur, une patience et une concentration épuisantes. Nesson et moi l'encadrions, prêts à la retenir en cas de chute. Elle fit demi-tour et revint s'effondrer dans le fauteuil.

– Pourquoi est-ce que je ne vais pas mieux, docteur ?

Nesson ne répondit pas et contempla de nouveau le rapport, les mains enfoncées dans les poches de sa blouse, la tête légèrement inclinée sur le côté. Il resta sans bouger un long moment puis se tourna vers nous.

– Je crois que le moment est venu de faire éclater cette tumeur et de nettoyer les tissus nécrosés.

– Il faut m'ouvrir le crâne ?

– Oui, c'est indispensable.

– Mais... il y a un an, vous disiez le contraire, pou... ourquoi maintenant ?

– La situation est différente, Isabella. Je crois qu'aujourd'hui on a plus à gagner en opérant.

– Vous voulez d... dire, moins à perdre.

– C'est une façon de voir les choses.

Nesson nous décrivit la procédure, ses risques et ses bienfaits éventuels.

– Quels sont les riiisques de se réveiller en légume baveux ?

Il répondit que quatre-vingt-dix pour cent des interventions ne laissaient aucune séquelle.

– J'avais une chance sur deux cent mille d'être atteinte d'une tumeur au cerveau. Maintenant, c'est une sur dix. Avec le pot que j'ai...

– Réfléchissez-y. Toute opération présente un risque. Il n'y a rien d'urgent, pour le moment.

Je poussai le fauteuil d'Isabella jusqu'à la voiture en silence. Une fois à l'intérieur, elle se tourna vers moi.

– L'assurance couvre ce genre de frais ?

– Bien sûr.

– Mais je ne veux pas qu'ils fouillent dans mon cerveau.

– Non. Ça n'arrivera pas.

– Ça me fait peur, Russ, plus que tout au monde. Je ne crois pas que j'y survivrai.

– Je ne les laisserai pas faire.

En sortant du parking souterrain, nous fûmes aveuglés par la lumière de ce début de juillet.

– Tu veux bien faire quelque chose pour mm... moi,

Russ ? Emmène-moi à l'orangeraie. On prendra un sandwich, d'accord ?

– Avec plaisir, répondis-je en souriant, le cœur lourd, les mains agrippées au volant.

J'avais envie de hurler et de maudire le Créateur, mais ce n'était pas le moment. Ce n'était jamais le moment.

C'était une orangeraie de Valencias, l'une des dernières appartenant encore à SunBlesst, autrefois dirigée d'une poigne de fer par mon père, Théodore Francis Monroe.

C'était un lieu symbolique pour Isabella et moi, à cause d'un certain dimanche soir, six ans plus tôt. J'avais passé la journée à faire le tour des plantations à cheval avec mon père, vérifiant les canaux d'irrigation, le taux de sucre dans les fruits, les dégâts causés par les chapardeurs et les insecticides.

Une journée typique : nous avions conversé poliment, échangeant des lamentations professionnelles. Dans le cas de mon père, cela se limitait surtout à pleurer sur le rétrécissement du domaine de SunBlesst. Pour ma part, c'était une épreuve pénible. J'aimais mon père, mais le cynisme qu'il cultivait avec autant de soin que ses pousses de citrus le rendait distant et inaccessible. Il aurait aimé me transmettre ses traits de caractère, comme des cadeaux, et je les acceptais, surtout en sa présence. Je me sentais toujours plus fort loin de lui, mais un peu plus petit aussi. Mais comme chez tous les hommes qui se protègent sous une carapace de dureté, la tendresse de mon père se manifestait sans prévenir, et malgré lui. Seuls Suzanne (ma mère), ses oranges et ses ouvriers – mexicains pour la plupart – avaient droit à sa déférence et à son attention. Avec le recul, il était, et il est encore, l'homme le plus farouchement paternaliste que j'aie connu. Comme par atavisme, il défendait sa femelle, gardait l'entrée de sa grotte, commandait sa meute. Il traitait tout étranger avec la plus grande suspicion, surtout les autres mâles et, bien sûr, plus particulièrement ceux de sa trempe. En dépit de mes efforts pour m'élever au-dessus de lui, comme tout fils vis-à-vis de son père, je portais en moi son empreinte, pour le meilleur et pour le pire. C'était sans doute cette fibre en moi, plus que toute autre chose, qui avait été si profondément traumatisée par l'exploitation péremptoire de mon « pollen » par Amber Mae, suivie de mon congédiement. Il va sans dire que tout chez Amber Mae horrifiait mon père, mis à part son époustouflante beauté. Ils se haïssaient.

Le soir venu, mon père et moi nous serrâmes la main devant le ranch. Ma mère me donna un cageot entier de provisions. Mais au lieu de rentrer chez moi, je pris une des routes poudreuses qui longeaient la crête de la colline, traversai une orangeraie vert émeraude et arrêtai ma voiture dans mon coin préféré du domaine de SunBlesst. A l'origine, c'était une petite clairière où les ouvriers se retrouvaient pour déjeuner et, le vendredi soir, dîner. Mon père y avait fait abattre quelques arbres, érigé un grand auvent et installé huit longues tables de pique-nique sur une aire damée et ratissée. Une fontaine monumentale en céramique surmontée d'un saint François d'Assise se dressait à l'entrée de la « cantina ». Elle était alimentée par un canal d'irrigation qu'on avait détourné.

Enfant, je passais là de longues heures, parfois en compagnie des ouvriers, parfois assis seul à l'ombre, le week-end, écoutant l'eau éclabousser les sandales de saint François et contemplant le continent vert d'agrumes qui s'étendait au sud et à l'est. C'était là que, tant d'années plus tôt, j'avais dansé avec ma première fille, entre les tables, un vendredi soir. C'était là également que j'avais pris ma première cuite, la même nuit, je crois. C'était là encore que j'avais épanché ma peine quand j'eus le cœur brisé par une certaine Cathy, une camarade de lycée. Je m'y réfugiai tous les week-ends pendant deux mois, à l'ombre de l'auvent, à lui rédiger des lettres jamais envoyées, me lamentant amèrement sur mon sort. « Tu peux me quitter, pleurnichai-je alors, mais il me restera toujours ce souvenir. » Snif... snif.

Naturellement, ce coin de l'orangeraie avait changé depuis. SunBlesst avait réduit ses effectifs, et plus personne ne travaillait le dimanche.

Je marchai vers la fontaine désormais branlante et recouverte de mousse. En contemplant le vieil auvent, j'aperçus avec surprise quelqu'un assis à une table, m'observant.

Ce qui me frappa d'abord fut la blancheur de son chemisier qui se détachait sur le fond de verdure. Le reste de sa personne semblait se fondre dans les arbres, comme si elle leur appartenait et qu'ils l'avaient laissée s'avancer jusqu'à l'aire de pique-nique mais pouvaient la récupérer à tout instant. Au fur et à mesure que je m'approchais, elle prit du relief : c'était une jeune femme, les cheveux noués en un chignon désordonné, un livre ouvert devant elle. Elle me dévisageait de ses yeux bruns et paisibles.

– Désolé de vous avoir dérangée, déclarai-je.

– Vous ne me dérangez pas. En tout cas, pas encore.

– Je venais juste rendre visite à mon coin favori.

– C'est aussi le mien, surtout le dimanche.

Je jetai un regard circulaire à la « cantina » avant

de revenir sur elle. Elle portait de simples anneaux en argent aux oreilles, qui lançaient des éclats subtils sur sa chevelure noire et sa peau caramel.

– Qu'est-ce que vous lisez ? demandai-je, cherchant un prétexte pour continuer à la regarder.

– Wallace Stevens.

Elle saisit le livre, lança un regard vers moi puis sur la page. Je notai avec une certaine satisfaction qu'elle ne portait pas d'alliance.

Lentement, le lierre sur les pierres
Se mua en pierre, les femmes en ville,
Les enfants en champs
Et les hommes, par vagues, en océan.

– « L'Homme à la guitare bleue », citai-je.

Je n'avais jamais été aussi fier d'avoir appris un poème par cœur.

Elle sourit pour la première fois, un petit sourire de satisfaction.

– Je suis les cours de John Rowe à l'université.

– Moi, je l'ai étudié avec Bob Peters. Même école. Ça fait un bail.

Elle reposa le livre.

– Vous travaillez ici ?

– Mon père dirige l'exploitation.

– Le mien est l'un des contremaîtres, Joe Sandoval.

– Je le connais. Je m'appelle Russell Monroe.

– Isabella Sandoval.

Le silence s'installa. Je ne savais plus quoi dire. Elle me sourit à nouveau, puis saisit un grand sac sous son banc. Elle en sortit deux bières.

– Je vous aurais volontiers proposé quelque chose à grignoter mais c'est tout ce que j'ai apporté.

– Et moi je vous aurais volontiers offert à boire, mais tout ce que j'ai, c'est vingt kilos de nourriture. Je vais en chercher, d'accord ? Ma mère m'a donné des provisions, rien que des bonnes choses, vous verrez.

Elle prit soudain un air sérieux puis acquiesça. Quand je revins chargé du gros cageot, elle éclata de rire.

Je me vis alors tel qu'elle me voyait : un grand dadais de trente-trois ans se trimbalant avec un panier de pique-nique préparé par sa maman, offrant de le partager avec une jolie fille qu'il connaissait depuis deux minutes. Je me mis à rire avec elle, me sentant soudain libre, à l'abri du cynisme de mon père et de mes propres certitudes.

Je tombai sur-le-champ amoureux du rire d'Isabella et quelques heures plus tard, du reste de sa personne. Je ne pouvais cesser de la contempler. C'était l'émotion la plus pure, la plus sauvage et la plus simple que j'eusse jamais ressentie. A l'époque, je pensais que cela me suffirait pour le restant de mes jours. Mais six ans plus tard, tandis que nous nous dirigions vers le même endroit depuis l'hôpital, tout cela me paraissait avoir eu lieu des siècles auparavant.

Je garai la voiture dans un coin de l'orangeraie où Isabella aurait le moins à marcher. Les pointes de ses cannes laissaient deux petites rangées de cercles dans son sillage. Elle mit une éternité à parcourir quelques mètres. Elle commença à chanceler et je la rattrapai.

Quand elle fut finalement installée à une table sous l'auvent, elle enleva sa casquette et j'apportai le repas. En voyant ma flasque apparaître sur la table de bois rouge, elle me lança un regard interrogateur.

– Tu as oublié la bière, expliquai-je avec un sourire.

Elle sourit à son tour. J'avalai une gorgée.

Nous mangeâmes en regardant le soleil commencer sa longue descente. Le whisky se concentra d'abord dans le milieu de mon ventre, puis s'immisça dans toutes les régions de mon corps, accélérant tous les mouvements autour de moi. Nous ne parlions pas. Il existe peu de choses aussi déprimantes qu'un lieu magique qui perd tout son charme. Les arbres et les collines autour de nous se détachaient trop nettement dans la lumière du soir, chaque motte de terre et chaque grain de sable semblait isolé, d'une solitude aveuglante. Ce devait être l'alcool.

– Ça va ? demanda soudain Isabella.

– Oui.

– Ils ne vont pas m'opérer, hein ?

– Non.

J'avalai une autre gorgée.

Un couple de colombes fendit le ciel au-dessus de nos têtes en couinant comme de vieilles roues non huilées. Quelle vitesse !

– Je ne t'en voudrais pas si tu partais un maubant, dit-elle. Un *moment.*

– Je ne veux pas partir.

– Si j'étais toi, je le ferais.

– Même si je partais, je serais toujours avec toi.

– Enchaîné à noix... à moi.

– Non, répondis-je doucement tandis qu'une voix hurlait en moi : « Oui, oui, enchaîné, enterré, ancré ! Bois ! »

– Tu te souviens de ce que tu as dit la première fois qu'on a parlé de... de ça ?

Je ne m'en souvenais pas.

– Tu as dit que rester avec moi était la chose la plus noble à faire.

– Je ne le pensais pas d'une manière négative.

– Et je ne veux pas que rester avec moi soit noble. Je vou... voulais prendre soin de toi. Parce que tu es dur avec toi-même et que tu as besoin de quelqu'un. Je voulais que ce soit moi.

– C'est toi, Isabella, rien que toi.

« Menteur ! Tricheur ! Crétin ! Bois ! »

– J'aimerais qu'on puisse encore faire l'amour.

– C'est ma faute.

– Tu n'aurais qu'à fermer les yeux.

– Je sais.

– Je ne veux pas que tu ailles le faire ailleurs.

– Jamais. Je te désire toujours.

Je bus. Le soleil avait presque disparu. Je regardai mes mains, sèches, noueuses, veinées.

– Tu sais ce qui est le plus dur ?

Je secouai la tête. Il me semblait qu'il n'y avait que l'embarras du choix.

– Te perdre.

Je me levai, pris ma flasque et marchai jusqu'à la lisière de la plantation, lui tournant le dos.

– Cela n'arrivera pas. C'est impossible. C'est la seule chose qu'on ne nous prendra pas.

Mes yeux me brûlaient et je les fermai. Des larmes chaudes coulèrent sur mes joues. Je levai la flasque et la vidai. Elle n'en contenait jamais assez.

Dans mon dos j'entendis :

– Oh, Russell, merde !

Quand je me tournai, je la vis, la tête penchée sur le côté, le visage contorsionné, l'épaule recroquevillée, les yeux grands ouverts. Son bras se trémoussait comme si elle avait enfoncé les doigts dans une prise de courant.

C'était l'attaque la plus violente qu'elle ait eue jusqu'alors. Je me précipitai et serrai son corps dans mes bras, pressant mon visage contre sa joue tremblante. Elle semblait possédée par une force surnaturelle. Elle articulait lentement des paroles inintelligibles.

– Paaaare... ooon... vooouuule paaa.

Je chronométrai la crise, par réflexe : une minute et quarante-cinq secondes. Une éternité.

Enfin elle s'affaissa dans son fauteuil. Son cœur battait vite.

– Ahoire opai assiooon.

– Tu vas faire quoi ?

Elle prit une profonde inspiration.

– L'opé... ration. Je la... veux.

Sur le chemin du retour, elle me demanda si j'avais compris ce qu'elle avait dit pendant sa crise. Je lui répondis que non.

– C'était pp... pourtant clair. Je t'ai demandé pardon.

Je passai mon bras autour de son cou et l'attirai à moi.

– Je sais, chérie, je sais.

10

Cette nuit-là, j'attendis qu'Isabella s'endorme avant de retourner dans mon bureau. Je sortis d'un tiroir un paquet d'enveloppes au liséré rouge qui portaient la mention : « Urgent. Dernier rappel. » La liasse de factures impayées devenait impressionnante. Notre assurance ne couvrait pas l'implantation des tissus radioactifs, qui n'était pas encore cautionnée par les autorités médicales. Nous étions presque à sec. J'avais déjà versé près de dix mille dollars et j'en devais encore quatre-vingt mille. Mes divers stratagèmes pour gagner du temps avaient été déjoués par l'employée chargée de suivre notre dossier, une certaine Tina Sharp, qui me laissait régulièrement des messages menaçants sur mon répondeur. Pris d'une soudaine fureur, je sortis mon briquet et mis le feu à la liasse. Tout en regardant les flammes remonter lentement le long des enveloppes, je pensai : « Et après ? Les brûler n'effacera pas les dettes. » Je réalisai qu'il me serait encore plus difficile d'expliquer à Izzy d'où provenaient l'odeur et la fumée que de continuer à lui mentir au sujet de notre situation financière. Je laissai tomber les papiers incandescents sur le tapis, les piétinai puis les jetai dans la corbeille.

Je m'installai devant la télévision, zappant d'une chaîne à l'autre. Cinq d'entre elles parlaient de l'Œil de minuit. On interviewait les voisins des Wynn encore sous le choc, on multipliait les gros plans sur leurs visages angoissés. Sur la 7, une Karen Schultz étonnamment fraîche déclara d'un ton posé que « la police enquêtait sur la possibilité d'un lien éventuel entre les meurtres des Ellison, des Fernandez et des Wynn ». Mais le reporter ignora ses réticences à reconnaître franchement qu'il s'agissait d'un même assassin et énuméra tous les grands criminels depuis Richard Ramirez (la Sentinelle de la nuit) jusqu'à Hannibal Lecter, dit « le Cannibale », exhumant d'anciens fantômes susceptibles de rendre le dernier en date plus terrifiant encore.

– Et s'il s'agit effectivement d'un tueur en série, combien de temps faudra-t-il à la police pour l'arrêter ? aboya-t-il.

– L'enquête suit son cours, répliqua Karen. Nous progressons très vite. Je ne peux rien ajouter.

Cette séquence fut suivie d'un bref reportage sur un stand de tir de Huntington Beach. Il avait été littéralement pris d'assaut, principalement par des femmes qui souhaitaient apprendre à manier un revolver, le plus puissant possible. Un instructeur exhibait dans sa grosse paluche un 357 Magnum chromé, affirmant que ce joli joujou pouvait « arrêter n'importe quel agresseur, à condition de savoir s'en servir ». En une journée, son chiffre d'affaires avait grimpé de soixante-cinq pour cent.

Je sortis sur la terrasse avec une bouteille. J'entamai une prière maladroite qui se transforma vite en un monologue. Je sentais le mouvement m'appeler vers un monde de vitesse et de bruit. Je me dirigeai vers la pile de bois, saisis une hache, et me mis à fendre des bûches jusqu'à ce que mes mains en saignent. Une silhouette m'observait derrière une fenêtre. « Oui, Grace, pensai-je, ton père a perdu la boule. » Je plantai la hache dans un rondin et titubai vers le sentier derrière la maison qui menait jusque sur la crête des collines, emportant ma précieuse bouteille. A mi-chemin, je manquai trébucher, m'assis sur le sol, bus une dernière gorgée et lançai la bouteille vide dans le noir. Puis je repris mon ascension. Arrivé au sommet, je piquai un sprint, dévalai la pente de sauges odorantes, foulant les branches sèches qui craquaient sous mes pas. Je pris la direction de Laguna. Je n'entendais plus que le martèlement de mes souliers dans la poussière et le rythme saccadé de mon souffle. Mes jambes me faisaient mal et mes poumons semblaient sur le point d'éclater. Bientôt, le Pacifique s'étendit à mes pieds. Courant, glissant, dérapant, j'atteignis enfin les premières rues asphaltées bordées de pavillons cossus et d'eucalyptus. Je déboulai sur Coast Highway, qui, même à cette heure, n'était qu'un fleuve grondant de voitures. Je sentais mon cœur battre au bout de mes doigts. Je trébuchai de nouveau, tombai à plat ventre sur le trottoir, me remis laborieusement sur pied et poursuivis ma route.

Je m'arrêtai devant le *Ron's Bar* pour prendre un verre, mais ils me refusèrent l'entrée. Chez *Adolfo's*, ils se montrèrent plus compréhensifs et j'en profitai pour siffler deux bières. Puis une autre à la *Sports Tavern*, et une autre encore au *Saloon*. Vers 1 heure du matin, j'étais en plein centre-ville, en nage, empestant l'alcool, épuisé et sans une bonne âme pour me reconduire chez moi. J'appelai Isabella d'une cabine téléphonique et ce fut Grace qui répondit. Je lui balbutiai que j'aimais ma femme et que tout irait bien.

– Va le lui dire, insistai-je.

Grace me demanda où j'étais et je lui donnai de vagues indications.

Je me postai au croisement de Coast Highway et de Forest Avenue, le plus grand carrefour de notre petite station balnéaire. Je restai planté là, à regarder les voitures passer. Dans mon ivresse, elles me semblaient défiler au ralenti.

Je levai un pouce. J'étais suffisamment près de la chaussée pour fixer les conducteurs dans le blanc des yeux. Un réverbère derrière moi plongeait l'intérieur des voitures dans une lumière froide où les visages se détachaient comme sur un écran de cinéma. Leur regard n'exprimait qu'un refus muet, une inquiétude grandissante et le désir de me voir disparaître.

J'étais toujours planté au même endroit quand la Chrysler K grise (même soûl, je reconnus sa silhouette sensuelle) tourna juste sous mon nez dans Forest Avenue. Je remarquai à peine l'autocollant jaune d'une compagnie de location sur le pare-chocs droit. Mais je vis surtout le visage derrière le volant, me fixant l'espace d'un instant, ses contours parfaitement éclairés tandis que la voiture ralentissait pour négocier le virage.

Le cœur battant, je vérifiai que je ne rêvais pas. Pourtant, il n'y avait pas l'ombre d'un doute : ce visage appartenait, indubitablement, assurément, à Amber Mae Wilson.

Elle semblait avoir peur.

Je fis un pas vers la voiture qui s'éloignait et ne vis pas la bordure du trottoir. Je faillis trébucher de nouveau mais me rattrapai de justesse en faisant mine d'avoir voulu m'asseoir. Autour de moi, les gens s'écartèrent en murmurant. La Chrysler tourna au prochain carrefour et disparut. Je restai là, assis sur le pavé, prostré, étourdi.

Un instant plus tard, la Porsche rouge de Grâce s'arrêta devant moi et je sentis les bras musclés de ma fille me hisser sur mes jambes flageolantes.

– Allez, monte, Russell.

J'entendis l'enclenchement de l'embrayage et le vrombissement du moteur. Les boutiques de Forest Avenue se mirent à défiler. Je ne pouvais plus m'arrêter de parler. Je racontai à Grace tout ce qui s'était passé la nuit des 3 et 4 juillet, revivant dans les moindres détails ces deux nuits de cauchemar, avouant mes visites nocturnes, ma rencontre avec Martin, essayant d'expliquer à ma fille que le corps de sa mère avait disparu, que j'aimais désespérément et profondément ma femme et que nous ne désirions rien d'autre que mener une vie normale et peut-être avoir un enfant...

– *Et je te jure, Grace... que je viens de voir Amber passer devant moi en voiture il n'y a pas cinq minutes !...*

Grace posa une main sur ma bouche.

– Tais-toi, Russell, ça va finir par devenir embarrassant.

Je me tus. Elle me lança un regard de biais.

– Amber n'est pas morte, reprit-elle. C'est encore un de ses trucs. J'aurais cru que tu la connaîtrais mieux que ça. L'autre soir, quand tu as cru la voir chez elle, tu devais être complètement soûl. Tu veux que je te dise ? Tu es pathétique avec ton obsession. Après tout, tu n'es que l'un des millions d'hommes qu'elle a rendus marteaux. Le seul qu'elle ait rendu encore plus stupide que toi, c'est Marty. Il est tellement perturbé qu'il est persuadé de m'avoir vue là-bas l'autre soir alors que je regardais une connerie de film avec Brent Sides.

– Tu peux le prouver ?

– Si je veux et quand je veux, rétorqua-t-elle. Mais laisse-moi te dire autre chose, Russell. Ma mère est la reine des manipulatrices. Je ne serais pas étonnée qu'elle se soit foutue de vous tous. Je suis bien placée pour le savoir, je suis la première à avoir souffert de sa haine.

– Et depuis quand ?

– Comme si tu ne le savais pas. Pendant que tu t'échinais chez les flics, maman et moi on parcourait le monde, à « faire les folles ».

Elle bifurqua sur Coast Highway et prit la direction du nord. Elle changea de vitesse et manqua de peu un touriste effaré qui tentait de traverser la rue.

– J'ai essayé de te retrouver, dis-je.

– Là n'est pas la question. Tu te souviens de mes cartes postales de Rome ? Je les ai écrites d'un pensionnat, à moins de trente kilomètres de chez toi. Je les envoyais à Rome chez maman et elle te les expédiait. De toute manière, le temps qu'elles te parviennent, elle était déjà à Paris. On t'a souvent joué ce petit tour. Amber ne voulait pas que tu me voies et elle y veillait personnellement. Elle est comme ça. C'est drôle, tu es l'un des rares hommes au monde qu'elle ne voulait pas que je fréquente.

– Je ne comprends pas.

– Tu sais qu'elle a essayé de me vendre quand j'avais dix ans ? Pas comme une pute, plutôt comme une... potiche. Elle me faisait porter des bas et me maquillait. Puis elle m'exhibait dans les soirées, comme un chien de cirque. Elle m'encourageait à fréquenter des hommes trois fois plus âgés que moi. Et quand j'ai commencé à me rebeller, à m'habiller comme les filles de mon âge, à dire du mal de ses merveilleux amis, à quitter la table quand j'en avais envie, c'est là qu'elle s'est mise à me mépriser. Chaque fois que j'affermissais ma propre personnalité, c'était comme si je la trahissais. Elle m'étouffait. Et puis elle est devenue paranoïaque.

– Comment ça ?

– Elle était persuadée que je voulais lui piquer ses mecs et son fric. Il y a cinq ans, elle m'a accusée de lui avoir volé cet horrible netsuke que John et Yoko lui avaient offert une année où on était à New York. Elle adorait cette affreuse babiole parce qu'*ils* la lui avaient donnée, tu comprends ? Je ne lui ai pas prise, mais ça fait cinq ans qu'elle me bassine avec cette histoire, qu'elle exige que je la lui rende. Elle prétend que je la lui ai volée pour lui faire du mal. Je n'aurais jamais voulu de cette saleté chez moi, même si ça doit bien valoir dans les vingt mille dollars. Elle est convaincue que je l'ai planquée dans un coffre quelque part. Elle a même menacé de me rayer de son testament.

– Et qu'est-ce que tu lui as répondu ?

– Qu'elle se mette son fric là où je pense et qu'elle me foute la paix. Je n'ai pas besoin d'elle pour gagner ma vie. J'ai un boulot. Ou plutôt, j'en avais un, avant qu'elle envoie ces deux loufiats tourner autour de la boutique. Ils m'ont vraiment foutu les jetons. Mais *vraiment*.

– C'est Amber qui les a envoyés ?

– Bien sûr. Pour me faire peur et me récupérer dans son giron. Elle n'a jamais eu l'intention de me déshériter. Elle veut juste que je lui lèche les bottes.

Grace tourna brusquement sur Cliff Road et prit la direction du canyon.

– Ecoute, Russell, chacun ses problèmes. C'est

gentil de ta part de m'héberger quelques jours. Prends bien soin d'Isabella, elle a besoin de toi. Et cesse de penser à maman. Tu perds ton temps, crois-moi.

Ces paroles résonnèrent dans ma tête, elles semblaient empreintes d'une grande sagesse. Ce qui sort de la bouche des enfants...

- Accélère, murmurai-je.

Le moteur rugit et ma nuque fut plaquée contre l'appui-tête.

– Je n'ai qu'une envie, être de retour près d'Izzy.

– C'est beaucoup mieux comme ça, Russell.

Avant de m'allonger auprès d'Isabella, je retournai dans mon bureau, récupérai la liasse de factures dans la corbeille et les rangeai dans le tiroir. Cela me parut être un pas dans la bonne direction. C'était un geste positif, sensé, porteur d'espoir.

11

J'en étais à ma deuxième poignée d'aspirines depuis 6 heures quand le téléphone sonna. Grace venait de monter son petit déjeuner à Isabella. Il était 7 heures du matin, trop tôt pour un appel professionnel. Pendant une seconde, je m'attendis presque que ce soit un appel d'Amber. Son visage m'avait hanté toute la nuit, s'insinuant dans mes rêves, au point que je commençais à douter. L'avais-je vraiment vue ? C'était impossible. Et pourtant... Cette incertitude allait me rendre fou.

J'avais lu et relu mon article sur l'Œil de minuit dans le *Journal*. Première colonne à la une. Du beau travail. Mes collègues devaient ronger leur frein et maudire Karen Schultz. Les armuriers pouvaient me dire merci, leurs ventes allaient encore monter en flèche.

J'allai au téléphone et décrochai.

– Allô ?

Pas de réponse, uniquement un bruit de respiration.

– Décidez-vous, m'impatientai-je. La vie est courte.

– A qui le dites-vous. Russell ?

– Ouais.

– C'est l'Œil de minuit.

Pendant une fraction de seconde, je crus à un canular. Les noms de Martin Parish, d'Erik Wald et même de Art Crump défilèrent dans ma tête. Mais aucun d'eux ne se serait risqué à une plaisanterie de si mauvais goût à une heure pareille.

Pourtant, il y avait quelque chose dans le silence qui suivit, dans le timbre tranquille de la voix qui avait articulé ces quelques mots, qui me renvoya droit à l'enregistrement laissé chez les Wynn. Et si c'était vraiment lui ?

– Qui que vous soyez, allez vous faire foutre !

Je raccrochai.

Il rappela immédiatement. Sa voix était calme, posée, peut-être un demi-ton plus bas que la moyenne. Il n'avait pas d'accent, ou plutôt il avait le même que le mien, à savoir : californien.

– La mère Wynn gigotait encore quand je l'ai accrochée à la douche. Heureusement qu'elle ne pesait pas plus de cinquante kilos, sinon la tuyauterie aurait lâché. Au-dessus de l'équateur, le sang s'écoule dans le sens des aiguilles d'une montre, comme l'eau, à moins d'inverser le courant... mais je n'ai jamais essayé. De toute façon, il a coagulé rapidement. Cedrick Ellison avait la couille gauche plus basse que l'autre, et, pour un nègre, sa queue était nettement plus petite que ne le veut la légende. La photo de Jésus au-dessus du lit de Sid et de Teresa m'a fait mourir de rire. J'en avais les larmes aux yeux, qui sont bleus, au fait. Vous voyez, Russell, je ne suis pas rancunier. Je vous offre un indice, bien que vous m'ayez grossièrement raccroché au nez. Convaincu ?

Ce fut mon tour de souffler dans le combiné sans rien dire. Seuls les proches collaborateurs du shérif et du médecin légiste connaissaient ces détails... hormis, naturellement, l'assassin lui-même. Cet homme ne pouvait les avoir devinés en se basant sur mon article, même avec une imagination débordante.

– Non, répondis-je.

– Vous avez un Q.I. de combien ?

– Supérieur au vôtre.

– Le mien, c'est cent trente-six, à en croire le test de Stanford-Binet qu'on nous a fait passer au lycée. J'aurais pu mieux faire mais, ce jour-là, j'étais d-d-distrait... à cause du chat des voisins, voyez-vous, j'avais un projet à son sujet. Vous n'êtes toujours pas convaincu ?

– Non.

Il se tut. Son bégaiement me rappela le message cryptique de la cassette, mais cette fois la voix n'était ni traînante ni susurrante. Ses paroles étaient on ne peut plus compréhensibles.

– Alors posez-moi des questions, reprit-il.

– Qu'est-ce que vous portez sur le dos en ce moment ?

– Un diable vert.

– Que voit l'Œil de minuit ?

– Les hypocrites.

– Comment vous l'épelez ?

– Voyons, Russell. C'est sans doute la première et dernière fois que nous pouvons papoter tranquillement tous les deux. Parce que, naturellement, vous allez tout raconter au shérif. Winters va s'empresser d'installer un de ces appareils électroniques prétendument indétectables pour repérer la source de mes appels. On ne pourra plus discuter à notre aise vous et moi. Alors, profitons de ce luxe et ne transformons pas cette conversation en exercice d'orthographe.

Sa voix me parvenait très distinctement. Il n'y

avait pas le moindre bruit de fond, pas même un grésillement. Il aurait pu m'appeler d'une tombe.

– Qu'est-ce que vous voulez ?

– Votre article m'a plu. Merci d'avoir cité mon nom.

– Quel est votre vrai nom ?

Il se mit à rire pour la première fois, puis il émit un étrange sifflement sourd entre ses dents... Tss-tss... comme une créature écailleuse qui se glisse entre les barreaux de sa cage.

– Comment va Isabella ?

Ce fut comme un coup sur la tête. Je restai sans voix, muet de rage.

– Qu'est-ce que vous voulez ? répétai-je enfin.

– J'aimerais que le comté comprenne le sens de ma mission.

– A savoir ?

– La purification.

– Des races ?

– Parfaitement. Je me souviens d'une époque où les orangeraies s'étendaient sur des kilomètres et où tous les visages étaient blancs, sains et honnêtes.

– Et alors ? Les lieux évoluent.

– Précisément, ils peuvent encore évoluer, Russell, et j'y contribue. Dites-moi, quel genre de portrait Erik Wald a fait de moi ?

– Rien pour l'instant.

– Je vois ça d'ici : le nostalgique du Troisième Reich, celui qui entend des voix, le vilain barbu... bref, tous les clichés habituels.

– Pas la peine d'être un spécialiste pour comprendre ce que vous êtes. Il suffit de réfléchir un peu.

– Tss-tss... réfléchir ! J'emmerde Wald et les crétins de son espèce. Leur arrogance me soulève le cœur.

– Où êtes-vous ?

– Russell, vous êtes impayable !

– Dans le comté ? Ou en dehors ? Vous êtes encore en Californie ?

– Je suis à ma juste place. Je suis né ici. Deuxième indice, et de deux !

– Ici, dans le comté ?

– Oui, Russell, dans ce comté. Vous pensez toujours comme le flic que vous avez été. Ce doit être dur d'écrire des livres avec un esprit aussi... plat. Pourtant, j'ai bien aimé *En remontant le courant*. Mais si vous voulez mon avis, Crump pétait plus haut que son cul... un vrai clown. Remarquez, c'est tentant, avec quelqu'un comme vous pour étaler tous ses grands airs en première page. Mais c'était un obsédé sexuel. Comment voulez-vous garder les idées claires quand on confond le cul et le travail ! Même s'il ne s'agit que de tuer.

– Vous le faites bien, vous.

– Vous ne pouvez pas dire ça. Vous n'avez trouvé aucune trace de sperme. Les corps n'ont pas été pénétrés, les médecins légistes peuvent vous le confirmer.

Il avait raison, naturellement. Une idée commençait à germer dans ma tête.

– Il ne s'agit pas d'assouvir des désirs, reprit-il, mais de restaurer la beauté et la dignité d'une ère qu'il nous faut coûte que coûte préserver. Je suis content que ce soit vous qui rédigiez ma chronique, Russell. Vous avez besoin de moi. Ce sera votre meilleure histoire.

– Je ne sais toujours pas ce que vous voulez.

– Primo : ne laissez pas Winters installer un micro-émetteur sur votre ligne. Vous pouvez m'enregistrer si ça vous chante, il faut être précis dans votre boulot, pas vrai ? Comme ça, nous pourrons discuter à loisir et vous en apprendrez bien davantage. Secundo : je veux que vous répétiez tout ce que je dis à Erik Wald. Sa prétendue perspicacité m'intrigue. Tertio : je compte bientôt faire un geste... très spectaculaire. Si j'étais vous, j'en informerais l'opinion publique, mais ce n'est pas vraiment votre branche, n'est-ce pas ?

– Non. Quel genre de geste ?

– A votre avis, Russell ? Faites-moi donc un peu de pub.

Je réfléchis un instant.

– J'ai besoin d'un autre renseignement.

– Quoi donc ?

– Une certaine Amber Mae Wilson a été assassinée le 3 juillet. Le crâne fracassé, les graffiti sur les murs, le message enregistré... tout y était. Puis on a effacé les traces et fait disparaître son corps. Qu'est-ce que vous avez fait d'Amber Wilson ?

Je l'entendis inspirer brusquement.

– Nnn... non !

– Si.

– Sa ttt... tête ?

– Comme celle des autres.

– Mmm... ma voix, mes messages ?

– Identiques.

Il lâcha un long gémissement écœuré.

– Et puis le... le corps a... a disparu ?

– Où l'avez-vous emmenée ?

– Elle était blanche ?

– Où l'avez-vous emmenée ?

Il se mit soudain à parler à toute allure, déversant un flot de paroles à peine articulées :

– Ce... ce n'est pas mm... moi pourquoi ttt... tuer une femme b-b-blanche ce... ce n'est pas ma m-m-mission on m-m-m'a imité... p-p-plagié je vous int-t-terdis d'écrire ça dans les journaux... *Je ne tue pas les Blancs !*

Il pouvait à peine reprendre son souffle.

– Je vous crois.

Il poussa un soupir de soulagement.

– Je vais vous donner le numéro de mon téléphone de voiture.

– Je l'ai déjà, répondit-il doucement.

– Votre « geste » spectaculaire, c'est pour quand ?

Une longue pause suivit. Je l'entendis respirer, lentement, cette fois.

– Vous avez besoin de moi, murmura-t-il avant de raccrocher.

12

Une heure plus tard, j'étais au Q.G. du shérif. Je n'y avais jamais vu tant d'activité et de confusion. Quand on me laissa enfin entrer dans le bureau de Dan Winters, je le trouvai en compagnie de Martin Parish et d'Erik Wald, dégoulinant de sueur et passablement énervés.

Pour tout arranger, la climatisation était tombée en panne au beau milieu de la canicule. Comme l'immeuble était moderne, aucune des rares fenêtres ne s'ouvrait sur l'extérieur. Dehors, le smog planait dans les rues comme un nuage de fumée. Dedans, l'air était déjà rance et chaud. Il n'était même pas 9 heures.

Les téléphones sonnaient sans arrêt, les bataillons de secrétaires s'affairaient dans tous les sens, des officiers en uniforme entraient et sortaient du saint des saints, le visage sombre et les lèvres pincées. Le maire de la ville d'Orange et l'un des superviseurs du comté firent quelques apparitions soudaines et apparemment injustifiées, puis marchèrent droit vers la salle de presse. Je leur emboîtai le pas et y trouvai Karen Schultz assaillie par les journalistes. Une bonne douzaine d'entre eux me lancèrent des regards furibonds. J'en déduisis qu'ils avaient lu mon « scoop » quelques heures plus tôt. Une reporter de la 5 voulut m'interviewer, mais je parvins à m'éclipser pendant qu'elle allait se refaire une beauté chez les dames. Karen me gratifia d'un coup d'œil glacial tandis que je refermais la porte derrière moi.

En revanche, Winters, Parish et Wald avaient l'aura des élus. Dans le bureau du shérif, l'atmosphère torride vibrait d'énergie. On sentait régner le sens de l'organisation, de l'efficacité, de l'ordre et de la méthode. Mais sous cette belle patine perçait le chaos qui avait réuni ces hommes, la force silencieuse et pénétrante de leur adversaire, l'Œil de minuit.

Winters raccrocha brutalement le combiné du téléphone et se tourna vers moi.

– Nous n'avons pas beaucoup de temps. Laisse tomber Dina. C'est la mobilisation générale. Petit *a* : on demande à tous les citoyens du comté d'ouvrir l'œil et de nous signaler tout ce qu'ils voient, entendent, sentent ou rêvent qui pourrait nous aider à coincer ce malade. L'opération s'appellera « Force combinée des citoyens », Wald s'en chargera en tant qu'adjoint du shérif. On va aussi installer un standard téléphonique spécial et faire imprimer des T-shirts et des casquettes de sensibilisation. Pour les questions, adresse-toi à Wald. Si tu ne peux pas inciter tes lecteurs à coopérer, on trouvera quelqu'un d'autre. Petit *b* : tu auras libre accès aux dossiers, à condition qu'ils soient d'abord visés par Karen. C'est elle qui censurera les infos qu'on veut garder pour nous. Petit *c*, on a déjà un miracle : une voisine des Wynn filmait ses gosses devant la maison la veille du massacre. Et on a un suspect dans le champ. Kimmy Wynn l'a identifié, si tant est qu'une gamine en état de choc puisse identifier qui que ce soit, mais c'est un sacré bon début. Les gens de la doc sont en train de nous préparer un tirage, on l'aura d'ici une heure. On en distribuera une copie à tous les services de presse. Ton rôle sera de présenter la Force combinée au grand public et de nous donner bonne mine. On a besoin de ton aide, Russell. Ne nous laisse pas tomber.

Adossé à la fenêtre, Wald me fixait.

– Tu crois que tu seras à la hauteur ? demanda Parish.

– Vous oubliez le petit *d*, annonçai-je sans prêter attention à la remarque de Martin.

– Qu'est-ce que tu rac...

– Il m'a appelé. L'Œil de minuit. Je viens de lui parler.

Un ange passa.

– Je m'en doutais, dit Wald d'un ton neutre.

Parish me dévisagea de son regard de serpent.

– Ouais ! hurla soudain Winters, lançant un poing en l'air. Qu'est-ce qu'il a dit, cet enfant de pute ? Tu es sûr que c'était lui ? D'où il appelait ?

Je leur racontai tout dans les moindres détails, omettant toutefois ce qui concernait Amber.

– Un geste spectaculaire ? marmonna Winters. Qu'est-ce que cette ordure nous prépare ? Tu as une idée, Erik ? C'est toi l'expert en psychopathes.

Wald traversa la pièce et se planta devant Winters.

– Imagine que tu veuilles me taper cent balles, comment tu t'y prendrais ?

– Eh bien... je te dirais : « File-moi cent balles. »

– Et moi je te répondrais : « Mais certainement », enchaîna Wald en fouillant dans la poche intérieure de son veston.

Il en sortit son portefeuille et le tendit ouvert sous

le nez de Winters. A l'intérieur, bien visible, se trouvait son badge du bureau du shérif.

– Au nom de la loi, je vous arrête, Dan Winters. Voilà comment on l'aura. Donnons-lui ce qu'il veut. Jouons le jeu. Il faut lui donner assez de corde pour qu'il se pende.

– Tu déconnes ! rugit Parish, le visage cramoisi. On risque de faire les yeux doux à ce malade pendant des mois sans avancer d'un pas. Moi je dis : on installe un intercepteur sur la ligne de Russell, on bloque un groupe d'intervention prêt à entrer en piste et on attend. Dès que sa photo paraîtra dans les journaux et à la télé, tout le comté se mettra à sa recherche. On ne peut pas négocier avec cette pourriture, ni lui accorder trop d'importance dans la presse. On va se couvrir de ridicule.

Winters sourit et hocha la tête.

– Monroe, puisque tu es en si bons termes avec lui, qu'est-ce que tu en penses ?

– Jouez le jeu. Je suis de l'avis de Wald. Il se doute déjà que vous installerez un intercepteur. Pourquoi ne pas gagner sa confiance, le laisser parler ? S'il veut une copie du profil que Wald fera de lui, donnez-la-lui. Il veut que je lui serve de porte-parole. Je peux le cuisiner, peut-être même l'attirer dans un piège.

– Ben voyons ! soupira Parish.

– Il a raison, renchérit Wald. Tant qu'il veut quelque chose de Russell, on devrait l'écouter.

– Tu délires ! aboya Parish. On n'est plus dans une salle de classe.

Wald lui lança un sourire assassin.

– Je ne me souviens pas d'avoir été époustouflé par ton efficacité dans l'affaire Cary Clough. Si je ne m'abuse, tu étais très occupé à analyser les empreintes d'une femme de ménage pendant que Clough s'apprêtait à entrer chez Madeleine Stewart avec un bonnet de ski sur la tête, des gants en latex et une érection. Reviens parmi nous, Marty. Le XXe siècle frappe à ta porte.

Le téléphone sonna. Winters fit : « Oui... Non... », puis :

– Ramène-toi, tout de suite.

Il connecta la ligne intérieure et demanda à sa secrétaire de suspendre tous les appels pendant dix minutes.

– Voilà ce que je propose. On installe l'intercepteur tout en laissant la ligne ouverte. Carfax peut en fabriquer un que personne ne pourra détecter. C'est un vrai magicien. On suivra ton idée, Erik. Tu informeras Russell de ce qu'il doit dire, il ne faut surtout pas l'énerver. Appâtez-le en lui donnant les renseignements qu'il demande, mais pas trop. « Purification des races », mon cul ! Dire que j'ai emménagé dans ce comté pour échapper à toute cette merde. Martin, tu es un homme d'action, tu continues les recherches d'empreintes. Chet Singers travaille toujours sur les éléments que tu lui as ramenés. On aura une photo prête à être publiée dès cet après-midi. Je veux pouvoir tous vous joindre vingt-quatre heures sur vingt-quatre.

On frappa à la porte.

– Entre ! aboya Winters.

Karen Schultz, la mèche en bataille, fit irruption avec une grande enveloppe en papier bulle, dont elle sortit une liasse de photos brillantes.

– Lopez, du bureau de la doc, m'a dit qu'il ne pouvait pas faire mieux.

C'étaient des images agrandies de la vidéo des voisins des Wynn. On y voyait un barbu au volant d'une

Ford Taurus. Sur trois des photos, il regardait en direction de la caméra, sur les autres, il était de profil, les yeux fixés droit devant lui. La pellicule était surexposée, mais la voiture était indéniablement blanche et la chemise du conducteur, manches retroussées, apparemment en flanelle rouge. Ses cheveux et sa barbe se fondaient dans l'ombre de la cabine, formant une masse indistincte rouge sombre. Il portait des lunettes de soleil. Son gros bras, qui pendait par la fenêtre, était prolongé par des doigts courts et trapus étalés sur la carrosserie.

– Il correspond exactement à la description de Kimmy Wynn, annonça Wald, et au premier profil général.

Je n'arrivais pas à détacher mes yeux de cette image. On aurait dit un visage démoniaque surgissant du fond d'une toile du Caravage. Etait-ce la masse de poils floue qui le rendait si inquiétant ? Ou le fait que nous sachions ce qu'il s'apprêtait à commettre ? C'était secondaire, mais j'en avais la chair de poule. Cette photo suffirait-elle pour qu'on le reconnaisse ? C'était tout ce qui importait.

– Les copies sont prêtes ? demanda Winters.

– Dans une heure, répondit Schultz.

– Occupez-vous-en, choisissez les meilleures et inondez-en tous les bureaux de presse. Dégagez une ligne spéciale pour les appels du public concernant la photo. Vous en êtes où là-bas ?

– Le standard va bientôt sauter, alors la ligne spéciale ne sera pas pour tout de suite, la climatisation est cassée et tout le monde m'en veut parce que Russell a eu l'exclusivité.

– J'espère qu'il connaît sa chance, dit Winters en me fixant de ses yeux noirs. Karen, descends au donjon, Russell t'y rejoindra tout à l'heure. Tu lui montreras tout ce qui te semble montrable. Marty, passe la vidéo pour Monroe.

Parish se traîna à contrecœur vers les écrans vidéo qui tapissaient le mur près du gigantesque bureau de Winters. Il glissa une cassette dans le lecteur et appuya sur un bouton.

– Tu vas voir la première perle de notre Force combinée. Du matériel en or, pur fruit du hasard. C'est la voisine, Lisa Nolan, qui l'a apportée à Wald.

L'écran s'anima. Extérieur jour. Un jardin devant une maison. La date et l'heure s'affichèrent dans le coin en haut à droite : 3 juillet. 16 h 26. Trois enfants, deux petites filles blondes et un garçon rouquin et rondouillard, traversèrent la pelouse en courant et s'engouffrèrent dans une jeep rouge. Un golden retriever haletant les y suivit. La caméra s'approcha de l'avant de la voiture, s'arrêtant un instant sur le pare-chocs étincelant, la plaque d'immatriculation, le pare-brise. Une femme d'une quarantaine d'années, souriante, se tenait sur le siège du passager. Tandis qu'elle saluait de la main, une voiture similaire, mais blanche, glissa lentement derrière elle et s'arrêta. Le conducteur, un Asiatique d'une quarantaine d'années, au visage amène, se pencha par la portière et lança : « Rick, on échange ? »

La voix derrière la caméra cria : « Tu parles, Tran ! Lisa m'égorgerait ! » L'image devint floue quelques secondes.

La Lisa en question agita un doigt menaçant en direction de la caméra. Le conducteur de la jeep blanche lança un long regard admiratif vers la jeep rouge. Près de lui, on apercevait une femme, penchée en avant pour mieux voir. Trois enfants avaient collé leur nez contre la vitre arrière, deux garçons et une fille.

– Tu la reconnais ? me demanda Parish.

– Kimmy Wynn.

– Tout juste, intervint Wald. Maintenant, suis attentivement l'ombre derrière elle.

Une Taurus blanche apparut dans le champ, juste derrière la jeep, et décrivit un demi-cercle pour contourner le véhicule des Nolan. L'espace d'un instant, le conducteur regarda vers la caméra, puis détourna vivement la tête. Il était de profil quand sa voiture sortit du champ.

Parish rembobina un peu la cassette pour revoir le passage. Cette fois, je le distinguai plus nettement : l'immense masse de son corps écrasée derrière le volant, la chemise écossaise rouge, l'épaisse tignasse mal peignée et la barbe brun-roux, le visage apparemment brûlé par le soleil, les lunettes noires, le bras et la main pendant par la fenêtre, massifs et puissants comme dans un tableau de Rivera, les doigts écartés formant un relief parfait sur le blanc de la carrosserie. Marty passa la bande une dernière fois. La mise au point était parfaite et la Taurus passa à quinze mètres de Rick, le cameraman. Pendant une longue seconde, l'inconnu, probablement l'Œil de minuit, occupa le centre de l'image, en vedette.

Winters secoua la tête devant l'écran à présent noir.

– Russell, dans ton papier, mets bien en valeur le fait qu'une concitoyenne, Lisa Nolan, a eu l'intelligence d'apporter cette pièce au chef de la Force combinée, Erik Wald. On n'insistera jamais assez sur le besoin de coopération de la population. Prions pour que quelqu'un identifie ce singe à partir de cette photo. Sinon, Chet a découvert quelque chose parmi les éléments relevés chez les Wynn. Karen t'attend dans la salle des autopsies. Ensuite, tu iras voir Chet. Après quoi, il ne te restera plus qu'à te mettre au boulot et à trouver un moyen d'empêcher ce comté de se transformer en champ de tir.

– Il est grand, lourd et fort, récapitula Karen.

Elle prit une profonde inspiration avant de me précéder dans le « donjon », la salle des autopsies.

Il y régnait toujours la même odeur, un parfum de putréfaction, mélange de formol, de sang et de chair. Les puissants néons du plafond n'apportaient aucune chaleur. Un courant d'air glacial glissait sur le sol, rampait autour des jambes et pénétrait les articulations. Je détestais cet endroit, non pas tant à cause du spectacle des cadavres que de l'atmosphère irréelle dans laquelle il me plongeait. Travailler dans le donjon revenait à pourchasser le détail dans ce brouillard opaque et silencieux qui enveloppe la mort. Dès qu'on entrait dans la salle, le plafond se rabaissait, les lumières faiblissaient, et les murs se rapprochaient de quelques centimètres. Plus on y restait, plus cette sensation s'intensifiait.

– Un mètre quatre-vingt-dix, cent cinq kilos, poursuivit Karen en entrant dans la salle. Sans doute droitier, mais ce n'est encore qu'une supposition. D'après Yee, il a tellement lardé M. Wynn de coups qu'on ne peut pas les compter. On a retrouvé des morceaux de ses gencives et une molaire accrochés au plafond.

Je lui demandai comment ils connaissaient sa taille et son poids.

– D'après les empreintes de pas. Il chausse du 46 : un grand pied, avec une empreinte profonde. La peinture à la bombe a été vaporisée d'une hauteur d'un mètre quatre-vingt-dix. Plus ou moins, Russell, tu sais ce que c'est.

– Groupe sanguin ?

– Inconnu, mais on a quelques poils.

– Des empreintes ?

– Tu rêves ! On a trouvé des fragments de tissu noir en acrylique sur lesquels il a peut-être laissé des traces de doigts.

– Des gants ?

– Des gants.

– Du sperme ?

– Il semble qu'il l'ait gardé pour lui. Ou bien il l'a mis dans un endroit où on n'a pas encore pensé à chercher.

Nous nous arrêtâmes devant une table en inox où le médecin légiste, Glen Yee, travaillait sur Mme Wynn. La lumière me parut faiblir de nouveau. L'odeur tenace de produits chimiques envahit mes narines et ma gorge.

Yee, les bras plongés dans le cadavre jusqu'aux coudes, leva la tête et me sourit comme si de rien n'était.

– Tous T.O.C., sauf M. Wynn.

Je hochai la tête. « T.O.C. », traumatisme dû à un instrument contondant. Ce n'était pas la peine d'avoir fait des études de médecine pour s'en rendre compte. Comment l'Œil avait-il pu massacrer deux adultes et deux enfants armé d'une simple batte ?

Je me tournai vers Karen, mais elle fixait ses chaussures, bras croisés, agitant les doigts nerveusement.

Yee fouilla dans un sac en plastique accroché à un coin de la table et en extirpa un objet du bout des doigts. Je reconnus une balle de 22 long rifle, légèrement écrasée, tordue en son milieu.

– Elle était dans la tête de M. Wynn, annonça Karen sans lever les yeux.

– Ou ce qu'il en restait, rectifiai-je.

Je n'avais pas voulu paraître cynique : c'était une simple observation.

– Oh, il avait encore une tête, c'est simplement qu'elle était éparpillée un peu partout dans la pièce. Les techniciens ont mis tous les morceaux dans des sacs. Il a fallu tout l'art de M. Yee pour la reconstituer. Merde.

Karen se précipita vers le lavabo à l'autre bout de la pièce et vomit. Yee lui lança un regard puis haussa les épaules en m'adressant un petit sourire gêné. Il rangea soigneusement la balle dans son sac. Le climatiseur qui, dans cette partie du bâtiment, était alimenté par un générateur en cas de coupure de courant, souffla vers moi une brise qui puait la mort. Le plafond descendit encore d'un cran.

Yee soupira longuement.

– Je n'avais encore jamais vu des corps aussi abîmés, mis à part des accidentés de la route.

Karen, nous tournant toujours le dos, secoua la tête, toussa puis cracha.

– Vous avez trouvé la douille de cette balle ?

– Les techniciens n'ont rien rapporté. Il a éventré ses victimes au couteau.

Je hochai la tête, hébété devant la dépouille ouverte de Mme Wynn.

– En ce qui me concerne, j'ai terminé, Karen. Et toi ?

– Prends ton temps. Il faut savoir profiter des bonnes choses.

– Je viens de dire que j'avais fini.

Nous passâmes les portes battantes et descendîmes le long couloir. L'odeur de formol s'atténua progressivement. Les talons impérieux de Karen claquaient sur le linoléum.

– Pas un mot au sujet de la balle, Russ. Idem pour le couteau, pour les mêmes raisons. Rien non plus sur les messages peints sur les murs, inutile de donner des idées à un autre malade. On essaie d'obtenir une description plus précise de la part de Kim, mais elle refuse de parler. Elle m'a répété ce qu'elle t'avait déjà dit, puis elle s'est tue. Jamais la souffrance d'un être ne m'avait atteinte à ce point. Elle reste là, prostrée, les yeux dans le vide.

– Où elle est ?

– Tu n'as pas besoin de le savoir.

– Je ne lui parlerai pas sans ton autorisation.

– J'y compte bien. Ce qui s'est passé hier soir va la hanter pour le restant de ses jours. Ce n'est pas un objet que tu peux presser comme un citron pour obtenir des renseignements. Et ne parle pas d'elle dans le *Journal.* C'est la moindre des choses.

– Je pourrais peut-être...

Karen s'arrêta net, pointa un doigt menaçant sous mon nez. Ses yeux verts fatigués me fixaient méchamment.

– Non, non et non. Tu ne lui parleras pas. Un point c'est tout. En plus, j'ai d'autres éléments pour toi au service de trichocytologie.

Je levai les bras en signe de reddition.

– C'est bon, désolé, Karen.

– Tes excuses ne feront rien pour les Wynn.

– Tu n'es pas la seule à avoir été bouleversée, tu sais.

– Arrête, Russ ! Je sais. *Je sais.* Je t'en supplie, arrête.

Son regard n'exprimait ni la rage ni la tristesse, mais une peur sourde et viscérale.

– On aurait dû faire le rapprochement entre les deux premiers meurtres beaucoup plus tôt. On aurait sans doute pu empêcher ça.

Le service de trichocytologie du département médico-légal était dirigé par Chester Fairfax Singer, dit « Chet ». C'était un homme d'âge mûr, bedonnant, invariablement vêtu d'une chemise blanche, de bretelles noires et d'un nœud papillon. Il s'exprimait sur un ton pontifiant et mesuré qui le faisait paraître, au prime abord, arrogant ou terne. Il était toujours d'un calme inébranlable.

Au fil des ans, j'avais pu me rendre compte par moi-même qu'il n'était ni prétentieux, ni pompeux, ni stupide mais sincère et d'une profonde gentillesse. Célibataire endurci, il ne parlait jamais famille et semblait passer tout son temps libre dans la solitude. Bien qu'il n'y ait jamais fait allusion, tout le monde était intimement persuadé qu'il était gay. Pourtant, il ne faisait jamais les frais de ces plaisanteries qui circulaient en cachette au sujet des autres homosexuels, surtout dans un monde aussi ouvertement homophobe que celui de la police. Il devait sans doute cette immunité plus à l'impression de vulnérabilité qu'il dégageait qu'à sa réputation sans tache. Quand la navette Challenger avait explosé en plein vol, il n'avait pas caché ses larmes. Il connaissait les dates d'anniversaire de toutes les femmes de son service et n'oubliait jamais de leur offrir une rose blanche, cultivée par ses soins et présentée dans un vase blanc. Tous les soirs, il s'arrangeait pour se faire raccompagner jusqu'à sa voiture pour ne pas affronter seul le parking sombre des employés. En dépit de quelques bizarreries, il inspirait le respect. Je savais qu'il avait une vie secrète, mais n'avais jamais eu l'occasion ne serait-ce que de l'entrevoir.

Quand nous entrâmes, il était assis sur un tabouret devant sa table lumineuse, examinant à la loupe une pièce à conviction dans son sac en plastique. Il reposa l'objet sur la vitre et se tourna vers moi, la main tendue. Il semblait pâle et léthargique, comme d'habitude. Il passait en moyenne douze heures par jour dans son service.

– Mon compagnon d'études préféré ! annonça-t-il avec un sourire.

C'était une allusion à une phrase qu'il avait marmonnée de nombreuses années auparavant, à une époque où nous travaillions sur une affaire de viol particulièrement déconcertante, et que je lui répétais souvent : « Nous sommes des étudiants de l'incomplet. » Au cours d'un pot donné dans le département pour la Noël 82, tandis qu'il se servait, déjà passablement éméché, dans un saladier rempli de punch, il m'avait dit autre chose qui m'avait marqué : « La violence est le langage secret de la compétition humaine, et nous en sommes les traducteurs. »

Chet et Karen échangèrent un regard las, et elle me désigna d'un léger signe de tête.

– Winters dit qu'on peut lui parler. Je me charge de faire le tri avec lui plus tard.

– Bien sûr. Bon... par où commencer ?

Chet croisa les bras sur son ventre rebondi et me regarda à travers ses verres épais.

– Je vais te décrire une image et tu me diras ce que tu vois.

Le « portrait » de l'Œil de minuit vu par Chester était celui d'un homme blanc, grand, droitier, entre trente-cinq et quarante ans, avec des cheveux longs et raides brun-roux et une barbe légèrement plus foncée.

– En le décrivant comme « poilu partout », Kim voulait probablement dire « hirsute », « avec un air sauvage », continua Chet. Sur les cinq échantillons pileux, trois font plus de vingt centimètres. Ils contiennent des molécules polymères qui pourraient venir d'un fixateur. C'est très épais par endroits.

– De la laque ?

– Apparemment.

– Un vrai joli cœur, commenta Karen.

– Pour que Dina puisse faire correspondre l'empreinte génétique du poil avec les échantillons de sang d'un suspect, il faut un follicule encore pris dans le tissu de la racine. Jusqu'à présent, je n'en ai pas trouvé. Je doute qu'on ait assez d'éléments pour obtenir le code génétique.

– Et on n'a pas de suspect, ajoutai-je.

– Je reste optimiste, dit Chet, bien que, parfois, je me demande pourquoi.

Il poursuivit son inventaire des pièces à conviction. D'après les empreintes de pas laissées par l'Œil dans le jardin potager des Ellison, il devait chausser du 46. Les hommes du service technique avaient également rapporté des échantillons de terre, un mélange de grains concassés de granit et de sable trouvé en plusieurs endroits sur les trois lieux du crime : l'appartement des Fernandez, le pavillon des Ellison et la grande maison des Wynn. N'écoutant que ses bons réflexes, un des techniciens avait examiné les traces de sang sur les murs des Wynn et y avait décelé des grains de sable ainsi que des fibres acryliques provenant vraisemblablement d'un gant. Un petit tas du même mélange de granit et de sable avait été retrouvé au pied du lit de Shareen Ellison.

– Et pourquoi en « petit tas », à ton avis ? me demanda Chet.

– Avant de matraquer Mme Ellison, il a posé un genou à terre pour la regarder de plus près. Le contenu du revers de son pantalon s'est alors vidé.

– Bravo. Et pourquoi avait-il du sable dans le revers de son pantalon ?

– Il est passé par la plage. C'est bien du sable de plage, non ?

– Exact.

L'autre découverte de Chet contredisait la déclaration de Kim, bien que son erreur soit compréhensible. L'arme du crime n'était pas une batte de base-ball, mais un tube en alliage relativement mou, du genre de ceux utilisés pour les canalisations. Yee avait trouvé des échardes de métal microscopiques dans les crânes de M. et Mme Ellison, de M. et Mme Wynn et de Sid Fernandez, mais aucun débris de bois ou d'aluminium qui puisse suggérer une batte de base-ball. En se basant sur la folie furieuse plus ou moins contrôlée avec laquelle l'assassin avait frappé ses trois premières victimes, les Fernandez et Cedrick Ellison, Yee avait pu établir qu'une extrémité du tube se terminait par un pas de vis, lui donnant ainsi un bord arrondi.

– Je soupçonne que l'autre côté aussi, ajouta Chet.

J'attendis la suite, comme Karen.

Chet nous dévisageait avec cet air charmeur qu'il prenait chaque fois qu'il se lançait dans une hypothèse hasardeuse et retombait finalement sur ses pattes.

– Voilà ce que je pense, commença-t-il, il doit trouver un moyen de s'introduire chez ses victimes. Chez les Fernandez, rien de plus facile, la porte était grande ouverte. Chez les Ellison, il s'est glissé par une fenêtre. Chez les Wynn, il a ouvert une fente d'un mètre et demi dans le grillage de la porte-écran. On suppose qu'à chaque fois il est arrivé sur les lieux en voiture ou en moto, il ne peut pas avoir parcouru tout ce trajet à pied sans s'être fait remarquer. Il a ensuite marché du véhicule jusqu'aux lieux du crime.

Karen et moi étions suspendus à ses lèvres.

– Comment peut-il dissimuler une matraque mesurant de soixante centimètres à un mètre et faisant quatre centimètres de diamètre ? Est-ce qu'il va risquer de se faire repérer en la tenant à la main ? Non, il fixe donc une sangle à un bout. Un morceau de cuir ou, peut-être, une grosse ficelle, voire une bande de tissu. Il la noue autour du raccord, à moins qu'il ne l'ait percé pour la passer dedans. N'oubliez pas qu'il s'agit d'un alliage assez souple qui ne rouille pas, puisqu'il est conçu pour être enterré. Il passe la sangle autour de son épaule gauche, de sorte que l'arme pende de côté. Elle est donc invisible, facilement accessible et ne gêne pas ses mouvements.

– La même méthode que Raskolnikov, commentai-je.

Karen fronça les sourcils.

– Tout juste, dit Chet. Il s'est inspiré de Dostoïevski, mais je doute qu'il ait lu *Crime et châtiment*.

– Comment vous pouvez savoir ce qu'il a lu ?

– Quelqu'un qui ne sait pas écrire « hypocrite » et « ignorance » ne lit manifestement pas les grands maîtres, intervins-je.

Je n'avais pas voulu paraître pédant, mais simplement m'attirer la sympathie de Karen en me montrant compétent en matière médico-légale. Malheureusement, le ton de ma voix m'avait trahi. Elle rougit et détourna le regard.

Chet me regarda bizarrement, puis hocha la tête.

– Exactement.

– C'est bien gentil tout ça, Chet, mais un tuyau d'un mètre pendu à l'épaule, ça ne passe pas vraiment inaperçu.

– Tu as raison, et c'est pourquoi l'Œil de minuit porte le « manteau vert » dont Kim a parlé.

Le manteau vert n'était en fait qu'une vieille couverture en acrylique dont on avait trouvé des fibres sur les trois lieux du crime. Elle devait être très sale et usée car les fibres recueillies chez les Wynn étaient enchevêtrées avec le mélange de granit et de sable.

– Pour la porter sur les épaules, il est obligé de tenir les pans d'une main, dis-je. Donc, il n'en a plus qu'une de libre.

– Il l'enlève une fois à l'intérieur. Dans les trois cas, les techniciens ont trouvé des fibres groupées, toujours au même endroit : sur le seuil de la chambre des parents, légèrement sur la gauche. Il la laisse donc tomber sur le sol avant d'agir, pour avoir les deux mains libres.

– Comme s'il enlevait un manteau, murmura Karen, songeuse. Je me demande s'il enduit son tuyau avec de la résine de pin, pour mieux la tenir en main.

– Pour l'instant, aucune trace. Mais j'ai demandé aux techniciens de retourner chez les Wynn pour rapporter la porte-écran. Je veux regarder cette fente de plus près. Les bords déchirés du grillage retenaient plein de fibres acryliques vertes, en haut, au niveau des épaules, et en bas, là où la couverture a traîné par terre.

Karen se tourna vers moi.

– Pas un mot sur la couverture, Russell. Il lui serait trop facile de s'en débarrasser et d'en trouver une autre. Winters ne t'autorise qu'à donner sa description physique et sa méthode d'effraction, et *rien d'autre.*

Chester toussota.

– Si j'étais vous, je ne parlerais pas non plus de sa barbe, pour les mêmes raisons. Un barbu est beaucoup plus facile à repérer qu'un homme rasé de près.

– Trop tard, Chet. On va diffuser sa photo.

Chester haussa les épaules.

Karen hésita un instant. Une lueur de confusion traversa son regard et je compris soudain la position délicate dans laquelle elle se trouvait. En dépit de ses « Winters a dit ceci » et « Winters a dit cela », elle seule était chargée de s'occuper de moi et de ce que j'écrirais. Voilà pourquoi elle ne me lâchait pas la grappe. Si je commettais la moindre bourde, elle serait l'unique responsable.

Chet émit un petit toussotement gêné. Je mis son embarras sur le compte du comportement de Karen à mon égard.

– On sait qu'il porte un couteau, à lame courte et probablement avec un manche plutôt grand pour faire... levier. Sans doute un couteau de chasse ou à dépecer. Alors, Russell, tu as tous les éléments, qu'est-ce que tu vois ?

Je réfléchis longuement, rassemblant toutes les informations de Chester, comblant les vides par mon imagination, essayant de former dans ma tête une image cohérente.

– Je vois un de ces clodos qui vivent sur la plage. Un sans-abri. Il porte des cheveux longs et une barbe parce qu'il n'a pas de quoi s'offrir le coiffeur. Sa couverture lui tient chaud et lui permet de cacher sa matraque. Il traîne sur la plage parce que c'est gratuit, il peut faire la manche, utiliser les toilettes publiques, fouiller les poubelles pour se nourrir, voler les touristes. Sur ses cassettes, on entend un bruit de vagues et des voix. Il vit dans un endroit où les flics lui foutent la paix, avec d'autres sans-abri parmi lesquels il se fond. S'il mesure un mètre quatre-vingt-dix, il ne doit pas passer inaperçu. Il pourrait s'agir de la plage de Venice, mais c'est trop au nord. Les plages de Huntington et de Newport sont trop fliquées, aussi je penche plutôt pour celle de Laguna. C'est là que je le chercherais. Il se déplace dans des bagnoles volées. Il les pique à Laguna et les abandonne sur place quand il n'en a plus besoin. Auquel cas, on devrait trouver du sable dans les tapis, des fibres acryliques vertes sur les sièges et les mystérieux polymères dont parle Chet sur les appuis-tête. Il se prend pour un rasta, d'où les références à « Jah » sur les murs. Les rastas sont raides du matin au soir, ça fait partie de leur religion. Il n'a pas les moyens de s'offrir de l'herbe, ou pas souvent, alors il doit parasiter des gens susceptibles de lui en fournir. On sait qu'il a accès à un magnétophone, peut-être volé à un touriste pendant qu'il se baignait. Les messages ont été enregistrés par un homme qui a un problème d'élocution, ou qui était défoncé, ou les deux à la fois. L'épilepsie n'est pas à exclure. On ne comprend pas la moitié de ce qu'il dit, et ce qu'on comprend n'a pas beaucoup de sens. Enfin, il est plutôt malin. Il n'a pas froid aux yeux et devient de plus en plus téméraire. D'abord, deux personnes isolées dans un appartement dont la porte était ouverte, ensuite un couple dans une maison fermée à clé, puis une famille de quatre personnes. Il ne s'arrêtera pas, parce que plus il tue, plus il a envie de tuer. Il n'est pas motivé par le sexe mais se sent investi d'une mission. Il entend probablement des voix, Jah, lui dictant ce qu'il doit faire.

C'est peut-être ce qu'est censée incarner la voix inintelligible dans les messages. Voilà.

Chet se tut un long moment. Karen nous tournait le dos, regardant par la fenêtre.

– Bien ! dit-il enfin. J'ai cru comprendre que tu lui avais parlé.

– Les nouvelles vont vite.

– Vous avez terminé ? s'impatienta Karen.

– Moi, oui, répondis-je. Merci, Chet, je jure d'être prudent avec ces renseignements.

– Merci pour la visite. Désolé que tu nous aies quittés.

Karen avait déjà franchi la porte quand Chet me rappela discrètement. Il me lança de nouveau son regard bizarre, comme si j'étais un spécimen placé sous son microscope.

– Très perspicace de ta part de te souvenir que l'Œil n'était pas un champion d'orthographe et d'établir un lien avec Dostoïevski, Russ...

J'attendis, légèrement inquiet, me demandant où il voulait en venir.

– ... mais, à ma connaissance, l'Œil n'a jamais écrit le mot ignorance nulle part, correct ou pas.

Je revis dans un flash le mot « Igniorance » étalé sur le mur d'Amber. Je restai là, bouche ouverte et bras ballants quelques secondes avant de me ressaisir.

– Je passe huit heures par jour à pianoter sur mon ordinateur, j'ai dû confondre ma propre ignorance avec la sienne.

Chet me dévisagea d'un œil sceptique un long moment avant de sourire à son tour.

– En effet, ce n'est pas l'ignorance qui manque par les temps qui courent.

Je passai l'heure suivante à interviewer Erik Wald et Dan Winters pour mon article sur la « Force combinée des citoyens ». De toute évidence, leur but n'était pas uniquement d'attirer l'attention de l'opinion publique sur les efforts de la police, mais aussi de gagner quelques voix de plus pour les prochaines élections. C'était aussi une façon, un peu pataude, de racheter le retard qu'avait mis le shérif à faire le rapprochement entre les meurtres des Ellison et des Fernandez. Quoi qu'il en soit, la Force n'était pas une mauvaise idée, dans la mesure où elle faisait avancer l'enquête. Personnellement, je trouvais les T-shirts et les casquettes un peu excessifs ! Wald rayonnait : les projecteurs étaient braqués sur lui. Il était affable, éloquent et hautain. Pendant que je terminais mon entretien avec lui, Carla Dance envoya un photographe pour faire son portrait. Juste avant la prise de vue, Erik se recoiffa et desserra son nœud de cravate.

– Dépêchez-vous, lança-t-il au photographe. J'ai du pain sur la planche.

Il me restait une dernière chose à faire avant de rentrer chez moi écrire mon article. En chemin, je m'arrêtai chez *Sorrento's*, en haut des collines d'Orange.

Comme prévu, je trouvai Brent Sides derrière le bar. C'était un grand gars bronzé aux yeux clairs, avec d'épais cheveux blonds et des sourcils décolorés par le soleil. Malgré son teint de surfeur, il vira au rouge vif quand je me présentai comme le père de Grace.

– J'aime beaucoup vos livres, balbutia-t-il... et votre article de ce matin sur les tueries était vraiment très bien. Nos serveuses sont toutes mortes de peur.

Je l'observai un moment tandis qu'il essuyait des verres avec un torchon blanc. Puis je lui annonçai de but en blanc que Grace avait de sérieux problèmes avec certains messieurs peu aimables. Il ne sembla pas surpris outre mesure.

Je lui demandai ce qu'il avait fait la nuit du 3 juillet. Il répondit qu'il l'avait passée avec Grace, d'abord au restaurant, puis au cinéma et enfin dans un bar pour un dernier verre. Il l'avait raccompagnée chez elle, tard dans la nuit.

– Vous avez quel âge ?

– Vingt-trois ans.

Il rougit de nouveau et évita mon regard.

– Vous l'aimez ?

Il acquiesça.

– On n'a jamais couché ensemble, si c'est ce que vous voulez savoir. Mais je l'aime vraiment.

A son grand soulagement, une serveuse s'approcha pour lui transmettre une commande. Il put se dérober quelques minutes à mon regard inquisiteur pour préparer une série de cocktails. Une fois ceux-ci prêts, il les aligna sur le comptoir et revint vers moi.

– Vous connaissez ces types ? demanda-t-il. Ceux qui la suivent.

– Non. Et vous ?

– Ouais. De vrais durs. Mais j'ai des relations.

– Là n'est pas la question, Brent. Décrivez-les-moi.

Sa description correspondait assez à celle de Grace : un gros avec de grandes oreilles et un mince avec une coupe en brosse et des lunettes noires.

Il essuya son comptoir en silence, apparemment plongé dans ses pensées. Puis il reprit :

– Je serais incapable de lui faire du mal.

– Mais vous seriez prêt à tout pour elle.

Il hocha la tête.

– Même à mentir ?
– Probablement, si elle me le demandait.

J'éprouvai soudain de la sympathie pour Brent Sides, avec son regard franc, son manque d'expérience des femmes, et son amour apparemment sincère pour ma fille.

– S'il vous plaît, demandez-lui de m'appeler.
– Je n'y manquerai pas.

Je payai, serrai sa main humide de barman et sortis dans la torpeur de l'après-midi.

13

En rentrant, je trouvai la maison déserte. Dans la chambre, j'aperçus une petite note épinglée sur mon oreiller :

Mon chéri,

Je ne peux plus rester seule ici. J'ai fait une chute dans la baignoire après le départ de la femme de ménage. Plus de peur que de mal. Grace n'était pas là. Maman et papa sont venus me chercher et m'emmènent chez eux. Je suis désolée, j'aurais tant voulu être ton « trésor », pas ta croix.

Je t'aime. Isabella.

Je restai un moment immobile dans la chambre, étourdi par la soudaineté de son absence. Le soleil se couchait derrière les collines et un dernier rayon embrasait le tapis accroché à la tête du lit. La pièce semblait soudain si nue. Le fauteuil roulant d'Isabella, que j'avais d'abord détesté puis auquel je m'étais peu à peu attaché comme à un prolongement de celle que j'aimais ; les flacons de médicaments qui s'empilaient d'ordinaire sur sa table de chevet ; les journaux, les livres de cuisine, les catalogues, les romans et les récits de voyages toujours jetés pêle-mêle sur le lit ; sa couverture préférée : tout cela était parti, avait emporté l'âme de cette pièce soudain propre et nette comme une chambre de motel puant la solitude, me donnant un avant-goût de ce que seraient ma vie et cette maison sans Isabella. Une petite voix me chuchota que le bar à liqueurs me tendait les bras à l'étage inférieur. Mais je restai là, baigné par cette lumière cruelle, immergé dans un monde où ma femme n'était plus.

Je l'avais laissée tomber dans notre salle de bains. Et ce n'était plus moi qu'elle appelait pour lui venir à l'aide, pour secourir son corps souffrant.

Quand je me résolus enfin à descendre, le bruit de mes pas sur les marches résonna dans la maison vide.

J'arrivai chez mes beaux-parents une demi-heure plus tard. Joe était sur le seuil de la maison, s'affairant avec des outils sur sa porte d'entrée. Joe et Corrine Sandoval vivaient à San Juan Capistrano, une petite ville tranquille au sud de Laguna, légèrement en retrait sur les terres, surtout connue pour sa mission jésuite. Chaque année, au mois de mars, elle était prise d'assaut par des nuées d'hirondelles, qui en faisaient à la fois une légende locale et une attraction touristique. Isabella et moi nous étions mariés dans cette mission, un samedi torride de septembre. Je sortis ma flasque et avalai une gorgée de whisky pour me donner du courage.

Joe interrompit son travail et me regarda venir vers lui. Des années de labeur dans les plantations de SunBlesst avaient tanné sa peau et plissé ses yeux noirs dans un air perpétuellement suspicieux qui contrastait avec son tempérament débonnaire. Ses épais cheveux gris étaient attachés en une petite queue de cheval. Il reposa son tournevis et me tendit la main.

– Elle va bien, me rassura-t-il d'emblée.

– Elle s'est fait mal ?

– Rien qu'un bleu, mais elle a eu peur.

Il s'effaça pour me laisser entrer, une main sur mon épaule, l'autre tenant la porte. Je remarquai au passage qu'il était en train d'installer un second verrou, sans doute à l'intention de l'Œil de minuit.

– Corrine n'est pas tranquille, expliqua-t-il. Tu sais ce que c'est...

Leur salon était petit mais confortable, aménagé avec des copies de meubles coloniaux, une grande natte ovale au milieu du parquet, des photos de famille un peu partout sur les murs, et un petit autel dédié à la Vierge dans un coin près du poste de télé. Des châles afghans étaient jetés artistiquement sur le sofa et les fauteuils. Bien en vue sur une petite table basse, une bible trônait. La pièce était bercée par le doux ronronnement du climatiseur enchâssé dans une fenêtre. A côté, accroché au mur, un grand fusil attestait la passion de Joe pour la chasse au daim.

En m'apercevant, Corrine se leva de son rocking-chair. Je l'embrassai avec une affection sincère mais tempérée par cette crainte qu'inspirent généralement les belles-mères à leur gendre. Elle m'avait accepté d'emblée sans aucune réserve comme l'époux de sa fille mais, depuis un certain temps, je sentais son respect s'éroder lentement. Elle jugeait sans doute la qualité des soins que je donnais, ou ne donnais pas, à Isabella. Jamais elle ne m'aurait adressé le moindre reproche, mais je sentais à son regard qu'elle ne me trouvait pas à la hauteur. Ou peut-être me faisais-je des idées. N'était-ce pas mon propre sentiment de culpabilité que je croyais lire dans ses yeux ? Par définition, l'homme est toujours trahi par sa conscience.

Corrine était une grande femme, surtout pour une Mexicaine. Elle avait cinquante ans, comme son mari, soit dix ans à peine de plus que moi. Fine et élancée, elle était toujours impeccablement vêtue et particulièrement belle quand elle souriait. On se serait fait tuer pour mériter un tel sourire. De fait, Joe avait une longue cicatrice blafarde en travers du ventre, vestige d'un des nombreux combats qu'il avait livrés dans les rues poussiéreuses de Los Mochis pour obtenir sa main et protéger son honneur. Ils avaient migré vers le nord peu après leur mariage, en été 64, un an après la naissance d'Isabella, leur seule enfant.

Elle me serra contre elle.

– Elle dort. Assieds-toi.

Je restai debout, les yeux rivés sur le couloir. Joe prit place sur le sofa, son regard hésitant entre sa femme et moi. Il me sembla qu'une petite bataille se jouait. Il fallait, pour mon honneur, ou peut-être uniquement par fierté, que je l'emporte.

Aussi me dirigeai-je vers le couloir. J'ouvris la porte de la chambre d'Isabella. Elle était allongée sur le dos, profondément endormie. La brise du ventilateur faisait frissonner le drap autour de son cou. La pièce était fraîche, protégée du soleil par un immense poivrier devant la fenêtre. Un Christ indifférent sur sa croix en plastique n'en finissait pas d'agoniser au-dessus de sa tête. Je refermai doucement la porte et revins au salon où je me laissai tomber sur le sofa et regardai dehors.

– Tu veux qu'Isabella reste un peu avec nous ?

– Pas question.

– Pourquoi, Russell ?

– Parce que c'est ma femme, je dois veiller sur elle. C'est *mon* boulot.

Le silence accusateur de Corrine se perdit dans le ronronnement du climatiseur. Joe se leva, disparut dans la cuisine et revint avec une carafe de café glacé et trois verres. Je me demandais si Isabella leur avait mentionné que je buvais trop. Est-ce que j'empestais encore la bière et le whisky ?

– Si c'est un boulot, tu pourrais peut-être prendre quelques vacances ?

– Je n'ai pas besoin de vacances. Elle me manque déjà.

– Ce n'est pas forcément un mal.

– Peut-être, mais ce n'est pas le moment.

Joe servit le café et me tendit un verre. Corrine prit le sien sans un regard pour son mari qui la fixait pourtant d'un œil interrogateur. Je le sentais tiraillé entre sa conviction que la place d'un mari est auprès de son épouse et le puissant instinct maternel de sa femme. De toute évidence, elle ne comptait pas lui demander son avis.

– Cela te laisserait plus de temps, reprit-elle... pour travailler et t'occuper de tes affaires.

– Je travaille quand la femme de ménage est là.

Corrine hocha la tête. Isabella lui avait apparemment déjà parlé de ça aussi.

– Je sais que ce doit être très dur.

Elle pensait sans doute que je n'arrivais plus à écrire. Un an, deux mois et onze jours, comptai-je mentalement. Mais Isabella n'aurait jamais osé le lui dire, par égard pour l'aura sacrée dont de nombreux auteurs aiment entourer leur travail. J'en faisais partie. Jamais elle n'aurait avoué à quiconque que j'étais vidé, qu'il ne se passait plus rien. Car tout ce qui est sacré est avili par la parole.

– Isabella m'a dit que tu n'avais pas écrit une ligne depuis un an, lança platement Corrine. Si elle m'en a parlé, c'est pour qu'on puisse t'aider, Joe et moi. C'est une des choses dont elle souffre le plus... qu'à cause d'elle tu négliges ton travail.

« Mais de quoi je me mêle ? grognai-je mentalement. Bientôt, on va en parler sur CNN : "Et maintenant, notre correspondant en direct du bureau de Russell Monroe ! Merci, Bill. Monsieur Monroe, est-il vrai que vous n'avez pas écrit une ligne depuis un an ?" »

– Puisque je vous dis que je travaille, affirmai-je.

Ma colère se mua en honte. Je me sentis devenir cramoisi. Je détestais le ton pétulant de ma voix.

– Je t'avais bien dit qu'il était sur un projet, risqua Joe, me tendant une perche providentielle que Corrine écarta sur-le-champ.

– Et votre assurance couvre bien tous les frais, non ? renchérit-il.

– Bien sûr.

Corrine respira profondément et ses beaux yeux sombres pénétrèrent les miens.

– Russ, ce n'est pas ton travail qui m'inquiète, mais ma fille.

Joe plongea le nez dans le fond de son verre. Le regard de Corrine resta rivé au mien.

– Cette chute ce matin n'aurait jamais dû se produire, me défendis-je. Mais je ne peux pas être à ses côtés vingt-quatre heures sur vingt-quatre.

– Mais nous le pouvons, Joe et moi. Laisse-la rester, Russ. Et toi aussi, si tu veux. C'est notre fille, et tu es notre fils.

Elle se tourna vers Joe qui, bien que fixant toujours le sol, sembla sentir son regard.

Il hocha la tête.

– Ce sera mieux pour tout le monde. Tu t'occupes d'Izzy depuis plus d'un an. Tu as besoin de souffler. Tu dois gagner un peu d'argent. Qui sait ce qui se passera après l'opération ?

Je me sentais dévalisé par deux cambrioleurs braquant sur moi leur affection en guise de revolver. Pourtant, ils avaient raison.

Alors pourquoi avais-je autant de mal à accepter ? Il me fallut du temps pour le comprendre. Et quand ce fut le cas, je ne pus que continuer à regarder par la fenêtre, évitant le regard implorant de ces deux êtres généreux et simples. Je refusais de leur laisser Isabella de peur qu'on ne sache, eux, moi, Isabella, à quel point leur invitation était tentante.

J'étais écartelé. D'un côté s'ouvrait à moi la possibilité de ne plus être responsable, de ne plus avoir une oreille tendue en permanence vers l'étage supérieur, épiant le bruit d'Isabella tentant vainement d'enfiler une chaussure, de grimper dans la douche, d'ouvrir le tiroir de sa commode, de franchir une bosse sur le plancher avec son fauteuil roulant ou des milliers d'autres gestes quotidiens que normalement on accomplit sans y penser, sans être conscient qu'il est facile de se couper les ongles de pieds quand on n'a pas les jambes paralysées. Quel soulagement d'être enfin libéré de tout ça ! Mais d'un autre côté, comment imaginer notre grand lit sans elle dedans ?

Le ventre noué, j'essayai de faire le tri dans ma tête et de trouver une branche à laquelle me raccrocher. Il y en avait une, la seule : le bien-être d'Isabella. Pas le mien. Pas celui de Corrine ou de Joe. Celui d'Isabella.

– Elle s'est tordu le genou en tombant, dit Joe. Elle aurait pu se faire mal.

– Assez ! criai-je.

Les yeux fermés, je laissai retomber ma tête sur le dossier du sofa. La brise moite du climatiseur me caressait un côté du visage. J'entendis Corrine se lever et, quelques instants plus tard, sa main se posa sur ma joue, me signifiant d'une caresse que l'accord était conclu.

– Tu devrais aller la voir un moment. Je vais préparer le dîner.

Je m'allongeai aux côtés d'Isabella dans sa petite chambre. Elle s'étira et sourit quand je lui pris la main.

– Alors, on essaie de me fausser compagnie ? murmurai-je.

– Jamais. Mais ça vaut mm... mieux pendant quelque temps.

– Je sais. C'était simplement une de mes plaisanteries idiotes.

– Ça la aver ?

– Oui.

Je l'embrassai. Elle me caressa les cheveux et m'attira à elle. Notre baiser dura longtemps. Quand j'enfouis ma tête entre ses seins, elle posa une main sur ma braguette et pressa légèrement. Je glissai une main sous les draps dans la tiédeur de son bas-ventre. Nous restâmes ainsi un long moment, cherchant à tâtons ce qui nous venait autrefois si spontanément. Quand sa main revint vers mon visage, je la pris dans la mienne.

– Peut-être qu'après l'ooo... pération, ça redeviendra comme avant.

– Oui, j'en suis sûr.

– Je t'aime, Russ.

Je restai là près d'une heure, promenant ma main sur son crâne duveteux tandis qu'elle dormait la tête blottie contre ma poitrine. Derrière la fenêtre, un merle sautillait de branche en branche sur le grand poivrier.

Quand Corrine nous appela pour le dîner, j'aidai Izzy à s'habiller et l'installai dans son fauteuil.

Puis je partis.

De retour à la maison, je me servis un whisky réglementaire, traînai un peu sur la terrasse puis écoutai un message plutôt sec de Tina Sharp sur le répondeur. Je me gardai de la rappeler, préférant m'installer dans le transat favori d'Isabella, orienté vers le sud-ouest, face à la ville. Notre-Dame-du-Canyon était langoureusement couchée sur les collines, les lumières de Laguna filtrant entre ses cuisses, offrant son ventre plein au ciel nocturne. Le téléphone sonna. Je saisis le combiné. On me raccrocha au nez.

Je m'installai devant mon ordinateur et commençai mon article sur la Force combinée.

Je dressai un plan, cherchant un moyen d'impliquer les lecteurs. Ce n'était pas une mince affaire.

Je bus quelques verres pour faire venir l'inspiration et tenter d'oublier le côté propagandiste du sujet. Fort heureusement, la structure d'un article de presse est suffisamment rigide pour empêcher les divagations éthyliques, ce qui explique sans doute le grand nombre d'alcooliques dans la profession. De toute façon, si le papier était trop nul, Carla Dance me le renverrait. Ce n'était pas le *Journal* mais l'opinion publique qui allait décider du sort de la Force combinée.

Le téléphone sonna de nouveau et une fois de plus, on raccrocha en entendant ma voix.

Exactement comme Amber, quelque vingt ans plus

tôt, quand elle voulait me voir en cachette de Martin. Sauf qu'à l'époque le code était trois coups. Cela signifiait qu'elle était avec Martin et projetait de me rencontrer en douce. Elle prétendait chercher à joindre une amie dont la ligne était toujours occupée. Trois coups raccrochés voulaient dire : « On se retrouve cette nuit. » Les jours pairs, c'était dans un bar au-dessus du restaurant *Towers* de Laguna, les jours impairs, dans l'arrière-salle du *Mandarin chinois*. Deux coups seulement signifiaient qu'elle viendrait chez moi. Ô combien j'aimais ces deux coups ! J'avais bien quelques scrupules vis-à-vis de Martin, mais, quand nous étions jeunes, une nuit avec Amber valait bien de trahir un ami.

Le téléphone sonna une troisième fois et, à ma grande stupeur, on raccrocha encore. Trois coups. Je vérifiai la date, par pure curiosité. On était le 6 : le bar du *Towers*.

Je regardai mon écran, cherchant un fil conducteur. La première phrase représente toujours cinquante pour cent du travail. Après, le reste vient tout seul. Je réfléchis, puis écrivis :

« Et si elle m'attendait vraiment au bar du *Towers* ? »

Non. J'effaçai. Je revis le crâne défoncé d'Amber : le sang, les mèches poisseuses, les yeux gris de mort. Puis elle apparut au volant de la voiture louée, éclairée par les réverbères de Coast Highway, venant me hanter depuis son tombeau, où qu'il fût. Je repensai à Isabella.

J'écrivis de nouveau :

« Un verre ou deux au bar du *Towers* te feraient le plus grand bien. Tu as été sage, tu les as mérités. »

Non. J'effaçai encore. Je restai assis un moment,

puis écrivis d'une traite les trois premières pages de l'article.

Je fis une pause pour inspecter le réfrigérateur. Je n'avais pas vraiment faim. Je me réinstallai sur la terrasse, puis sur notre lit, entretenant des idées folles.

Je revins dans le bureau, terminai l'article et le télécopiai.

Puis je dévalai l'escalier, grimpai dans ma voiture et filai à Laguna.

Le bar du *Towers* était perché au douzième étage d'un gratte-ciel de Laguna. La nuit, les baies vitrées donnant sur le Pacifique faisaient scintiller de mille feux les murs et le plafond tapissés de miroirs, projetant partout le reflet de l'Océan. L'atmosphère irréelle était encore accentuée par le décor Art déco : des femmes drapées de bronze tenaient des globes opaques à bout de bras, des appliques murales en forme de coquillage projetaient des lumières tamisées, des tables basses en miroir biseauté formaient des rectangles d'océan. Au centre de la salle, un jeune homme jouait des airs langoureux sur un piano à queue. Le bar était bondé, mais un couple eut la gentillesse de partager sa table avec moi. Le public était éclectique : des touristes américains entre deux âges, des étrangers à l'air perplexe, quelques vieux dandys locaux et une poignée de femmes semblant plus jeunes qu'elles ne l'étaient, apparemment en quête d'un partenaire de jeu. Un couple s'embrassait fougueusement dans un coin. Deux homos s'efforçaient de paraître à leur aise. Une femme assise seule dans l'angle opposé au mien tétait un fume-cigarette d'au moins vingt centimètres. Ses cheveux blond platine et son petit bibi de travers étaient sans doute censés aller avec le décor.

Mes compagnons de table avaient l'air d'Américains moyens : cadres moyens, d'âge moyen et d'ouverture d'esprit moyenne, ce qui s'avéra être le cas. Légèrement éméchés, ils étaient plongés dans une conversation animée. Le mari me sourit au moment où j'avançai la main en même temps que lui pour saisir mon verre.

– Vous êtes un Lagunatique ? demanda-t-il en faisant référence à notre malheureux surnom.

– Oui.

– C'est une ville charmante.

– La vie y est agréable.

– Vous travaillez dans quelle branche ?

– Informatique, et vous ?

– Génie civil, à Des Moines, dans l'Iowa. On est venus pour voir Disneyland et les baleines.

Pour les baleines, ils avaient six mois de retard, mais il était un peu tard pour le lui dire. Sa femme m'adressa un sourire et prit son verre. Elle était mince, blonde, avec un ravissant sourire. Nous discutâmes un moment, puis la conversation se tarit.

Un peu plus tard, je remarquai qu'ils me lançaient des regards obliques.

– Dis-lui, Mike, fit-elle en lui donnant du coude.

– Tu n'as qu'à le lui dire toi-même, Janice.

– D'accord, je vais le lui dire.

Elle se pencha vers moi.

– De tous les endroits où on a été, Laguna est le pire. Le temps de changer notre réservation d'avion et de payer une semaine d'hôtel pour une chambre dont on ne veut plus, on aura gaspillé deux mille dollars. Vous pouvez vous targuer d'avoir le soleil, Disneyland et un malade qui assassine les honnêtes gens dans leur sommeil. J'ai pensé que, puisque c'est votre ville et que vous dépendez du tourisme, il fallait que je vous le dise.

Je n'étais pas d'humeur à écouter des jérémiades à propos de vacances gâchées.

– Si c'est tellement mieux chez vous, dis-je, vous n'aviez qu'à y rester.

Mike toussota, mal à l'aise.

– Ce n'est pas une raison pour être grossier.

– Si j'étais vous je n'insisterais pas, vous allez finir par m'énerver.

– Non mais je rêve ! lâcha Janice.

Elle reposa brutalement son verre sur la table et se leva.

– Mike, allons-nous-en. J'en ai assez des tueurs et des ivrognes. Cet endroit est pourri. Vous pouvez vous le garder, votre paradis.

– Merci, dis-je.

– J'espère qu'il vous aura, vous aussi.

– Qui donc ?

– Votre Œil de minuit.

Une fois Mike et Janice partis, j'examinai la salle. Je remarquai un grand barbu portant une veste italienne et des lunettes de luxe. Il avait plus ou moins la taille présumée de l'Œil de minuit. Les cheveux et la barbe correspondaient. Mais il ressemblait davantage à un universitaire ou à un psychiatre. Il papillonnait autour d'une rousse qui prenait des airs, regardant par la fenêtre.

Je souris et me tournai vers le Pacifique. « Le secteur du tourisme décimé par l'Œil de minuit, un tueur psychopathe contre Disneyland et la baleine grise de Californie. » Et s'il frappait de nouveau ce soir ?

Il se faisait tard et la salle se vidait peu à peu. Naturellement, Amber n'était pas venue. J'étais soulagé, épuisé et profondément déprimé. L'opération d'Isabella allait-elle réussir ? Une chance sur dix...

Le pianiste entama une mélodie sirupeuse. Le grand barbu était pratiquement à genoux devant la rousse, toujours aussi distante.

Je payai l'addition et entrai dans les toilettes pour me passer de l'eau sur la figure. En me séchant avec une serviette en papier, j'aperçus avec effroi mon visage bouffi dans le miroir. Mon nez était enflé et rose et mes yeux avaient rapetissé. On aurait dit un lamantin, sans doute l'effet de l'alcool. Je redressai le dos, bombai la poitrine ; c'était un peu mieux. En sortant, la blonde platine dans le coin me fit un signe. Elle avait tiré sa cigarette de son ridicule fume-cigarette et la tenait entre ses lèvres, attendant que je lui donne du feu. Sortant mon briquet, je me penchai vers elle.

La flamme jaillit et je l'approchai de son visage. Je levai alors le nez vers elle et croisai un regard que je ne connaissais que trop.

Mon cœur fit un bond. Je plongeai dans ces yeux clairs, d'un gris inimitable.

La flamme s'éteignit et le visage d'Amber sombra de nouveau dans l'obscurité. Je commençai tout juste à entr'apercevoir ce qui s'était passé.

14

Je pris la direction du sud. Amber était affaissée contre la portière, avec sa perruque blonde des plus convaincantes et ses lunettes noires sur lesquelles défilaient les lueurs des réverbères. Elle regardait par la fenêtre, la brise balayant ses cheveux. Son visage était pâle et ses joues striées de larmes. L'air sentait la mer, les gaz d'échappement et la belladone, l'une de ces fleurs vénéneuses au parfum opiacé qui s'épanouissent sur notre côte.

Les doigts crispés sur le volant, hésitant entre la crainte et l'espoir, je me sentais tomber, virevoltant dans le vide, me préparant à l'impact de la révélation et de la mort. Je jetais sans cesse des coups d'œil vers Amber.

Elle pleurait en silence, un don qui m'avait toujours fasciné. Je ne percevais que le son étranglé de sa respiration.

Elle parla enfin, d'une voix étouffée :

– Je... mon Dieu !

Elle fouilla dans son sac et en sortit une cigarette. Elle se pencha en avant pour l'allumer à l'abri du vent. Derrière la masse blonde de ses cheveux, j'aperçus une lueur, suivie d'un petit nuage de fumée.

En se redressant, elle me regarda dans les yeux pour la première fois depuis que nous étions montés en voiture.

– Le 4 juillet, j'avais projeté de rentrer à la maison vers 2 heures. Reuben m'avait obtenu un engagement pour une prise de vues le matin, à Malibu. Une pub pour une crème de bronzage. Il leur fallait des vacanciers sur la plage en arrière-plan. Au début, j'ai accepté. On me proposait le double du tarif habituel parce que c'était un jour férié, soit quatre-vingt mille dollars pour une matinée. Je suis allée sur place la veille et j'ai passé la nuit dans un hôtel de Beverly Hills. Mais le lendemain matin, j'ai changé d'avis. Il faisait trop chaud pour travailler. Alors j'ai appelé Reuben, on s'est engueulés, et j'ai filé à Santa Barbara par la route de la côte. Je lui ai laissé entendre que j'irais à la prise de vues. De toute façon, il croit toujours ce qu'il veut, quoi qu'on lui dise. A Santa Barbara, j'ai loué une chambre sur la plage et j'y ai passé pratiquement toute la journée. Je n'étais pas seule, il y avait un homme avec moi, quelqu'un que je fréquente depuis peu. Ne me demande pas son nom, je ne te le dirai pas.

– Cette chambre sur la plage, ce n'était pas plutôt chez lui ? Tu t'y es prise un peu tard pour trouver un hôtel un 4 Juillet.

– Oui. Je l'ai quitté vers 11 heures du soir et je suis arrivée chez moi à 2 heures du matin. Alice n'était plus là. Ô mon Dieu, Russell... Alice, mon Dieu !

– Amber, qu'est-ce que tu me chantes ?

– Tu te souviens d'Alice, n'est-ce pas ?

– Comment veux-tu que je m'en souvienne ? Je ne l'ai jamais vue. Tu m'en as parlé deux fois en tout et pour tout. Selon toi, c'était la seule femme au monde plus jolie que toi.

Elle me regarda de nouveau, blême, les lumières de la route rampant sur ses lunettes noires.

– J'ai dit ça, moi ?

– Oui.

– Qu'est-ce que j'ai pu être conne ! C'était ma grande sœur, Russ. Ma seule grande sœur.

J'attendis sans rien dire tandis qu'elle fixait la route par la fenêtre. Elle ôta ses lunettes, s'essuya les yeux, ravala un sanglot et soupira profondément.

– Je sais que tu es passé chez moi, Russ. Martin me l'a dit. Tu es fâché contre moi parce que je t'ai laissé croire que j'étais morte ?

Elle avait toujours eu l'art d'exacerber ma mauvaise humeur et de la transformer en rogne. C'était son grand plaisir, sa victoire. Il m'avait fallu attendre de rencontrer Isabella pour comprendre que, la plupart du temps, mes accès de colère n'étaient que des appels vains pour attirer l'affection des autres. Isabella savait les faire exploser en toute sécurité par sa compréhension, comme un artificier désamorce une bombe artisanale. Avec elle, les coups de gueule les plus violents se muaient en démonstrations d'amour.

Mais là, seul face à Amber, j'étais désarmé et je sentais la fureur monter en moi. J'allumai le ventilateur du tableau de bord, espérant me calmer les nerfs.

– Tu aurais pu éviter de me faire porter un deuil bidon, grognai-je.

– Tu t'es senti dupé ? C'est ça, hein ? Si ça se trouve, tu étais soulagé de me croire morte. Avoue-le, Russ. Merde, tu es aussi méchant que superficiel !

Je ne relevai pas la provocation.

– Quand est-ce qu'Alice devait arriver ?

– Quel flegme ! Si seulement tu avais fait preuve

d'autant de sang-froid quand on était ensemble, ça nous aurait simplifié la vie.

– Quand est-ce qu'Alice devait arriver ? répétai-je.

– Le 5. Mais elle a laissé un message sur mon répondeur le 3, pour dire qu'elle aurait deux jours d'avance. J'étais déjà à Beverly Hills, alors je l'ai rappelée à son hôtel pour lui dire de s'installer chez moi et que je l'y rejoindrais le lendemain. Comme la femme de ménage était partie pour la semaine rendre visite à sa famille à San Diego, la chambre d'ami n'était pas prête. Je lui ai donc dit de coucher dans mon lit. Je voulais qu'elle se sente chez elle. On venait tout juste... on commençait à... Je voulais me rapprocher d'elle. Ça faisait partie de mon nouveau... moi. Que je suis gourde !

Elle renifla et passa un doigt sous un œil, puis sous l'autre.

Le nouveau « moi » d'Amber ! Ma colère s'évanouit sur-le-champ. Nous approchions du port de plaisance de Dana Point. Une forêt de mâts se dressait au loin.

– Mais j'étais si bien à Santa Barbara que je n'ai pas vu l'heure passer. Je me suis mise en route à 23 heures. Quand je suis arrivée chez moi, elle n'était plus là. J'ai trouvé ses valises ouvertes dans ma chambre, un nouveau tapis au pied de mon lit, recouvrant une tache. Les murs avaient été repeints. Dans mon bureau, on avait renversé une pile de magazines et une lampe. J'ai paniqué et j'ai appelé quelqu'un en qui je pouvais avoir confiance, quelqu'un qui s'y connaissait dans ce genre de... choses.

– Martin.

Cela expliquait son brusque changement d'attitude chez les Wynn.

– Oui.

– Laisse-moi deviner : au début, il n'a pas voulu

croire que c'était toi. Il a exigé de te voir en personne cette nuit-là, ou plutôt ce matin-là. Soûle ou à jeun.

Amber tira sur sa cigarette, avec un air dégoûté qui me faisait toujours me demander pourquoi elle se donnait la peine de fumer. C'était bien son genre de flirter avec une drogue sans pouvoir s'y adonner complètement. Il lui arrivait de ne pas fumer pendant des jours.

– Je n'avais jamais vu Marty aussi bouleversé. Jamais. Et pourtant, on a été mariés pendant un an, le pauvre. Il m'a annoncé qu'Alice avait été assassinée et que quelqu'un avait vraisemblablement nettoyé la... ma chambre.

Elle prit une nouvelle taffe, le regard fixé vers le port. La brise agitait sa perruque platine. La lumière violette des réverbères se réfléchissait sur son visage, le transformant en masque mortuaire. L'espace d'un instant, tous les cadavres de ces derniers jours défilèrent sous mes yeux : les Fernandez, les Ellison, les Wynn, les jumeaux Jacob et Justin, Alice. Je vis les cellules cancéreuses dans le cerveau d'Isabella comme autant de petites étoiles programmées pour se reproduire à l'infini dans le seul but de l'annihiler. Comme des vautours hideux attendant tranquillement devant nos fenêtres. Je vis Mort noire perché sur la ligne téléphonique, paisible, patient, sûr de lui.

J'entamai un long virage.

– Tu dégages une drôle d'odeur, dit soudain Amber.

– Je ne sens rien de drôle. Qu'est-ce qui s'est passé après que Martin t'a tout raconté ?

– Je ne pensais qu'à une chose : il m'a dit à plusieurs reprises : « Celui qui a tué Alice en avait après toi. » J'étais terrorisée. Tu me connais suffisamment pour savoir que c'est le genre de truc qui me fait perdre la tête. J'ai donc fait ce qu'il me conseillait.

– Tu t'es cachée.

– Oui. En attendant qu'il coince les assassins d'Alice.

– C'est-à-dire moi.

– Toi et Grace.

– Il le croit toujours ?

Amber m'examina un long moment, puis détourna la tête.

– Oui.

– Alice te ressemblait beaucoup ?

– Oui, surtout pour quelqu'un qui entre dans une chambre plongée dans le noir et croit que c'est moi qui dors dans le lit.

Je fis une nouvelle fois le tour du port.

– Mais alors, pourquoi tu m'as appelé ?

Elle me dévisagea. Elle avait toujours eu le chic pour prendre un air absent, une capacité à s'en aller en laissant son corps derrière elle, même quand elle faisait l'amour. C'était une façon bien à elle de punir ses amants et d'expérimenter une forme de martyre. Lentement, d'une manière à peine perceptible, elle se recomposa.

– C'est à cause de Martin. J'ai commencé à avoir des doutes. Il m'a dit qu'il était entré chez moi cette nuit-là après avoir capté un appel radio dans l'émetteur de sa voiture. Comme il était dans les parages, il était venu tout de suite. Au début, je l'ai cru. Il disait « nous », comme s'il avait été avec un coéquipier. Dans un premier temps, j'étais trop terrorisée pour me rendre compte à quel point son histoire était bizarre. Depuis quand fait-il des rondes de nuit ? Et puis, il n'a jamais eu de coéquipier ! Alors je l'ai assailli de questions. Il ne m'a pas fallu longtemps. Il a vite craqué. Il a avoué qu'il était venu seul parce qu'il savait que je ne serais pas là et que ce n'était pas la première fois. Qu'il se couchait sur mon lit et pensait à « nous ». Tu ne peux pas savoir, Russ, ça m'a fait encore plus peur que ce qu'il avait trouvé... ou déclaré avoir trouvé. Alors j'ai pensé à toi.

– Mais tu savais que j'y étais allé, moi aussi.

Elle me regarda à travers ses lunettes noires.

– Je crois ce que tu as dit à Martin : que tu l'as vu sortir de chez moi, puis que tu es entré par la baie vitrée restée ouverte. Je sais ce que tu faisais devant ma porte cette nuit-là. Moi aussi, il m'arrive de penser à toi. Je rêve de toi parfois et je sais que j'occupe souvent tes pensées et tes rêves. C'est à cause de ce que nous avons vécu ensemble et que nous ne vivrons jamais plus. Mais tu n'es pas capable d'une véritable obsession, Russ, pas plus que moi. Tu es inoffensif. Je veux dire par là que j'ai confiance en toi. En ce moment précis, je crois que tu es le seul au monde à qui je puisse me fier.

– Et Erik ?

– Il m'en veut toujours depuis notre rupture. Je ne crois pas que ce soit le moment idéal pour le voir.

– Dire qu'après dix ans passés à te courir après le pauvre Erik n'a eu droit qu'à une petite année à te lécher les pieds.

Je ne pouvais résister à cette occasion de la blesser, mais mes armes étaient trop émoussées pour pénétrer sa cuirasse parfaite.

– Russell, ne me fais pas chier et essaie de te comporter en adulte !

Immature, inoffensif et incapable d'obsession, je bifurquai sur Coast Highway en direction de Laguna. Bizarrement, les vexations d'Amber ne m'atteignaient pas. Je pensais à Izzy, endormie dans son petit lit d'adolescente. Je lui envoyai en pensée un rêve paisible et plein d'espoir. La présence d'Amber me semblait, elle aussi, sortir d'un rêve. Elle était intangible, présente mais inaccessible. Puis, de nouvelles émotions que je ne compris pas tout de suite se frayèrent un chemin en moi. Elles emplirent peu à peu le vide créé par la confusion et le choc de sa résurrection. J'étais heureux et soulagé qu'elle soit en vie. Mais, profondément enfouie sous cette vérité compréhensible et honorable, pointait une sensation moins avouable dont je tentais vainement de faire abstraction : j'étais excité par sa proximité. Secrètement, sauvagement, follement excité.

– Alors, je peux te faire confiance ? demanda-t-elle.

– Oui.

– Qu'est-ce que je dois faire ?

– C'est Martin qui l'a tuée ?

– Je ne vois pas qui d'autre. C'est pourquoi je n'ai pas été voir les flics. Il croyait la maison vide. En le voyant, Alice a pris peur et lui aussi. Il a essayé de faire croire que c'était l'Œil de minuit, mais c'était trop gros, alors il a décidé de tout dissimuler, y compris le corps d'Alice. Le second soir, quand vous êtes tombés nez à nez, il venait de tout nettoyer. Il a prétendu avoir vu Grace sortir de chez moi la veille. Si on le pousse à bout, il va perdre complètement la tête et tout vous mettre sur le dos, à tous les deux. Je ne vois pas d'autre explication.

– Laisse-moi réfléchir.

– Tu n'es pas d'accord avec moi ?

J'entrai sur le parking du *Towers*, repoussai d'un geste le portier qui venait déjà vers nous et m'arrêtai près de la Chrysler de location d'Amber.

– Où tu allais quand je t'ai vue hier soir ?

– A l'hôtel *Las Brisas*. C'est là que Martin

demandé d'attendre. Je n'étais pas censée sortir, mais je n'en pouvais plus. Quand tu m'as vue, je rentrais du club *Maison blanche*. J'avais réservé une table près de l'orchestre.

Une brume pâle s'était levée sur la ville. Les rues transpiraient, libérant leur chaleur dans l'humidité.

– Quand est-ce que tu as vu Grace pour la dernière fois ?

– Ça fait deux mois. Peut-être trois. Je lui ai même écrit. Tu imagines, Russ, écrire, moi ? Je l'ai appelée des centaines de fois. Elle m'ignore.

Elle soupira doucement. Quelle sensation étrange de percevoir ce soupçon de reddition chez elle. Elle croisa les mains sur ses genoux et baissa la tête.

– Je sais que j'ai commis des erreurs. Je fais mon possible pour les réparer. J'ai essayé... J'*essaie* de rétablir la communication. Avec ma famille. Mes amis. Ma fille. J'ai tant fait pour effacer mes traces qu'aujourd'hui je n'arrive plus à retrouver mon chemin. Il n'y a plus que des ruines autour de moi. Et voilà que... Alice. Ma pauvre Alice... si belle.

C'était la première fois depuis toutes ces années qu'elle exprimait un doute, une faillibilité, des regrets. La première fois aussi qu'elle ne semblait pas jouer la comédie. J'étais abasourdi.

– Qu'est-ce que je dois faire ? répéta-t-elle.

– Tu as parlé à ton agent ?

– Reuben n'est pas mon agent mais mon *manager*. Oui, je l'ai appelé pour lui dire que je n'acceptais aucun contrat pour le moment et que je serais injoignable. Je lui ai fait jurer le secret et c'est un homme de parole. C'est le seul à qui j'ai parlé, à part Marty.

Elle frissonna malgré la chaleur humide. Elle dégageait la même odeur que Grace l'autre nuit : un mélange de parfum et de peur. Surtout de peur.

– Où est-ce que je peux me cacher ?

– Tu as rendu les clés de ta chambre d'hôtel ?

– Non, je ne voulais pas qu'on sache que je partais. Martin appelle probablement toutes les cinq minutes. A moins qu'il ne soit déjà sur place à m'attendre. Il a absolument tenu à avoir un double des clés. Toutes mes affaires sont dans le coffre. J'ai une villa de sept mille mètres carrés à trois kilomètres d'ici et je suis obligée de camper dans une voiture de location. En plus elle est hideuse, tu ne trouves pas ?

– C'est Marty qui l'a choisie ?

Elle hocha la tête.

– Comment va Isabella ?

– Très bien.

– Je suis désolée, Russ. Si seulement je pouvais faire quelque chose, je le ferais.

Je ne répondis pas tout de suite, puis déclarai d'un ton dégagé :

– Bah ! Elle est forte.

– Il le faut. Tu crois qu'elle accepterait de m'héberger quelques jours ? Je pourrais faire la cuisine, le ménage et me faire toute pet...

– Non.

Ce n'est qu'alors, devant l'énormité de sa demande, que je mesurai l'étendue de sa peur.

– Non, tu as raison, reprit-elle. Ce ne serait vraiment pas correct. Excuse-moi, c'était idiot de ma part.

J'essayai de me mettre à la place de Martin. Sa première démarche pour la retrouver serait de faire le tour des hôtels du coin, puis d'élargir les recherches en cercles concentriques en s'éloignant de la ville. Elle pourrait s'en sortir quelques jours avec un faux nom et en payant cash, mais cela ne durerait qu'un temps, surtout avec une voiture de location et sa tête affichée sur tous les panneaux publicitaires du comté. En revanche, personne ne penserait à venir la chercher chez moi. Quoique... Il me vint une idée. Je connaissais bien quelqu'un qui saurait se charger de Martin. Le problème, c'était qu'il ne pouvait pas voir Amber en peinture, en dépit de tous les efforts qu'elle avait déployés pour le séduire, des années plus tôt. J'examinai des dizaines d'autres possibilités mais j'en revenais toujours à Théodore Francis Monroe et sa petite maison nichée à l'ombre des chênes du canyon Trabuco.

– Laisse-moi te dire une chose, Russ. Martin ne va pas s'en tirer comme ça. Il paiera pour ce qu'il a fait à Alice. Je ne sais ni comment ni quand, mais j'y veillerai.

– Prends ta voiture et suis-moi, me contentai-je de répondre.

Avant même que j'aie coupé le contact, mon père apparut sur le porche. L'ampoule pendant au-dessus de sa tête l'enveloppait dans un halo jaune sale. Pieds et torse nus, il ne portait qu'un vieux jean râpé et sa vieille Remington 870 pointée vers moi. Dans le rétroviseur, j'aperçus la Chrysler s'engageant dans l'allée. Je sortis, fis signe à Amber de rester dans sa voiture, puis m'avançai vers la cabane en faisant crisser le gravier sous mes pas. Autour de nous, le chant mystérieux des criquets semblait venir de nulle part. Des chevaux s'ébrouèrent dans l'obscurité du corral. Les planches humides des marches du porche ployèrent sous mon poids.

Mon père était encore à moitié endormi. Nimbé dans son aura jaunâtre, avec son grand corps noueux, ses cheveux noirs à peine grisonnants, ses yeux las, ses lèvres tombantes figées dans une perpétuelle moue de déception, il semblait appartenir à un autre monde.

– Bonsoir, papa.

– Russ.

– J'ai un petit problème.

– C'est ce que je vois.

Il posa son fusil contre le mur, me serra la main puis me prit dans ses bras. Derrière son épaule, j'aperçus le reflet de la Chrysler dans une vitre.

– Qu'est-ce que tu fais avec cette pétoire, papa ?

– Je ne suis pas tranquille avec cet Œil de minuit dans les parages. Je dois me faire vieux. Et toi, qu'est-ce que tu viens faire à cette heure-ci ? Il est arrivé quelque chose à Izzy ?

– Non, elle va bien. Elle est chez Corrine et Joe.

– C'est bien qui je crois dans cette voiture ?

– On a voulu la tuer. Ils ont eu sa sœur à la place. Elle est terrorisée et a besoin de se cacher.

Il lança un regard vers la voiture puis vers moi.

– Parce qu'on va encore essayer ?

– Peut-être.

– Alors dis-lui de garer cette foutue bagnole dans la remise et amène-la à l'intérieur.

– Merci, papa.

– Je n'ai pas vraiment le choix.

Il me dévisagea durement.

– Ce n'est pas ce que tu crois, dis-je.

Une fois dans le salon tapissé de lattes de pin, je racontai toute l'histoire à mon père. J'omis cependant de lui parler de ma présence devant la villa d'Amber la nuit du 3 juillet. Je n'osai pas lui avouer la vérité. Il écouta presque sans un mot, sentant, j'en suis sûr, qu'il s'agissait d'une version édulcorée. Amber était assise dans un coin du canapé, mains et chevilles croisées dans une attitude contrite, sa perruque blonde devenue soudain grotesque dans ce décor rustique.

Vers 1 heure du matin, mon père prépara du café pour se maintenir éveillé jusqu'au matin. Nous étions convenus qu'ils resteraient éveillés à tour de rôle. Il montra la chambre d'ami à Amber que j'accompagnai ensuite jusqu'à sa voiture pour prendre quelques affaires.

La remise sentait l'humidité, le mildiou et l'huile de moteur. Amber ouvrit le coffre et me lança un regard interrogateur.

– Au fait, j'ai emporté ce carton avec moi. Il contient tout ce que Marty a recueilli autour... d'Alice. Les sacs en plastique, les empreintes, les photos... même ses notes. J'ai pensé que tu les voudrais peut-être.

– Tu es folle !

– Je n'aurais pas dû ?

Je fouillai dans la boîte en carton. Elle contenait des relevés d'empreintes digitales ; une dizaine de sacs en plastique renfermant des poils, des fibres, des éclats de peinture, des échantillons de terre ; un petit dictaphone qu'il avait probablement utilisé pour dresser l'inventaire des pièces à mesure qu'il les collectait ; une cassette sans boîtier ; une liasse de Polaroid ; un calepin contenant les numéros des scellés et leur description ; plusieurs chemises des archives judiciaires du comté. Certaines étaient vides, d'autres contenaient des formulaires de rapports. J'en ouvris une au hasard : « 1976-1983. Bureau du shérif du comté d'Orange. Activités professionnelles de Russell Monroe. »

– Finalement, je crois que tu as très bien fait, Amber.

– Il traînait ça partout avec lui dans sa voiture. Prends-le. Il m'a dit avoir trouvé la bande dans ma chaîne hi-fi, la nuit où Alice... est morte.

Je glissai la cassette dans ma poche.

En revenant vers la maison, je rangeai le carton dans mon coffre. Mon père était assis à la table de la cuisine, habillé, buvant son café. J'accompagnai Amber dans sa petite chambre. La lampe de chevet diffusait une lumière chaude sur les boiseries en sapin.

– Je peux te poser une question ? demanda-t-elle.

– Bien sûr.

– Tu me préférais morte ?

Pris de court, je restai muet. Le silence profond de la nuit sembla s'être soudain glissé dans la pièce...

– Non, fis-je enfin.

Sans me quitter des yeux, elle enleva sa perruque et secoua sa crinière brune. En voyant des mèches retomber sur ses épaules, je fus soudain frappé par sa ressemblance avec Isabella. Elle était resplendissante.

– Merci, dit-elle.

Elle me lança alors ce regard mi-virginal mi-charnel, celui qui avait servi à introduire des centaines de produits dans un milliard de foyers, celui qui vous implorait de saisir cette occasion inespérée, celui qui vous jurait que la transaction, si commerciale soit-elle, resterait un petit secret à deux.

J'ignore ce qu'elle lut en retour sur mon visage.

– Bonne nuit, Amber, répondis-je.

15

Je m'installai dans le bar du port de plaisance, près d'une fenêtre d'où je pouvais voir les gens passer. Je méditai longuement, tout en sirotant deux whiskies puis deux bières. Le brouillard matinal s'étendait peu à peu le long de la côte. Il envahit la plage, puis la promenade. Il se fraya un chemin sur Coast Highway, grimpa le long des buildings, se glissa dans Ocean Avenue. Il engloutit progressivement les réverbères, les passants, les bébés dans leur landau, les clochards, les pigeons et les mouettes, les eucalyptus, les bougainvillées, les parcmètres, la taverne *Hennesey*, la galerie d'art, la voiture de patrouille qui tournait à droite sur la grande avenue, le trottoir, puis les mauvaises herbes qui poussaient entre ses fentes. Avec l'invasion du brouillard, il se produisit une sorte de hiatus, comme une pause collective et inconsciente. On aurait dit que tout le monde venait de franchir en même temps un dos-d'âne mental. Une lueur perplexe apparut dans les regards. Le mari jeta un coup d'œil inquiet à sa femme, la femme à son mari. Les amants s'étreignirent un peu plus fort. Les esseulés se retournèrent brusquement sur le trottoir, croyant avoir entendu leur nom crié dans la brume. A cet instant précis, l'orchestre du bar acheva son morceau et il n'y eut plus un bruit. Les conversations s'interrompirent, comme pour rappeler que le silence était là au premier jour, qu'il serait encore là au dernier et qu'il s'immisçait partout comme un secret que personne ne voulait connaître. La peur se dessina sur tous les visages. Nos angoisses ne faisaient plus qu'une, mettant à nu la superficialité de nos prétentions, l'arrogance extrême de croire que le prochain battement de cœur serait porteur des mêmes faux espoirs de bonheur. Une voix, un gémissement, un ordre émis sur basse fréquence monta soudain de je ne sais où. Que disait-elle donc ? Etais-je le seul à l'entendre ? Puis un immense éclat de rire, forcé, falsifié, désespéré, retentit dans la salle pour couvrir ce silence et démentir les vérités qu'il charriait. L'orchestre se remit à jouer. Je sortis.

Assis dans ma voiture, je glissai la cassette subtilisée à Martin dans le lecteur. C'étaient encore les balbutiements inintelligibles de l'Œil de minuit :

Jeuh... vô... ha... l'infâââme... ô... condeuh... lune...
hier... doigt... né... toit... yéh...

Je n'y comprenais plus rien. Si, comme le pensait Amber, Martin cherchait à me mettre le meurtre sur le dos, pourquoi n'avait-il pas détruit cette bande ? Après l'avoir écoutée deux fois de suite, je la cachai sous un coin du tapis où je ne risquerais pas de la piétiner.

Il y avait un énorme bouchon à la sortie de Laguna. Il me fallut vingt minutes pare-chocs contre pare-chocs pour comprendre à quoi il était dû. La police de la route avait dressé un barrage et faisait passer un alcootest à tous les conducteurs. J'apercevais au loin les gyrophares, les bornes orange fluorescent divisant la chaussée, et les officiers en uniforme braquant leur lampe-torche sur le visage des automobilistes. J'avais toujours émis quelques doutes sur la légalité de ces vérifications, mais cela venait sans doute de ma méfiance vis-à-vis de l'autorité et des institutions. Tandis que je patientais en attendant mon tour, je me dis pour la énième fois que j'étais plus fait pour piller les banques que pour défendre la loi. Heureusement que l'écriture offrait un compromis entre les deux.

Je baissai ma vitre et allumai une cigarette.

Dix minutes plus tard, j'arrêtai la voiture entre deux rangées de bornes orange et saluai l'officier d'un signe de tête. Derrière lui, je crus reconnaître une silhouette familière debout devant une voiture de patrouille, mais au moment où j'allais l'identifier, le rayon de la torche m'aveugla.

– Comment allez-vous, monsieur ?

– Bien.

– Vous avez bu, ce soir ?

– Une ou deux bières.

– Rien d'autre ?

– Non.

– Combien en tout ?

– Je viens de vous le dire, une ou deux.

Il ne répondit pas. Il balaya l'intérieur de la voiture de son faisceau de lumière, puis le pointa de nouveau sur moi. Quelqu'un l'appela, il se retourna et échangea quelques mots avec une personne que je ne voyais pas. Puis il s'écarta et Martin Parish se pencha vers moi. Il n'était pas rasé et avait les yeux rouges. Son nœud de cravate était défait. La lampe-torche s'éteignit enfin et je vis trois véhicules portant l'insigne du shérif garés un peu plus loin.

– Je me disais bien que tu finirais par passer par là, Monroe.

– Très malin de ta part, vu que c'est la seule route qui mène chez moi.

– Et si je les laissais te faire passer l'alcootest ? Ce jeune officier perspicace est persuadé que tu as sifflé plus de « une ou deux » bières.

– Comme tu veux, Marty. Mais j'ai dit la vérité.

– Ce serait bien la première fois !

Martin contourna ma voiture, ouvrit la portière du passager et grimpa à mes côtés.

– Il vaut mieux que je t'accompagne jusque chez toi, Russell. S'ils me voient avec toi, les flics te laisseront passer.

– J'ai comme l'impression que tu as une autre idée en tête.

– Je suis toujours plein d'idées, Russ. Démarre.

– Ça te fera un sacré chemin pour rentrer à pied.

– T'inquiète pas, j'y ai déjà pensé.

L'officier me fit signe d'avancer et je repris la route. Quelques minutes plus tard, en m'engageant dans la longue allée escarpée qui mène à la maison, j'aperçus une autre voiture du shérif garée devant la porte. J'eus la nette impression qu'elle n'était pas là uniquement pour ramener Martin chez lui. Un officier en uniforme attendait, adossé à la carrosserie. Il nous regarda passer devant lui et nous arrêter quelques mètres plus loin. Il semblait que Martin ait décidé de me rendre la raclée de l'autre nuit sur la plage.

L'adjoint du shérif était un grand Indien costaud,

avec des cheveux noirs coupés court, un nez fort et des pommettes hautes. Sur son badge était écrit « Keynes ». Marty nous présenta mais l'autre ne desserra pas les lèvres et ne me tendit pas la main. Il avait de petits yeux noirs chargés de mauvaises intentions.

– Alors, de quoi on cause ? demandai-je.

– On ne cause pas, répondit Marty, dans la mesure où tu n'as plus grand-chose à dire.

– Ah ah ! On dirait que je suis fait comme un rat.

– C'est bien possible, Russ. Ecoute, on va faire quelque chose de pas très catholique, mais c'est ça ou je te boucle tout de suite pour le meurtre d'Alice Fultz.

– De qui ?

– Keynes, ordonna Marty. A toi.

Keynes sortit une caméra vidéo de son véhicule. Marty recula d'un pas. Un petit voyant rouge s'alluma et l'Indien pointa l'objectif sur moi.

– Qu'est-ce que ça veut dire, Marty ?

– T'inquiète pas, lâcha Keynes. Au montage, j'enlèverai les plans où t'as pas bonne mine.

– Dis-moi, comment vas-tu justifier ça devant le shérif ?

Il ne répondit rien, mais la lumière rouge s'éteignit et il éloigna le viseur.

Je n'eus pas le temps d'esquiver le coup que Marty me décocha dans le sternum et je sentis la pression exploser dans mon crâne. Un sifflement strident me perça les oreilles. Plié en deux, la respiration coupée, je parvins tant bien que mal à garder l'équilibre. Marty m'empoigna par les cheveux et la ceinture et me projeta la tête la première sur l'asphalte. Les gravillons m'écorchèrent les coudes et les joues. En revanche, mon souffle me revint sur-le-champ. Je restai allongé, respirant profondément.

– Voilà ce qu'on va faire, Russ. Tu vas descendre gentiment ton allée et entrer dans ton garage. Puis tu allumeras la lumière, tu iras te poster devant le congélateur et tu l'ouvriras. Ensuite, je te donnerai les instructions pour la scène suivante. Moi, je suis le metteur en scène et toi la vedette. C'est compris ?

– Oui, fis-je d'une voix haut perchée.

– Répète, ordonna-t-il.

Je m'exécutai.

Il me releva en me tirant par les cheveux et me poussa vers le garage.

– Moteur ! lança-t-il en direction de Keynes.

Je me traînai en titubant le long de l'allée, le flash de la caméra projetant une ombre démesurée devant moi. En arrivant devant le garage, je faillis tomber. Mes oreilles continuaient de siffler.

La porte était déjà levée. J'entrai et allumai, conformément aux instructions. Je me dirigeai vers le congélateur puis m'arrêtai. Après un regard vers Marty, j'avançai une main et soulevai la lourde poignée. Les joints isolants émirent un grincement sourd et un petit nuage de vapeur glacée s'éleva. J'attendis qu'il se soit dissipé puis me penchai, ayant déjà une vague idée de ce que j'allais trouver.

Tordu, rigidifié, les cheveux formant un bloc compact adhérant à l'une des parois, le visage bleui et ravagé au-delà de toute identification possible, figé dans une expression d'horreur qui semblait préservée pour l'éternité, gisait le cadavre d'Alice Fultz. Elle portait toujours sa chemise de nuit en satin bleu. Sa chevelure blanchâtre retenait toujours les particules roses et blafardes de son crâne fracassé. On lui avait replié les jambes pour les faire entrer dans le congélateur, mais ses bras étaient toujours grands ouverts, comme sur le tapis d'Amber, congelés dans un geste de bienvenue : Viens, viens à moi, mon amour, prends-moi, serre-moi dans tes bras. *Je suis à toi.*

16

Keynes s'approcha sur ma gauche, pointant la caméra vers l'intérieur du congélateur. Je me tournai vers Marty avec une expression de dégoût, tant pour ce que je venais de voir que pour ce qu'il avait fait. Il me vint soudain à l'esprit que ce que reflétait mon visage pourrait me disculper bien plus que de vaines dénégations, mais Keynes avait déjà éteint sa caméra et me dévisageait avec ses yeux haineux.

– Je suppose que nous savons déjà tous les deux que tu n'as pas tué celle que tu croyais, dit Parish.

– Ce n'est pas moi.

– Exact, c'est Grace. Son erreur est bien compréhensible : une chambre sombre, un lit où dort normalement toujours la même personne, le trac... Ce n'est pas tous les jours qu'on tue sa propre mère. Je suis même sûr qu'elle ne s'en est rendu compte que quand tu es venu chercher le corps et que tu as constaté la, hum... méprise. Heureusement, vous aviez un plan de secours. Le problème, c'est que tu ne pouvais plus planquer Amber dans *mon* congélateur, puisque ce n'était pas son corps. Alors tu as mis madame au frais en attendant de trouver un autre moyen de t'en débarrasser. Au fait, au cas où tu l'ignorerais, cette chose là-dedans, c'était la sœur d'Amber.

Je cherchai une lueur de démence dans le regard de Martin mais n'y lus que la conviction entêtée de détenir la vérité. C'était presque aussi troublant que la femme couchée dans mon congélateur.

– Tu as tout faux, tentai-je.

– Alors éclaire-moi, Monroe.

– J'aimerais le pouvoir. Tout ce que je sais, c'est que je ne l'ai pas tuée et Grace non plus.

Martin fit une moue de commisération.

– Mon pauvre ami, j'ai peur que le tribunal n'ait du mal à avaler ça, surtout avec un cadavre dans ton frigo. En tout cas, ça ne marche pas avec moi.

– Je prends le risque.

Je tendis les poignets pour qu'il me passe les menottes.

– Non.

– Comment ça, non ? Le chef détective de la brigade des homicides trouve un cadavre dans mon garage et ne m'arrête pas ? Qu'est-ce qui t'arrive, Marty ?

– Il m'arrive qu'il y a deux choses sacrées dans ma vie, contrairement à toi : ma femme et mon boulot. En te coffrant, je les perds tous les deux. Je ne tiens pas à ce que JoAnn t'entende dire que j'étais dans la chambre d'Amber, et encore moins que Winters soit obligé de répondre de ce que j'ai fait. Il livrerait ma tête sur un plateau pour sauver la sienne. Pas question. Tu n'en vaux pas la peine. Et Alice Fultz non plus, qu'elle repose en paix. Tu me surprends, Monroe. Je croyais que tu aurais plus de respect pour Isabella. Il me semble qu'en ce moment elle mérite mieux qu'un mari en taule. Mais je suppose qu'un type capable de tuer pour du fric est aussi capable d'achever sa propre femme. Ou peut-être comptais-tu apitoyer le jury en exhibant ta femme dans son fauteuil roulant ? Tu en es donc là ?

Je fixai son visage satisfait tandis que la fureur se déchaînait en moi. L'espace d'une seconde, elle m'aveugla.

– Tu veux toujours les menottes, Russ ?

Martin Parish me connaissait suffisamment pour savoir dans quel état il m'avait mis. Il se tenait prêt. Il m'arrêta net d'un coup de pied dans l'entrejambe, puis la tranche de sa main s'abattit sur ma nuque. Pantelant, à terre, je sentis le canon glacial du revolver de Keynes dans le creux de mon cou. Je restai un bon moment sans pouvoir bouger, paralysé par cette douleur insoutenable qui part des couilles et remonte lentement en donnant envie de chier, de pisser, de vomir et de pleurer tout à la fois.

Martin m'empoigna par le col et me traîna sur le sol, le revolver toujours braqué sur ma nuque.

– Réfléchis, Russell, je t'offre la chance de ta vie.

Je ne pouvais plus ouvrir la bouche, j'étais tétanisé par la douleur. Mes oreilles hurlaient et mon cou me faisait mal.

– Tu vas la porter sur la colline, ordonna-t-il. Je te lancerai un caillou pour te dire de t'arrêter.

– Pou... pourquoi ?

– Ne pose pas de questions, Monroe. Fais ce que je te dis et boucle-la ou tu te retrouves au placard où tu auras tout le temps de penser à ta défense, à Isabella et à la façon dont tu t'y prendras pour payer les honoraires de ton avocat.

Le revolver s'éloigna. Martin me montra le congélateur. Je baissai les yeux vers Alice.

Pour refuser d'obtempérer aux ordres de Martin, il aurait fallu avoir foi en le système judiciaire, être prêt à s'immoler sur l'autel de la justice humaine sans douter un instant que l'innocence vaincrait. Non. A ce moment précis, j'étais animé par des aspirations plus simples. Ce dont j'avais alors besoin, ce que je désirais plus que tout au monde, c'était une idée pratique et réalisable pour sauver mes fesses.

Quand il donna le dernier baiser, Judas n'avait sans doute pas eu le cœur plus lourd que moi lorsque je fis ce qui m'était demandé !

Un fragment de la chevelure d'Alice cassa net et resta collé à la paroi du congélateur tandis que je me démenais pour l'extirper de son fauteuil de glace. Je la hissai sur une épaule, calai sa hanche contre ma joue gauche et tendis les mains pour retenir ses chevilles froides et raides. J'avançai péniblement vers l'allée du garage, son bras droit montant et descendant devant moi dans le noir, me montrant la voie, son bras gauche cognant contre l'arrière de mon crâne. A l'extrémité de mon champ de vision, je percevais ses doigts pâles sursautant à chaque pas.

A mesure que je grimpais sur la colline, je prenais conscience du fait que plus rien dans ma vie ne serait pareil après cette nuit-là. Cette marche funèbre formerait une ligne nette et simple qui séparerait mon avenir de tout ce qui s'était produit jusqu'alors. Les deux mondes ne pourraient pas cohabiter en moi. Il me faudrait instaurer de nouvelles règles, faire des ajustements considérables, négocier des accords, proposer des concessions, signer des traités. Je ne serais plus jamais le seul propriétaire de mon âme : cette femme, ces hommes, cette nuit en revendiqueraient leur part. Jamais je n'avais songé qu'il me faudrait un jour la brader à si bas prix.

Tout en poursuivant mon ascension, je priais (si on peut qualifier de prières mes grognements pitoyables) qu'il me reste quelque chose de mon ancienne vie que je puisse reconnaître, chérir, et éventuellement évoquer dans les moments de besoin, sans qu'il s'agisse de terreur, de dégoût ou de honte. Des gouttelettes d'un froid inouï coulèrent sous ma chemise.

J'avançai dans d'épaisses broussailles, guidé par le flash de la caméra vidéo qui sautillait devant moi. Un caillou heurta mon dos et je tournai à gauche vers un taillis de jeunes chênes, de baies de sureau, de sauge et de figuiers de Barbarie. Soudain, je trébuchai et tombai en avant, lâchant Alice qui s'en alla rouler plus bas, avant d'atterrir de front dans un cactus. Le projecteur du caméscope s'éteignit et je restai là, à genoux, haletant.

– C'est bon, Monroe, dit la voix de Martin. Lève-toi. Maintenant, on redescend chercher des outils dans ton garage. Tu ne peux quand même pas creuser une tombe sans pelle.

Je creusai durant une éternité et le trou n'était toujours pas assez profond. Prévenant, Martin m'avait conseillé de prendre une paire de gants. Je dus retourner chercher une pioche parce que le sol était trop caillouteux et que la pelle rebondissait. Le brouillard était toujours aussi épais et la lune invisible. Keynes filmait sans interruption.

Quand, au bout de plusieurs heures, j'eus enfin atteint plus d'un mètre de profondeur, on m'accorda une pause. J'épongeai la sueur de mon front du revers de ma manche poisseuse. Keynes était assis sur un rocher, caméra sur les genoux. Je levai la tête vers Martin.

– Au fait, Martin. Combien d'argent j'aurais ramassé si je ne m'étais pas trompé de femme ?

Le visage de Martin émergea de la pénombre et apparut au-dessus de la fosse.

– Mais six millions, mon cher. Ne me dis pas que tu ne le savais pas. J'ai mené une petite enquête pendant qu'elle était « morte ».

– Sans blague !

– Ne fais pas l'innocent. Grace a commencé à toucher sa part quand elle a eu dix-huit ans. C'est pourquoi tu as attendu.

– Quelle est la part de Grace ?

– Cinq millions. Moi, j'hérite d'un demi-million, tout comme son ancien amant, ami et adorateur Russell Monroe. Si l'un d'entre nous meurt avant Grace ou finit en prison, l'autre empoche les deux parts. Si c'est Grace qui nous quitte la première, quelque association caritative empoche son magot. Mes recherches m'ont également appris que tu devais pas mal d'argent à l'hôpital. J'ai rencontré, à titre de membre du conseil, une certaine Tina Sharp qui s'est montrée très loquace à ton sujet. « Cherchez le mobile », Russell. Ce ne sont pas les mobiles qui te manquent.

J'avais du mal à croire qu'Amber m'ait inclus dans son testament. Mais ce que je croyais n'avait pas d'importance.

– Ensuite il y a l'assurance-vie qu'elle a prise il y a deux ans, pour Grace. Encore deux millions, payables sur dix ans. Vous comptiez vous les partager, Grace et toi ?

– Je ne sais pas, marmonnai-je.

– Quand as-tu compris que tu t'étais trompé de beauté ?

Je ne pouvais lui dire la vérité sans avouer qu'Amber avait rejoint mon camp. Il ne me restait que deux atouts : je savais où elle était et j'avais en ma possession un carton plein de pièces à conviction collectées par Martin Parish, sans doute pour sauver son cul de la chambre à gaz. Mais comment n'avait-il pas pensé qu'elle viendrait me trouver ?

J'avais beau réfléchir, aucune des options qui se présentaient à moi ne semblait viable. J'en conclus que le mieux était encore de continuer à creuser la tombe d'Alice tout en encourageant Martin à creuser la sienne.

– Quand j'ai vu le corps, répondis-je.

– Il faut que je sache une chose, Russ. Tu comptais bien mettre Amber dans *mon* congélateur, n'est-ce pas ?

J'esquissai un sourire. Ma propre audace me stupéfia, ou était-ce l'énergie du désespoir ?

– Naturellement, Martin.

Martin claqua des mains, renversa la tête en arrière et glapit comme un coyote.

– J'en étais sûr ! C'est le premier endroit où j'ai regardé quand je suis venu ici il y a deux nuits : le congélateur ! Celui que je t'ai offert ! Bon sang, bien joué, Martin !

Il poussa un autre cri de victoire et j'envisageai un instant d'écraser ma pelle sur la tronche de ce flic dérangé et de l'enterrer à son tour. Le problème, c'était Keynes, Martin avait pensé à tout. Je me demandai si j'arriverais à le clouer sur son rocher d'un coup de pioche, mais c'était une idée stupide.

– Et toi, tu ne dis jamais rien, connard ? lui lançai-je.

Il leva le pouce et pointa un revolver imaginaire sur moi.

– C'est qu'il a l'air drôlement futé, ton copain, dis-je à Martin. D'où tu le sors ?

– Continue de creuser, dit Martin, tu y es presque.

Un voile de brouillard passa devant lui. Je me retournai et poursuivis ma tâche.

– Russell, c'était pas mal ton idée de faire croire à un meurtre de l'Œil de minuit, mais pourquoi te donner tant de peine si tu comptais enlever le corps ?

– A toi de trouver. Il faut bien que tu mérites ton insigne.

– J'ai beau chercher, je ne comprends pas. A mon avis, voilà ce qui s'est passé : tu maquilles la chambre d'Amber, ou plutôt c'est Grace qui s'en charge, avant mon arrivée la nuit du 3. Elle a tué Alice un peu plus tôt. Tu reviens cette nuit-là après m'avoir vu sortir pour vérifier que le travail était bien fait. C'est là que tu t'aperçois de l'erreur. Je suppose que le message d'Amber sur le répondeur t'a mis sur la voie. Alors tu te dis : « Personne ne comprendra pourquoi l'Œil aurait tué une inconnue dans une maison qui n'est pas la sienne. C'est trop bâclé, trop risqué et, de plus, il vaut mieux garder cette mise en scène en réserve pour la vraie Amber. Donc, l'après-midi du 4, tu fais le ménage. Tu pensais sans doute que je m'en tiendrais là, surtout sans cadavre. Tu comptais enterrer Alice par ici dans quelques jours, comme tu es en train de le faire, ou la jeter dans une benne à ordures ou encore la balancer dans la mer.

– Et la nuit où je t'ai trouvé en caleçon dans la chambre d'Amber ?

– Tu faisais une dernière vérification avant le retour d'Amber. Peut-être envisageais-tu de passer une deuxième couche sur les murs avant qu'elle ne remarque ton charmant décor.

– Tu es vraiment un fin limier, Martin.

– Tu peux le dire. Arrête de creuser, c'est assez profond. Sors de là.

Je me hissai hors de la fosse et les deux hommes se

postèrent de chaque côté de moi. Je me demandai soudain si Keynes n'allait pas m'abattre sur place et m'enterrer avec Alice, mais ce doute se dissipa aussitôt, personne ne se filme en train de commettre un meurtre... quoique...

Martin sourit et m'ordonna de tendre les mains, paumes vers le ciel. Je portais encore mes gants. Keynes appuya son revolver sur ma nuque.

– N'aie pas peur, ça ne fera pas mal, comme disent les médecins. Tiens...

Sur ces mots, il me planta brusquement une lame dans la main, entaillant le cuir et faisant gicler le sang.

La douleur me fit retirer précipitamment le bras. Keynes me tira violemment par la chemise et je tombai à la renverse, les quatre fers en l'air. Keynes, toujours derrière moi, m'arracha une poignée de cheveux et les jeta dans la fosse. Je compris enfin où ils voulaient en venir.

– Pour Dina, dis-je.

– Pour Dina, confirma Martin, repliant son canif. Pour qu'elle ne t'oublie pas.

Je retirai mon gant et le jetai lui aussi dans le trou. L'entaille de ma main était longue mais peu profonde.

– C'est bon, Monroe, descends Alice et recouvre-la. Allez, allez, au boulot, il se fait tard.

Keynes filma les premières minutes de l'enterrement. Alice Fultz disparut, pelletée après pelletée, sous la terre sablonneuse du canyon. Ma main saignait et me brûlait. Mes couilles aussi. Mon estomac semblait en phase d'autodigestion. Mes jambes flageolaient et les muscles de mes bras me faisaient mal. Une demi-heure plus tard, j'avais presque terminé. J'allai même jusqu'à replanter les trois groseilliers que j'avais dû déterrer avant de commencer à creuser. Je remis en place les cailloux, face humide contre le sol. Je traînai quelques broussailles et les éparpillai. Martin m'éclaira à la lampe-torche pendant que j'effaçais les traces de pas derrière nous. Un coyote aurait pu déceler notre passage, un daim aussi à la rigueur, ou encore Mort noire et ses potes, mais un homme, jamais.

Je repris la tête du convoi funèbre, le projecteur de la vidéo me montrant le chemin. Le brouillard nous encerclait toujours. La pioche et la pelle sur l'épaule, j'étais à court d'adrénaline et me sentais profondément las.

– Juste par curiosité, Martin. Qui est censé avoir tourné cette vidéo ?

– Grace.

– Pourquoi ?

– Parce que vous êtes tous les deux des malades, qu'est-ce que j'en sais ? Il y a bien des types qui filment des filles se faisant égorger pendant qu'elles baisent. Entre dans ton garage, Monroe.

Je laissai tomber les outils dans un coin, puis Parish m'indiqua du doigt le coffre de la voiture.

– Ouvre.

– Quoi encore ?

– J'ai passé une heure à fouiller ta maison de fond en comble ce soir ; je cherchais quelque chose qui m'appartient et j'ai comme l'impression que je le trouverai dans ton coffre. Ouvre, ou je le force.

J'enfonçai ma main sanglante dans ma poche, sortis les clés et ouvris le coffre. Martin sourit, vérifia le contenu de son carton et le posa sur le sol.

– Amber est idiote, soupira-t-il en retrouvant son air placide. Belle mais idiote. Elle a toujours préféré les hommes qui la traitaient comme une merde. J'ai bien essayé, mais ce n'est pas mon truc. Elle doit être de nouveau folle de toi. Ça me dépasse. Mais toi aussi tu es un idiot, Monroe. Toi et elle, vous faites la paire. Vous pouvez passer le restant de votre vie à vous faire du mal, vous vous méritez. Cela dit, je mise sur Amber, elle a de l'énergie et c'est une vraie garce. Toi ? Tu n'as que de brefs moments d'inspiration.

– Pourquoi ce revirement, Martin ? Il y a quelques nuits tu étais encore prêt à baisser ta culotte dans sa chambre, pour te branler sur tes beaux souvenirs.

Marty s'adossa contre ma voiture et son regard bleu sang se promena sur mon visage, sur son carton puis vers le brouillard qui rampait derrière la fenêtre.

– Amber est venue me trouver après avoir découvert ta mauvaise mise en scène : le nouveau tapis, la tache de sang, la peinture fraîche. Elle avait besoin de moi. Et j'étais prêt à tout laisser tomber pour elle. J'ai craqué, comme d'habitude. Je lui ai démontré que Grace et toi aviez essayé de la tuer. Je lui ai offert de quitter JoAnn et de repartir de zéro tous les deux. Elle m'a écouté. Elle a dit oui. Bien sûr, elle dit toujours oui, puis elle n'en fait qu'à sa tête, n'est-ce pas ? Dès que j'ai eu le dos tourné, elle a filé. Pour courir dans les bras du salaud qui a voulu la buter. Toi !

L'espace d'un instant, le visage de Marty oscilla entre la confusion et l'incrédulité.

– Quand j'ai compris qu'elle t'avait rejoint, je me suis vu pour la première fois tel que j'étais : à genoux, en caleçon. J'ai eu honte. Plus que honte, je n'étais plus rien. Puis, tout s'est brouillé dans ma tête et soudain, j'étais libre. Il y a eu comme un déclic.

Le déclic, combien de fois Art Crump avait-il utilisé ce terme ? Martin avait peut-être déjà débusqué

Amber chez mon père et achevé ce qu'il avait commencé la nuit du 3 juillet.

– Et j'ai compris, continua-t-il, que quand tu n'as plus de quoi remplir ta tasse, c'est que le moment est venu de la jeter. Je suis libre, et je compte bien le rester.

Libre parce qu'il avait tué Amber ?

– Qu'est-ce que tu attends de moi, Marty ?

Il esquissa un sourire sournois.

– Si Amber finit comme Alice, je veillerai à ce que mon meilleur flic découvre cette vidéo. Même si elle ne compte plus pour moi, je ne tiens pas à ce que tu lui fracasses le crâne. Je préfère la savoir en vie plutôt que d'hériter de son fric, je n'en ai pas besoin. Et si jamais tu dis un mot au sujet de Martin Parish et d'Amber Mae Wilson, j'envoie le film à qui de droit. Je vais en laisser une copie dans un coffre, avec des instructions pour mon avocat au cas où il m'arriverait soudainement... un petit accident. Si tu m'emmerdes ne serait-ce qu'un peu, Monroe, si, même dans mes rêves, j'ai l'impression que tu me joues des tours, je livre la vidéo. Tu n'as plus qu'un seul rôle dans l'existence, Monroe, écrire de bons papiers sur Winters et moi, rien d'autre. Fais un pet de travers et tu es cuit. Tu m'appartiens, et ta fille de même. Et n'oublie pas : après avoir vu la vidéo, personne ne te croira. Et ce n'est pas uniquement parce que tu avais un macchabée dans ton frigo.

– Qu'est-ce que j'ai fait encore ?

– Tu es une petite frappe au bout du rouleau, Monroe. C'est écrit sur ta figure. Et ça se voit sur la cassette.

La logique démente de Parish semblait, en termes pratiques, assez cohérente. Cela pouvait marcher, même s'il risquait d'y laisser quelques plumes. Il avait le département derrière lui, une bonne réputation et Keynes pour le couvrir. En revanche, n'importe quel flic pourrait prouver en un quart de temps que je n'avais aucun alibi et une abondance de mobiles – un demi-million de dollars, un cœur amer, une fille délaissée et assoiffée de vengeance. Mon sang et mes cheveux étaient mêlés à la terre dans laquelle Alice reposait. La date et l'heure exactes de mon crime étaient inscrites sur la vidéo. Pas de doute, Martin s'était forgé une pièce à conviction en béton.

– Où est-elle ? demanda-t-il.

– Je ne sais pas. Elle a débarqué, m'a donné ton carton et sa version, puis elle s'est envolée.

– Et elle ne t'a pas dit où elle allait ?

– Ça lui ressemble, hein ?

– Assez, oui.

– Ce sera tout, Marty ?

– Encore une chose, Monroe...

Il visa bas, juste sous le nombril. Je tentai d'esquiver, mais mes réflexes étaient trop lents. Il m'envoya rouler à terre, à moitié sous ma voiture.

– ... Ça, c'est pour l'autre soir, sur la plage.

Quand je relevai la tête, j'aperçus deux paires de jambes remontant l'allée du garage vers la voiture de patrouille.

Je me traînai quelques mètres sur le sol puis ramenai mes genoux vers ma poitrine pour tenter de soulager la douleur. Je fermai les yeux et restai un long moment immobile. La douleur remet parfois les idées au clair. Un : Marty avait tué Alice cette nuit-là en la prenant pour Amber. Deux : il avait maquillé les lieux pour faire croire à un crime de l'Œil de minuit, un tueur psychopathe dont seuls Winters, Parish, Schultz et, éventuellement, Chet Singer connaissaient l'existence. Trois : il avait changé d'avis en réalisant qu'il pouvait me réduire au silence – moi qui avais mis les pieds dans le plat en débarquant à l'improviste – en me fourguant le corps d'Alice sur le dos, Alice qui avait sans doute occupé en attendant une place similaire dans son propre congélateur. Quatre : il avait tout nettoyé derrière lui. Cinq : il avait désormais récupéré toutes les pièces susceptibles de l'incriminer et ajouté les pièces qui lui convenaient. Six : il y avait maintenant un corps enterré près de chez moi dont j'aurais du mal à expliquer la présence.

J'entrai dans la maison pour téléphoner. Mon père décrocha à la quatrième sonnerie. Il allait bien. Amber allait bien, mais je lui demandai quand même d'aller vérifier dans sa chambre.

– Et toi ? demanda-t-il à son retour.

– Je suis une épave, papa.

– Je peux être chez toi dans une demi-heure.

– Non. Ça ne servirait à rien.

– Et Izzy ?

– Ça empire. Hier, elle parlait comme un petit enfant. C'est... assez pénible.

– A mon avis, l'opération n'est pas une très bonne idée.

– Je sais bien, mais rien d'autre ne marche.

Un long silence suivit.

– J'ai reçu une visite de ta mère cette nuit. Elle sent qu'on a besoin d'elle. Elle m'a donné de bons conseils. Si tu voulais bien te calmer cinq minutes, elle viendrait te voir toi aussi.

– Putain, papa ! Je sais qu'elle te manque, mais essaie de garder les pieds sur terre, pour une fois !

Un autre silence suivit, me faisant aussitôt regretter mes paroles. Puis il reprit :

– Garde la tête froide, fiston. Ne te laisse pas aller. Je sais que tu me prends pour un cinglé, mais quand elle vient, je le sens.

– Comment ça se passe avec Amber ?

– Elle est coopérative. Même aimable. Elle passe le plus clair de son temps dans sa chambre, parfois au téléphone. Elle a peur.

– Il faut absolument que tu restes à ses côtés.

– Je ne crains rien avec le Remington. Mais j'aimerais quand même savoir de quoi je suis censé la protéger.

– D'un capitaine du bureau du shérif très mal luné, et peut-être d'un ou deux de ses copains.

– Ils sont plus armés que moi.

– Reste à l'intérieur. S'ils viennent, tu auras l'avantage. N'hésite pas à appeler les flics, je veux dire les flics locaux, mais surtout pas le bureau du shérif, ce serait se foutre dans la gueule du loup.

– Mais on n'a pas de flics locaux ici, on dépend du comté.

– Merde ! J'avais oublié.

Un autre spasme de douleur noua mon estomac.

– Donne-moi au moins son nom, fils. C'est la moindre des choses.

– Martin Parish.

– Marty ?

– Lui-même. Il a perdu la boule. Il figure sur le testament d'Amber, mais je ne crois pas qu'il soit motivé par le fric. Tout ce que je sais, c'est qu'il est fou furieux.

– Il a tué sa sœur par erreur, c'est ça ?

– Oui.

– Tu as parlé avec Winters ?

– Je n'ai encore aucune preuve.

– Ça s'annonce bien !

– Si quelque chose ne va pas, tu m'appelles immédiatement.

– Je t'aime, fils. Pense à ta mère dans tes prières. Elle viendra à ton aide.

Je raccrochai. Les armes à feu et les fantômes, c'était là tout l'univers de mon vieux père.

Allongé sur le sofa, je m'efforçai de faire le point. Des visions d'horreur me revinrent en mémoire : le contact glacial du corps d'Alice, bientôt supplanté par le visage de l'Œil de minuit, regardant par la vitre baissée de sa Ford Taurus volée, la puissance muette de son visage, la force brutale de son bras et de sa main. Je me mis à trembler. Un hurlement retentit au loin dans le canyon, celui qu'Isabella avait baptisé l'Homme des ténèbres. Isabella ! Ses bras, sa voix, la proximité réconfortante des battements de son cœur étaient si loin ! Je pleurai. Je me levai et fermai une à une toutes les fenêtres et les portes, vérifiant les verrous. Je laissai les lumières allumées, m'assurai que mon 9,06 mm était chargé et le glissai sous l'oreiller qui, cinq années durant, avait eu l'immense privilège de soutenir la tête somptueuse et rêveuse de mon épouse.

17

Si la peur du Seigneur est le commencement de la sagesse, alors qu'est-ce que le commencement de la peur ? Je crois le savoir, du moins en ce qui me concerne : c'est prendre conscience de son impuissance. Il m'a fallu la moitié d'une vie, quarante ans, pour le comprendre. Oh, j'entends d'ici les protestations bruyantes de ceux qui prétendent être « responsables de leurs actes » ou de ceux qui croient que « Dieu est en chacun de nous », mais je ne parle pas de valeurs matérielles telles que le bonheur, la réussite, la réalisation de soi, la perte de poids, les Alcooliques anonymes, le bien et le mal. Je parle de l'impuissance face à la mort, à la vie, à la folie, à l'amour, à la maladie, au désir, bref, à tout ce qui est beau et terrible et qui régit chaque instant de notre existence, qu'on le veuille ou non. Il s'agit de la peur de comprendre qu'on aura beau faire de son mieux, ça restera un pavé dans l'eau. Pour le comprendre, il faut parler couramment le langage de la terreur, marcher au bord du gouffre comme un funambule. C'est la sagesse du condamné devant le peloton d'exécution. La peur, la vraie peur, ne justifie pas un acte aussi dérisoire que la reddition. Non. Les gestes des impuissants comptent parmi les actes durables de noblesse. Avancer avec l'estomac noué par la terreur est plus qu'un acte de courage. La peur est beauté.

Tout cela pour dire que, couché sur mon lit ce mercredi matin du 7 juillet, rompu de douleur et épuisé par les sinistres événements de la veille, je tentais de faire le tri des choses sur lesquelles je n'avais aucun pouvoir et celles sur lesquelles j'en avais encore. J'étais provisoirement désarmé par la logique macabre de Martin Parish. Tenter de me débarrasser du cadavre d'Alice Fultz ne servirait à rien, puisque Parish avait la cassette. Tout ce qu'une tombe vide prouverait, c'était que j'avais déplacé le corps. Dans ce sens, Martin avait atteint son but : j'étais efficacement neutralisé. Je ne pouvais rien non plus contre les cellules cancéreuses qui rongeaient le cerveau d'Isabella. Devant les exactions de l'Œil de minuit, j'étais plus démuni encore. Le constat était plutôt effarant. Toutefois, je pouvais toujours accomplir quelques petites tâches : aimer Izzy, à défaut de pouvoir la sauver ; protéger ma fille et tenter de l'extirper du bourbier dans lequel elle se trouvait ; commencer à réfléchir à un plan pour mon prochain livre sur l'Œil de minuit ; me doucher, me raser, manger.

– Un café, Russell ?

Grace se tenait sur le pas de la porte, une tasse fumante à la main. Je ne l'avais pas entendue rentrer. J'avais dormi d'un sommeil bref, certes, mais de plomb.

– Où est Isabella ? demanda-t-elle.

Je lui exposai la situation.

Elle posa la tasse sur ma table de chevet et me fixa de ses yeux de Monroe.

– Je suis désolée de ne pas avoir été là. J'aurais pu l'aider.

– Où étais-tu ?

– Qu'est-ce que ça peut faire ?

– Ça m'intéresse.

– Ne sois pas idiot, Russell. Tu n'as pas l'air dans ton assiette, ce matin. Un type de la compagnie du téléphone est venu installer quelque chose sur le poteau devant la maison il y a une heure. Tu ne t'es même pas réveillé.

Je gémis, me redressai sur le lit et pris la tasse.

– Je peux t'aider ? demanda Grace.

– Ça ira, merci.

– Isabella n'est pas partie à cause de moi, j'espère ?

– Elle t'aime bien. Je crois plutôt qu'elle est partie à cause de moi.

– Ne t'accable pas comme ça.

Elle fit demi-tour et disparut dans l'escalier.

J'appelai Corrine. Izzy dormait encore après une nuit agitée par la chaleur et les cauchemars.

– Merci pour tes paroles d'hier soir, dit Corrine. Il ne faut pas qu'on se reproche quoi que ce soit. Je commence à comprendre ce que tu as enduré toute cette année. Elle... nous te devons tant.

– Tu parles !

– J'espère que tu arrives à te distraire un peu et à travailler. Tu t'es reposé hier ?

Je repensai à la réapparition stupéfiante d'Amber, au délire tangible de Martin et au corps que j'avais enterré à cent mètres de la maison.

– Un peu, répondis-je.

– J'en suis ravie. Izzy devrait se réveiller d'ici une heure.

– Je serai là.

– Que Dieu te garde, Russell.
– J'en aurai grand besoin.

Mon article sur la Force combinée figurait en première page du *Journal*, accompagné d'une photo en couleurs de Dan Winters et d'Erik Wald. L'article principal était centré sur l'Œil de minuit dont la photo terrifiante, extraite de la vidéo amateur, occupait trois colonnes à la une. On distinguait son visage barbu de prédateur dans l'ombre de la voiture volée. La taille de son bras pendant à la fenêtre donnait une idée de sa corpulence. Carla Dance n'avait pas changé un seul mot de mon texte, elle avait juste ajouté un encart sur Russell Monroe, membre bénévole de la Force combinée, chargé de la rédaction d'une « chronique spéciale » dans le *Journal.* Je devinai la main de Dan Winters derrière cette petite manipulation. Il n'avait jamais été question de ma participation à la Force combinée et le terme « chronique » me donna une idée très précise de ce que ma tâche impliquait. Je ne pus réprimer un sourire en voyant la photo d'Erik Wald : si sévère, si vif, si... indispensable. Le standard du bureau du shérif devait être saturé d'appels.

J'appelai le technicien chargé de la surveillance, John Carfax, qui me confirma qu'on avait installé un intercepteur sur ma ligne. C'était un capteur de fréquence capable de déchiffrer le numéro de mes correspondants en moins de trente secondes. Carfax avait reçu l'ordre de Winters de me communiquer toutes les informations qu'il recueillait.

J'appelai mon agent, Nell, et lui annonçai que j'avais un filon en or pour un bouquin : une série de meurtres parmi les plus terrifiants, les plus bizarres et les plus troublants de la Californie. Il me manquait juste une avance pour l'écrire.

– Tu n'obtiendras pas grand-chose, annonça-t-elle. Tu n'as pas fait beaucoup de ventes depuis *En remontant...*

– Je ne demande pas un million de dollars, juste le maximum que tu pourras obtenir. J'en ai besoin.

– J'essaierai.

– A côté de ce que je prépare, tous les autres récits d'enquêtes criminelles auront l'air de livres pour enfants.

Elle se tut un long moment, puis soupira.

– Comment se fait-il que tout le monde en Californie semble, soit en train de pondre un polar, soit en train d'assassiner quelqu'un ?

– A chacun son talent.

– Je ferai de mon mieux, Russ, mais je ne te promets rien.

Après ces quelques paroles encourageantes, je trouvai le courage d'appeler ma banque et de vérifier l'état de mes trois comptes, épreuve devant laquelle je reculais depuis près de six mois. Il nous restait en tout et pour tout huit mille dollars, de quoi tenir deux mois. En vendant les voitures, celle d'Izzy et mon break, et en puisant dans l'argent de nos retraites, nous aurions de quoi vivre un an, après déduction des impôts et des pénalités de retard. Sans compter les quatre-vingt mille dollars que je devais toujours au centre médical. Il me restait aussi la triste alternative de vendre la maison au moment où le marché immobilier était en pleine crise.

Je proposai à Grace de m'accompagner chez mes beaux-parents pour voir Izzy, mais elle déclina mon offre.

– Je n'ai pas peur de rester seule ici. Je doute que ces types sachent où je suis. En fait, c'est le seul endroit où je me sente en sécurité, même seule.

– Je comprends.

En outre, ça tombait bien car il y avait une chose que je voulais faire dans ma voiture, une chose à laquelle je ne tenais pas que ma fille assiste.

En allant chez mes beaux-parents, j'écoutai de nouveau l'enregistrement de l'Œil de minuit. Je n'y comprenais toujours rien. Comment cette bande avait-elle atterri chez Amber ? Etait-ce un faux ? Avait-elle été repiquée sur les autres cassettes ? En était-ce une que Martin aurait omis de remettre aux techniciens ? Irrité par ces élucubrations inintelligibles, je la sortis du lecteur et la glissai dans ma poche. Il me fallait trouver un endroit plus sûr où la cacher.

Isabella était assise dans son lit, soutenue par des oreillers, un Walkman et une pile de cassettes sur les genoux. Elle m'entendit entrer, ouvrit les yeux et m'adressa un sourire si chaleureux que je ne pus résister à la tentation de me coucher à ses côtés, de la prendre dans mes bras et de lui dire tout mon amour. Elle essaya tant bien que mal de répondre à mon étreinte. Elle ôta ses écouteurs et remit sa casquette.

– Tu as mauvaise mine, dit-elle sans bégayer.

Je dus la regarder étrangement car elle rectifia :

– Je veux dire, tu as b-b-bonne mine. Je ne sais plus p-p-p-arler, ces temps-ça... ci. Tu as mis mon couteau préféré.

Elle montra du doigt mon coupe-vent rouge et me sourit à nouveau.

– Tu as passé une bonne journée sans moi ?

– Eh bien... fis-je sans trop savoir par où commencer.

– Oh, mon chéri, ne me reg-g-garde pas comme ça, je sais que je d-d-dis n'importe quoi.

– Mais non. Et je suis ravi que mon couteau te plaise.

Elle sourit encore.

– Tu te m-m-moques de moi.

– Oui.

– Je te revaudrai ça.

– Faudrait d'abord que tu puisses m'attraper.

– Ap-p-près mon opération, prends garde à toi.

– Qu'est-ce que tu comptes me faire ?

– Je vais te paire fayer, ordure !

– Vous les Latins, vous avez toujours eu le sang chaud. Vous ne pensez qu'à vous venger.

– J'ai eu ma vengeance le jour où tu m'as émoussée.

– Je ne t'ai pas émoussée, je t'ai épousée.

– Exac-c-ctement.

Je la tins dans mes bras un moment, puis elle se détacha de moi et me regarda avec ce petit sourire en coin typique qui précédait toujours une question.

– Tu sais quoi ?

– Tu as faim.

– Tu veux bien aller voir ce qu'il y a p... pour le petit déjeuner ?

Je descendis à la cuisine. Joe était assis devant le ventilateur, buvant du thé glacé. Corrine se tenait devant le four. Je crus percevoir un froid entre eux. Je revins annoncer à Isabella que ses œufs étaient en route. Elle sourit et hocha la tête.

De retour dans la cuisine, je compris le pourquoi de ce silence. Ce n'était plus seulement le discours d'Isabella qui sortait de travers, mais son comportement n'était guère plus cohérent. Je suivis le regard de Corrine par la fenêtre jusqu'à un sillon de fumée blanche tracé dans le ciel par un jet. Il semblait symboliser la hauteur et la précarité de nos aspirations.

Plus loin à l'ouest, un sombre linceul de nuages noirs recouvrait la ligne d'horizon.

– Le Dr Nesson a dit que c'était pour demain. Ils opèrent à 6 heures du matin. L'intervention durera six heures. Il ne veut pas qu'on attende. Il est inquiet, et moi aussi.

Je fus surpris qu'Izzy ne m'en ait pas parlé et Corrine anticipa ma pensée.

– Elle n'arrive pas à penser clairement. Ce matin, elle ne se souvenait même plus de son propre nom.

J'aurais tout donné pour un bloody mary.

– Russell... commença Joe, un jour, quand Izzy était toute petite, Corrine l'a laissée tomber sur la tête. A l'époque, les docteurs nous ont dit que ce n'était rien. Tu ne crois pas que...

– Non, l'interrompis-je. C'est ridicule.

Je tentai de les convaincre qu'ils n'avaient rien fait de mal, que la tumeur était apparue sans raison. Mais je sentais mes paroles glisser au-dessus de leur tête. Je comprenais ce qui leur arrivait pour l'avoir vécu pendant des mois, dès l'annonce du diagnostic. On s'imagine toujours qu'en assumant une partie des responsabilités on allège un peu le fardeau supporté par l'être aimé. Malheureusement, on ne fait que l'alourdir.

Le pire, dans le cancer, c'est la façon dont on incite les malades à croire qu'ils sont responsables de ce qui leur arrive. Des légions de baratineurs, médecins et psychologues (dont peu, si je puis me permettre, ont un cancer) ont décidé que les cancéreux présentaient une déficience mentale qui leur aurait permis de « créer » leur cancer de toutes pièces. Isabella, comme des milliers d'autres luttant pour rester en vie, avait lu leurs livres, écouté leurs conférences, regardé leurs cassettes vidéo (toutes coûteuses et livrées avec des tas de prospectus vantant les mérites d'autres produits similaires). Tous lui assuraient que, comme elle avait créé sa maladie, il ne tenait qu'à elle de créer le remède pour l'en débarrasser. Elle avait médité, suivi des régimes macrobiotiques, visualisé des petites cellules dévorant sa tumeur, fait des mouvements de gym. Elle avait essayé l'acupuncture, l'acupression, la canalisation des énergies. Elle s'était fait nettoyer les chacras, rincé le côlon à grand renfort de lavements, farcir l'estomac de chlorelle, de ginseng, de gelée royale, d'astragale, d'achillée, d'acides aminés, de compléments d'enzymes biphasés, de suppléments interactifs, de mégadoses vitaminiques, de tonnes de sels minéraux. Bref, elle avait suivi suffisamment de traitements parallèles et frauduleux pour se transformer en une masse fiévreuse et diarrhéique ne supportant plus sa propre odeur. Conformément aux instructions, elle se répétait qu'elle était belle. Quand rien n'y fit, elle recommença de zéro. Mais la tumeur se développait toujours. Et elle savait à qui la faute : à elle, naturellement, à elle seule. Le cancer n'était qu'une excroissance de son esprit imparfait. Elle l'avait créé. Elle l'avait encouragé. Elle le méritait. Elle le désirait.

Puis, quelque chose en elle changea.

Lentement, elle commença à se rebeller. Cela prit d'abord la forme d'un quasi-mutisme qui dura des jours. Elle diminua les potions, les pilules et les compléments. Elle se mit à manger autre chose que du tofu et du « fromage » reconstitué à partir de soja. Elle cessa de regarder des cassettes de médecins l'exhortant à visualiser sa tumeur, à modifier son tempérament atteint, à assumer la responsabilité de la maladie. Elle bouda, elle pleura, elle cria.

Un soir, elle m'annonça :

– Tu veux savoir, Russ ? C'est de l'arrogance. De la pure arrogance !

– Quoi donc ?

– L'idée que c'est ma faute, que je l'ai provoqué. Je n'ai rien fait de mal. Je n'ai jamais été rejetée par ma mère. Mon père n'a jamais essayé de me violer. Ni personne d'autre, d'ailleurs. J'ai eu une enfance heureuse. J'ai toujours fait de mon mieux pour être une fille bien. J'ai fumé quelques cigarettes quand j'avais quatorze ans et un seul joint à seize ans. A vingt-trois ans, j'ai épousé l'homme que j'aimais. Puis, un beau jour, j'ai eu une apoplexie et j'ai découvert que quelque chose poussait dans mon cerveau. C'était le cancer. Et tu veux savoir ? Je déteste jusqu'à son nom, « cancer », la manière dont il siffle sur la langue, si avide d'être prononcé. Je n'y suis pour rien, quoi qu'en disent ces... charlatans. Ils vendent de l'élixir de serpent dans un emballage New Age, rien d'autre. Le cancer, c'est leur business, leur poule aux œufs d'or. On peut me faire avaler n'importe quoi, après tout je suis catholique *et* mexicaine. Mais je refuse de culpabiliser. Qu'ils aillent se faire foutre ! Je détruirai cette... chose toute seule. Au diable ces... sangsues. Qu'est-ce qui ne va pas dans ce pays, Russ ? On croit dominer le monde entier et tout ce qui y vit, depuis le paradis jusqu'aux métastases des cellules de nos corps. D'où tient-on autant d'arrogance ? Qu'est-ce qu'on y gagne, sinon un bout de terre aride, désertée par les animaux et les hommes qui l'habitaient autrefois, un ciel truffé de satellites et de merdes volantes, une nation pleine de gens convaincus qu'on peut guérir du cancer en changeant de régime ? Comment peut-on être arrogant au point de croire qu'on y est pour quelque chose ? Je veux vivre, Russ. Je serai plus forte que cette foutue tumeur. Mais je refuse d'assumer la responsabilité de sa présence. Je me sens envahie, trompée. Je t'aime et j'aime la vie, mais je hais ce qui m'arrive. Je lutterai avec mes propres armes, l'amour et la haine. Tu sais ce que c'est que le cancer ? De petites cellules qui se développent au mauvais endroit. Personne ne sait pourquoi ni comment les arrêter, mais personne ne sait guérir le rhume non plus. Ce n'est ni un symptôme, ni une métaphore, ni un jeu. Norman Mailer a déclaré que c'était l'expression de la folie frustrée. Mailer est un trou du cul. Le cancer, c'est du manque de bol, voilà tout.

Les paroles d'Izzy résonnaient encore à mes oreilles tandis que j'observais Corrine penchée avec une application coupable au-dessus du four. Je l'embrassai sur le front.

– Ce n'est qu'un manque de bol, Corrine. Ça lui est arrivé pour que ça n'arrive pas à Joe, à toi, ou à moi.

Elle me regarda, puis acquiesça lentement. Joe se leva avec peine de la table pour aller répondre au téléphone. Je regardai de nouveau par la fenêtre, me demandant comment tout cela allait finir.

– C'est pour toi, dit Joe en me tendant l'appareil. Erik Wald.

– Salut, Erik, alors ça fait quoi d'être à la une des journaux ?

– Tss-tss. Bonjour, Russ. J'ai dit un petit mensonge.

Trop interloqué pour répondre, je sortis sur le porche et refermai la porte derrière moi. Je restai étourdi par la luminosité du soleil, mais plus encore par le fait que l'Œil ait pu suivre ma trace si facilement jusqu'ici.

– Qu'est-ce que vous voulez ?

– Bravo pour les articles. Cette Force combinée

des citoyens est absolument terrifiante. J'en tremble tellement que je n'ose plus montrer mon nez dans la rue. En parlant de nez, sacrée photo en première page ! Quelle malchance de passer par là en plein milieu d'un tournage. Justement, je me demandais si les voisins avaient pu capturer mon image.

– Maintenant, tout le monde dans le comté connaît votre tronche.

– Tss-tss... je viens de vous dire que j'étais terrorisé. Wald a terminé son profil ?

– Non.

– Il est sans doute trop occupé à construire sa légende.

– C'est fou ce que les porcs de votre espèce sont capables de faire pour un peu de pub.

– Pourquoi ne pas avoir fait mention de notre petite conversation ? Vous n'avez pas dit un mot au sujet de ma purification ethnique, du lifting racial de la nation.

– Chaque chose en son temps.

– Vous faites erreur en croyant avoir tout votre temps. Je me demande si je ne vais pas anticiper ce fameux geste spectaculaire. A moins que...

– Quoi ?

– A moins que ce ne soit déjà fait. Hi hi hi.

Je regardai ma montre : 9 h 36.

– Est-ce que Winters a installé un intercepteur sur votre ligne ?

– Non. On a décidé qu'il valait mieux négocier avec vous.

– Oh ! quel beau mensonge, très convaincant, parfaitement crédible. Je vous admire, Russell.

– Croyez ce que vous voulez. Ma ligne est propre.

– Je sais que celle-ci l'est.

– Alors dites-moi ce que vous voulez.

– *Je veux que tu parles de ma mission de purification à tout le comté, espèce de petit pédé bouffeur de merde. Combien de fois dois-je le répéter ? Tu es donc encore plus con que je ne le pensais ? Tu crois que je t'appelle pour tes beaux yeux ? Arrête de jouer avec mes nerfs, Monroe !*

– Personne ne joue. On veut vous donner ce que vous voulez.

– On croirait entendre l'autre génie ff... fumeux d'Erik Wald. C'est Winters qui lui a demandé de vous entraîner ? C'est avec vous et Wald que je suis censé traiter ?

– Oui.

– Bien ! Je m'en doutais. L'idée, c'est de me donner suffisamment de corde pour me pendre. Je parie que c'est le cliché exact utilisé par ce nègre de Winters. Ecoutez-moi bien, Russell. Je veux que la déclaration suivante paraisse intégralement dans votre prochain article. Pp... prêt ? « L'objectif de l'Œil de minuit est d'informer toutes les minorités ethniques qu'elles ne sont plus les bienvenues dans notre pays. » Vous voulez que je répète ?

– Je l'ai déjà écrite.

– Relisez-la-moi.

Je m'exécutai.

– Tss-tss. Je me sens déjà mieux. Soulagé. Je suis plutôt de bonne humeur ce matin. Au fait, j'ai réfléchi à vos questions au sujet de la mort de cette fille... Amber Mae ? Il est évident que quelqu'un dans le bureau du shérif a fait une tentative, assez maladroite je dois dire, pour me refiler le bébé. Exact ?

– C'est aussi mon avis.

– Vous savez qui ?

– Non, mentis-je.

L'idée de recourir à l'aide de l'Œil de minuit pour

échapper aux griffes de Martin Parish me parut un peu tirée par les cheveux, mais je n'avais pas beaucoup d'alliés. Peut-être penserait-il à un détail qui m'avait échappé.

– Avez-vous identifié ceux qui étaient au courant de mes deux premiers « gestes », les couples de Ritals et de nègres ?

– Je crois.

– Eh bien, Russell, qu'attendez-vous pour me les énumérer ?

– Winters, Parish, Singer, Yee, Karen Schultz. Plus les trois ou quatre principaux collaborateurs de Parish. Il se peut que l'équipe de la morgue ait reconstitué les faits, ce qui en fait six autres. Wald a eu des soupçons très tôt, mais il n'était pas dans le secret, je lui en ai parlé.

– Hum-hum.

Je tentais vainement de percevoir des bruits de fond. En me retournant, j'aperçus Joe et Corrine qui m'observaient par la fenêtre, l'air inquiet.

– Et vous, Russell, vous étiez au courant ?

– Non.

– Ils ont mis un temps fou à reconnaître officiellement les faits, non ?

– En effet.

– C'est une des raisons pour lesquelles je vous ai choisi. Les flics sont si... bureaucratiques, si... léthargiques. Dites-moi, parmi les noms que vous m'avez cités, y avait-il des gens qui connaissaient personnellement cette Amber ?

– Parish et Wald.

– Et vous, naturellement.

– Oui.

– Parlez-moi de ses finances. De ses biens, plus précisément.

Je lui décrivis en gros les dispositions testamentaires d'Amber, en cas de mort précoce. Il écouta sans mot dire.

– Oubliez Winters, Singer et Schultz, pour des raisons évidentes, dit-il finalement. Ecartez aussi Wald. C'est un universitaire, un dilettante, un lâche. En revanche, le chef des détectives, ce Martin Parish, offre une possibilité très intéressante. Hi hi hi, c'est fou ce qu'on rigole en jouant au flic !

– Vous devriez peut-être vous joindre à la Force combinée.

– Et porter une petite casquette et un T-shirt ! Quel mégalomane, ce crétin de Winters ! Mais c'est tellement typique des nègres. Chez eux, la forme prime toujours sur le fond.

Je ne répondis pas.

– Dites-moi, Russell, n'y aurait-il pas quelques accusations planant au-dessus de votre tête ?

– Si.

– Lancées par, laissez-moi deviner... Martin Parish !

– Oui.

– Oh, ce que je m'amuse ! Il va vous donner du fil à retordre, j'en suis sûr, parce qu'il peut rédiger, ordonner et produire un dossier convaincant contre vous à partir de rien.

Les paroles de l'Œil me rappelèrent celles de Parish, prononcées moins de vingt-quatre heures plus tôt pendant qu'il orchestrait les rites funéraires d'Alice Fultz.

– J'y ai pensé.

– Comment se porte Isabella ?

– Ça ne vous regarde pas.

– Tss-tss. Elle est bien d'origine mexicaine, n'est-ce pas ?

– Si vous touchez à un seul de ses cheveux, je vous tue. Je le jure.

– Voyons, voyons, ne soyez pas si nerveux. Placez ma déclaration dans votre canard dès demain matin, Russell, ou je vais faire de votre vie un tel enfer que vous demanderez grâce. Citez-moi, mot pour mot. Diffusez ma photo de nouveau si vous pensez que cela peut être utile. Winters va recevoir un appel aujourd'hui à midi. C'est dans deux heures. Ça vous fera peut-être plaisir d'être là-bas à temps.

Il raccrocha. J'entendis la déconnexion de la ligne, puis le silence lourd de menace qui suivit.

Je me sentais traqué. L'Œil m'avait suivi jusqu'ici comme s'il m'observait du ciel. Etait-ce un coup de pot ou avait-il vraiment un moyen pour suivre mes moindres mouvements ? Le sang glacé, je rentrai dans la maison.

J'aidai Isabella à se hisser dans son fauteuil.

– Tu es b-b-bien silencieux, dit-elle.

– Je réfléchis.

– Cette voix est af-f-freuse.

– Quelle voix ?

– Sur la cassette qui est tombée de ta poche.

Je me maudis en silence. Comment avais-je pu être si distrait ? Les pensées d'Isabella étaient suffisamment sinistres comme ça pour ne pas y ajouter les paroles de l'Œil de minuit.

– Je suis navré, Izzy, je ne voulais pas que...

– Je crois qu'il est allé dans le canyon de Laguna. Il a-a-vu Notre-Dame-du-Canyon.

Je l'installai confortablement dans son fauteuil.

– Quoi ?

– Il l'a vue, Russ.

– Comment le sais-tu ?

Elle esquissa une grimace coquine.

– Je te le dirai pp... peut-être après dîner.

Mon pouls s'accéléra.

– Je t'en prie, chérie, il faut que je le sache.

– O.K., O.K. ! Sur la cc... cassette il dit qu'il a vu « la femme au cc... con de lumière ».

Je me souvins de cette phrase sans queue ni tête. « Jeuh... vô... ha... l'infââême... ô... condeuh... lune... hier... »

– « Je vois la femme au con de lumière » ?

– Russell, c'est évident. Il faut quelqu'un d'assez tt... tordu comme moi pour comprendre un être aussi perturbé.

– Il a été dans le canyon !

Je ne revenais pas de la facilité avec laquelle Isabella avait déchiffré le message.

– Tu devrais m'enrôler dd... dans l'enquête.

– Vous êtes engagée, lieutenant.

– Chef.

– Oui, chef.

Je pris le petit déjeuner avec ma femme et mes beaux-parents. Je n'avais jamais été aussi reconnaissant de les avoir tous autour de moi.

– Tu reviens ce soir ?

– Bien sûr, ma chérie.

– Bien, j'ai un viscère à te demander.

Nos regards plongèrent pudiquement dans nos assiettes. Elle nous dévisagea chacun à notre tour, puis baissa les yeux. Une larme coula sur sa joue et ses épaules se mirent à trembler.

– Tu sais ce que jj... je veux dire !

– Bien sûr, ma chérie, tu as un service à me demander.

Quelques minutes plus tard, je demandai à Joe de m'accompagner jusqu'à la voiture. Je tentai de lui expliquer, le plus calmement possible, que l'Œil de minuit venait d'appeler chez lui. Joe hocha la tête, stoïque comme à son habitude, comme un homme pour qui aucune tâche d'amour n'est jamais trop grande.

– C'est à moi qu'il voulait parler. Je ne pense pas qu'il rappellera. Quoi qu'il en soit, restez sur vos gardes.

– J'ai deux fusils, deux carabines et deux revolvers.

– Garde-les sous la main. Corrine sait tirer ?

– Elle sait se servir d'un revolver.

– Il faut qu'il y ait toujours quelqu'un d'éveillé dans la maison.

– D'accord, de toute façon on se relaie déjà au chevet d'Izzy, alors...

– Tu es un type bien, Joe.

– Je n'ai qu'une fille.

18

Dans le bureau du shérif, le chaos atteignait son comble. Le personnel du service d'entretien avait monopolisé les ascenseurs pour descendre dans les entrailles du bâtiment, afin de tenter de ranimer le système de climatisation à l'agonie. Ici et là, des lambeaux entiers de revêtement mural avaient été arrachés pour exposer la tuyauterie, devant laquelle se tenaient des hommes en uniforme orange, bras croisés, hochant la tête d'un air de résignation perplexe. Au fond de la salle du service des recherches, le standard téléphonique de la Force combinée des citoyens était en ébullition. Il était tenu par quatre volontaires arborant des T-shirts bleus à l'effigie de Kimmy Wynn. Les détectives qui entraient et sortaient sans cesse faisaient un grand détour pour éviter de s'approcher d'eux, comme s'ils craignaient d'être contaminés par quelque maladie honteuse. Une partie des reporters, las d'être confinés dans la salle de presse, s'étaient aventurés dans la pièce, tentant vainement d'attirer l'attention d'un enquêteur. Karen Schultz, un épais volume d'archives contre sa poitrine en guise d'armure, faisait de son mieux pour les repousser.

Je me frayai un passage jusqu'au labo, où je trouvai Chet Singer penché sur un microscope à électrons, en train d'examiner un fragment de fibre provenant de la maison des Fernandez. Je lui tendis la cassette de Martin qu'Isabella avait si facilement décodée.

– Tu pourrais examiner ça pour moi ?

Chet me lança un regard blasé.

– Encore l'Œil de minuit ?

– Peut-être. Je crois que tu devrais l'écouter. Mais *toi seul.*

– D'accord. J'enverrai Karen te chercher quand j'aurai fini. Tu as une sale gueule ce matin.

– La nuit a été longue.

– J'imagine.

Parish et Wald étaient déjà assis dans le bureau de Winters. Entre eux se trouvait une femme que je ne connaissais pas. Elle devait avoir la soixantaine. Elle avait un visage quelconque, avec des cheveux décolorés et des yeux bleus rougis de larmes. Elle leva la tête vers moi en s'essuyant le coin de l'œil avec un mouchoir en papier.

– Russell Monroe, Mary Ing, nous présenta Winters. Madame vient d'identifier la photo qui est parue dans les journaux. Il semble que le suspect soit son fils.

Wald m'adressa un sourire radieux. Martin me fixa d'un œil torve. Le shérif s'efforçait de parler d'une voix calme, mais une lueur de satisfaction brillait dans ses yeux.

Mary Ing me tendit la main et je la serrai. Elle se moucha dans son Kleenex.

– Je n'en suis pas sûre à cent pour cent.

– Bien sûr, nous comprenons. Voilà huit ans que vous ne l'avez pas vu.

Elle se pencha sur le bureau, saisit une petite série de photos et me les tendit. Elles montraient toutes le même homme. Sur l'une d'elles, il n'était encore qu'un enfant à la mine renfrognée. Les deux dernières portaient une date : 24-12-82 et 25-12-80. Le sujet était un grand rouquin. Sur les trois photos les plus récentes, il avait les cheveux longs et une grande barbe. La ressemblance avec l'homme de la vidéo était frappante.

– Billy, commenta-t-elle. William Fredrick Ing.

– Il a un casier, proclama Parish. Je l'ai déjà regardé. Intéressant. Schultz est en train d'en tirer des copies.

Au même instant, Karen entra dans la pièce, portant une lourde pile de papiers.

– Schultz a fini de tirer ses copies, annonça-t-elle en laissant tomber son fardeau sur le bureau de Winters. Mon Dieu, ces reporters vont me rendre folle !

Wald présenta Karen Schultz à Mary Ing. Un instant de silence s'installa dans la pièce, puis Dan prit la parole :

– Madame Ing, vous ne tenez peut-être pas à assister à notre conversation, vous connaissez déjà ce que contient le dossier de votre fils dans les moindres détails. Toutefois, si cela ne vous ennuie pas, je préférerais que vous restiez. Tout ce que vous pourriez ajouter pourrait nous être utile. En venant nous trouver, vous avez peut-être déjà sauvé des vies.

Mary Ing caressa les plis de sa jupe.

– Bien sûr...

Elle me lança un bref regard, puis baissa les yeux.

– Je vais rester et faire de mon mieux.

Winters fit un signe de tête à Parish.

– Martin, présente-nous le dossier. Tu as eu l'occasion de l'étudier. Karen, tu feras le tri pour Russell à mesure qu'on avancera.

Je chargeai mon dictaphone, rembobinai la cassette et l'allumai. Je sortis un bloc-notes et un crayon. Mary Ing me regardait faire avec une curiosité navrée.

– William Fredrick Ing, commença Parish, sexe masculin, race blanche, trente-six ans, un mètre quatre-vingt-cinq, cent cinq kilos. Dernier domicile connu, Dana Point. Mais ça fait quatre ans et on a déjà envoyé une équipe. Personne là-bas ne le connaît. Antécédents épileptiques au cours de l'enfance, problèmes d'alcoolisme à l'âge adulte, quelques... euh, problèmes familiaux. Au premier coup d'œil, les chefs d'inculpation ne semblent pas liés les uns aux autres, mais si on prend un peu de recul, tout s'éclaire. Ajoutez à cela qu'il a tué huit personnes au cours de ces deux dernières semaines et vous avez sous vos yeux un best-seller : « Comment fabriquer un tueur de A à Z. »

– Pas la peine de citer ça, me chuchota Karen.

Je suivais des yeux les informations du dossier tandis que Martin lisait à voix haute. Ing avait fait son entrée dans le système correctionnel juvénile le 14 juillet 1966, à l'âge de douze ans, après avoir « chassé » deux fillettes avec une carabine à air comprimé dans la cour de récréation de son collège. Pour des raisons obscures, les filles s'étaient réfugiées dans une cabine téléphonique en verre que Ing avait mitraillée pendant une heure jusqu'à ce que d'autres garçons le maîtrisent, et lui cassent sa carabine et son nez. Mme Ing avait dû verser quatre-vingt-dix dollars pour payer les dégâts. Les deux fillettes étant indemnes, leurs familles n'avaient pas déposé plainte. Billy fut condamné à suivre une thérapie avec une psychologue du tribunal juvénile. Il y eut six séances. Le dossier fut classé.

L'été suivant, il faisait reparler de lui. Plusieurs voisins de ses parents à Santa Ana déclarèrent à la police que leurs animaux domestiques disparaissaient et qu'ils soupçonnaient « Billy le fou ». Celui-ci nia. Un mois plus tard, on exhumait les dépouilles de trois chiens et de six chats dans une orangeraie voisine. La police découvrit des têtes « grossièrement conservées dans de l'essence et bourrées avec du papier journal » dans un appentis de fortune construit sous une passerelle au-dessus d'un canal à sec. Dans la même cachette, ils trouvèrent un étau fixé sur une planche en contre-plaqué, une scie tachée de sang, deux boîtes d'aliments pour animaux – l'une pour chiens, l'autre pour chats – et une batte de base-ball Nelson Foxx modèle Luisville Slugger, portant également des traces de sang. Les policiers de Santa Ana ne purent prouver que l'appentis « appartenait » à Billy, bien que le canal passât également juste derrière sa maison moins d'un kilomètre plus loin. Après son interrogatoire qui eut lieu un 6 juillet et la destruction de l'appentis, les disparitions d'animaux domestiques cessèrent.

– Il entre toujours en action à cette période de l'année, dis-je. Regardez les dates.

– Comme un serpent à sonnettes, commenta Parish, évitant de croiser le regard de Mary Ing.

– Il a toujours aimé la chaleur, murmura celle-ci.

– Madame Ing, demanda Erik, votre fils aimait-il les ruses, les rébus, les jeux ?

Mary leva ses yeux rouges vers lui.

– Je ne sais pas s'il les aimait, monsieur Wald. Mais il... euh... c'était un menteur invétéré. Il mentait à propos de tout, sans la moindre hésitation. Quant à savoir s'il le faisait pour son plaisir ! Je ne sais pas. Ses émotions n'apparaissaient jamais en surface.

Je fixai un des clichés satinés tirés de la vidéo. Ce qui rendait son visage barbu et chevelu si inquiétant, c'était précisément l'absence totale de peur. Sous ce grand front pointaient des yeux déterminés, audacieux et malins. Mais il y avait autre chose, une lueur de supériorité et d'arrogance. C'était le visage d'un homme fier de la terreur qu'il inspirait, une terreur qu'il avait cultivée tout au long de sa vie.

– Il a eu des démêlés avec la police ou les services s'occupant de la jeunesse, chaque été jusqu'à l'âge de dix-huit ans, poursuivit Parish. Puis il a quitté le lycée technique pour prendre un job, je vous le donne en mille : gardien à temps plein dans une clinique vétérinaire. Logé et nourri.

– Parfait ! intervint Wald. Il cherchait à s'intégrer.

– A s'intégrer à quoi ? lança Parish.

– Il voulait surmonter sa haine, qui était dirigée vers les animaux sans défense. Il cherchait un moyen pour arriver à la gérer. Pour ça, il fallait qu'il intègre les animaux dans sa vie. Alors, il serait capable de maîtriser sa haine, du moins en surface. Pour Billy, ça aurait pu représenter un début de guérison.

– Ce n'était pas plutôt un moyen d'avoir des bestioles à torturer sous la main ? s'entêta Parish.

– Non, intervint Mary Ing. Il a accepté ce travail malgré sa peur des chiens. M. Wald a raison, il voulait surmonter sa peur.

– Mais forcément ! renchérit Erik. J'imagine que le premier jour, il n'était pas dans son assiette.

– Il est tombé malade, confirma Mary Ing.

– C.Q.F.D. ! dit Wald.

Puis, se tournant vers Parish avec un grand sourire :

– Vous pouvez continuer, capitaine.

Ing était parvenu à garder son emploi quatre années durant. Il avait été licencié à la suite d'une dispute avec le vétérinaire, qui avait déposé plainte au cours – naturellement – de l'été 76, accusant Ing d'avoir volé des médicaments dans la pharmacie. Il avait également affirmé que Billy avait « enlevé » des cadavres du congélateur de la clinique mais ne pouvait imaginer ce qu'il en avait fait. La police interrogea Billy, qui nia tout. Il n'y eut pas de poursuites.

Quand Parish prononça le mot « congélateur », je lui lançai un regard de biais. Il me dévisagea sans sourciller. Je me souvins d'une chose que Chet Singer m'avait dite un jour : « Le meurtre prémédité est avant tout une question d'aplomb. » Les paroles de Parish résonnèrent dans ma tête. Ainsi le vétérinaire ne pouvait imaginer ce que Ing avait fait des cadavres volés dans le congélateur ? Il manquait simplement d'imagination. L'inimaginable était le propre des meurtriers en série : Randy Kraft se promenait avec le cadavre de sa dernière victime assise sur le siège du passager ; Art Crump avait rapporté à l'entreprise de location une tronçonneuse encore souillée de cheveux et de sang ; Richard Ramirez entrait tranquillement dans les pavillons de ses victimes par la porte d'entrée ; Jeffrey Dahmer découpait ses victimes à la scie électrique dans un tout petit studio où la puanteur de la chair humaine en décomposition envahissait tout l'immeuble. L'aplomb ! Tous ces faits défiaient l'imagination. Aussi me tournai-je à mon tour vers Martin. Sous son calme apparent et son insigne, se cachait un être littéralement capable de l'inimaginable, un homme parfaitement à l'aise avec l'audace effrontée.

Il m'adressa un sourire et dit :

– Et toi, Russ, qu'est-ce que tu crois qu'il faisait avec les corps du congélateur ? Vous autres écrivains, vous êtes censés avoir de l'imagination.

Il m'apparut alors que le seul moyen de combattre Martin était d'aller plus loin que lui, de le défier sur son propre terrain. Mais comment ?

– Peut-être qu'il a forcé un ami à les enterrer et qu'il l'a filmé avec une caméra vidéo.

Martin se retrancha derrière son sourire impénétrable, tandis que Wald, Winters, Schultz et Mary Ing échangeaient des regards perplexes.

– Billy n'avait aucun ami, dit Mary Ing le plus sérieusement du monde.

Elle ne parlait manifestement pas le langage de l'inimaginable.

– Il n'existait pas encore de caméscopes pour les particuliers en 1976, renchérit Wald, qui, lui, n'était pas familier avec l'audace.

– De toute façon, on se fout de savoir ce qu'il faisait avec les cadavres d'animaux, Marty, dit Winters en regardant sa montre. Finissons-en. Russell a un article à écrire.

Martin sembla pâlir légèrement, mais s'efforça de garder le sourire.

Depuis sa majorité, Ing avait été arrêté trois fois et interrogé à trois autres occasions. Il avait passé un total de cent vingt-trois jours sous les verrous. A vingt-deux ans, il s'était fait arrêter au cours d'un contrôle d'identité de routine les poches pleines de peyotl, il avait été relâché au bout de quelques heures. Deux ans plus tard, alors qu'il travaillait comme homme d'entretien dans une école privée, il avait été interrogé à la suite de plaintes déposées par ses employeurs qui avaient constaté que des animaux disparaissaient de la ménagerie de l'établissement.

Aucune suite là non plus. En 1984, alors que Billy avait trente ans, il avait été condamné pour son premier vrai délit : exhibitionnisme devant une femme sur la plage principale de Laguna. La peine de quatre-vingt-dix jours d'incarcération fut commuée en sept séances de consultation psychiatrique. Un an plus tard, il était de nouveau arrêté pour vol d'automobile, ce qui lui valut quatre mois. La voiture avait été volée dans une allée transversale de Laguna Beach et abandonnée dans un quartier résidentiel deux jours plus tard. En 1987, il fut interrogé au sujet d'une tentative de viol sur la plage Thousands Steps de Laguna, puis une nouvelle fois deux ans plus tard au sujet d'une série de cadavres de chiens et de chats, battus à mort, que la mer avait rejetés près du quai d'Aliso, au sud de Laguna. Il n'y eut pas de poursuites.

– Russell, intervint Karen, le dossier comprend une biographie qui pourrait intéresser tes lecteurs. La plupart des informations proviennent de rapports d'évaluation psychiatrique effectués à la demande du bureau du shérif, le reste, d'entretiens téléphoniques. Naturellement, tu ne peux pas citer directement les évaluations, elles sont confidentielles, notamment les déclarations de Billy Ing. En revanche, tu as le droit de citer Martin, le shérif Winters, Wald et moi-même, et éventuellement Mme Ing, si elle l'autorise. C'est clair ?

– Limpide.

Ing était né à Anaheim, dans le comté d'Orange, en 1954. Son père, Howard, était dessinateur industriel dans une usine d'aérospatiale à Rockwell. Mary travaillait à la cantine de l'hôpital où Billy était né. Il était fils unique.

– Pour l'instant, rien de plus « normal », dit Wald,

levant le nez de sa feuille. Cela dit, M. et Mme Ing travaillant dur, ils avaient placé Billy en nourrice, où j'imagine qu'il n'était pas très heureux. Je me trompe, madame Ing ?

– Ce n'était pas un enfant épanoui, répondit-elle sans lever les yeux. Je n'arrive pas à croire que vous sachiez tout ça sur lui et sur... nous.

Erik prit un air grave.

– Madame Ing, vous n'avez absolument rien à vous reprocher. En venant nous trouver, vous sauvez des vies. Ce que vous faites est très bien.

Karen gigota sur son siège, tout comme Parish. Si Winters trouvait lui aussi que Wald en rajoutait dans le style condescendant, il ne le montra pas. Mary rougit, baissa la tête et s'essuya les yeux avec son mouchoir bleu déjà trempé.

Parish reprit sa lecture :

Ing était un gamin grassouillet, grand, pas sportif, timide et sans amis. A l'école il se faisait chahuter par ses camarades, les filles se moquaient de lui ou l'ignoraient, les enseignants ne l'aimaient pas parce qu'il était lent et têtu, malgré un Q.I. de 136. Son épilepsie en faisait une tête de Turc. Il faisait souvent l'école buissonnière, ce qui lui valait de sérieuses raclées de son père qui, selon lui, buvait beaucoup et tabassait parfois Mary. Il reprochait régulièrement à son fils et à sa femme d'être deux boulets, l'obligeant à travailler dur pour les entretenir au lieu de se consacrer à sa seule passion : l'étude du droit !

Je jetai un regard vers Mary, qui continuait à fixer en reniflant les papiers étalés sur ses genoux. Elle laissa échapper un petit gémissement de désarroi. Prenant soudain conscience de mon regard, elle me fixa d'un regard bleu désespéré. Son poing se resserra sur le mouchoir.

Parish tourna une page et poursuivit.

Selon Billy, Howard était « un gros porc si bête qu'il s'entendait mieux avec les animaux qu'avec ses semblables ».

– Je m'y attendais, lâcha Wald. Ça colle parfaitement.

– Dans ce cas, tu pourrais peut-être me laisser lire, siffla Parish.

– Pardonnez-moi, capitaine, s'excusa Wald.

Parish grommela quelque chose puis continua.

Toujours selon Billy, les Ing avaient trois pit-bull-terriers et trois chats. L'une de ses tâches était de les nourrir et de nettoyer les crottes avant que son père ne rentre du travail. Il les détestait, à cause du fait qu'ils « salopaient et chiaient partout » et parce que, pour des raisons qui lui échappaient, son père semblait leur accorder plus d'amour et d'attention qu'à lui. Une nuit, alors qu'il avait huit ans, il fut attaqué par les trois chiens à la fois, ce qui lui valut cent trente-cinq points de suture. Dès qu'il avait été en âge de le faire, il avait laissé pousser sa barbe pour cacher son visage balafré.

– Shérif, que pensez-vous de ce détail ? interrompit Karen. On le publie ou non ?

– Pour quoi faire ? dit Wald. Il porte une barbe.

– Ça pourrait être utile, intervint Parish. S'il se rase ? Ce qui est probable, maintenant qu'on a publié sa photo.

Winters réfléchit.

– Pas un mot sur les cicatrices, Russ. Espérons qu'il ne se rasera pas. Madame Ing, vous avez des photos de lui sans barbe ?

Elle fit non de la tête.

– Il porte une barbe et une moustache depuis qu'il

a vingt ans. Il a honte de ses cicatrices. Je ne crois pas qu'il se rasera.

Winters acquiesça.

– Alors motus, Russ. Tu dois économiser ton espace.

Parish haussa les épaules comme s'il avait affaire à de grands enfants et continua.

D'après Billy, l'attaque des chiens, si terrifiante et choquante qu'elle eût été, n'était rien à côté du traumatisme qu'il avait essuyé quelques minutes avant l'incident.

Parish leva la tête et demanda à Mary Ing avec une douceur qui me surprit :

– Vous permettez qu'on lise ce qui suit, madame ?

Elle hocha la tête sans lever les yeux.

Apparemment, au cours d'une de ses crises de rage, Howard s'était mis à battre sa femme. Billy les entendait derrière la porte de leur chambre. Son père poussait des « grognements » et quelque chose – ou quelqu'un – frappait contre le mur à intervalles réguliers. Sa mère sanglotait. N'écoutant que son courage, Billy fit irruption dans la pièce pour voler à son secours. Howard lui tournait le dos. Il portait encore sa veste mais avait baissé son pantalon jusqu'aux chevilles. Il ne pouvait voir Mary, cachée derrière son père, mis à part ses mains agrippées au bord du lit et son profil « bizarrement tordu », écrasé contre le mur, comme si elle essayait d'écouter ce qui se passait dans la pièce adjacente. Elle semblait avoir mal. Il se jeta sur le dos de Howard qui l'envoya rouler au sol d'un coup de coude. Il courut alors au chevet de sa mère. Elle l'accueillit avec une gifle magistrale qui l'arrêta net dans son élan. Il raconta plus tard que la sensation de cette main maternelle sur sa joue était « la plus grande douleur qu'il ait jamais ressentie ».

Sidéré, Billy avait pris la fuite. Il était sorti en courant dans le jardin et avait voulu franchir d'un bond la clôture derrière laquelle passait le canal. C'est à ce moment-là que les pit-bulls de Howard, par une erreur d'appréciation regrettable, s'étaient jetés sur lui.

– Regardez la date, dit Wald, le 4 juillet 1962, le jour de la fête de l'Indépendance. Sur une petite note à part, le psychiatre du comté a émis l'hypothèse que les chiens avaient sans doute été excités par des feux d'artifice. Billy a même déclaré se souvenir d'avoir entendu le sifflement d'un pétard au moment où il tentait d'escalader la clôture. Voilà donc pourquoi il a pris ce job dans la clinique vétérinaire. Comment maîtrise-t-on sa peur ? En l'intégrant ou en l'isolant ?

– On s'en fout, grommela Parish.

– Si on parvient à le comprendre, on pourra l'aider, dit Wald.

– Je croyais qu'on était censé l'arrêter, rétorqua Parish.

Wald, faisant manifestement d'énormes efforts pour amadouer Parish, sourit et secoua la tête.

– Notre devoir est d'aider Billy, comme tous ceux qui vivent dans ce comté, Martin. C'est pour ça qu'on nous paie.

Karen me regarda.

– Oublie ce type de commentaire dans ton papier, Russ.

Tandis que Parish reprenait sa lecture, je ne pus m'empêcher d'avoir pitié de l'enfant qu'avait été Billy Ing. Mais comment se faisait-il que personne, pas même les psychologues de la police, ne parvienne à identifier la cause exacte qui transformait un homme en prédateur, en être tuant pour le plaisir, en cauchemar ambulant ? Certes, Billy avait eu une enfance peu enviable : un père violent, de mauvaises expériences à l'école, l'horrible attaque de ses propres chiens. Mais des milliers d'autres enfants connaissaient des débuts comparables, voire pires, sans pour autant se briser, dérailler, sombrer dans cette rage aveuglante et implacable propre aux assassins psychopathes. Pourquoi Ing, si Ing était réellement l'Œil de minuit ? Pourquoi pas un autre, un de ceux qui avaient souffert davantage ?

J'ai bien une théorie, à moins que ce ne soit qu'un point de vue. Je ne suis pas féru de religion, bien que la foi ait un rapport avec mon hypothèse, tout comme la froide réalité de la loi des probabilités. (J'ai parfois la conviction que Dieu et les mathématiques ne font qu'un.) Néanmoins, j'ai toujours cru qu'il y avait un bon Dieu quelque part et que certains d'entre nous en étaient plus proches que d'autres. Certains êtres naissent avec un « but », dicté par des forces extérieures, de « là-haut ». J'inclus dans ma liste des personnalités aussi diverses que Bouddha, le roi Salomon, Gerard Manley Hopkins, Mahomet, Blake et, naturellement, Jésus-Christ. Donc, statistiquement parlant, un individu sur X millions est « élu », « s'auto-élit » ou se retrouve tout simplement catapulté près de Dieu. Il fait alors office de « reporter », allant et venant entre nous et le ciel, rapportant des scoops, nous tenant informés. Il est chargé de missions diplomatiques de haut vol que des types comme moi ne pourraient que bâcler, déformant les propos célestes, ne respectant pas les dates-butoir, manquant de discernement, perdant leurs notes, effaçant par erreur leurs enregistrements. De même, certains sont désignés pour accomplir les tâches les plus sinistres, pour entretenir la malédiction divine sur nos têtes ou, pour ceux que le concept de Dieu dépasse, pour confirmer le fait mathématique que, pour chaque X millions d'hommes et de femmes sur la planète à un moment donné, l'un d'entre eux doit se convertir en prédateur sans pitié. Salomon a été choisi pour son talent de poète. L'Œil de minuit pour son don de rage. L'un jouit d'une bénédiction spécifique ; l'autre porte son unique fardeau. Mais tous deux accomplissent leur tâche *pour que nous n'ayons pas à le faire.* L'Œil est un tueur en série pour que je puisse être écrivain. En un sens, je lui suis redevable. J'étends ma gratitude à tous ceux atteints d'une maladie incurable. Tout particulièrement à Isabella qui, j'en suis convaincu, a reçu sa maladie pour que j'en sois épargné. Cela ne signifie pas pour autant que la place de l'Œil de minuit ne soit pas sous la guillotine, ou tout autre expédient plus moderne. Et s'il m'incombait de devoir abaisser la lame, je le ferais sans hésitation, mais moins par désir de vengeance que par sens du devoir. Je m'en chargerais pour que d'autres n'aient pas à le faire. Le cancer est un tueur psychopathe ; le tueur psychopathe est un cancer. Personne ne choisit son rôle.

Parish passa brièvement en revue les antécédents épileptiques de Billy Ing. Je me demandai si ses bégaiements n'étaient pas le produit de ses crises ou d'une confusion postérieure aux crises. Il avait peut-être enregistré ses messages au cours de l'aura qui précède généralement un accès, ces quelques secondes d'extase, de vision ? Ing avait avoué être alcoolique depuis l'âge de dix-huit ans, quand il avait quitté le domicile de ses parents pour garder les animaux malades. Après quatre années à la clinique vétérinaire, il avait commencé une vie d'errance qui l'avait progressivement éloigné de sa mère et, paradoxalement, s'était traduite par une diminution de ses contacts avec les forces de l'ordre.

Il y avait un autre détail que je trouvais fascinant, voire pathétique : Ing avait traversé des crises mystiques dès son plus jeune âge. Il avait tout essayé : enfant, il avait fréquenté les églises luthérienne, méthodiste et baptiste (sa mère changeait fréquemment de lieu de culte) ; adolescent, il avait tâté du catholicisme, du judaïsme, du bouddhisme, de l'islam, du confucianisme, du rosicrucianisme et de la scientologie. Pour reprendre ses propres termes, il avait cherché « des réponses simples à mes questions complexes. Or, j'ai pu constater que toutes les religions reposent sur la présomption frauduleuse qu'il existe, quelque part, un père qui vous aime. C'est vraiment prendre les gens pour des cons ».

Un silence gêné s'abattit sur nous, interrompu uniquement par le bruit lointain de l'équipe de maintenance qui s'affairait toujours sur la climatisation.

– Madame Ing, dis-je enfin, vous avez quelque chose à ajouter ?

Elle respira profondément, redressant ses épaules affaissées.

– Bien... je crois... je suppose que tout ce que vous avez dit est vrai. Quand Howard est mort, il y a dix ans, Billy a semblé retrouvé un certain... courage. A l'époque où il vivait encore avec nous, j'avais toujours l'impression d'avoir deux fils, un qui était là et l'autre ailleurs. Mais au fond de lui, c'est un bon garçon. Je sais que vous allez penser que je ne suis pas objective, mais sincèrement, il n'a jamais été, je veux dire, il a toujours été... je ne sais pas, je ne sais plus ce que je veux dire.

– Vous voulez dire que c'est votre fils et que vous l'aimez, dis-je.

– Merci, c'est ça.

– A quoi s'intéressait-il ? Avait-il un violon d'Ingres ? demanda Parish.

– Il aimait l'électronique, la technologie. Un jour, il a démonté un téléphone pour essayer de le remonter.

– Il y est parvenu ?

– Oui. Il y a mis le temps, et Howard était furieux. Il était... assez doué. Il fabriquait des radios et des talkies-walkies.

– Est-ce qu'il aimait se déguiser ? Portait-il vos vêtements ou ceux de Howard ? demanda Erik.

– Oh, pour ça oui ! Sa fête préférée était Halloween.

– Qu'est-ce que ça peut foutre ? grommela Parish.

– Ça m'intéresse, intervins-je. Je crois que Wald est sur une piste.

– Comme quoi ?

Je repensai au cheveu laqué qu'avait trouvé Chet, puis à la conversation que j'avais eue chez Joe et Corrine. Pourquoi était-il si satisfait d'avoir eu sa photo dans le journal ?

– Comme le fait que ses cheveux et sa barbe pourraient être faux, dis-je en regardant Erik. Il porte un déguisement. Il laque sa perruque par coquetterie.

Wald sourit.

– Bien vu, Russ. Sur le plan psychologique, ça colle parfaitement. Il accomplit un rituel. Il inverse les rôles de son traumatisme d'enfance pour que, cette fois, il en sorte vainqueur et non victime. Les cheveux longs et la barbe font partie de ce rituel. Mary, Howard avait-il...

– Oui, interrompit Mary Ing, mon mari avait les cheveux longs. Et il a toujours eu la barbe.

Wald lança un regard à Parish.

– Il y a une autre raison à cela. Ça lui permet de mener une vie « normale ». Il a un emploi, une identité, probablement fausse. Pendant la journée, quand il n'est pas l'Œil de minuit, il est rasé de près et ses cheveux sont sans doute coupés court.

– Tu veux dire que le signalement qu'on a diffusé dans tout le comté est faux ? s'inquiéta Winters.

– Parfaitement, dit Wald, il faut chercher son contraire: Pour le visage, demandez au service graphique d'enlever la barbe, ça devrait correspondre plus ou moins.

Je fus une nouvelle fois impressionné par la perspicacité de Wald, sans doute uniquement parce qu'on était sur la même longueur d'onde.

– Il a raison, dis-je. Au téléphone il est presque toujours très clair et lucide. S'il a un emploi, je doute qu'il se trimbale enveloppé dans une vieille couverture en permanence. Il trafique ses messages pour qu'on croie avoir affaire à un débile mental en pleine crise. Et il écrit de la main gauche.

Après une pause, Winters se leva et tendit la main à Mme Ing.

– Merci, madame.

Elle se leva à son tour.

– J'aurais aimé pouvoir identifier cette photo avec certitude. Je pense que c'est Billy, mais je ne peux jurer de rien. Vous imaginez combien j'aimerais que ce ne soit pas... lui.

– Nous vous tiendrons au courant, promit Winters.

Je regardai soudain ma montre.

– Dan, je crois que Mme Ing devrait rester encore un peu.

– Pourquoi ?

– J'ai parlé à l'Œil de minuit ce matin. Il a dit qu'il appellerait ton bureau à midi.

Une grimace se dessina sur le visage de Winters.
– Ici ?
– C'est au sujet de son geste spectaculaire.
– Mon Dieu ! lâcha Mary Ing.
– Madame Ing, pouvez-vous attendre quarante minutes et écouter sa voix ?
– Bien sûr.
Puis, se tournant vers Parish :
– Va chercher Carfax et dis-lui qu'il a quarante minutes pour brancher un intercepteur sur la ligne de mon bureau.
Parish grogna et me lança un regard noir.
– Tout de suite ! rugit Winters.
– Russ, dit Karen Schultz, se dirigeant déjà vers la porte, Chet veut te voir au labo.

Chet était assis sur un tabouret, chiffonné comme à son habitude, les lèvres tombantes comme si, outre la gravité terrestre, des années d'accointance avec la face la plus sombre de l'humanité avaient tassé ses traits. Mais derrière ses épaisses lunettes, ses yeux étaient toujours aussi vifs. Il lança un regard à Karen et, d'un signe de tête, lui indiqua que sa présence n'était pas nécessaire.
– Assieds-toi, m'ordonna-t-il.
Devant lui sur la table se trouvaient un lecteur et une pile de cassettes. La mienne était posée à côté. Il les contempla tristement tandis que je prenais un siège près de lui.
– Russ, je ne suis pas très content de ce que j'ai découvert, commença-t-il. Ça n'a ni queue ni tête, même quand je les place dans un contexte plus vaste.
Il se tourna vers moi.
– Les étudiants de l'incomplet ? plaisantai-je.
Son regard était lugubre et pénétrant.

– J'ai peur que ce ne soit encore plus troublant. On est devant l'essence même du mal. Un mal très proche de nous.

– Tu as écouté ma bande.

– Oui, et j'aimerais savoir d'où tu la tiens et pourquoi elle n'était pas avec les autres pièces à conviction.

– Je l'ai trouvée dans le coffre de Martin.

Singer m'examina un long moment. Je pouvais presque voir ses pensées défiler au fond de ses yeux et sa façon méthodique et rapide de traiter l'information.

– Remettons les choses en place, Russ, dit-il enfin. Comme tu le sais, je travaille pour le service de trichocytologie, bien que je passe le plus clair de mon temps dans les autres services du labo. Du fait de mon ancienneté, de mon expérience ou simplement à défaut de quelqu'un de plus compétent, il m'incombe de diriger les opérations ici. La plupart des pièces envoyées au labo passent donc entre mes mains : empreintes digitales, échantillons de sperme, fragments de terre, douilles et j'en passe. Or, j'ai cru comprendre que certaines personnes que je ne nommerai pas utilisaient mon labo pour des recherches concernant un crime sur lequel nous n'avons ni dossier, ni fichier, ni numéro d'archivage, ni rien du tout. Un certain... officier de ce département y travaille en solo. Ce n'est pas un technicien mais il est suffisamment patient pour avoir obtenu quelques résultats. Je l'ai surpris de bon matin comme tard dans la nuit, avant et après les heures de bureau. Les éléments qu'il examine incluent des cheveux et des empreintes relevées je ne sais où. Il y a également des éclats de peinture et des fibres provenant d'un tableau de bord. Qui plus est, il se trouve que j'ai appris le nom du « suspect ». Je n'ai parlé à personne d'autre que toi, pour l'instant. Aurais-tu l'amabilité de me donner son nom, Russell ?

– Il y en a deux, si je ne m'abuse.

Il fronça un sourcil et sourit.

– Grace Wilson et moi-même.

– Ta fille, je présume ?

– Oui. Tu as trouvé quelque chose dans la cassette que je t'ai donnée ?

Il acquiesça d'un air solennel et se pencha sur la bande en question.

– Ce n'est pas un enregistrement fait par l'Œil de minuit. C'est bien sa voix, ce sont ses mots. Mais c'est un mixage de phrases détournées des cassettes trouvées chez les Fernandez et les Ellison. Tu le savais déjà, je suppose.

– J'en étais pratiquement sûr. J'ai reconnu des bribes.

– Et Martin avait cette cassette en sa possession ?

– Oui.

– Russell, essaie d'être aussi franc avec moi que je l'ai toujours été avec toi et dis-moi ce qui se passe.

– C'est simple, répondis-je. Martin Parish a tué une femme la nuit du 3 juillet et a tenté de faire croire que c'était l'Œil de minuit. Puis, il a changé d'avis, je ne sais pas encore très bien pourquoi, et se sert de ton labo pour fabriquer des preuves contre Grace et moi.

Chet écouta les yeux écarquillés mon récit des événements qui s'étaient déroulés la nuit des 3 et 4 juillet. Je ne lui cachai rien, ni mon désir de voir Amber, ni le fait d'avoir surpris Martin sortant de chez elle et essuyant ses empreintes sur la porte.

Chester écoutait comme un homme qui entend

prononcer l'indicible nom de Jéhovah pour la première fois. Quand je terminai, il gémit doucement.

– Qu'est-ce que Martin a contre moi ? demandai-je.

Le regard de Singer s'empreignit d'une férocité concentrée que je n'avais jamais vue chez lui.

– Non, tu n'obtiendras pas ce genre d'information de moi. Tu vas ramasser ta cassette et sortir d'ici tout de suite. Je ne laisserai ni Martin Parish, ni toi, ni personne d'autre se servir de mon labo. Tu m'écœures, Russell, tout comme ton copain Martin. Et laisse-moi te dire une chose : je donnerai jusqu'à mon dernier souffle pour préserver la réputation de ce labo. On ne se laissera pas piéger par votre connerie et vos pulsions primaires. On ne se laissera pas manipuler !

Son menton tremblait.

Je pouvais difficilement reprocher à Chester sa fureur et sa confusion. Je ne pouvais qu'admirer sa droiture.

– Russell, dit-il, fais très attention où tu mets les pieds. Et n'oublie pas que cette conversation n'a jamais eu lieu. Arrivé à un certain point, je ferai tout pour protéger l'intégrité de ce département et la mienne.

– Je comprends.

– Et moi je n'y comprends rien. Alors, s'il te plaît, va-t'en.

L'Œil de minuit appela le shérif Dan Winters à midi pile. Parish, Wald, Karen, Mary Ing et moi-même suivîmes la conversation grâce au haut-parleur du téléphone pendant que John Carfax tentait de détecter la source de l'appel sur son intercepteur.

– Coucou, les amis ! commença-t-il. Salut, Dan le nègre. C'est l'Œil de minuit. Cherchez les toutous dorlotés de la ville qui dorlote les pervers. Une surprise vous y attend. J'espère que vous apprécierez la beauté du spectacle. Et n'oubliez pas que je n'arrêterai pas tant que le dernier bamboula, bouffeur de tapas, face jaune, niakoué, suceur de bites et youpin n'aura pas quitté ma ville. Je mettrais les intéressés au courant, si j'étais vous. A bientôt, en enfer.

Il raccrocha.

– Qu'est-ce que ça veut dire ? demanda Parish.

« Le canyon », pensai-je.

Carfax secoua la tête, abasourdi.

– Il arrive à brouiller tous les intercepteurs. Tous. Je ne sais pas comment !

Winters fixa le haut-parleur, puis Carfax, puis Mary Ing.

– Alors, madame Ing ?

– C'est bien Billy.

– Il parlait du salon de toilettage pour chiens de Laguna Beach, dis-je. C'est dans le canyon.

19

Il n'y avait que sept petites rues qui coupaient la route du canyon de Laguna. La plupart se divisaient ensuite en plusieurs allées qui se perdaient en serpentant dans les collines. N'y vivaient que quelques excentriques, dont moi et Isabella. Le canyon avait une longue histoire de banditisme qui remontait au temps où des cavaliers hors la loi détroussaient les voyageurs qui s'aventuraient sur cette voie, seul accès à la ville par l'intérieur des terres. Beaucoup plus tard, dans les années 60, Timothy Leary y avait installé son repaire, un laboratoire clandestin d'où sortaient des milliers de doses de L.S.D. ensuite distribuées dans l'ensemble du pays. (Leary fut finalement arrêté par hasard par un motard de Laguna Beach. Naturellement, il est devenu depuis un héros de la contre-culture très prisé dans les campus universitaires.)

Du fait de ces antécédents, il régnait sur le canyon une atmosphère de défiance vis-à-vis de l'autorité, une soif d'indépendance et une fierté de se démarquer de « ceux de la ville ». Ses habitants n'avaient accepté que quatre ans plus tôt d'être annexés par la ville, non sans d'interminables tergiversations et d'âpres négociations. Le canyon était l'un des rares endroits de Laguna où peintres, sculpteurs et écrivains pouvaient encore survivre, paradoxe d'une région qui se targuait d'accueillir une colonie d'artistes – pour des motifs purement touristiques. C'était un lieu bigarré : une maison en terre y côtoyait un temple des témoins de Jéhovah ; des mobile homes masqués par des rideaux d'eucalyptus alternaient avec des pseudo-manoirs gothiques, des bohèmes voisinaient avec des experts-comptables. Il y avait des familles, des couples gays, des amateurs de chevaux, des éleveurs de canaris, des cultivateurs de bonsaïs, des collectionneurs de serpents. Des gens sympa, des touche-à-tout, des solitaires et des franchement bizarres. Les petites routes sinueuses étaient également bordées de minuscules cottages délabrés qu'on pouvait louer pour un prix dérisoire.

Tout cela pour dire qu'à mesure que nous grimpions la pente escarpée de Red Tail Lane je considérais les maisons et leurs occupants comme faisant partie de ma petite communauté. Je me sentais lié à eux. Je me demandai si l'Œil de minuit avait choisi cet endroit pour me prouver à quel point il lui était facile de frapper dans mon jardin. Je me sentais responsable. Mon estomac était noué à l'idée de ce qui avait pu arriver à Elsie et à Léonard Stein, les propriétaires du « Toutou dorloté ». Ce couple charmant avait pris grand soin du chien d'Isabella un été où nous étions partis au Mexique. Je me souvenais très nettement de la petite étoile de David que Mme Stein portait autour du cou.

L'oubli a de multiples vertus. Hélas, je n'ai rien oublié de ce que j'ai vu à l'intérieur du « Toutou dorloté », au 1871 de Red Tail Lane, Laguna Beach, à 14 h 35, le mercredi 7 juillet.

J'ai encore en tête les moindres détails, non pas qu'ils me soient d'une grande utilité dans ma vie de tous les jours, ils seraient plutôt un frein à mes activités. Parfois, une image resurgit, comme le calendrier mural dans le couloir, montrant le chien de juillet (un papillon), un fragment de cervelle collé sur le papier glacé, recouvrant la date des 17, 18, 24 et 25. La vision s'échappe du coin de ma mémoire où je l'avais soigneusement enfermée, comme un crotale se glisse hors de sa boîte. Il arrive que toutes se sauvent en même temps, me plongeant dans une situation intenable.

Aussi, supportez avec moi, si vous le voulez bien, certains des détails – enfouis mais toujours prêts à remonter à la surface. Je les porterai en moi jusqu'à ma mort : le corps d'une femme (Elsie Stein, cinquante et un ans) jeté comme un tapis dans un coin de la salle d'attente, derrière le bureau, le visage arraché, le crâne ouvert et vidé, l'étoile de David toujours au cou et se balançant au-dessus d'une mare de sang noir parcourue de vaguelettes sous l'effet du ventilateur ; la première pièce à gauche en entrant, dont la porte portait l'inscription « Toutous V.I.P. » et au centre de laquelle se trouvait une pile de petits corps canins, soigneusement disposés par rangs de trois comme des rondins de bois, la rangée supérieure étant constituée d'un caniche, d'un teckel nain et d'un loulou de Poméranie ; l'odeur de parfum et d'urine qui régnait dans la pièce marquée « Cha-Cha-Cha », dont les six habitants avaient achevé leurs cinquante-quatre vies dans un coin, deux tigrés, un siamois, deux calicots et un noir, drapés dans une grâce féline comme s'ils étaient endormis, si ce n'était qu'ils n'avaient plus de tête ; l'allée centrale du chenil, bordée de douze cages avec, sur chacune des portes, un grand chien pendu par son collier, comme séchant au soleil, son sang gouttant dans la rigole qui courait le long du grillage ; la petite maison au crépi jaune derrière le chenil, cachée derrière les eucalyptus, croulant sous les pots de pensées et d'œillets d'Inde, la porte grande ouverte et derrière, dans la chambre, le corps nu étalé face contre terre de Léonard Stein (cinquante-six ans), un homme grassouillet aux jambes blanches fléchies comme au repos, tenant encore son 9,06 mm à canon long, une file de fourmis noires faisant l'aller-retour entre son crâne et une fente entre deux lattes du plancher ; Dorsey, un toy croisé qui avait échappé au massacre en se réfugiant derrière le réfrigérateur, tremblant et hurlant à la mort (il dut être délogé avec un manche à balai par le stoïque Martin Parish, soi-disant parce que les cris lui portaient sur les nerfs mais, surtout, parce que c'était un moyen de se soustraire temporairement au désespoir de la mort en répondant aux appels terrifiés du seul être encore en vie sur les lieux) ; la foule muette amassée une heure plus tard devant les bandes jaunes barrant l'accès au salon de toilettage, parfaitement consciente de ce qui se passait derrière ; un vieux couple grisonnant hochant la tête d'un air grave ; un garçon d'une dizaine d'années qui sanglotait en demandant sans cesse des nouvelles de « Tiger » ; sa mère, se tenant la joue d'une main tandis que l'autre reposait sur les cheveux dorés et soyeux de son fils ; la vision surréaliste du groupe d'hommes et de femmes arrivant en masse, tous armés d'un talkie-walkie et arborant le T-shirt décoré de l'effigie de Kimmy Wynn et du sigle F.C.C., chacun soudain fortement conscient de son impuissance et de son incompétence, du caractère absurde et dérisoire de sa présence, de l'insulte immense et involontaire qu'il incarnait. On pouvait lire la honte sur leur visage, tempérée uniquement par la seule conviction rédemptrice qui leur restait : tenir bon, faire ce qu'ils pouvaient, même si ce n'était que témoigner de leur inefficacité et confirmer leur terrible défaite dans une bataille où leur dieu était censé les aider pour la seule raison qu'ils croyaient en lui ; les visages couleur de cendre de Winters et de Wald ; Karen Schultz assise sur les marches du porche à l'arrière de la maison, la tête entre les mains, les coudes sur les genoux, le dos parcouru de soubresauts ; l'hélicoptère rugissant vainement dans les airs sans inquiéter le moins du monde les vautours qui décrivaient des cercles de plus en plus bas, au point que l'on distinguait les motifs sombres sous leurs ailes, virant sans effort au-dessus des murs de la maison pour aller se percher sur un arbre voisin et reprendre leur manège quelques minutes plus tard ; le labrador blessé contre lequel je faillis trébucher au bout du terrain, là où le petit jardin se perdait dans les broussailles du canyon, pantelant, ses babines de vieux chien rougies de sang, agonisant au pied d'un chêne imperturbable ; moi-même, assis au pied du même chêne parce que mes jambes me semblaient trop lasses pour me porter, restant là un long moment car c'était la seule et unique chose dont je fusse encore capable.

20

Quelques heures plus tard, encore secoué par ce que j'avais vu, j'étais accueilli chez moi par Grace, vêtue d'un T-shirt, d'un short et d'un des tabliers d'Isabella.

– Mon Dieu, Russell, tu es livide !

Je ne me souviens pas de lui avoir répondu. Je me servis un grand whisky avec des glaçons, l'emportai dans mon bureau et refermai la porte. J'inspectai brièvement le courrier que Grace avait empilé sur mon bureau, l'assortiment habituel de factures et de publicités, et une enveloppe à l'aspect menaçant envoyée par Tina Sharp. Je la classai sans l'ouvrir parmi les autres factures impayées. Il me fallut une demi-heure avant de pouvoir regarder un autre être humain en face. J'avais l'impression que mon âme avait été traînée dans les égouts.

Quand je sortis enfin de ma tanière, Grace s'affairait toujours dans la cuisine. Avec ses jambes nues sous le tablier et sa cuillère en bois à la main, on aurait dit une publicité pour des ustensiles de cuisine, ou encore la couverture d'un numéro spécial « sexe et cuisine » d'un magazine de charme. Des images d'Elsie Stein me revinrent en tête, comme autant de cartes postales envoyées de l'enfer.

– Qu'est-ce qui s'est passé ? demanda-t-elle.

– Quelques personnes et des animaux ont été tués.

– Ah ! C'est pour ça qu'il y a tous ces hélicoptères ?

– Oui.

– Ça a dû être horrible.

– Atroce.

Je me versai un autre méga-whisky et refermai la porte du bureau derrière moi.

Mon père appela pour dire qu'Amber lui avait faussé compagnie. Elle avait prétendu avoir quelques affaires urgentes à régler. Elle lui avait paru calme et ne craignait apparemment pas de sortir seule.

– Je suis désolé, Russ, j'étais au petit coin quand elle a filé.

– Ce n'est pas grave. Tu n'y es pour rien.

– Tu as une drôle de voix.

– L'Œil de minuit vient de frapper ici dans le canyon.

– Des gens que tu connaissais ?

– Plus ou moins.

– Tu veux que je vienne ?

– Il vaut mieux que tu attendes le retour d'Amber. A plus tard, papa.

J'écrivis d'abord l'article sur William Fredrick Ing, en me basant sur l'identification de sa photo et de sa voix par sa mère.

Le second article sur le dernier massacre fut terminé une heure plus tard, je le vomis littéralement sur le papier. Je télécopiai mes chefs-d'œuvre à Carla Dance et à Karen Schultz, me servis un autre verre et m'assis sur la terrasse. Des hélicos portant les écussons du shérif et de la police de Newport tournoyaient dans le ciel, leurs hélices soulevant des nuages de poussière sur les deux flancs du canyon. Deux coucous qui appartenaient à des chaînes de télévision filmaient des plans pour les journaux du soir. Carla m'appela pour obtenir quelques détails complémentaires : combien de chiens exactement étaient pendus à la clôture ; Ing avait-il terminé le lycée en 1972 ou 1973 ; « Tiger » était-il un chien ou un chat ? Elle m'annonça que l'article sur le massacre était l'un des meilleurs papiers qu'elle avait lus depuis longtemps et qu'il me vaudrait peut-être un prix. Les glaçons dans mon whisky avaient fondu et j'avais la nausée.

Grace me rejoignit sur la terrasse. Le thermomètre mural indiquait quarante et un degrés. Les hélicoptères faisaient un vacarme assourdissant. Grace était belle et détendue, elle faisait de son mieux pour me remonter le moral. Remarquant que les glaçons dans mon verre avaient fondu, elle alla en chercher d'autres. Elle écouta en silence ma description de ce qui s'était passé dans Red Tail Lane. J'avais la bouche sèche et terminai mon récit d'une voix étranglée. A travers les battants de la moustiquaire, j'entendais le présentateur du journal télévisé susurrer les derniers faits et gestes de notre vedette locale : l'Œil de minuit.

Je fermai les yeux et perçus le soleil flamboyant à travers mes paupières. Je me concentrai sur les battements lents de mon cœur.

– Grace, demandai-je, tu n'as jamais souhaité que quelque chose de très grand, comme Dieu, vienne te prendre par les talons et te trempe dans un liquide spécial pour que tu te sentes toute propre et fraîche en en ressortant ?

– Si.

Les yeux toujours clos, la tête appuyée contre le mur, je cherchai la main de Grace et la pressai doucement. Contrairement à son habitude, elle se laissa faire, douce et confiante. Je ne sentis aucune réticence. Cette main me parut soudain l'objet le plus précieux du monde. Puis elle se raidit.

– Ne me l'enlève pas, murmurai-je.

Elle se relaxa et ne chercha plus à se libérer.

– J'aime le son de ta voix, Grace. Raconte-moi une belle histoire, une avec des prairies ou des lacs, une belle histoire vécue.

– Bien... mais c'est que je n'en connais pas.

– Il y en a bien une.

– Je t'assure que non.

– Alors inventes-en une.

– Je n'ai aucune imagination.

Le ronronnement de la circulation dans le canyon avait diminué d'intensité. Winters avait sans doute fait installer un barrage de police dans l'espoir ténu d'intercepter l'Œil de minuit ou un témoin. Le whisky se diffusait dans mon sang, mais sans pour autant me soulager ou m'abrutir. Je songeai à l'opération d'Isabella qui aurait lieu le lendemain. Je songeai à la vie sans elle. L'avenir me parut sans le moindre intérêt.

– Alors, parle-moi de toi et de ta mère. Ça n'a pas besoin d'être une belle histoire, il suffit que ce soit vrai.

Grace soupira et je sentis de nouveau sa main se raidir.

– Qu'est-ce que tu veux savoir, Russ ?

– Je ne comprends pas pourquoi tu as tellement peur d'elle.

– Il y a beaucoup de choses que tu ne comprends pas.

– Dis-moi pourquoi. Dis-moi quelque chose. Laisse-moi entendre le son de ta voix.

– Eh bien... Tu n'ignores pas qu'Amber est une femme profondément égoïste. Elle est aussi extrêmement peu sûre d'elle et angoissée. Plus je grandissais et je mûrissais, plus elle devenait agressive. A treize ans, j'ai soudain compris que ma propre mère était jalouse de moi.

Sa main se raidit encore, mais je la retins fermement.

– Jalouse ?...

Sa voix me semblait le seul antidote aux visions atroces du « Toutou dorloté ».

– ... qu'est-ce que tu entends par là ?

– Par exemple, un soir, dans un restaurant à Paris, nous avons attiré l'attention d'un jeune sommelier, très beau. Il était ravi de s'occuper de nous, on sentait son désir rien qu'à la manière dont il vissait son tire-bouchon dans la bouteille. Amber, qui se prenait à l'époque pour un personnage de la *Dolce Vita*, l'a invité à une fête qu'elle donnait dans sa suite d'hôtel le vendredi suivant. Florent et moi avons passé la soirée à discuter sur le balcon, négligeant les invités à l'intérieur. Il m'a dit qu'il n'avait jamais été aussi ému par la beauté d'une femme. Je lui ai répondu que j'étais sensible à son compliment et que je l'autorisais à me rendre visite le lendemain soir. On croirait entendre parler ma mère : « l'autoriser à me rendre visite ». Ça fait si artificiel, si... prévisible. Mais le lendemain matin, Amber me mettait dans un avion, sans billet de retour, direction comté d'Orange via Los Angeles. C'est Martin qui est venu me chercher à l'aéroport. Dans la limousine qui nous conduisait à Roissy, elle m'a dit froidement : « N'essaie *jamais* plus de t'immiscer entre moi et mes hommes. Je ne t'ai pas élevée pour faire de toi une pute. » Je n'oublierai jamais la violence de son regard.

J'entendis les hélicos rugir au-dessus de nous.

– C'est peut-être uniquement qu'elle a eu peur d'être dépassée par sa petite fille de treize ans.

La main de Grace serra la mienne avec une force inattendue.

– Pour comprendre les autres, Russ, il faut d'abord accepter qu'ils ne pensent pas tous comme toi. Si tu n'es pas capable de respecter ma réponse, il ne fallait pas me poser la question.

– Tu as raison, excuse-moi.

– Elle m'a tout simplement larguée dans cet avion. Sans un mot d'explication, mis à part sa tirade sur « ses hommes ». Et ce n'est qu'un exemple parmi tant d'autres. Elle m'a trimbalée dans le monde comme l'un de ses bijoux. Elle est si... froide. J'ai cherché à la comprendre. Je lui ai pardonné beaucoup de choses, j'ai tenté de rationaliser son comportement, en me répétant que c'était sa manière d'être. Je ne suis pas rancunière, Russ, mais quand je me suis retrouvée dans le désert avec deux tortionnaires, le gros et son copain aux cheveux en brosse, j'ai fini par craquer. J'étais terrifiée. Je me suis sentie... haïe.

– Je ne te suis pas.

– C'est pourtant simple. C'était il y a environ huit semaines. Ils s'appellent Sam et Gary. Ils m'attendaient près de ma voiture un soir devant la boutique. Gary était armé. Ils m'ont poussée sur le siège avant d'une Bronco rouge. J'étais coincée entre eux deux. Un chien de garde était assis sur le siège arrière, énorme, baveux. La promenade a duré deux heures. Sam puait la transpiration. Ils ne m'ont pas touchée ni posé de questions. J'ai cru un moment qu'ils allaient me violer. On est allés vers Joshua Tree, puis on a bifurqué sur un chemin de terre et on s'est enfoncés dans le désert. Ils m'ont fait sortir de voiture, assez gentiment, si je me souviens bien, puis ils m'ont renversée sur le sol et m'ont brûlé la plante des pieds avec des cigarettes. Gary m'a fait mordre ses bottes, pour me faire taire, je suppose. Ils n'ont pas dit un mot. Ah, si, c'est Gary qui a parlé, je le cite : « Sois un peu plus respectueuse ou tu n'auras plus un radis. » Ça fait un certain temps qu'Amber menace de me rayer de son héritage. Je suis censée toucher un gros paquet pour mon vingt et unième anniversaire. Elle brandit son fric sous mon nez comme une carotte, comme si elle croyait qu'il allait nous réconcilier. Mais la vérité, c'est que je n'en veux pas. C'est comme cette affreuse babiole qu'elle croit que je lui ai volée. Elle s'invente des histoires, puis elle réagit à ses propres fantasmes. J'ai cru mourir de peur et c'est exactement ce qu'elle cherchait.

– Mais te faire peur... pourquoi ?

– Pour que je me soumette. Que je lui parle, que je l'appelle. Que je la supplie de m'aimer. Je ne sais pas, Russ. Demande-le-lui. Moi, j'ai capitulé.

L'exaspération sur son visage semblait sincère. Au fond de ses pupilles se lisaient la peur et le courage, la vérité et les mensonges, la jeunesse et la maturité, tous orientés vers ce point précis de sa vie où elle s'était sentie trahie par sa mère. Et je ne voyais pour elle aucun endroit où elle pouvait espérer atterrir en toute sécurité. Elle était suspendue dans le vide, au-dessus du gouffre, comme une danseuse sur les pointes, prête à tomber d'un moment à l'autre. Et je ne faisais qu'enfoncer le couteau dans la plaie ouverte par Amber tant d'années plus tôt.

– Montre tes plantes de pieds.

– C'est réconfortant de savoir que tu me fais autant confiance qu'Amber.

– Je retire ma demande. Je te crois et j'ai confiance en toi.

– Tu fais bien.

Elle se pencha en avant, dénoua les lacets de ses tennis, enleva ses chaussettes et me montra un pied puis l'autre. Il y avait sept petits cratères de peau brûlée sur chaque plante.

– Ça m'a fait atrocement mal, et je me suis cassé trois molaires en mordant les bottes de ce con. Tu veux voir les couronnes ?

– Pourquoi tu n'es pas venue me trouver ?

– J'ai pensé que j'arriverais à m'en sortir seule. J'ai l'habitude de régler mes problèmes moi-même. Du moins, j'essaie.

– Tu permets que je te serre dans mes bras ?

– Oui.

Elle se blottit contre moi, enfouissant son visage en larmes dans le creux de mon épaule. Elle ne pleura pas longtemps, ni très fort, en silence. Quelques minutes plus tard, quand sa respiration fut redevenue régulière, elle se leva, alla dans la salle de bains, se moucha puis revint près de moi.

– Je suis contente d'aller aider Isabella ce soir, annonça-t-elle. Ça me donnera l'occasion de faire quelque chose de bien, pour une fois.

– Ça fera aussi du bien à Isabella. C'est la plus belle femme du monde.

– Plus belle qu'Amber ?

– Mille fois plus belle.

Elle regarda le canyon, suivant des yeux un hélicoptère qui se posait au sommet d'une colline.

– Je ne voulais pas ajouter à tes problèmes, Russ. Je ne tenais pas à être un fardeau. Mais j'ai peur de ma mère et de ce qu'elle va faire... ou charger ses amis de faire à sa place. Je suis désolée de te compliquer la vie. Et j'aurais aimé être une meilleure fille.

Le téléphone retentit. Grace alla répondre et m'apporta le téléphone sans fil quelques secondes plus tard.

– Dan Winters, murmura-t-elle.

– Dan !

– Hi-hi-hi... je vous ai encore eu ! Rien de plus facile que d'imiter un nègre qui se prend pour un représentant de la loi. Au fait, il marche, votre intercepteur ?

– Je vous ai dit qu'on n'en avait pas mis.

– Alors, je vais faire vite. Vous avez aimé mon geste ?

– J'espère que vous serez pendu.

– Il paraît que ça fait bander et qu'on meurt en jouissant. C'est tout de même mieux qu'une injection mortelle.

– On verra bien, Billy.

Un silence interminable suivit.

– Qu... quoi ?

– William Fredrick Ing, dit « Billy le fou ».

– Expliquez-vous.

– Vous êtes coincé, Billy. Vous avez été identifié sur photo et à la voix. Vous avez laissé une belle empreinte de votre index droit chez les Wynn (ce qui était faux, naturellement). Il ne nous a fallu que deux jours pour vous retrouver. Vous n'êtes pas l'Œil de minuit. Vous êtes un sale morveux obèse qui s'est fait bouffer par ses propres clebs. Vous avez reçu une gifle pour avoir surpris vos parents en train de s'envoyer en l'air. En fait de grand purificateur, vous n'êtes qu'un imposteur ! Dès demain, tout le monde dans le comté saura qui vous êtes.

Je pouvais entendre sa respiration sifflante dans le combiné.

– V-v-vous n'avez pas le droit d'écrire ça. Je v-v-vous l'interdis !

– Ah oui ? Qu'est-ce que vous allez faire pour m'en empêcher, tuer quelqu'un ?

– Oui ! C'est ça ! Je vais c-c-commettre une chose si atroce que vous n'en reviendrez pas ! Et vous l'aurez sur la conscience, Monroe. Si vous publiez ce mensonge, vous serez directement responsable de ce qui arrivera. Je vous l'interdis formellement. Parlez-en à Winters, à Wald, à Parish. Dites-leur qu'on ne peut pas publier ça ! Je suis l'Œil de minuit ! Si vous écrivez le contraire... je ferai quelque chose d'horrible.

– Ouh ouh ! Ce que j-j-j'ai p-p-eur !

– Alors vous n'aurez qu'à interroger votre conscience quand j'aurai commis l'indicible. A v-v-vous de v-v-voir !

– Du calme. J'aurais bien besoin d'un peu d'aide, moi aussi. Peut-être que si vous m'aidez, cet article ne paraîtra pas. Je dis bien « peut-être ».

Une longue pause. Sa respiration commençait à ralentir.

– Vous voulez parler d'Amber Mae.

– Exact.

– Parish a voulu la tuer.

– Je sais. Il a préparé un scénario où j'ai un rôle sur mesure. Mais il ne peut pas s'en servir sans mettre en danger sa réputation, son mariage, tout. Pourquoi prend-il un tel risque ?

– Il ne risque rien.

– Comment ça ?

– Il ne l'utilisera pas, à moins que vous ne le menaciez.

– Un bluff ?

– En partie.
– Et le reste ?
– Tss-tss... il se peut qu'il vous demande de vous prêter à d'autres petits jeux pour lui, pour accomplir quelque chose dont il a besoin mais qu'il ne peut pas se permettre de faire.
– Comme quoi ?
– Ça coule de source. Si vous voulez attraper un porc, pensez comme un porc. Ecrivez cet article et vous le regretterez.
Il raccrocha brutalement. J'appelai aussitôt Carfax.
– Toujours pas de numéro, soupira-t-il. Tout ce que j'obtiens, c'est l'indicatif de la région, c'est-à-dire le nôtre. Je n'y comprends rien.
– Il utilise un brouilleur.
– Normalement, même avec un brouilleur, on obtient le numéro d'appel. On a eu largement le temps.
– Il appelle bien de quelque part, John.
– Non, non. Ça vient de nulle part, merde. Je ne peux tout de même...
– Transfère-moi sur la ligne de Dan.
Winters décrocha et m'annonça que Parish et Wald suivaient notre conversation sur le haut-parleur.
– Ing vient de me déclarer qu'il ferait un malheur si on révélait son identité.
– On ne le fera pas, dit Wald. Ce n'est pas la bonne marche à suivre.
– Non mais vous êtes vraiment cinglés ! fulmina Parish.
Dix houleuses minutes plus tard, nous avions pris notre décision. Wald et moi l'emportâmes sur Parish. Winters décida qu'il valait mieux mettre de côté l'article sur son identité, pour l'utiliser éventuelle-

ment comme moyen de marchandage la prochaine fois que l'Œil appellerait.

– Il faut cesser de jouer le jeu de cette ordure, bougonna Parish. On sait à quoi il ressemble, on connaît son nom. Bordel ! Qu'est-ce qu'il nous faut de plus ?

– L'arrêter, tout simplement, répliqua Wald. Et pour ça, il ne faut pas l'énerver. Pas pour le moment. Chaque chose en son temps.

– Ah oui ? Et combien de gens doivent y passer entre-temps ?

21

Lorsque nous partîmes chercher Izzy, les hélicoptères quadrillaient encore le ciel et la route de Laguna Canyon était toujours bloquée vers le nord. Des officiers en uniforme se penchaient à la portière des conducteurs et des bénévoles portant le T-shirt de la Force combinée distribuaient des tracts. Cette fois, ils ne prétextaient plus un contrôle de la sécurité routière. C'était bien une opération de ratissage pour coincer William Fredrick Ing.

Des camionnettes de la télévision étaient garées sur le bas-côté. Des reporters interrogeaient les automobilistes, les policiers et même Mme le maire, que j'aperçus clignant des yeux sous un projecteur avec une expression indignée. En direction de la ville, la circulation était complètement bloquée. Les klaxons hurlaient, les radiateurs fumaient, les radiocassettes tonnaient et des bras s'agitaient par les vitres baissées. La canicule ne semblait pas vouloir nous quitter.

Grace murmura « pauvre type », pensant sans doute à l'Œil de minuit, et je lui rétorquai de garder sa commisération pour quelqu'un qui en valait la peine. Ce fut notre seul échange verbal tout le long du trajet jusqu'à San Juan Capistrano.

Une demi-heure plus tard, Joe Sandoval nous faisait entrer dans le salon où nous attendait Isabella, assise dans son fauteuil roulant. Son sac de voyage était posé près d'elle, sa canne par-dessus. Elle portait une nouvelle tenue, un T-shirt trois fois trop grand incrusté de paillettes et de pierreries de pacotille. Sa perruque avait été brossée et coiffée, son visage maquillé et ses lèvres peintes d'un rouge audacieux.

– Bonjour, chéri.

Je m'agenouillai devant elle et la serrai contre moi.

– Je r-r-entre à la maison !

– Il est grand temps !

Derrière moi, j'entendis Grace et Corrine se présenter. Cela me fit une sensation étrange de réaliser que ma fille et mes beaux-parents ne se connaissaient pas.

– Quelle belle maison ! s'enthousiasma Grace poliment.

Il y eut un silence gêné, finalement rompu par Joe :

– Thé, bière ?

– Non, répondit Isabella. On s'en v-v-va !

– Ça fait trois heures qu'elle est prête, soupira Corrine. Elle est excitée comme une gamine qui va à Disneyland.

Izzy roulait déjà vers la porte.

– Encore ça que plus.

– Elle a une petite surprise pour toi ce soir, dit Joe avec ce que j'interprétai comme une lueur d'inquiétude dans le regard.

– Oh, non ! soufflai-je.

C'était une vieille plaisanterie remontant à l'époque où Isabella lançait des projets pour améliorer la maison aussi promptement que je les écartais. Elle les appelait toujours des « surprises ».

– Oh si ! répliqua-t-elle. Mais d'abord, r-r-rentrons à la maison.

Elle serra Joe et Corrine comme si elle partait pour toujours. Et avec une clarté terrifiante, je lus dans ses yeux que c'était exactement ce qu'elle pensait.

Une fois chez nous, elle se fraya un chemin au rez-de-chaussée, touchant les objets familiers, poussant des exclamations de surprise, de joie, de satisfaction, d'émerveillement. Elle était aussi extatique que quelqu'un qui assisterait à la création du monde. Elle ouvrit le réfrigérateur et dressa l'inventaire de son contenu.

– D'où s-s-sort ce ragoût ?

– C'est moi qui l'ai fait, dit Grace. Tu en veux ?

– Tout à l'heure p-p-eut-être.

Izzy s'installa dans l'ascenseur pour monter dans sa chambre. En entendant le couinement habituel de l'appareil, je me rendis soudain compte à quel point il m'avait manqué ces derniers jours. Izzy poursuivit son inspection. J'entendis Grace en bas, qui parlait doucement au téléphone.

– Qu'est-ce qu'il f-f-fait chaud ! dit Izzy.

– On a dépassé les quarante degrés aujourd'hui. Bienvenue à la maison, chérie.

– J'aime cet endroit. Je ne m'enfuirai plus jamais.

Elle se tourna pour décrocher son sac de voyage calé entre les poignées du fauteuil roulant et en sortit un petit paquet noir brillant qu'elle me tendit. Je l'ouvris. C'était un maillot de bain.

– C'est ça m-m-ma surprise, tu m'emmènes à... à... à

la plage, ce soir. Mon dernier bain avant l'op... pération.

Elle sourit.

– Je suis c-c-confiante, Russ. Mais je pourrais bien me réveiller en lég-g-gume. Même le Dr Nesson le reconnaît, avec ses propres terres... termes... Voilà pourquoi je veux aller nager.

– Nager, mais où ?

– Dans la mer, idiot !

– Mais, ma chérie... c'est que... il y a des vagues !

– J'ai téléphoné aux grades-côtes. Pas de vagues, l'eau fait vingt-deux degrés. Je veux nager.

Elle me regarda fixement, sans dire un mot, mais une intense émotion se lisait sur son visage. Elle était plus terrorisée par son opération qu'elle ne voulait l'admettre. Si elle se réveillait demain dans un état plus grave encore, voire pas du tout, elle aurait au moins eu son dernier bain dans l'océan qu'elle aimait tant.

– Grace peut venir avec nous ?

– Bien sûr, dit-elle en souriant.

– Viens, je vais t'aider à enfiler ton maillot.

– Non, je préfère que ce soit Grace qui le fasse.

Grace se tenait au pied de l'escalier.

– Une femme ne doit jamais se laisser habiller par son mari, lança-t-elle. En plus, Russ serait capable de te mettre ton maillot à l'envers.

Nous nous mîmes tous à rire, car cela s'était déjà produit.

Les vagues me caressèrent doucement les chevilles tandis que je portais Isabella dans la mer. La nuit était chaude et je me penchai pour la déposer délicatement dans l'eau tiède et accueillante. Elle laissa échapper un petit grognement de plaisir en sentant l'eau lui envelopper la taille. Elle s'accrochait à mon bras. Ses jambes coulèrent d'abord à pic, puis remontèrent lentement à la surface. Grace la soutenait de l'autre côté. Je l'entraînai un peu plus au large. Elle coucha un bras au-dessus de sa tête, puis l'autre et, avec un long soupir de contentement, elle les rabattit le long de son corps et glissa librement en avant.

– Ooooh, oui !

Nous nous laissâmes bercer. Grace flottait à nos côtés, sa tête si proche de celle d'Izzy qu'elles semblaient partager la même chevelure. Puis elle s'écarta et plongea avec une grâce époustouflante. Elle refit surface un peu plus loin, ses cheveux luisant au clair de lune. Je libérai Izzy en la propulsant légèrement vers l'avant. Je la sentis battre des bras et nageai près d'elle, sans intervenir, synchronisant mes mouvements sur les siens, contemplant son profil tourné vers le ciel, son expression concentrée, ses yeux grands ouverts vers les étoiles. Je voyais sa peau blanche glisser sur l'eau comme une créature marine, souple et voluptueuse. La partie inférieure de son corps se devinait à peine dans l'océan noir. On aurait dit un vestige de membre archaïque que l'évolution se chargerait de faire disparaître d'ici quelques millions d'années.

– J'aimerais que ça se p-p-passe comme ça.

– Quoi donc ?

– La mort.

– Tu ne vas pas mourir.

– Tu sais bien que si, Russ.

– Nous allons tous mourir.

– Mais je mourrai avant toi. Et je voudrais que ça s-s-soit comme ça. Pas une fin, mais une... métamorphose.

– Un début ?

– Oui. Les yeux fermés, pour m-m-mieux voir où je vais. Comme ça.

Elle ferma les yeux tout en nageant, ses bras s'ouvrant puis se refermant. Grace apparut quelques mètres plus loin, puis disparut de nouveau.

– Russell, ferme les yeux et v-v-viens avec moi.

Je m'exécutai. Autour de moi, les bruits s'accentuèrent. Le clapotis de l'eau contre mes oreilles se fit plus net. L'écho des voitures qui passaient au loin sur la route résonnait avec une urgence étouffée.

– Garde les yeux f-f-fermés, comme moi, dit Izzy. Voyons jusqu'où on peut aller. O.K. ?

– O.K., Izzy.

Nous flottâmes un long moment, aveugles. Je me mis sur le dos pour pouvoir effleurer ses doigts de temps à autre. Je cessai de battre des jambes et les laissai sombrer, comme les siennes. Je l'écoutais respirer.

Deux heures plus tard, je me glissai dans mon lit près de mon épouse. Nous nous chuchotâmes des mots tendres et nous embrassâmes. Puis nous fîmes l'amour. Les gestes qu'elle ne pouvait plus faire, je tentai de les lui offrir. Les sensations qu'elle ne ressentait plus, je cherchai à les ressentir à sa place. Le râle qui monta dans ma gorge était un cri perçant de douleur. Mes oreilles sifflaient et mes yeux brûlaient. Grace, que j'avais complètement oubliée, fit irruption dans la pièce en allumant la lumière. Le corps agité de tremblements, j'entendis vaguement Isabella expliquer d'un ton confus :

– Ce n'est r-r-rien, Grace. Russ a juste eu une... euh.

Le lendemain matin, mon père nous accueillit sur les marches du centre médical. Il me fit un petit signe sec de la tête, ce qui, dans le langage minimaliste de son corps, signifiait que tout allait bien. Amber n'était pas avec lui. Il sourit et serra longuement Isabella entre ses vieux bras noueux.

Il faisait déjà chaud quand je poussai le fauteuil sur la rampe de l'hôpital. On nous attendait. Un interne chinois conduisit l'entretien préopératoire. Il expliqua la procédure, nous présenta l'anesthésiste et nous informa des éventuels effets secondaires de l'intervention, parmi lesquels la mort. Nous signâmes les formulaires de consentement. Paul Nesson apparut une heure plus tard. Il était concentré et recueilli comme un soldat se préparant au combat. Il rasa une nouvelle fois le crâne d'Isabella. Ce fut vite fait car il était déjà pratiquement glabre. Une fois Nesson reparti, Grace, Corrine, Joe, papa et moi nous glissâmes auprès d'elle. Sa blouse n'était retenue que par deux boutons dans le dos et la fraîcheur de la climatisation la faisait frissonner. Quelques minutes plus tard, nous l'aidâmes à se hisser sur un chariot que nous poussâmes tous en chœur jusqu'aux doubles portes battantes du service de chirurgie. Elle s'agrippait à ma main. Je l'embrassai, puis une nuée d'hommes et de femmes vêtus de blouses vertes convergea vers elle et l'emporta dans un univers de chrome, de tubes, de carrelage blanc et de machines. Les portes se refermèrent brusquement.

Les minutes semblèrent durer des heures, les heures des siècles. Je bus du café, relus rapidement mon article en première page du *Journal*, remarquai les manchettes accrocheuses que la rédaction réservait habituellement aux nouvelles sensationnelles : « Carnage dans le canyon. Deux personnes et vingt-sept animaux domestiques massacrés. Un dossier spécial de Russell Monroe. »

Papa m'informa, comme je m'en doutais déjà, qu'Amber n'était pas réapparue. Mais elle avait appelé la veille, tard dans la nuit, pour lui dire de ne pas s'inquiéter. Je hochai la tête, incapable de me concentrer sur le cas d'Amber dans la gravité du moment. Si elle n'était pas suffisamment raisonnable pour rester cachée, c'était son problème.

Je me dirigeai vers la sortie pour fumer une cigarette. En passant devant le comptoir de l'accueil, je surpris une bribe de conversation entre une petite femme hirsute et le vigile.

– Vous ne pourriez pas faire appeler M. Russell Monroe ? C'est très urgent.

– Votre nom ?

– Tina Sharp, de la compagnie d'assurances Equitable.

Sans ralentir le pas, je sortis et fumai tranquillement une cigarette. Puis une autre. Je traînai une demi-heure dans le jardin de la clinique puis retournai à la cafétéria en empruntant la porte de service.

Je pris mon petit déjeuner, m'enfermai dans les W.-C. et vomis. Je me rinçai le visage à l'eau glacée, puis trouvai un siège libre dans la salle d'attente. Il me semblait que la partie la plus vitale et précieuse de mon être m'avait été enlevée, peut-être à jamais. Je fermai les yeux, récitai une prière, perdis le fil de mes pensées et m'endormis. Dans mon rêve, je m'approchais d'une table installée sous un auvent à la lisière d'une orangeraie. Isabella était assise derrière, elle leva les yeux et remua les lèvres sans émettre aucun son.

Six heures plus tard, Paul Nesson entra dans la salle d'attente et s'approcha de moi. Il semblait calme, concentré et, bizarrement, plus petit que d'habitude. Ses chaussures étaient enveloppées dans des chaussons en plastique vert qui plissaient sur le dessus comme un bonnet de douche. Il adressa un sourire las à Joe, à Corrine et à Grace.

– Elle va bien. Tout s'est bien passé.

– Vous en avez enlevé beaucoup ?

– Tout ce que j'ai pu. Il restait des cellules viables autour de la masse, alors j'ai creusé au centre, dans le tissu nécrosé.

– La tumeur est encore grosse ?

– Difficile à dire. Les astrocytomes se développent en tentacules très fins. Comme des racines. D'ici un jour ou deux, on y verra plus clair et on pourra envisager de nouveaux traitements.

Corrine se moucha dans un mouchoir en papier, puis s'éclaircit la gorge.

– Il lui reste combien de temps, docteur ?

– Je ne peux rien vous dire. L'évolution de la tumeur est trop imprévisible, je ne ferais qu'émettre une supposition. Généralement, sa croissance accélère, se stabilise puis accélère de nouveau.

– Il arrive qu'elle disparaisse ?

– Non. Isabella va rester en réanimation pendant une heure. Ensuite, je vais la faire transférer aux soins intensifs pour la nuit. D'ici quelques heures, vous pourrez lui dire un petit bonjour. Après quoi, je vous conseille d'aller tous prendre un peu de repos.

– Merci, dis-je.

– De rien.

Il disparut de nouveau derrière les portes battantes.

Sa tête était enveloppée dans un immense turban de gaze blanche. Elle avait les yeux gonflés, un cerne bleuâtre se dessinait déjà sous celui de gauche. Elle était toujours sous oxygène, alimentée par un tube en plastique enfoncé dans une narine.

Je me tins près d'elle jusqu'à ce qu'elle prenne conscience de ma présence. Accroché au mur, un écran indiquait l'état de ses fonctions vitales. Je plaçai ma joue contre la sienne et l'écoutai respirer.

– Tu me croiras si tu veux, articula-t-elle lentement, mais je vais aller mieux. Je l'ai rêvé pendant que j'étais... qu'ils enlevaient toutes ces choses... de mon crâne. Je vais aller... mieux.

Aucun bégaiement, aucune erreur.

– Je t'aime, murmurai-je.

– Je suis si heureuse que tu sois ici.

– Tu es toujours mon trésor ?

– Aussi longtemps que tu voudras de moi.

– Disons alors... pour toujours ?

– Pour toujours, ça me va.

Je fus surpris de voir Karen Schultz traverser le couloir de l'hôpital tard cet après-midi-là. Ses talons claquaient sur les dalles. Elle m'avait localisé au milieu de la foule silencieuse avant que j'aie eu le temps de la reconnaître.

Elle adressa un petit sourire aux membres de ma famille, serra les mains à mesure que je faisais les présentations, puis se tourna vers moi.

– Russell, on peut parler cinq minutes ?

Je la suivis au-dehors. Il faisait quarante-trois degrés à en croire le panneau de l'autre côté de la rue.

– Comment va-t-elle ?

– Bien. Ils ont pu enlever le gros de la tumeur.

– Oh, Russell, j'en suis sincèrement ravie.

Elle essuya une larme de sa joue et regarda l'issue de secours.

– Je ne sais jamais comment réagir... dans ce genre de situation.

– C'est gentil à toi de t'être déplacée. Tu aurais pu envoyer des fleurs, ou un petit mot.

– Non, ce n'est pas pour ça que je suis venue.

Karen croisa les bras et avança vers le fond du patio où attendait, portes béantes, un ascenseur pour handicapés, en panne et abandonné.

J'attendis et allumai une cigarette.

– Ecoute... commença-t-elle.

Dans la lumière crue de l'après-midi, elle semblait avoir cent ans.

– ... J'ai... La vie est pleine de compromis, parfois. Je suis une célibataire qui dépend de son boulot et qui l'aime. C'est vrai qu'il m'arrive de critiquer les décisions de Winters, mais il me paie pour ça. Ce que j'essaie de te dire, c'est que je n'agis pas par dépit envers quiconque dans le département. J'aime notre service et je crois qu'on fait du bon boulot. Mais...

Sa voix s'étrangla et elle détourna le regard.

– ... Tu crois qu'ils auraient pu trouver un endroit encore plus laid pour construire un hôpital ?

– Je suppose que non.

Son regard était indéchiffrable.

– Tu as parlé à Chet de certaines irrégularités, n'est-ce pas ?

– Oui.

– Tu es conscient de ce qu'elles signifient, ou pourraient signifier ?

– Elles signifient que Martin est en train de forger un dossier contre moi et ma fille pour un crime que nous n'avons pas commis.

– Oui. Mais tu as un train de retard, Russ. En termes pratiques, tu sais ce que ça veut dire ?

Je me demandai si elle avait visionné la bande vidéo de Martin. Mais quel intérêt aurait-il eu à la montrer ?

– Je ne sais pas trop comment m'en sortir avec Martin.

– Je vais te le dire, Russ. Tu connais un bon avocat de pénal ?

– Oui.

– Alors engage-le.

Ces nouvelles, sombres et sans doute inévitables, atterrirent dans un coin insensibilisé de mon cerveau.

– Tu crois que Parish va présenter son dossier au procureur ?

– Russell, il l'a déjà fait.

22

Je passai trois heures au chevet d'Isabella ce soir-là, la contemplant dans son sommeil.

J'entendis ce que je crus être une infirmière se glisser dans la chambre derrière moi, mais en me tournant je me retrouvai nez à nez avec le visage morne et sombre de Tina Sharp d'Equitable.

– On peut parler ?

– Allons dans le couloir, répondis-je.

Nous nous tînmes devant la porte. Tina Sharp portait un attaché-case et un parfum bon marché. Elle avait des yeux globuleux, humides et las.

– Je suis navrée d'avoir dû vous poursuivre jusqu'ici, dit-elle, mais vous ne répondiez ni à mes appels ni à mon courrier.

– J'ai été un peu dépassé ces derniers temps.

– Je comprends. Je voulais simplement vous informer que l'intervention qui vient d'être pratiquée sur votre épouse n'est pas couverte par votre police d'assurance.

– Si, elle l'est.

– Non. Comme vous le savez, monsieur Monroe, nous ne remboursons pas non plus les implants radioactifs, car il s'agit d'un traitement non reconnu.

Il en va de même pour les frais de toutes interventions électives, cosmétiques ou n'ayant pas reçu l'approbation de notre firme, ce qui, hélas, est précisément le cas de l'opération qu'elle a subie aujourd'hui.

– En d'autres termes, ma dette s'est encore accrue de quatre-vingt mille dollars.

– Je crains que le chiffre ne s'approche davantage des cent mille, monsieur Monroe. J'ai pensé que vous ne deviez pas supporter ces frais sans savoir à l'avance à quoi vous vous engagiez. Si vous m'aviez simplement contactée plus tôt, cette nouvelle vous aurait été moins pénible qu'elle ne doit l'être maintenant.

Je dévisageai Tina Sharp. Elle aurait pu être, et était probablement, une mère...

– Eh bien ! fis-je. Ce n'est pas le premier choc de la journée. Merci d'être venue.

Elle me tendit la main, que j'acceptai. Elle était froide et sèche.

– Je suis profondément navrée, monsieur Monroe. Je suis sûre que l'hôpital trouvera un plan de remboursement qui conviendra aux deux parties.

– Merci. Votre générosité d'âme me comble.

– Je suis désolée qu'Equitable n'ait pas pu vous aider. Nous aurions préféré ne pas avoir à vous laisser tomber.

Elle tourna les talons et descendit le long couloir vers les ascenseurs.

De retour dans la chambre d'Izzy, je m'assis et fixai sa photo qui l'accompagnait toujours à l'hôpital. Elle la considérait comme un porte-bonheur. Elle était posée sur la table de chevet, près des fleurs apportées par mon père. C'était un simple cliché d'amateur, mais les couleurs étaient belles et Isabella regardait droit dans l'objectif sous un rideau de boucles brunes et le bord en demi-lune d'un grand chapeau noir. Ses épaules étaient nues. Son sourire était sage, confiant, retenu. On ne voyait pas ses dents, mais ses lèvres esquissaient une moue heureuse et ses yeux offraient le reflet d'une sérénité si profonde qu'elle ne pouvait venir que du fond du cœur. Pour les néophytes, ce n'était que la photo d'une femme dans l'éclat de sa jeunesse. Mais pour moi, c'était la représentation d'une vie inachevée, le souvenir d'un futur qui ne se déroulerait pas comme prévu ; l'ambassadeur des rêves d'autrefois. Un objet d'une grande beauté et d'une affreuse douleur. Nous venions de nous marier et l'ami qui avait pris la photo avait compris l'essence du bonheur d'Isabella car, au dos, il avait simplement écrit :

Madame Monroe !

Plongé dans la contemplation du portrait, je fus saisi d'une rage profonde, dirigée contre Martin Parish, pour ce qu'il avait entamé le 3 juillet et tentait d'achever *au détriment d'Isabella*. Jamais elle n'aurait autant besoin de mon amour, de mes soins et de ma compréhension qu'au cours des jours qui allaient suivre. Et que pourrais-je faire derrière les barreaux de la prison du comté ? Comment trouver l'argent de ma caution avec un compte en rouge et l'hypothèque de la maison ? Et que faire des factures médicales ?

Je songeai à contacter un avocat, j'en connaissais une flopée. Mais si je me jetais dans la gueule du système pénal, quand en sortirais-je ? En outre, me soumettre à l'énorme machinerie des tribunaux signifiait accepter de jouer à ce petit jeu mortel selon les termes de Martin Parish.

Non. Je n'appelai aucun avocat. Je commençai plutôt à préparer une contre-offensive, une stratégie basée sur un concept que Martin croyait n'appartenir qu'à lui : l'aplomb. Si je devais le combattre, ce ne serait pas au travers de la lenteur criminelle de la bureaucratie.

Vers 8 heures du soir, les infirmières me firent savoir qu'il était temps de partir. Je quittai le chevet d'Isabella animé d'une détermination désespérée, et non sans une certaine soif de vengeance.

Joe et Corrine attendaient toujours dans la salle d'attente, mais Grace et Theo étaient partis. A leur place, je trouvai Amber, assise en face de mes beaux-parents. Un air faussement détendu régnait dans la pièce. Seul un aveugle n'aurait pas remarqué le dos raide de Corrine, l'isolement contrit d'Amber, les mains sagement posées sur les genoux, et l'attention exagérée avec laquelle Joe lisait une revue d'automobiles.

– D'où tu sors, toi ? grognai-je en la regardant fixement comme si je pouvais différencier la vérité du mensonge dans ses yeux gris.

– J'avais quelques affaires à régler.

– Grace et ton père sont rentrés, annonça Joe.

Une hésitation dans sa voix m'expliqua que leur désertion était due à l'invasion d'Amber.

– Je voulais prendre des nouvelles d'Isabella, articula Amber, mal à son aise. Je vais rentrer, maintenant.

– Non. Tu viens avec moi.

Tous les regards se tournèrent sur moi.

Je regardai Corrine, puis Joe.

– Il le faut.

– Qu'est-ce qu'il y a, Russ ? s'inquiéta Corrine.

– Qu'est-ce que tu comptes faire ? enchaîna Joe.

– Essayer de m'éviter la prison.

J'attrapai Amber par le bras et la traînai vers la sortie. La nuit était étouffante. De l'autre côté de la rue, l'enseigne du *World Hotel* avait perdu la plupart de ses néons et proclamait en lettres rouges : *Hot*.

– Tu sembles avoir une idée en tête, risqua Amber.

– Martin Parish était dans ta chambre la nuit où Alice a été tuée. Il l'a battue à mort. Nous devons le prouver.

– Je ne demande que ça. En plus, tu peux en témoigner !

– Je l'ai vu sortir de chez toi, mais j'ai besoin de preuves. Il essaie de nous incriminer, Grace et moi. Mais puisqu'il était là, il a certainement laissé des traces. Il faut absolument que j'en trouve.

– Ce n'est pas une raison pour être aussi hystérique.

– Ne commence pas à me faire chier ! hurlai-je.

Elle posa une main sur la mienne et m'arrêta.

– Russ, calme-toi. Elle va s'en sortir.

– Oh, pour ça, ça ne fait aucun doute !

Je n'arrivais pas à écarter l'image du visage gonflé et bleui d'Izzy. Elle semblait avoir été battue à mort, elle aussi. Sa douleur imprégnait tout, même l'air que je respirais.

– Je n'ai pas besoin qu'on me raconte des histoires, poursuivis-je.

– Puisque le docteur a dit que tout s'était bien passé !

Je lui ouvris la portière, puis la claquai sur sa robe. Elle pendait hors de la voiture comme un animal pris au piège. Elle me regarda bizarrement, avec un mélange de crainte et de pitié, deux sentiments qu'un homme n'aime guère éveiller chez une jolie femme. J'eus soudain honte de moi. Mon visage me brûlait et, l'espace d'un instant, ma vision se brouilla. J'aurais tout donné pour disparaître sous terre.

Je démarrai en trombe.

Une fois sur l'autoroute, j'appelai Chet Singer à son domicile et lui expliquai la situation. J'avais besoin de sa présence officielle sur les lieux d'un crime encore officieux, afin d'obtenir des preuves de la culpabilité de Martin Parish dans le meurtre d'Alice Fultz. Il refusa.

Je lui fis valoir qu'une jeune fille innocente allait être inculpée, tout comme son père qui, pour une fois, était innocent lui aussi. Je lui annonçai que Parish abusait de son pouvoir avec une adresse et une dépravation qui défiaient l'imagination. Il refusa une nouvelle fois.

Je lui avouai, tout en me frayant un passage entre les voitures sur l'Interstate 5, que j'étais désarmé devant Parish et son rang officiel, que seul un membre intègre de la police pouvait offrir une véritable résistance aux machinations malfaisantes mais efficaces de Parish.

– Je ne peux et ne veux pas, lâcha Chester.

Amber m'arracha le téléphone des mains et se lança dans un éloquent plaidoyer. Cela m'eût semblé la plus éblouissante des performances théâtrales si je ne l'avais pas sue, sans doute pour la première fois de sa vie, profondément sincère. Son désir de venger le meurtre d'Alice n'égalait que sa volonté de se persuader qu'elle était capable d'aimer quelqu'un d'autre qu'elle-même.

Chet Singer refusait toujours. Elle s'affala littéralement contre la portière, son regard cherchant le mien dans une incrédulité opiniâtre.

– Je suis désolé, conclut Chet Singer. Sincèrement, profondément désolé.

Il raccrocha.

Au cours du silence qui suivit, j'essuyai le regard scrutateur d'Amber. La banlieue s'étirait indéfiniment. La plupart des pavillons étaient illuminés, tentant vainement de décourager l'Œil de minuit. Combien de doigts étaient-ils crispés sur combien de gâchettes, combien de verrous avaient-ils été vérifiés encore et encore, combien de cauchemars s'achevaient-ils en sursauts moites, combien d'yeux fatigués étaient-ils fixés sur les pages d'un livre ou sur le plafond, combien d'enfants dormaient-ils dans le lit de leurs parents qui se demandaient où étaient passées toutes les promesses de prospérité, de sécurité et d'un avenir meilleur ?

– Où tu étais ? interrogeai-je soudain.

– Ça ne te regarde pas.

– Ah oui ? Il serait peut-être temps que tu cesses de te foutre de moi, Amber. Tu as envoyé deux voyous faire peur à Grace pour la ramener dans ton giron. Tu te sers de ton argent pour la manipuler. Tu devrais voir ce qu'ils lui ont fait. Elle te craint comme la peste.

– J'ignorais, répondit-elle calmement, que les délires paranoïaques de Grace en étaient arrivés là.

– Eh bien, maintenant tu le sais.

– Et pourrais-tu me dire qui étaient ces deux types ?

– Tu devrais le savoir. C'est toi qui les as engagés.

– J'ai engagé un détective privé pour savoir où était ma fille et... ce qu'elle faisait. Je l'ai engagé pour voir s'il y avait un moyen de récupérer un bijou qu'elle m'avait pris, et pour lui faire savoir clairement que je l'avais rayée de mon testament... *Pour qu'elle cesse de faire comme si je n'existais pas ! Je suis sa mère, nom de Dieu !*

Un autre long silence suivit. Puis elle annonça platement :

– Je peux te raconter une histoire de quand j'étais petite ?

– Il est un peu tard pour les contes de fées.

Son poing s'écrasa contre mon épaule, puis ma cuisse, et atterrit enfin en plein sur ma mâchoire. Je parvins tant bien que mal à garder le contrôle du véhicule. Elle me frappa sur l'oreille, puis de nouveau sur la mâchoire, me martelant un côté du visage. Je lâchai le volant d'une main et lui balançai une gifle retentissante. Elle hésita, m'envoya un dernier crochet faiblard dans l'épaule, puis s'affaissa de nouveau contre la portière en pleurant doucement.

– Je ne veux pas être tenue pour responsable du meurtre d'Alice, renifla-t-elle. Non !

– Soit.

– Il faut que tu saches, Russ, que Grace ment comme elle respire.

– Elle ne ment pas au sujet des brûlures sur la plante de ses pieds.

– Des brûlures ?

– N'essaie pas de détourner la conversation.

Au cours des vingt minutes qui suivirent, Amber construisit sa défense contre sa fille : Grace avait appris à mentir en apprenant à parler. Elle avait toujours été incontrôlable. Elle était opportuniste, évasive et sournoise. Dès l'âge de quatre ou cinq ans, elle s'était retranchée dans un monde imaginaire. Elle parlait à des « personnages » invisibles. Elle racontait des histoires tragiques à propos d'amis qui n'existaient pas. Elle faisait circuler des rumeurs scandaleuses au sujet de camarades de classe ou de voisins, lesquelles, après enquête d'Amber, étaient rarement vraies. Elle semblait prendre autant de plaisir à être démasquée qu'à réussir son coup.

– Elle peut transformer la vérité aussi rapidement que je change d'expression, affirma Amber.

– On se demande de qui elle tient !

– Vas-y, crois-la si tu veux. C'est sa tactique : elle t'impose de choisir entre elle et moi. Mais je connais la chanson et je la vois venir de loin.

– Et tu ne veux pas être tenue pour responsable.

– Tu n'as pas toujours été aussi cruel, Russ.

– J'ai suivi un entraînement.

Je filais sur l'autoroute, la banlieue s'étalait toujours autour de nous aussi loin que portait le regard... aussi loin que portait le regard de l'Œil de minuit. Cet endroit était devenu un enfer.

– Je ne cherche pas à me disculper, Russell. J'essaie juste de te dire qu'il y a des explications pour ce que j'ai fait dans... une autre vie.

– Et qu'as-tu donc fait dans une autre vie ?

– D'abord, j'ai étouffé ma propre conscience.

– Et tu comptais repartir de zéro avec Alice.

Amber se tut un long moment.

– Oui. Oui, c'était ça. Tu sais, j'ai toujours eu honte d'elle. Si j'ai quitté mes parents à seize ans, c'est en partie pour ne pas lui ressembler. Et quand je dis ça aujourd'hui, je me sens si petite, si idiote et si terriblement égoïste de nouveau...

Telle mère telle fille, pensai-je tout bas.

– Qu'est-ce qu'elle avait de si terrible ?

Amber inspira profondément.

– Je ne sais pas comment c'est arrivé, mais dès ma plus tendre enfance, j'ai eu peur de ma famille. Je les voyais comme... comme des imposteurs, ou des êtres venus d'une autre planète. Rien que notre nom,

Fultz : ça faisait tellement... cul-terreux. Alice avait deux ans de plus que moi. Papa était maçon. Il était toujours couvert de ciment. Ça s'insérait dans les rides de ses doigts et ne partait plus. Maman faisait des ménages. Elle avait cette robe, je m'en souviens, un morceau de chiffon en coton avec des rayures verticales vertes et roses et des manches courtes trop étroites qui lui serraient les épaules. Elle était toujours propre et, pourtant, il semblait qu'elle ne portait que ça. Je détestais cette guenille informe et la façon dont elle vieillissait et avilissait ma mère. Alice voulait être comme maman. Elle l'aidait à faire la lessive et à repasser. Elle portait le même type de robe. Elles adoraient toutes les deux ces sandales en similicuir avec une bande autour du gros orteil, qui claquaient contre le talon quand elles marchaient : « slap slap slap ». Alice et maman allant de la machine à laver à la corde à linge : « slap slap slap ». Alice et maman revenant de la corde à linge au porche : « slap slap slap ». Maman mettait les pinces à linge dans sa bouche, comme des cigarettes en bois, et Alice, bien entendu, mâchouillait les siennes, « slap slap slap ». Une fois, je me rappelle, j'étais assise à l'ombre sous le porche à les regarder. Elles étaient côte à côte devant la corde à linge, passant les pinces de leur bouche à la corde. Maman était déjà grosse à cette époque et Alice, très mince. Pourtant, je te jure que j'ai vu ma sœur se voûter et vieillir sur place. Elle n'avait pas plus de douze ans. J'avais une revue ouverte sur les genoux, *Cosmopolitan*, je crois, et il y avait cette photo d'une femme et de sa fille courant dans les rues de Paris, la mère retenant son chapeau d'une main et la fille agitant son petit sac à main brillant, toutes deux souriant à des hommes assis à la terrasse d'un café, qui les jaugeaient d'un air intéressé. Et j'ai su qu'un jour je serais comme cette femme. Cela peut paraître le comble des vanités, Russ, mais quand je regardais un de ces magazines féminins avec le beau papier glacé et toutes ces publicités, je savais, je comprenais que c'était mon monde. Cela ne faisait aucun doute. Je me souviens d'avoir alors pleuré parce que je me sentais si loin de Paris. Et maintenant je pleure quand je pense à la petite morveuse que j'étais et à Alice. Comment a-t-on pu lui faire ça ? C'était une innocente, Russ. Je lui ai envoyé un billet d'avion pour tout recommencer, pour être la sœur que je n'avais jamais été. Pas pour qu'on la tue à ma place.

– Qu'est-ce que tu comptais faire avec elle ?

– L'aimer ! Bien la traiter. Voir si maman ou papa avait besoin de quelque chose. Recommencer ! Bon sang, Russ, c'est si difficile à comprendre ?

– Combien de petits amis lui as-tu piqués ?

– Va te faire foutre, Russell.

– Je suppose qu'un seul a suffi. Non, Amber ? Un petit ami auquel elle tenait beaucoup ?

Elle me frappa encore une fois, très fort.

– Il a essayé. Mais je n'ai pas voulu. Ça n'a aucune importance.

– C'est pour ça que tu te méfiais de ta fille quand elle a grandi, parce que même ta propre sœur ne pouvait pas avoir confiance en toi ?

Elle regarda longuement par la fenêtre.

– Tu n'as peut-être pas complètement tort.

– Jusqu'à quel point ?

– Ça ne te regarde pas. Tout ce qui importe, c'est que j'étais devenue fière d'elle. Elle était devenue belle, d'après les photos, malgré sa pauvreté et son boulot minable. Et tu sais quoi ? Au cours des derniers mois, j'étais devenue fière de toute ma famille.

De notre misère, des affreuses robes de maman, du fait que nous étions ce que nous étions. Tout ce que je voulais, c'était serrer Alice dans mes bras et lui dire à quel point j'avais été stupide, que j'étais heureuse d'être une Fultz. Son dernier emploi, c'était serveuse dans un bowling, près d'Orlando. Et j'étais fière d'avoir une sœur assez humble pour servir des cocktails dans un putain de bowling de merde. Je pensais qu'elle avait beaucoup à m'apprendre. Je voulais son... pardon.

Elle s'était remise à pleurer.

– ... tu sais ce qui m'a fait changer ? C'est Grace. Je me suis mise à réfléchir à notre vie à toutes les deux, à toutes ces écoles huppées où je l'ai traînée, à ses professeurs particuliers aux honoraires exorbitants, à ces dîners sophistiqués dans toutes les grandes capitales d'Europe, aux grandes soirées, à l'argent, toujours l'argent, encore l'argent, aux paparazzi, aux couvertures de magazines, aux U.V.A., aux massages, aux bains de boue. Je ne me souviens d'aucune occasion où nous ayons dû pendre le linge côte à côte avec des pinces dans la bouche, faisant quelque chose parce qu'il fallait le faire et en y mettant du cœur. Je lui ai même demandé une fois de ne plus m'appeler maman, mais Amber. Je l'ai perdue, Russell, encore plus que toi. A un moment donné, elle a levé sur moi ses yeux qu'elle tient de toi et j'ai vu qu'elle s'était éloignée, qu'elle me craignait exactement de la même façon que je craignais ma mère. Je l'avais perdue. Tout ce que je pouvais faire, c'était tenter de m'accrocher à elle, de la retenir. En vain. Tu sais que depuis six mois, elle n'a pas répondu une seule fois à mes appels ? Pour elle, je n'existe plus. Ça me brise le cœur.

Ce fut mon tour de ne rien dire. Ses paroles me

paraissaient étrangères mais sa voix me semblait si sincère.

– Merci pour cette petite mise à jour de la saga des Fultz. Aux dernières nouvelles, papa était banquier et maman reine de beauté.

– C'était... plus facile pour moi de croire à une illusion.

– Et sur quelle illusion tu t'es basée pour m'enlever ma fille pendant toutes ces années ?

– Oh, Russell, ne commence pas avec ça.

– Si tu fais le ménage dans ta vie, il faudra bien m'inclure aussi.

Elle poussa un grand soupir, un peu forcé peut-être.

– Je ne voulais pas qu'elle grandisse dans ce monde réactionnaire et mortellement ennuyeux, entourée de gens ternes, conformistes et ignares, jamais sortis de leur trou. Je sais que c'est prétentieux. Mais je voulais faire d'elle une vraie princesse cosmopolite.

– Et qu'elle ne soit pas contaminée par un minable adjoint du shérif qui ne gagnait que vingt-six mille dollars par an.

– Oui.

– Pourtant, tu as bien épousé Martin Parish, un homme qui a une telle estime pour toi qu'il a voulu te tuer.

– J'ai pris Martin en intérim, c'était une manière de me débarrasser de toi.

– Bon sang !

– Je sais.

Je réfléchis un moment.

– En tout cas, merci de me l'avoir dit. Je me doutais que c'était un truc de ce genre, mais j'avais du mal à croire que tu puisses être conne à ce point. Puisque tu le reconnais toi-même...

– Vas-y, profites-en, Russ. C'est ton grand moment.

– Tu ne pourras donc jamais te satisfaire de ce que tu as ?

– Ça a toujours été mon défaut.

– On ne peut pas vivre éternellement d'illusions, Amber, on finit toujours par se cogner la tête à la réalité.

– Je sais. C'est sans doute pour ça que j'ai la migraine.

– Tu n'as toujours pas répondu à ma première question. Où étais-tu hier, la nuit dernière et aujourd'hui ?

Elle poussa un soupir d'exaspération.

– J'ai rencontré mon avocat pour revoir mon testament. Ça te va ?

– Ça ne t'a pas pris un jour et demi.

Elle alluma une cigarette et souffla la fumée par la fenêtre.

– J'ai aussi eu un entretien assez long avec le procureur général de l'Etat, Allen Boster. A Sacramento. J'ai dormi là-bas.

Je sentis mon pouls s'accélérer. J'imaginais déjà le procès : l'Etat de Californie contre Martin Parish.

– Et ?

– Il va peut-être ouvrir une enquête sur Martin.

– Qu'est-ce que tu lui as raconté ?

– Pratiquement tout. Il va bientôt me convoquer pour entendre ma déposition. Ensuite ce sera ton tour.

– Il nous faut quand même des preuves.

– Alors qu'est-ce qu'on attend pour aller les chercher ?

Je la regardai, incapable de décider si sa démarche

allait effectivement entraîner une disparition des charges qui pesaient contre moi ou, au contraire, un redoublement de la pression exercée par Martin.

Elle l'avait probablement rayé de son testament. Et moi aussi, sans doute. Je pouvais difficilement le lui reprocher. Pour obtenir ce qu'elle voulait, elle s'était directement adressée au sommet de la hiérarchie. C'était malin et ça lui ressemblait bien.

Sa villa sentait le renfermé et il y régnait une chaleur oppressante, mais l'angoisse qui me saisit aux tripes était encore pire. Je revis distinctement les événements du 3 juillet, mes projets de vie secrète, mon innocence, ma bêtise, mon désir. Je me souvenais nettement de l'odeur de chair humaine, de la vision d'Alice, des murs peinturlurés, de l'écho sonore de la folie.

Dans la chambre d'Amber, je palpai le tapis à quatre pattes, avec une lampe-torche et un peigne. Il était d'une propreté suspecte. Je déplaçai le lit pour inspecter dessous, mais il était peu probable que Martin y ait laissé des empreintes. J'inspectai la couche de peinture fraîche, sous laquelle les lettres étaient à peine visibles : « Eveille-toi ou meurt dans l'igniorance. » Je fouillai les poubelles à la recherche d'un indice laissé par l'artiste : un pot de peinture, un pinceau, un bâton mélangeur, un tissu taché. En vain. J'essayai le garage, même résultat. Au moment où je l'avais surpris sortant de la maison, il avait probablement déjà tout chargé dans sa voiture. Ensuite, il s'était sans doute arrêté dans une station-service en rentrant chez lui pour se débarrasser de ses affaires dans une benne à ordures. Peut-être trouverais-je une goutte de peinture séchée dans son coffre ? Si seulement Chet avait accepté de nous aider !

Je songeai à effectuer le trajet entre la villa et le domicile de Parish et à fouiller toutes les poubelles en chemin, mais elles avaient certainement été vidées entre-temps. Je commençais à me sentir mal. J'avais envie d'une grande quantité d'alcool et j'avais faim. Amber errait de pièce en pièce, silencieuse.

Quand la sonnette déchira l'air dans l'immense vestibule, je sentis ses vibrations grimper le long de ma colonne vertébrale. Nous étions dans la grande chambre à coucher. Je regardai ma montre : 21 h 45. Amber me dévisagea avec, dans le regard, une lueur angoissée qui frisait la panique. Je lui indiquai son sac à main, qu'elle avait accroché à un montant du lit. Elle en sortit un petit automatique et me le tendit, puis je fis un signe de tête indiquant l'escalier qui menait à la porte d'entrée.

Nous traversions les dalles de marbre du hall d'entrée sur la pointe des pieds quand la sonnette retentit une deuxième fois. Amber se pencha vers le judas, puis me lança un regard interrogateur. Je m'avançai à mon tour. Réduit à une taille caricaturale, les traits déformés, paraissant se tenir à plusieurs mètres, Chester Fairfax Singer attendait devant la porte. Il tenait à la main une vieille valise en cuir informe.

23

– Je suppose que vous avez déjà laissé vos empreintes partout ? bougonna-t-il.

Je m'effaçai pour le laisser entrer.

– Quelle bonne surprise, Chet ! Chester Singer, Amber Mae Wilson.

Il la contempla quelques instants.

– Vous êtes plus grande que sur mon flacon de shampooing, dit-il sans le moindre humour. Et plus jolie aussi.

Equipés de gants en latex et de serviettes en papier, nous reprîmes les recherches. Dans la salle de bains, la bonde ne recelait aucune trace de sang. Parish avait sûrement utilisé la baignoire, mais il était suffisamment aguerri pour avoir laissé le robinet ouvert un long moment. Les serviettes semblaient propres mais Chet les étala néanmoins à plat et les inspecta à la loupe. Rien.

– Et les empreintes digitales ? dit Amber.

– S'il a essuyé la poignée en sortant, il a certainement essuyé également tout ce qu'il a touché, fis-je, découragé.

– Il ne faut négliger aucun détail, intervint Chet. Même un officier spécialisé dans les homicides peut commettre une erreur. En fait, je me souviens que, quand Martin faisait ses débuts, il était toujours légèrement impatient et méprisant vis-à-vis des techniciens. Ce n'est pas un fignoleur. Je ne serais pas surpris qu'il ait oublié quelque chose derrière lui...

– Et l'arme ? demanda encore Amber.

– Il l'a sans doute emportée avec le corps, répondit-il patiemment.

– Comment a-t-il pu la charger dans sa voiture sans être vu ?

– Vous oubliez, madame, que vos voisins les plus proches vivent à plusieurs centaines de mètres de chez vous. Il faisait nuit. Il était tard. Au fait, combien mesure votre terrain ?

– Un hectare et demi.

– Tu l'as fouillé, Russell ?

– Non.

– Alors, il faudrait y songer.

– Et ses traces de pneus dans l'allée ? demanda Amber.

– Tu as roulé dessus quand tu es rentrée chez toi le 5. Ton agent aussi quand il est venu te chercher.

Chester se tourna vers moi d'un air sombre.

– Russell, décris-moi encore la soirée où tu as trouvé Martin ici en... petite tenue.

Je lui racontai tout ce dont je me souvenais.

– Qu'est-ce qui te fait penser qu'il s'apprêtait à se coucher dans le lit de Mme Wilson ?.

– Il m'a avoué qu'il l'avait déjà fait. Et le lit était fait.

– Mais peut-être qu'il s'y était déjà couché et qu'il avait refait le lit ?

– C'est vrai.

Je contemplai le lit d'Amber, les épais oreillers roses, les draps de satin parfumés. Chet s'attaqua d'abord aux oreillers et découvrit deux petits poils gris-brun retenus dans la trame. Ils ne pouvaient appartenir ni à Alice ni à Amber. Il les glissa dans une enveloppe qu'il étiqueta consciencieusement. Il en trouva un autre dans le drap du dessus, près des oreillers. Puis un autre encore vers le milieu du lit, petit et frisé, pouvant venir de n'importe quel pubis. Il le mit sous scellés et l'étiqueta. Nous cherchâmes vainement des taches de sperme sur les draps. Je m'étais rarement senti aussi bas dans l'échelle de l'évolution.

Amber nous observait avec horreur.

– Vous ne croyez tout de même pas qu'il aurait... non ?

– Tu devrais le savoir mieux que nous, Amber. Tu as été mariée avec lui.

– Mon Dieu, je n'en sais trop rien. Mais tu sais quoi ? C'était un des pires hypocondriaques que j'aie jamais rencontré. Il désinfectait la cuvette des W.-C. chaque fois qu'il allait pisser.

Chet passa un chiffon propre sous la lunette des toilettes, à la recherche de je ne sais trop quoi, mais revint bredouille. Je me rappelai soudain la coupure de rasage sur la pomme d'Adam de Martin l'après-midi du 4 et nous examinâmes les rasoirs jetables dans le tiroir de la salle de bains. C'était idiot : qui s'interromprait au beau milieu d'un meurtre pour se raser ?

– Tu n'as rien à boire ? demandai-je.

– Gin.

– Léger, avec de la glace.

– Le mien, pas si léger que ça, dit Chester.

Nous passâmes la maison au crible. Le tapis près de l'entrée était immaculé, tout comme l'intérieur de la porte coulissante dont le grillage avait été découpé à la manière de l'Œil de minuit. Amber nous apporta nos boissons avec une mine déconfite.

Je me sentais berné. Martin avait pensé à tout. Il avait effacé ses traces et les avait remplacées par celles de Grace. Il avait probablement même passé l'aspirateur ! De fait, cela semblait précisément être ce qu'un maniaque tel que lui aurait fait.

– Où est ton aspirateur ?

– Dans le cagibi.

Chester esquissa un petit sourire.

– Parfois les choses les plus évidentes...

Il l'extirpa de derrière la planche à repasser, ouvrit le boîtier et palpa le sac.

– Vide.

– Alors, il ne s'en est pas servi, dit tristement Amber.

– Passez-moi des serviettes en papier, s'il vous plaît.

Chet dévissa le tuyau et frotta la brosse au-dessus d'une serviette blanche. J'écartai les soies avec mon stylo. Les petites particules qui en tombèrent ressemblaient bigrement à du sang séché.

– Est-ce que c'est ce que je pense ? demanda Amber.

– Oui, répondit Chester. Le sac de l'aspirateur est vide parce qu'il l'a utilisé et remplacé. Nous chauffons.

– Et il a emporté le sac avec lui ?

– Sans doute. Tout dépend de l'état de ses nerfs au moment des faits, il est peut-être revenu le chercher plus tard. Montrez-moi vos poubelles.

Je les avais déjà fouillées, mais je cherchais des traces de peinture. Cette fois, nous enlevâmes chaque objet l'un après l'autre, avec une concentration qu'un étranger à la scène aurait trouvée comique. La tâche était d'autant plus ardue que la plupart des déchets d'Amber étaient déjà passés par le broyeur. En outre, les ordures dataient d'une semaine. La puanteur était écœurante.

Bien sûr, il n'y avait pas de sac d'aspirateur.

– Voilà ! grimaça Chet, encore un cul-de-sac.

Nous échangeâmes tous les trois des regards lugubres.

– On peut toujours examiner le filtre.

Sur le sol du salon, nous étalâmes une nouvelle serviette blanche de Chet. Il enleva le couvercle de l'aspirateur et vida le filtre destiné à empêcher les gros débris d'endommager le moteur. Il le déposa délicatement devant lui. Nous nous tenions devant une masse grisâtre, un enchevêtrement de poussière, de poils et de fibres, duquel se détachaient un fragment d'élastique, un trombone, une pièce de monnaie, un bout de ficelle et un timbre racorni.

– Quel boulot ! soupira Amber.

Chet sortit une liasse d'enveloppes de sa valise et nous nous mîmes au travail.

– Madame Wilson, nous aurions besoin de deux petites cuillères propres.

Nous commençâmes par trier tout ce qui pouvait être utile. Cela se limitait hélas à quelques poils ayant éventuellement appartenu à Martin. Nous empaquetâmes le fragment d'élastique, pour la forme. Je traçai des S dans la poussière avec le manche de ma cuillère, dégoûté.

– Peut-être qu'un de ces poils nous révélera quelque chose, essayai-je, sachant pertinemment qu'on ne peut identifier un suspect à partir d'un poil, du moins pas devant un tribunal.

– Qu'est-ce que c'est ? demanda Amber.

– Je disais que...

– Non, *ça*, qu'est-ce que c'est ?

Son index était tendu au-dessus du tas grisâtre. Je suivis des yeux la direction vers lequel il pointait, pensant que si toutes les promesses d'un corps de femme pouvaient se résumer à un seul doigt, c'était celui-là : parfait, gracieux, ferme, puissant, la peau légèrement bronzée, l'ongle audacieux, étincelant et impérieux, rouge sang, montrant quelque chose dans la poussière.

– Là, dit-elle.

– Je ne vois rien.

– Passe-moi ta cuillère.

Elle se pencha en avant et plongea sa cuillère comme dans une soupière. Elle trifouilla la matière grise puis ressortit son ustensile chargé d'une matière indéfinissable. Elle me le présenta par le manche. Je le saisis et en versai le contenu sur un papier propre.

Je ne l'identifiai pas tout de suite. C'était un minuscule objet concave en demi-lune de la taille, grosso modo, d'un ongle. Un des bords était dentelé et semblait avoir été arraché. L'autre bord était poli et rond. Il était couvert de poussière, mais dessous on devinait une teinte rosée.

– Retourne-le, me demanda Chet.

Ce que je fis. C'était précisément un ongle, rose, fuselé, le vernis était écaillé du côté arrondi. Je levai les yeux vers Amber.

Elle secoua la tête.

– Ce n'est pas une de mes couleurs.

– Alice ?

– Comment veux-tu que je le sache ? Tu n'aurais pas remarqué, par hasard, au moment où...

– Non.

Chester releva la tête, me dévisageant, puis Amber.

Je tentai de prendre un air dégagé tout en essayant de me remémorer les détails de cette nuit sordide. Je revis les bras accueillants d'Alice dans le frigo et frissonnai au contact glacial de son poids sur mes épaules, mais je ne voyais pas du tout ses ongles.

Je touchai l'objet mystérieux de la pointe de mon stylo.

– Il est faux ?

– Oui, dit Amber. Il a été arraché, peut-être au cours d'une lutte. Il y a probablement un fragment de vrai ongle dessous. Est-ce que ça peut aider ?

– Certainement. Va chercher les affaires de toilette d'Alice.

Amber revint quelques instants plus tard avec une trousse de maquillage. Elle en sortit deux flacons de vernis dans une petite pochette en plastique noir, l'un rouge, l'autre ivoire.

– Amber, en tant qu'experte en cosmétiques, qu'est-ce que tu en déduis ?

– Que ce n'est pas son ongle.

– Tu es sûre ?

– Russ, comment pourrais-je en être sûre ? Mais on ne se peint pas les ongles en rose pour ensuite partir deux semaines avec du vernis rouge et blanc.

– Mon Dieu, j'imagine ce genre d'argument devant la cour ! soupira Chet.

– Elle a peut-être oublié son vernis rose, tentai-je.

– Peut-être.

– Ou bien, elle le gardait ailleurs, sur elle, par exemple, dans son sac à main.

– J'ai déjà vérifié, dit Amber. Rien.

Naturellement, j'avais déjà envisagé une autre possibilité. Je croisai le regard d'Amber, il était chargé du même terrible soupçon qu'elle devait lire dans le mien.

– C'est la couleur de Grace ?

– Russ, les femmes n'ont pas qu'une seule couleur. Tu te souviens de notre salle de bains ?

Je ne m'en souvenais que trop. On aurait dit le rayon de cosmétiques d'un grand magasin, tout un entrepôt de peintures et de vernis, d'ombres à paupières et d'eye-liners de toutes les teintes imaginables, de solvants, de dissolvants, d'applicateurs, de brosses, de mouchoirs, de bâtonnets et de miroirs de toutes les formes, etc. (C'était notre endroit préféré pour nous livrer à la copulation verticale, bestiale et réfléchie.)

– Mets l'ongle dans une enveloppe, ordonna Chet. Qui sait ? Il correspondra peut-être à neuf autres ongles inscrits dans le « dossier » de Martin.

Je m'exécutai et continuai à chercher dans le tas de poussière devant nous. Quelques minutes plus tard, nous avions terminé. Nous plaçâmes le filtre et son contenu dans une grande enveloppe que Chet rangea avec les autres.

– Vous n'avez rien trouvé d'intéressant, alors ? s'inquiéta Amber.

– Peut-être, répondis-je. Des poils. Je ne sais pas. Tout dépend des bonnes grâces de M. Singer.

– M. Singer ne peut pas analyser ce qu'il n'a pas.

– Est-ce qu'Alice avait une montre, ou des lunettes ? demandai-je soudain à Amber, me souvenant de la petite vis trouvée sur la moquette.

Elle était toujours dans le capuchon de mon stylo, avec les miennes.

– Je ne l'ai pas vue depuis douze ans, Russ. Qu'est-ce qu'on fait maintenant ?

– On va chez Grace.

Amber sembla interloquée.

– Pour quoi faire ?

– Parish y est peut-être allé, pour y cacher des pièces à conviction. Auquel cas, il nous faut les retrouver avant que la police pose des scellés, si ce n'est déjà fait.

Il n'y avait pas de scellés et Amber possédait une clé, gracieusement fournie par son détective privé.

Je n'étais jamais allé chez ma fille. Je restai un moment dans la petite entrée, tenant le paquet de courrier que je venais d'extirper de sa boîte aux lettres dans le hall de l'immeuble, me demandant encore une fois comment j'avais pu passer à côté de sa vie. C'était un immeuble luxueux. Les meubles et la décoration générale de l'appartement puaient le fric, celui d'Amber naturellement, comme elle me le fit observer. Le parquet du salon était recouvert d'un épais tapis de couleur crème, le sofa et les lourds fauteuils en rotin croulaient sous des coussins en coton blanc, sur les murs étaient accrochées des toiles de peintres de Laguna dont je reconnus le style. Une grande baie vitrée s'ouvrait sur un long balcon étroit donnant sur le port et ses restaurants. Dans la cuisine, tout était noir, de sorte qu'on ne pouvait distinguer le four du lave-vaisselle. La chambre à coucher était occupée par un grand lit à baldaquin tapissé de chintz rose. L'appartement était net, ordonné et propre.

– Pour ce qui est de l'entretien de la maison, elle tient plus de moi que de toi, commentai-je.

– Elle tient surtout de la femme de ménage que je paie.

– Ce n'est pas la peine de me répéter sans cesse qu'elle est encore à ta charge.

– Il me semble pourtant que c'est un détail important.

– Si je me souviens bien, les chèques que j'envoyais pour elle m'étaient tous retournés.

Amber détourna le regard, manifestement troublée. Elle regarda Chet qui écoutait attentivement d'un air neutre.

– Ne vous dérangez pas pour moi, s'excusa-t-il. Il n'y a plus grand-chose qui puisse surprendre mes vieilles oreilles.

– J'ai assuré tout ce que j'ai pu, Russ. Et je continue à le faire. C'est tout ce que je voulais dire. Et c'est pourquoi cette paranoïa qu'elle a développée ces temps-ci me fait mal. Non pas que j'attende une médaille, mais j'aimerais bien que ma fille unique me remercie au lieu de prétendre que sa vie avec moi a été un enfer.

– Amber, il n'y a pas que toi dans sa vie.

Son regard se brouilla. Son menton tremblait. J'avais raison, il ne s'agissait pas que d'elle, ni que de moi. Il s'agissait aussi de Grace et de comment nous pouvions l'extirper du filet que Martin avait tendu autour d'elle.

Chester rompit le silence :

– Madame Wilson, commencez par fouiller la salle de bains et cherchez ce que vous pouvez concernant les ongles de votre fille. Russell et moi allons nous concentrer sur les traces laissées par M. Parish. Comme vous connaissez cet appartement mieux que nous, soyez attentive à tout ce qui aurait pu être déplacé ou enlevé. N'oubliez pas, l'objectif de M. Parish est de démontrer que votre fille était chez vous la nuit du 3 juillet, le nôtre est de prouver qu'il est venu ici.

Chester commença par les placards de la cuisine, sans doute dans l'éventualité où Martin y aurait caché un objet incriminant, une batte de base-ball, par exemple.

J'allai dans la chambre. Sur la table de nuit de Grace se trouvait une bible reliée de cuir avec son nom gravé en lettres d'or. Au beau milieu du Lévitique, il y avait une carte postale des Champs-Elysées avec, griffonné au dos : *Notre ville souhaite chaleureusement la bienvenue à Grace*. Signé *Florent*. Il n'y avait pas de timbre. Elle avait sans doute été déposée à son hôtel, par Florent lui-même ou un ami, juste à temps pour qu'elle l'emporte avec elle dans le comté d'Orange.

La bible était posée sur un cahier d'écolier pratiquement vide. Grace y avait écrit quelques notes personnelles, les 2, 4, 10 et 21 mai, puis plus rien. Je les lus, ne découvrant rien d'autre que le fait que son travail l'ennuyait et qu'elle avait envie de voyager de nouveau.

Dans le dernier tiroir de la table de nuit, il y avait deux albums de photos. Je les feuilletai : Londres, Paris, Cannes, Rome, Florence, Rio, Mexico, Puerta Vallarta, Hong Kong, Tokyo. Sur quelques-uns des clichés on apercevait une silhouette ou un visage, jamais deux fois les mêmes. Grace ne figurait que sur un ou deux. Amber n'était visible nulle part. Etrange.

Je refermai le tiroir et appuyai sur le bouton des messages de son répondeur. Je griffonnai sur un papier les noms, les messages et les numéros. Il y avait trois appels de Brent Sides. Deux de son employeur. Huit de gens que je ne connaissais pas. Trois de moi. Deux de personnes ayant raccroché. Un de Reuben Saltz, demandant où était sa mère.

Je saisis le téléphone sans fil et appuyai sur « bis ». Une voix enregistrée m'informa que j'avais composé le numéro de Brent Sides. C'était le dernier appel qu'avait passé Grace avant de partir.

Je restai là un long moment, contemplant les animaux en peluche qui ornaient le lit de Grace, sa table de chevet, ses deux commodes, ses fenêtres, ses étagères. Il y en avait même sur la moquette. Il devait y en avoir une centaine. Il me vint à l'esprit que j'étais davantage motivé par le désir de connaître ma fille que par celui de retrouver la preuve de la présence de Martin Parish chez elle. Je tentai de me concentrer. Que pouvait-il avoir laissé derrière lui ? Qu'avait-il transféré de la maison d'Amber à cet appartement, ou vice versa, afin de créer des preuves ?

Je fouillai dans le coffret à bijoux, me demandant s'il avait été assez sournois pour enlever une vis minuscule et la laisser chez Amber. Je ne vis rien d'anormal.

Chester suivait une piste plus objective : il vérifia les penderies, les tiroirs de la cuisine, le cagibi.

J'ouvris une fenêtre, m'assis dans un fauteuil et allumai une cigarette. La pendule indiquait 23 h 35. J'observai la fumée qui semblait attirée par la moustiquaire, sentis la nicotine envelopper mon cerveau et réalisai à quel point j'étais fatigué. Du couloir me parvenait le remue-ménage d'Amber fouillant dans la salle de bains. Chester l'avait rejointe et j'entendais leurs voix étouffées à travers la cloison. Dieu sait ce qu'elle était en train de lui raconter ! Je les entendis sortir de l'appartement, ils descendaient sans doute vérifier les poubelles, une belle tâche en perspective. Je lançai un regard de l'autre côté du port vers la mer noire.

– Tu ne te sens pas bien ?

C'était la voix d'Amber.

J'écarquillai les yeux, et aperçus mes chevilles et

mes chaussures, croisées devant moi sur le tapis. Ma cigarette s'était consumée et la cendre était tombée.

– Non, ça va. Je me suis endormi.

Elle se tenait juste sous l'ampoule du plafonnier, enveloppée dans une lumière rayonnante.

– Regarde un peu ce qu'on a trouvé en bas.

24

Amber me dévisageait avec un air étrange de compassion et de douleur forcée sous lequel je sentis poindre une lueur de triomphe. Elle s'avança sur le seuil de la chambre.

– Alors ? demandai-je.

– C'était dans la benne de l'immeuble. Il y avait le même sac-poubelle que celui de la corbeille de la salle de bains, fermé et caché sous les autres. J'en ai tiré cinq poignées de mouchoirs en papier tachés de rose, au milieu desquels il y avait ça !

Chet tendit une de ses petites enveloppes blanches.

Tassé dans un coin, j'aperçus un petit amas d'ongles. J'inclinai l'enveloppe d'un côté et ils glissèrent lentement en se chevauchant. Ils avaient tous la même forme, blancs, presque opaques, avec une petite nuance de vernis rose sur leur bord arrondi, comme si le vernis avait été enlevé au solvant. Je les comptai, les secouai, les recomptai, les secouai encore et les comptai une troisième fois.

– Neuf, murmurai-je.

– Neuf, confirma Chester. Il y a autre chose aussi, tu veux voir ?

Ils me conduisirent dans la salle de bains. La porte

du placard sous le lavabo était ouverte. Amber s'agenouilla et me montra du doigt un paquet neuf d'ongles blancs en acrylique.

Un poids énorme s'abattit sur mes épaules. Mon cœur semblait en bronze, mécanique, gigantesque.

– Et le vernis ? demandai-je d'une voix aiguë que je ne reconnus pas.

– Ils sont tous dans le panier sur le lavabo. Tu n'as que l'embarras du choix.

Je fouillai parmi les flacons. Il y avait huit différentes teintes de rose. Je sortis l'enveloppe contenant l'ongle de ma poche et la vidai sur le comptoir bleu cobalt. La couleur la plus proche s'appelait « bouton de rose ». J'en peignis l'ongle de mon petit doigt. S'il y avait une différence avec celui trouvé dans l'aspirateur, je ne la voyais pas. Amber non plus, elle qui était pourtant experte en la matière. Elle était blafarde, presque cadavéreuse dans la lumière crue de la salle de bains. Chet hocha la tête d'un air sombre.

– Martin a dû venir en prendre un qu'il a mis chez Amber, hasardai-je.

Mais le manque de conviction de ma voix était flagrant.

– Non, répondit Chet, sinon il aurait conservé les neuf autres et ne les aurait pas jetés à la poubelle.

– Alors il les a volés tous les dix, protestai-je.

– Ça ne tient pas debout, Russell. Il lui fallait garder celui de l'aspirateur ou les neuf autres. S'il avait placé un ongle chez Amber, il aurait certainement mis les autres en lieu sûr. Il les lui fallait pour son dossier. Sinon avec quoi la police aurait-elle pu comparer ?

– Ma fille était chez moi, souffla Amber.

– Il doit y avoir une explication, balbutiai-je. Vous vous trompez forcément.

Nous restâmes encore une heure dans l'appartement à rechercher, cette fois, des preuves de la présence de Grace dans la chambre de sa mère la nuit du 3 juillet. Elle avait apparemment fait un excellent travail pour les dissimuler ou les faire disparaître.

– Il nous reste une dernière visite à faire, en conclus-je.

Amber se chargea de frapper à la porte de Brent Sides. Elle se présenta et demanda à entrer. Chet et moi étions plaqués contre le mur, hors du champ de vision du judas.

Quand nous suivîmes Amber à l'intérieur, les yeux endormis de Sides s'écarquillèrent. Il ne portait qu'un caleçon. Ses cheveux étaient hirsutes. Il tenait un couteau à viande à la main.

– Monsieur Monroe !

Il rougit et déposa son arme sur le comptoir de la cuisine.

– Excusez-moi, j'étais justement en train de rêver que l'Œil de minuit venait me charcuter.

– Ce n'est que nous, pour cette fois.

– Monsieur Sides, voici M. Singer, du bureau du shérif du comté d'Orange. Nous devons discuter.

Il ouvrit grande la bouche en voyant l'insigne de Chester, puis il dévisagea Amber, se demandant manifestement où il avait déjà vu cette femme.

– Asseyez-vous.

– Non, merci. Dites-moi plutôt quelle partie était un mensonge.

– Quelle partie de quoi ?

– De ce que vous m'avez raconté au sujet de vous et de Grace. Vous m'en avez dit beaucoup, Brent, mais tout n'était pas vrai. Vous avez menti parce qu'elle vous l'avait demandé et que vous l'aimez.

– Ce n'est pas vrai. J'ai dit la vérité.

Je le regardai droit dans les yeux. Je n'avais aucune intention de lui faire du mal, mais j'étais prêt à en venir aux mains si nécessaire.

– Il y a eu un meurtre, Brent. Grace est dans un sale pétrin. Vous ignorez ce dont il s'agit mais vous aimez ma fille, et moi aussi. Vous avez dix secondes pour corriger votre version des faits. Sinon, vous risquez de le regretter et, de toute manière, vous finirez par avouer, croyez-moi.

Il lança un regard implorant vers Amber.

– Vous devriez vraiment parler avec M. Monroe, intervint Chet. A moins que vous ne préfériez avoir directement affaire aux gros bras du shérif.

– S'il vous plaît, Brent, supplia Amber à son tour.

Le regard de Sides revint sur moi, puis il se laissa tomber dans un fauteuil. Quand il se mit à parler, ce fut dans un souffle à peine perceptible.

– Nous n'étions pas ensemble la nuit du 3 juillet. Ce soir-là, je suis rentré directement chez moi après le boulot. Elle a débarqué ici très tard. Je ne sais pas d'où. J'ai eu peur de le lui demander.

– Pourquoi ?

– Oh... vous savez bien...

– Non, je ne sais pas. Qu'est-ce qui vous effrayait tant ?

– La... tête qu'elle avait.

Je compris soudain pourquoi nous n'avions pratiquement rien trouvé chez Grace au cours de notre dernière heure de recherche. Elle était venue directement chez Brent en sortant de chez sa mère.

– Et quelle tête avait-elle ? demanda Amber doucement.

– Elle faisait peur à voir. Et il y avait cette odeur...

– Quelle odeur ?

– Une odeur de terreur, ou... comme si elle avait trempé dans quelque chose de terrible.

Brent se tourna vers nous, faisant pivoter son fauteuil par petits bonds. Il nous dévisagea chacun à notre tour, puis fixa le tapis.

– J'ai essayé de l'aider. Je ne suis pas complètement idiot. Je ferais n'importe quoi pour elle. Pratiquement n'importe quoi. Je ne sais pas d'où elle venait, mais elle avait l'air d'avoir très peur.

Un papillon de nuit s'envola dans la lumière du patio et se posa sur la moustiquaire.

Sides s'excusa et disparut dans la salle de bains.

Je sortis sur le balcon fumer une cigarette. Chester vint me rejoindre quelques instants plus tard. Il me scruta derrière ses épaisses lunettes.

– Je peux te demander où est ta fille en ce moment ?

– Chez moi, avec mon père. Laisse-moi une journée avec elle, Chet.

– D'accord. Une journée, pas plus.

Je rentrai avec Amber vers Laguna, sans un mot. Je sentais sa présence à mes côtés : je pouvais localiser très précisément le point, juste au-dessus de mon épaule droite, où les périmètres de nos deux cœurs endoloris se rencontraient. Nous partagions une frontière commune. Elle ronronnait comme une ligne à haute tension.

Amber rompit le silence juste au moment où j'allais bifurquer sur le petit chemin qui menait chez moi.

– Non, Russ, continue tout droit. Et accélère.

– Pourquoi ?

– Parce que je te le demande.

Je repris la voie rapide de la route déserte et appuyai sur l'accélérateur. La puissance du moteur sembla nous agripper par l'arrière et nous propulser en avant. Nous étions les hôtes de la déesse Vélocité. Nous glissions le long des courbes, les eucalyptus filant comme des flèches de chaque côté. Amber posa sa tête sur mon épaule et me prit le bras entre ses deux mains. Les souvenirs déferlèrent sur moi : nous étions déjà venus ici, des centaines de fois, il y avait des milliers d'années. J'avais oublié à quel point Amber aimait la vitesse, comment elle s'y abandonnait, à quel point cela la calmait. Nous roulions souvent à toute allure, tous les deux, juste pour le plaisir. Je percevais l'odeur douce et humide de ses cheveux et le parfum frais de son haleine quand elle soupirait. C'était sans doute impardonnable, mais je sentis mon désir pour Amber s'élever en moi avec la puissance de la marée montante.

La ville apparut, puis disparut. Nous atteignîmes Coast Highway à cent trente kilomètres-heure, franchissant quatre feux verts et brûlant un feu rouge. Le Pacifique luisait sur notre gauche. La lune trônait. Un parc de mobile homes s'évanouit derrière nous, aussi rapidement qu'un panneau de signalisation routière. La ligne blanche divisant la route devint floue. Sur notre droite, les collines défilaient à un rythme régulier.

– J'ai quelque chose à t'avouer, chuchota Amber.

– J'écoute.

– Tout d'abord, je peux te dire ce que je ressens en ce moment même ? Je suis morte. Grace était chez moi pour me tuer. C'est comme si elle avait réussi. Je me sens sale et stupide. J'ai gaspillé toutes mes cartes, abîmé tout ce qui aurait pu être beau.

– Je suis désolé. J'en suis au même point.

– A ton avis, où est-ce qu'on s'est plantés précisément ?

– On s'est plantés sur tout. Mais je crois qu'on a fait ce qu'on a pu, avec les outils qu'on avait.

– C'est une consolation ?

– Pas vraiment.

– Il reste un peu d'espoir ?

– Demain, peut-être. On peut toujours essayer de s'en convaincre.

– Russ, demain est déjà là.

– Oui, je sais, c'est le hic.

– Elle ne va pas plus vite que ça, ta voiture ?

– Mais si.

L'aiguille du compteur était bloquée à cent quarante-cinq, mais la voiture accélérait toujours. Des klaxons retentirent et s'estompèrent rapidement. L'espace d'un instant, il parut possible de rattraper les faisceaux de lumière qui couraient devant nous.

– Je rêve souvent de toi, poursuivit-elle. Ce n'est pas toujours ton visage ou ton corps, mais je sais que c'est toi. Tu sais ce que j'ai fait la première fois que j'ai remarqué ta voiture garée devant la villa ? J'ai passé la nuit devant chez toi, le lendemain soir, en bas de la colline, là où tu ne pouvais pas me voir. Je me sentais comme une adolescente. Toi aussi ?

– Oui.

– Je te surprends ?

– Ça ne ressemble pas à l'Amber que je connaissais.

Sa tête reposait toujours sur mon épaule et ses cheveux volaient dans mon visage.

– Vingt ans, c'est long, Russ. J'ai changé. J'ai fait venir Alice pour apprendre à l'aimer. Rien ne m'arrêtera tant que celui ou celle qui l'a tuée n'aura pas payé pour son crime, même si c'est ma propre fille.

– C'est peut-être un peu brutal comme changement de personnalité. Tu aurais peut-être dû commencer par quelque chose de plus simple.

J'entendis le sarcasme dans ma voix et le regrettais déjà.

– Je me suis mise à étudier la Bible, à donner un tas de fric à des organisations de charité. J'essaie de ressentir la douleur des autres, sans les juger. J'ai trente-neuf ans, Russ. C'est assez vieux pour comprendre qu'il me manque quelque chose.

– Le fait est.

– J'ai dressé une liste de tous mes regrets et comment y remédier. Jusqu'à ce soir, je pensais qu'il y aurait un moyen de retrouver ma fille. Je suppose que cela restera à l'état de regret. Mais j'essaierai. Je ferai mon possible pour lui tendre la main.

– Il est peut-être encore temps.

En disant ces mots, il me vint à l'esprit que Grace passerait peut-être beaucoup de ce temps en prison.

– Je ne l'ai pas fait torturer, Russ. Je ne sais pas qui lui a mis cette idée en tête. Il faut que tu me croies. Je suis prête à confesser n'importe quoi. J'ai été une mauvaise mère, c'est vrai. Mais je n'ai jamais voulu lui faire du mal. Jamais.

Je passai sur la voie de droite et ralentis en approchant du premier panneau de Corona del Mar. A un croisement, j'effectuai un demi-tour sur les chapeaux de roue, puis freinai pile devant un feu rouge.

– Le fait de passer la nuit devant chez moi, c'était pour dissiper tes regrets ?

– Non. Je n'ai jamais regretté notre histoire, seulement notre rupture. C'est le prix le plus cher que j'aie eu à payer pour mes ambitions.

– Je la regrette aussi.

– Je sais. Mais tu as ta part de responsabilité. Je

suis partie, Russ, c'est vrai. Mais tu me l'avais demandé. Reconnais-le. Tu t'es offert le beau rôle pendant trop longtemps. Tu te souviens de notre discussion, assis sur le parquet devant la cheminée le soir où j'ai eu mon premier contrat ? On savait que ça impliquait de nombreux déplacements. Tu te souviens de ta réponse quand je t'ai demandé ce que je devais faire ? Tu as dit : « Il faut que tu y ailles. » Le « Il faut que... » résonne encore dans ma tête. J'ai fait le sale boulot pour tous les deux, et je suis partie.

– C'est vrai. J'y suis pour quelque chose.

Je l'avais regretté, le regrettais encore. Je me souvenais de chaque seconde de cette conversation, comme d'une scène d'un film que j'aurais vu des centaines de fois. C'était vrai, j'avais péché par orgueil, opiniâtreté, égoïsme, lâcheté et léthargie machiste. Avais-je agi par amour ? Certainement. Mais l'amour ne justifie rien. Ma seule défense était que, durant toute notre liaison et très longtemps après, je n'avais désiré aucune autre femme, du moins pas suffisamment pour agir. Je lui appartenais. Jusqu'à ce que je tombe sur Isabella assise sous un auvent parmi les Valencias douceâtres du ranch de SunBlesst et que mon cœur, si longtemps retenu en cage, s'échappe droit vers elle.

– Comment as-tu pu me laisser partir sans te battre, Russ ? chuchota Amber.

Seul le temps m'avait donné la réponse. A l'époque de notre rupture, je lui aurais rétorqué que c'était parce qu'elle n'en valait pas la peine. Et elle m'aurait cru, car j'avais encore la faculté de la blesser. Elle n'était pas encore plus forte et plus mûre que moi. Mais j'aurais menti.

– Sur le moment, je pensais qu'il serait dangereux

de prendre ce qui n'était pas offert. Que je ne pourrais pas susciter en toi un amour qui n'était pas là.

Le feu passa enfin au vert et je démarrai dans un crissement de pneus en direction de Laguna. Cette fois, je roulai à une allure plus prudente. A l'ouest, l'océan était une étendue infinie de noir.

– Tu n'as jamais eu à lutter pour garder Isabella, n'est-ce pas ? Elle t'a offert tout ce que tu désirais sur un plateau.

– Oui. Je l'ai aimée et respectée de toute mon âme.

– Oh, Russell, tu as eu tellement de chance de la rencontrer !

– Je n'en ai jamais douté.

– C'est vraiment trop injuste ce qui lui arrive. Tu crois que... elle s'en sortira ?

– Non.

– Tu ne crois pas aux miracles ?

– Non.

– A quoi tu te raccroches la nuit, quand le diable te tire par les pieds ?

– A son cou.

– Tu ne ressens donc plus la moindre tendresse dans ton cœur ?

– La tendresse m'anéantirait.

– Tu as envie de mourir ?

– Parfois. Puis je me dis ça va passer.

– Arrête-toi, dit-elle soudain.

Je freinai et m'arrêtai sur le bas-côté. Un nuage de poussière s'éleva en tourbillonnant dans la lueur des phares. Nous étions entre deux agglomérations, sur une corniche qui surplombait la mer. Plus bas sur la plage, les crêtes blanches des vagues allaient et venaient. J'avais le cœur sur les talons.

Amber descendit, ferma la portière derrière elle et s'avança vers le bord de la falaise. Je la suivis. Le parfum de la sauge se mêlait à l'odeur de la mer. Amber attendit que je la rejoigne puis me prit la main. Nous marchâmes le long de la corniche, nous arrêtant devant une grande faille qui tombait dans l'abysse. En me penchant, je ne vis d'abord qu'un gouffre noir, puis, plus loin, le sable pâle parsemé de roches anguleuses découvertes par la marée basse. Le rivage semblait laqué. Le bourdonnement dans mes oreilles était si fort que ma vue se brouilla. Jamais dans ma vie, à l'exception de trois jours infernaux passés avec Izzy à l'hôpital de Guadalajara quand sa tumeur fut diagnostiquée, je ne m'étais senti aussi fragile, sur le point de m'effondrer.

Mon malaise fut encore accru quand Amber se tourna vers moi et m'offrit ses lèvres, humides et entrouvertes.

Il n'y avait rien de calculé dans ce geste, aucune négociation ni transaction. Non, c'était un baiser aussi pur qu'un sacrifice. C'était un don absolu. Elle souffla l'air de ses poumons au fond des miens, comme elle le faisait si souvent deux décennies plus tôt, mettant mon sang en ébullition.

Le souvenir de ce moment est imprimé à jamais dans ma mémoire. Je revois sa robe en coton rose retroussée sous ses reins, froissée dans mon poing serré, la chaleur douce de ses cuisses pressées contre les miennes, son dos arqué, ses jambes dressées sur la pointe des pieds, la masse sombre de ses cheveux volant dans la brise, formant une ombre plus noire encore que l'océan derrière elle, le contact de mes doigts sur son ventre. Nous bougions à peine, le moindre frémissement, le moindre frôlement de nos deux corps me plongeant dans une agonie de plaisir à peine supportable. Les tremblements profondément enfouis dans le corps d'Amber étaient tout le mouvement dont nous avions besoin.

Ensuite, je me revois allongé dans la poussière, parmi la sauge, le regard fixé sur la chevelure d'Amber se détachant contre le ciel. Elle me tournait le dos, mes bras l'enserraient, l'un sous son aisselle, l'autre contre son ventre, la tenant fermement. Mes jambes étaient écartées, enfermant son bassin. J'étais encore enfoui en elle. Son pouls battait contre mon coude gauche. Nous étions tous deux à bout de souffle. J'avais mal aux fesses. L'espace d'un moment béni, ma tête fut totalement vide.

Mais mes pensées revinrent aussi vite qu'elles avaient disparu, sautillantes, comme des lapins sortant de leur tanière. Elles étaient blotties, craintives, honteuses, pointant leurs grandes dents de rongeurs en avant. Les yeux fermés, je tentais de m'imaginer une feuille de figuier de la taille du ciel. Mais je ne libérai pas Amber pour autant. Si j'avais tout troqué pour ça, ce n'était pas pour lâcher prise aussi facilement. J'étais comme un singe avide pris au piège parce qu'il refuse de lâcher l'appât. J'étais même prêt pour la chaise électrique, à condition de pouvoir emporter mon trophée avec moi, logé si profondément en elle que je sentais battre son cœur.

Malheureusement, avec le déferlement de mes pensées vint également la douche froide de la raison. Une tempête de contradictions s'abattit sur moi, puis s'apaisa. Je n'étais plus en état de combattre. J'avais gagné et j'avais perdu. Je relâchai mon étreinte et enfouis mon nez dans le creux de son oreille. Je m'enfonçai un peu plus en elle pour calmer mon ardeur. Je soupirai très profondément.

– Ne dis rien, fit-elle.

Je ne dis rien.

– C'était un cadeau.

– Et quel cadeau ! Merci.

– Il ne venait pas de moi. Je me suis juste chargée de la livraison.

– Et à qui dois-je adresser un billet de remerciement ?

– A Isabella. On en a discuté toutes les deux.

25

Le chemin du retour fut marqué par un profond silence et une mauvaise conscience. Oui, je l'avais, ma vie secrète, maintenant, celle-là même que j'avais tant appelée de mes vœux avant la nuit du 3 juillet. Mais à quel prix ! Mon cœur était à sec et il ne me restait plus d'émotions pour financer cette dernière dépense somptuaire. Le parallélisme flagrant avec ma situation bancaire acheva de me démoraliser. Que ferais-je quand les factures allaient arriver à échéance ?

Mais le pire était de savoir que Martin n'avait pas menti. Grace était bien allée chez sa mère cette nuit-là. Et si Martin et Grace étaient de mèche ? Et s'il avait fait chanter ma fille, voire engagé des hommes pour la terrifier ? Il avait peut-être usé de sa position privilégiée de beau-père pour creuser le gouffre entre la mère et la fille ? Mais dans quel but ? Se venger d'Amber pour l'avoir abandonné ? Peu probable. Pour l'héritage ? Possible. Un frisson me parcourut l'échine tandis qu'une autre éventualité se dessinait : et si Martin et Grace étaient amants, projetant d'épouser leurs fortunes respectives après avoir mis Amber hors jeu ? Cela expliquerait les absences répétées de Grace, ses fréquentes conversations téléphoniques, ses réponses évasives. Oui, mais alors, pourquoi Martin aurait-il déclaré l'avoir vue la nuit du 3 juillet ? Etait-ce un réflexe d'autodéfense parce que je l'avais surpris sur les lieux ? Non, il devait y avoir une explication plus simple : la présence de Grace chez Amber ne pouvait être qu'une coïncidence, tout comme la mienne. Parish avait sauté sur l'occasion pour semer la confusion en lançant mon insatiable curiosité sur une fausse piste. Mais la question qui me hantait était la suivante : si Grace et Martin avaient tout planifié ensemble, pourquoi Parish aurait-il construit et donné au procureur un dossier incriminant sa complice ? Cela ne tenait pas debout. Avais-je bien entendu Karen ?

Je décrochai le téléphone cellulaire et composai le numéro de Karen, conscient qu'il était près de 2 heures du matin. Elle répondit d'une voix endormie. Au même moment, la route formait un creux et la ligne se brouilla. J'attendis que la friture s'estompe puis demandai si le rapport déposé par Martin au bureau du procureur Peter Haight stipulait qu'Alice Fultz avait été assassinée par Russell Monroe, ou par Russell Monroe et Grace Wilson.

– Tu avais promis, gémit-elle.

– Je sais et j'en suis navré. Mais c'est ma vie qui est en jeu, Karen.

– Tu sais à quel point il est facile de brancher un écouteur sur ces téléphones cellulaires ?

– Je n'ai pas envie de griller sur la chaise électrique, Karen. Dis-moi, est-ce que l'inculpation va porter uniquement sur moi ou sur moi et ma fille ?

Un long silence suivit, puis encore de la friture et enfin :

– Grace ne sera pas citée. Uniquement toi. Ils espèrent qu'elle va coopérer et témoigner contre toi.

Le peu de force qui me restait s'évanouit sur-le-champ. Je flottai au-dessus de la route.

Amber me prit la main.

– Martin projette de faire déposer Grace contre toi ?

J'acquiesçai.

– Elle est dans le coup. C'est elle tout craché, siffla-t-elle. Bon sang, Russell, si tu la voyais comme je la vois !

– On va en avoir le cœur net dans moins de cinq minutes.

Elle dormait dans la chambre d'ami. Mon père était assis à ses côtés ; son fusil sur les genoux, il buvait du café et lisait une revue. Dans la lumière diffuse, on aurait dit une enfant. Sa chevelure ondulée masquait son visage et, malgré la chaleur, elle avait remonté la couverture jusqu'au cou. Le ventilateur de plafond ronronnait doucement. Théodore nous regarda de la tête aux pieds et je réalisai soudain que j'avais oublié de m'épousseter et de me recoiffer.

– On dirait que vous avez quelques affaires à régler, tous les trois, dit-il. Je vais aller prendre l'air.

Il alluma la lumière en sortant. Grace s'étira, gémit et ouvrit un œil noir.

– Qu'est-ce que c'est ? grogna-t-elle sans bouger.

– Lève-toi. Il faut qu'on parle.

Je saisis la robe de chambre au pied du lit et la lui tendis. Puis je me tournai et fermai les yeux. « Faites qu'elle soit innocente, priai-je. Faites qu'il y ait une explication. » J'entendis le froissement du tissu sur sa peau, puis un soupir exaspéré. Quand je me retournai, elle était assise sur le bord du lit, le regard fixé avec une lueur sauvage sur Amber, le teint livide et la bouche légèrement entrouverte, mi-stupéfaite mi-furieuse.

– J'ai dû me réveiller en enfer, siffla-t-elle.

– Moi aussi je suis ravie de te voir, Grace, répliqua Amber.

L'espace d'un instant je crus que Grace allait filer par la porte.

Quand elle bondit, cependant, ce ne fut pas pour prendre la fuite mais pour se jeter sur sa mère. Je l'interceptai au passage, l'attrapai par les poignets et la repoussai sur le lit. J'anticipai son geste et arrachai le petit automatique de sous l'oreiller avant elle.

– Petite garce ! cracha Amber.

Grace tourna des yeux apeurés vers moi.

– Russell, fais qu'elle s'en aille.

– Tu vas d'abord m'écouter.

Je lui fis part de nos découvertes : l'ongle déchiré chez Amber et les neuf autres venant de chez elle. Je gardai le témoignage de Brent Sides pour plus tard, sentant qu'il me serait utile.

– Explique-toi, dis-je.

Son regard méprisant allait de sa mère à moi.

– Deux monstres. J'ai l'impression d'avoir été enfantée par deux monstres.

– Nous parlions du 3 juillet, lui rappelai-je.

– Non mais je rêve ! Tu es en train de m'accuser de meurtre à cause d'un bout d'ongle trouvé dans une benne à ordures ! Tu es encore plus con que je ne pensais, Russ.

– C'est drôle, personne n'a parlé de meurtre. Je te demandais simplement ce que tu faisais chez ta mère ce soir-là.

– Je n'étais pas chez elle ce soir-là. J'ai passé la soirée avec Brent.

– Justement, on vient de chez lui. Il nous a dit que tu étais arrivée très tard. Tu avais peur. Et tu sentais mauvais. Il n'a pas osé te demander d'où tu venais, mais je suis moins prévenant. D'où venais-tu ?

Grace rougit, mais pas de honte. Sa colère transparaissait sur sa peau et attisait deux petites flammes dans ses yeux.

– Je vous hais tous les deux.

– C'est gentil, merci. D'où tu venais ? Et si tu n'étais pas chez Amber, comment ton ongle est-il arrivé là-bas sans toi ? Grace, ne me pousse pas à bout.

Elle écumait littéralement de rage.

Amber, qui était restée silencieuse jusqu'alors, se tourna vers moi.

– Russ, je te présente ta fille.

– Tu n'es qu'une salope, siffla Grace.

– Je sais, ma chérie. Mais je fais de mon mieux pour changer. Qu'est-ce que tu faisais chez moi cette nuit-là, Grace ? Laisse-moi deviner : tu étais venue me demander pardon de ne pas m'avoir adressé la parole depuis six mois, de m'avoir traitée comme si j'étais morte.

– C'est ça, chère *maman*, pour te supplier de me pardonner et te piquer ton fric, comme l'ont si gentiment suggéré tes deux larbins. Au fait, tu es satisfaite de leurs services ?

Grace tourna la plante de son pied vers elle.

J'entendis le petit sursaut d'Amber quand elle comprit ce qu'elle voyait.

– Ils ont été très efficaces, poursuivit-elle. La preuve : la nuit du 3 juillet je suis effectivement venue chez toi. Pour me rendre. J'en avais assez d'avoir peur de toi au point de garder en permanence un revolver dans mon sac. J'avoue que l'idée de te tirer une balle dans la tête m'a effleurée, et ce n'était pas une sensation désagréable. Mais tout ce que je voulais cette nuit-là, c'était te dire que je rendais les armes, que tu avais gagné, que je ne voulais pas d'autres parties de mon corps brûlées. Je ne voulais pas de ton fric non plus, mais simplement pouvoir dormir tranquille sans sursauter au moindre bruit devant ma porte.

Grace me regarda fixement, puis sa mère. Sa fureur semblait être retombée.

– Ce que j'ai vu dans ta chambre m'a terrifiée. J'ai cru que c'était toi. J'ai appelé Martin, mais il n'était pas chez lui. Russ non plus. Alors j'ai trouvé un hôtel pour essayer de dormir un peu. Quand je t'ai vue morte, *chère maman*, je n'ai pas eu peur à cause de ce qui t'était arrivé mais parce que c'était... trop beau. J'ai même été légèrement soulagée. Si je n'ai pas prévenu les flics, c'est parce que je savais que, vu notre relation, je serais la première suspectée. Alors je me suis cachée, puis je me suis réfugiée chez Russell.

Il y eut un long silence.

– Et l'ongle, Grace ?

Elle baissa les yeux, ses genoux toujours recouverts par la couverture. Sa voix devint hésitante.

– Je dois vous avouer quelque chose. Ça me fait presque mal de le dire, mais cela explique pourquoi j'étais là-bas, et pourquoi j'y ai laissé un ongle.

Elle regarda Amber avec une expression si différente de la précédente que j'avais peine à croire qu'elle venait de la même personne. Ses yeux s'emplirent de larmes et ses lèvres, généralement si promptes au sarcasme et au mépris, se mirent à trembler.

– Je... je t'ai toujours... aimée, maman. A ma

manière... Et quand je t'ai vue morte, c'est vrai, j'ai d'abord été soulagée de me savoir en sécurité et... après avoir éprouvé cette horrible satisfaction pour ce qui t'était arrivé, je suis tombée à genoux et j'ai pleuré. J'ai prié et pleuré et j'ai enfoncé mes ongles si fort dans le tapis que l'un d'entre eux s'est cassé. Je ne m'en suis aperçue qu'au moment de sortir. Je l'ai cherché mais je ne l'ai pas trouvé. Chez moi, j'ai enlevé les autres et je les ai jetés au cas où la police viendrait m'interroger. J'étais trop bouleversée et effrayée pour penser qu'ils seraient aussi faciles à retrouver dans la poubelle qu'au bout de mes doigts. J'en ai sans doute même laissé une boîte entière chez moi. Vous voyez, je ferais une piètre meurtrière.

Amber fit un pas vers Grace puis s'arrêta.

– Quand Russell t'a dit que c'était Alice et non moi qui avait été tuée, pourquoi ne m'as-tu pas appelée ? Pourquoi, Grace ? Tu... tu n'étais pas contente que je sois encore en vie ?

– Si, mais j'étais sûre que tu allais m'accuser, tout comme vous le faites tous les deux. Tout ce que je voulais, c'était quelques jours de repos avec Russell, ou n'importe où ailleurs, puis de longues vacances quelque part, seule. Tu ne peux pas savoir à quel point ça a été horrible... cette vision... ces émotions. Je t'aime et... je te déteste. Mais pas assez pour te tuer. Crois-moi si tu veux.

Amber fixa Grace sans dire un mot. Aucun mot n'aurait pu exprimer l'amertume qui luisait dans ses yeux.

Grace fixa ses genoux et soupira longuement.

– Et toi, Russell, tu me crois ? demanda-t-elle doucement.

– Bien sûr, ma chérie. Qu'est-ce que tu as raconté exactement à Martin ?

– Tout, répondit-elle sans bouger.

Cela expliquait pourquoi il avait d'abord cherché à la coincer elle, avant de préférer se concentrer sur mon cas.

– Tu savais qu'il voulait me faire accuser du meurtre d'Alice ?

Elle redressa la tête, interloquée.

– Non. Il ne m'a pratiquement rien dit. Je pensais que c'était un type bien. Il a toujours été chic avec moi. Mais je ferai tout mon possible pour t'aider, Russell...

– Je vais en avoir besoin. Parish a tué Alice. Tu saisis ?

Elle secoua la tête.

– Mais pourquoi ?

– A cause de l'argent. Sans compter que, pour ne rien te cacher, il hait ta mère encore plus que toi, et moi avec. Il a mis au point un plan pour nous anéantir tous en même temps. Il croyait pouvoir commettre un crime parfait.

– Je crois que je vais être malade, murmura Grace.

Des larmes roulèrent sur ses joues.

– Je ferai mon possible. Je témoignerai. J'irai parler à la police.

– Tu l'as déjà fait.

– Alors, qu'est-ce que je peux faire ?

L'audace, pensai-je. Rencontrer Martin sur son terrain.

– Je ne sais pas encore très bien.

Amber était déjà sortie de la chambre.

Je passai devant mon père, endormi sur le divan, et la rejoignis sur la terrasse. Elle essayait d'allumer une cigarette d'une main tremblante. Je lui donnai mon briquet.

– Elle a besoin de toi, dis-je.

– Ah oui ? Je ne m'en étais pas aperçue.

– Tends-lui la main.

– Tu n'y es pas, Russ. Elle est de mèche avec Martin. C'est sa complice, j'en suis sûre. Déjà quand elle était petite, rien ne l'intéressait plus que mes amants. Ils sont dans le coup ensemble. Moi morte, ils auraient été millionnaires. Et quelle joie ils se seraient fait de répandre ma cervelle partout dans ma chambre.

Elle se précipita vers la balustrade, et vomit dans l'obscurité.

Quelques minutes plus tard, elle se recomposa.

– Je rentre avec Théodore, annonça-t-elle. Dès demain matin, je retournerai voir le procureur général. Maintenant que je comprends le rôle de Grace, tout s'éclaire. Martin Parish et mon adorable fille ne vont pas s'en tirer aussi facilement. Je ne les laisserai pas foutre ta vie en l'air, Russell, ni la mienne.

26

Cette nuit-là, ou plutôt ce matin-là, je dormis peu. Mais dans cet état de semi-conscience qui précède l'endormissement et annonce l'éveil, mes idées devinrent soudain claires comme de l'eau de roche. Je n'étais pas certain que la démarche d'Amber auprès du procureur général soit la meilleure solution. D'un autre côté, je ne tenais pas à affronter Martin sur le terrain de la loi, il serait indubitablement favorisé.

Je rêvai, ou imaginai, de le rencontrer dans la villa d'Amber. La scène était la suivante : il était venu finir ce qu'il avait commencé le 3 juillet. Il tenait sa batte de base-ball. J'étais tapi dans un coin pour pouvoir témoigner de sa seconde tentative. Je l'arrêtais alors pour effraction, ce qui entraînait un interrogatoire, une enquête, et finalement ses aveux complets.

La simplicité de ce plan était séduisante, mais Grace et moi aurions besoin d'aide. Amber accepterait-elle de collaborer, en servant éventuellement d'appât ? Peut-être. Mais il nous faudrait aussi un puissant allié hors du système judiciaire. Au moment où les premiers rayons de soleil pénétraient dans la chambre, je pensai à Erik Wald. Dans un premier temps, j'écartai cette idée. Erik était trop proche du bureau du shérif. Puis, en examinant la situation sous un autre angle, il m'apparut qu'Erik serait peut-être intéressé. En éliminant Parish, il déblaierait la voie jusqu'au poste de bras droit du shérif et s'offrirait un superbe coup d'éclat. J'imaginais les gros titres si le capitaine de la police était démasqué par le brillant professeur Erik Wald et le non moins brillant journaliste Russell Monroe ! En outre, ce n'était pas l'aplomb qui manquait à Erik. Mais nous croirait-il ? Et, si oui, nous aiderait-il à coincer Martin ?

A 6 heures du matin, je lui téléphonai pour lui annoncer que je serais chez lui une heure plus tard. Il était trop abruti de sommeil pour protester.

Ensuite, j'appelai pour la énième fois l'unité de soins intensifs pour avoir des nouvelles d'Isabella.

Aucun changement.

Wald vivait dans les collines de Tustin, un quartier de parvenus connu pour ses haras et ses fausses haciendas perdues au milieu de grands parcs clôturés. Son modeste ranch était un peu en retrait de la route, au bout d'une allée d'eucalyptus. Le portail étant fermé, je m'annonçai dans un interphone. Wald ne répondit pas, mais les grilles s'ouvrirent pour nous laisser entrer.

– Tu crois qu'il peut vraiment nous aider ? demanda Grace.

– La question est plutôt de savoir s'il le voudra.

– Je me souviens de lui comme de quelqu'un qui ne se prenait pas pour de la merde.

– Oui, il y a un peu de ça chez lui.

Je garai la voiture. Wald attendait sur le seuil de sa porte, vêtu d'un pantalon en velours et d'un

T-shirt qui mettait en valeur ses bras musclés et bronzés. A en juger par sa tignasse blonde trempée, il sortait de la douche. Il me regarda passer devant lui et entrer dans la maison, puis il serra Grace dans ses bras d'une façon un peu formelle.

– Ça me fait plaisir de te revoir, dit-il.

– Moi aussi, Erik, répondit-elle. Tu n'aurais pas un peu de café, par hasard ?

Dans la petite cuisine, Erik versa trois tasses de café. De ma place, j'apercevais le vaste salon meublé de lourds fauteuils et de sofas de style mexicain. Un grand coffre qui semblait très ancien faisait office de table basse. Au fond de la pièce, il y avait une cheminée en brique rouge dont l'âtre était plein de cendres.

Nous suivîmes Wald dans un patio derrière la maison, avec une fontaine, des plantains et des oiseaux de paradis, puis dans ce qui avait dû être autrefois les quartiers des domestiques où il avait aménagé ses bureaux. Il poussa une porte et nous laissa entrer.

Là, le décor était radicalement différent. Le charme rustique de la maison cédait la place au design fonctionnel. Les murs étaient blancs, le parquet en bois lustré, les meubles sévères. Deux ordinateurs et leurs imprimantes trônaient chacun sur une table grise. Il y avait un fax, une photocopieuse, des armoires de rangement occupant trois des murs, deux téléphones, un grand écran vidéo, deux caméscopes montés sur pied, un écran de projection. Un coin de la pièce était dédié à la gloire du maître des lieux : un grand portrait de Wald ornait un mur, entouré de douzaines de trophées et de plaques en argent (concours de tir, tournois de tennis, etc.). Des petits cabinets présentaient certificats, insignes, médailles, tous les honneurs accumulés au cours de quinze années au service de l'enseignement et de la loi. Il y avait même des sous-verres avec les principaux articles de journaux qui lui avaient été consacrés. Sur les étagères, à hauteur du regard, j'aperçus une douzaine d'exemplaires de sa thèse de doctorat tant acclamée : « L'attrait du mal : le transfert d'identité chez le criminel violent. »

– Un de ces jours, je vais écrire un best-seller, annonça Erik avec un sourire séducteur. Comme ça, on sera sur un pied d'égalité dans le domaine des lettres.

– Russell est un vrai écrivain, lui, déclara Grace sur un ton sérieux.

– C'est précisément pourquoi je m'applique ! répondit-il sans sourciller. Si je me souviens bien, à l'époque où j'étais avec ta mère, c'est-à-dire il y a cinq ans, tes notes en composition écrite n'étaient guère brillantes.

– Et tout ce que tu avais trouvé à me conseiller, c'était de relire *Moby Dick*.

Wald haussa les épaules, posa son café et s'installa derrière son bureau. J'approchai une chaise et pris place devant lui. Grace s'assit négligemment sur un coin de table, balançant une jambe.

– Russell, dit Wald en mettant ses lunettes, ça fait une heure que je me creuse la cervelle pour deviner ce que tu me voulais de si bon matin. Je ne tiens plus en place. Je t'écoute.

Il eut droit à l'histoire complète. Depuis la nuit du 3 juillet jusqu'au dossier déposé chez le procureur. Je lui résumai du mieux que je pouvais la situation entre Amber et sa fille ; les enjeux financiers et la raison de la présence de Grace sur les lieux du crime.

Wald écouta en silence, prenant parfois quelques notes. Il manqua de s'étouffer quand je lui racontai l'enterrement d'Alice et hocha la tête tandis que je lui résumais brièvement la rivalité et l'animosité entre la mère et la fille. Il les connaissait suffisamment toutes les deux pour combler les vides. Il esquissa une grimace qui suggérait l'exaspération vis-à-vis des deux femmes et lança un regard irrité à Grace.

– Alors, s'énerva-t-elle, tu comptes nous aider ou non ?

Wald ne répondit pas tout de suite. Il regarda sa fontaine de l'autre côté de la fenêtre, ôta ses lunettes, en inspecta les verres puis les rechaussa.

– Parish me dégoûte, déclara-t-il enfin. Depuis toujours. Je ne suis pas tellement surpris par ce qu'il a fait. J'ai toujours pensé qu'il était profondément déséquilibré. Le problème, c'est que tu n'as aucune preuve. Martin, lui, en a, et elles sont toutes contre toi.

– C'est pourquoi je suis ici, dis-je.

– Ce n'est pas franchement brillant comme analyse, Erik, lança Grace.

– Mais c'est la vérité, répliqua-t-il. Et seule la vérité pourra vous sortir de ce merdier, pas les analyses brillantes.

Pivotant de nouveau vers moi, il poursuivit :

– Je suppose que tu as un plan ?

– Il n'a laissé aucune trace chez Amber. Que je l'aie vu ne prouve rien. A mon avis, on ne pourra pas le coincer pour le meurtre d'Alice à moins de le prendre sur le vif commettant quelque chose de compromettant.

– Comme quoi ?

– Une autre tentative de meurtre.

Il parut sceptique.

Je lui expliquai alors mon plan. Pour le moment, Amber était hors d'atteinte, protégée par mon père et sa Remington. Mais si elle acceptait de servir d'appât, on pourrait tendre un piège à Parish.

– Pourquoi prendrait-il un si gros risque ? Je suppose qu'Amber s'est empressée d'apporter quelques modifications à son testament, non ?

– Oui, mais ce n'est plus une question d'argent, Erik. Il doit la faire taire, sans compter qu'il la hait. S'il croit pouvoir s'en tirer, il recommencera. J'en suis sûr. Il nous suffit de lui en donner l'occasion, et d'être là pour le cueillir.

– Tu veux dire qu'il suffit que *je* lui en donne l'occasion, interrompit Erik. Je suppose que toute information venant de toi serait immédiatement suspecte. En revanche, si moi je pouvais lui indiquer, en toute innocence, où et quand trouver Amber seule...

– Comment pouvez-vous être aussi naïfs ? s'exaspéra Grace.

Nous nous tournâmes tous deux vers elle.

– Amber ne collaborera pas. Elle est bien trop lâche.

– Je m'en occupe, dis-je.

Wald me fixait des yeux.

– En somme, tu voudrais que je te le rabatte ?

– Oui.

Il ne répondit pas. La jambe de Grace continuait de se balancer La lumière matinale illuminait les étagères remplies de trophées. Il ôta de nouveau ses lunettes et en essuya les branches. L'une d'entre elles ne tenait plus.

– J'ai encore perdu une vis, marmonna-t-il en fouillant dans son tiroir, puis en palpant le sous-main sur le bureau. J'ai horreur de ces trucs.

Il avait manifestement l'esprit ailleurs.

Et moi de même, jusqu'à ce que je me souvienne soudain que j'avais une vis de rechange dans le capuchon de mon stylo, une que j'avais trouvée sous le lit d'Amber. Je clignai des yeux involontairement et mes pensées se mirent à se bousculer.

– Moi, c'est pareil, dis-je.

Wald inspecta le cadre de ses lunettes.

– Je m'arrange toujours pour que personne ne me voie avec, il faut soigner son image, n'est-ce pas ?... Enfin... revenons-en à Parish. Je suis d'accord avec toi, s'il a vraiment voulu assassiner Amber, il n'hésitera pas à l'achever si l'occasion se présente. Il faut donc lui offrir la possibilité de se trouver seul avec elle, non ?

– A mon avis, sa villa est l'endroit idéal. Il la connaît bien et elle est isolée. Mais il faut agir vite, avant que le procureur me tombe dessus.

Grace poussa un soupir agacé.

– Puisque je vous dis qu'elle ne vous aidera pas.

Wald se tourna vers elle. Elle était à présent penchée en arrière, ses jambes toujours pendantes.

– Plus ça va, plus tu as la même tournure d'esprit que ta mère.

– Très amusant.

– Vous êtes toutes les deux des femmes très intelligentes.

Il se tourna vers moi.

– Bon ! dit-il en rangeant ses lunettes dans le tiroir. On va mettre au point un petit piège.

Il me tendit la main.

– Merci, dis-je d'un air absent.

Il se leva.

– Ce sera un jeu d'enfant. Ce grand benêt va courir chez Amber comme une truite après une mouche. J'ai hâte de voir sa tronche quand on le coincera pour... pour quoi au juste ? Effraction ? Tentative de meurtre ? Je te parie une chose : d'ici une heure, quand on va se retrouver tous les trois en réunion dans le bureau de Winters, Parish va s'efforcer de brouiller les pistes autour de l'Œil de minuit jusqu'à ce qu'il ait achevé Amber une fois pour toutes. Il se servira de lui, comme il l'avait prévu à l'origine.

– Tu as sans doute raison.

– Merci, Waldie, dit Grace.

Elle sauta du bureau, s'avança vers lui et déposa une petite bise courtoise sur sa joue.

– J'apprécie vraiment ce que tu fais pour nous.

– Tu sais que tu peux toujours compter sur moi, Grace.

Il arborait un sourire radieux. Dans ses yeux bleus apparut une lueur de fascination mêlée à quelque chose qui ressemblait à de l'effronterie.

J'appelai le centre médical depuis ma voiture. Isabella s'était enfin réveillée. Elle allait bien. Je leur demandai de lui dire que j'arriverais le plus tôt possible.

27

Une heure plus tard, nous étions réunis dans le bureau de Dan Winters pour mettre au point un plan d'attaque contre l'Œil de minuit. J'évitais de croiser les regards de Martin et d'Erik, persuadé que mes soupçons étaient inscrits au néon sur mon front. Winters ne me mettait guère plus à l'aise, ses yeux noirs semblant percer comme toujours mes moindres faiblesses. Pourquoi tenait-il tant à ce que j'assiste à ces réunions, alors qu'une enquête du procureur était déjà ouverte sur mon compte ? Peut-être l'ignorait-il. Etait-il possible que l'inculpation ne soit qu'une tactique de Martin pour me faire marcher droit ? Quant à Karen, elle semblait encore plus gênée que moi, se sentant dangereusement compromise pour m'avoir informé des plans de Martin. Peut-être s'était-il servi d'elle ? Ou peut-être s'était-elle laissé utiliser ? Entre tous ces soupçons de traîtrise et de complots, j'avais du mal à réfléchir. Je me concentrai sur le bloc-notes posé sur mes genoux et sur la question qui me démangeait autant qu'elle perturbait John Carfax. Comment l'Œil de minuit parvenait-il à brouiller les intercepteurs ? Grâce au témoignage de Mary Ing, nous savions qu'il s'y connaissait en électronique. On trouvait dans le commerce des appareils pour brouiller, coder, décoder et détecter si une ligne était « propre » ou non. Avec un peu d'expérience et de matière grise, l'Œil de minuit pouvait avoir trouvé un moyen de joindre des correspondants sur des lignes sans numéro, mais comment avait-il accès à ces lignes ?

Tandis que je m'interrogeais en silence, Parish et Wald débattaient bruyamment de la manière de traiter l'Œil de minuit.

L'objet de leur conversation animée était de savoir si oui ou non il fallait révéler l'identité du suspect. Il avait menacé de redoubler de violence si on citait son nom, mais comme le soulignait Parish, on ne pourrait jamais le démasquer s'il se terrait sans bouger. Wald était de l'avis contraire. Provoquer Ing signifiait mettre la population en danger et toute période d'accalmie représentait du temps gagné pour les recherches. Bientôt, Parish et Wald hurlaient au point que Winters dut intervenir en frappant sur la table.

– Qu'est-ce que tu en penses, Russell ? me demanda-t-il.

– Divulguez son nom. Augmentez la pression. Je suis d'accord avec Martin. Il faut le traquer.

Wald regarda Winters, abasourdi.

– Ça va se retourner contre nous ! s'exclama-t-il.

– C'est la première idée intelligente de Monroe cette semaine, rétorqua Parish.

– Merci, mais je n'ai pas terminé. Ing manipule les lignes téléphoniques. Il sait s'en servir, tout comme il démontait le téléphone de sa mère quand il était petit. Voilà pourquoi il arrive à déjouer les intercepteurs.

– On a déjà interrogé tout le monde, dit Winters. Pas vrai, Martin ?

– Exact. Les installateurs de ligne, les opératrices, les équipes de maintenance, tout le monde.

– Et les gens des télécommunications, pas les ouvriers sur le terrain, mais ceux qui travaillent dans les agences en ville ?

– Wald s'en est chargé, répondit Parish.

– *Tu* t'en es chargé, rectifia Wald.

Martin blêmit.

– Je n'ai pas interrogé les gens des télécom, c'était le boulot de Wald, avec sa putain de Force de mes deux. C'est lui-même qui a demandé à le faire.

– Jamais de la vie ! s'exclama Wald. Tu m'as dit que tes hommes s'en occupaient.

– Oh non ! rugit Winters. Vous voulez dire que personne n'est allé voir les agences avec cette putain de photo ?

Tout le monde sembla suspendu aux lèvres de Parish.

– Non.

– Mais qui m'a foutu des cons pareils ! explosa Winters, envoyant valser une pile de dossiers sur le parquet. Si vous n'êtes pas capables de travailler ensemble, vous pouvez prendre la porte tout de suite. Maintenant, vous faites ce que je vous dis ou je vous vire : Monroe, tu écris cet article sur l'identification de Mme Ing et sur l'enfance de son fils. Arrange-toi pour que le *Journal* passe la photo de ce fils de pute sans sa barbe. Karen, donne-lui un des clichés de Mme Ing. Parish, tu files voir les agences *sur-le-champ*. Wald, fais en sorte que ta Force de crétins combinée se remue le cul pour trouver quelque chose ou qu'elle évacue cet immeuble. Ils pompent mon air conditionné. Et maintenant, foutez-moi tous le camp !

Je ramassai mon bloc-notes et sortis. Derrière moi, j'entendis Wald et Parish reprendre leur engueulade de plus belle, se lançant les mêmes accusations et les mêmes mises en garde.

Dans la salle de presse, je faxai mon article déjà prêt sur William Fredrick Ing au *Journal* et parlai avec Carla Dance. Elle n'était que trop heureuse de passer un autre portrait du suspect sans barbe. Elle me remercia encore pour la meilleure série de scoops qu'elle ait jamais publiée.

– Mon Dieu, j'espère seulement qu'il ne va pas s'en prendre à nous, ajouta-t-elle.

– Je ne vois pas ce qu'on peut faire d'autre. Au fait, Carla, tu ne pourrais pas t'arranger pour accélérer les règlements ? Je suis à sec.

– J'en parlerai à la comptabilité.

Je remontai en voiture et pris de nouveau la direction de la villa de Wald dans les collines de Tustin. J'avais besoin de vérifier quelques petits détails avant, chose plus importante encore, de retrouver mon Isabella.

La chaleur étouffante qui permettait à l'Œil de minuit de s'introduire si facilement dans les maisons me simplifia également l'accès au bureau de Wald. J'écartai l'écran d'une des fenêtres derrière le bâtiment, la fis coulisser et me glissai à l'intérieur, caché par la baie d'eucalyptus qui entourait son terrain.

J'allai droit à son bureau, ouvris le tiroir et sortis ses lunettes. Je pris la vis trouvée chez Amber et, sous la lampe, je la glissai dans la minuscule charnière de la branche. Elle entrait parfaitement. Sa tête était recouverte du même vernis cuivré que la châsse métallique. Je retournai les lunettes et les secouai doucement au-dessus du bureau. La vis tomba sur le papier buvard. Son filet était usé, ce qui expliquait qu'elle soit tombée. Je la rangeai dans le capuchon de mon stylo, le cœur battant.

Je sortis dans la petite cour et ouvris la porte de la maison à l'aide d'un vieux jeu d'outils de serrurier, souvenir de mes jours dans la police.

Une fois dans le grand salon colonial, je réalisai que je ne savais ni ce que je cherchais ni par où commencer. L'idée de Wald dans la chambre d'Amber avait considérablement modifié la donne et je ne m'y étais pas encore complètement habitué. Etait-il de mèche avec Parish ? Ils avaient tous deux des raisons d'en vouloir à Amber, un héritage en perspective et une situation professionnelle qui les plaçait au-dessus de tout soupçon. Etait-il de mèche avec Grace ? J'avais été troublé par cette étrange tension entre eux, ce mélange d'agressivité et de séduction propre aux amants de longue date. Certes, Grace avait un passé commun avec Erik, tout comme avec moi, mais n'y avait-il pas autre chose ? Ou était-ce mon imagination ?

Je commençai par la chambre à coucher. Elle était décorée dans le même style austère et masculin que le salon. Le lit était défait. Le couvre-lit était en satin rouge sombre et les draps en soie noire. Une forte odeur d'eau de Cologne musquée s'en dégageait. Les penderies massives avaient des poignées en cuir. Elles renfermaient peu de vêtements. La plupart étaient enveloppés dans des housses en plastique de pressing. Monsieur avait les moyens. Je notai le nom de la compagnie. Je notai aussi les griffes, qui témoignaient des goûts de luxe de Wald et expliquait qu'il y en ait si peu. Deux portants de chaque côté accueillaient l'un les cravates, l'autre les ceintures et les bretelles. Une pile de sous-vêtements de soie attira mon attention. Je me sentis légèrement ridicule. Une seconde penderie de l'autre côté de la pièce abritait les vêtements d'hiver et de sport. Dans un coin étaient accrochés une robe de chambre en satin, avec un haut de pyjama et un minuscule short en dentelle rouge, taille 40. A côté, une robe noire toute simple. L'étiquette indiquait Ice Blue, la boutique dans laquelle Grace travaillait avant d'être forcée à la clandestinité par ses deux bourreaux.

Je fouillai les deux tables de nuit. Les lectures de chevet de Wald étaient éclectiques : des revues de médecine légale et de psychiatrie ; Ian Fleming ; Joe McGinniss ; James Hillman ; trois cassettes vidéo du *National Geographic* ; un journal intime, que je feuilletai. Un flacon de somnifères prescrit à son nom était posé sous la lampe de chevet. Il n'était pas difficile d'imaginer l'inépuisable Erik ayant du mal à s'endormir. Une télécommande à distance était posée sur la table. Mais je ne voyais ni télévision ni chaîne hi-fi.

L'autre côté du lit était apparemment occupé par une personnalité fort différente. Il y avait deux livres posés sur la table de chevet : *En remontant le courant*, et *American Psycho*, d'Ellis. *En remontant...* n'était pas dédicacé. Un petit panda en peluche avec un nœud rose autour du cou était adossé à la lampe. Le premier tiroir contenait des numéros de *Elle*, d'*Interview* et de *Vanity Fair*. Parmi le foutoir du second tiroir, je trouvai un petit flacon de parfum, une boîte de préservatifs, pas de la même marque que ceux trouvés dans la voiture de Grace, et un assortiment de crèmes et de lotions de beauté.

Je m'appuyai un moment contre la console au pied du lit pour réfléchir.

Mon instinct (ou était-ce un pressentiment ?) m'intima de retourner dans le bureau d'Erik.

Etant un homme de lettres, je commençai par inspecter la bibliothèque. Wald avait une grande collection de livres de psychiatrie et de médecine légale, allant des premiers ouvrages de Diller sur les empreintes digitales et des comptes rendus de conférences du F.B.I. auxquelles il avait assisté ou qu'il avait données lui-même, au volume de Ressler sur l'élaboration des profils d'assassins. Je pris une copie de la thèse de Wald et l'ouvris au hasard.

« (...) Ainsi, la violence psychotique est un labyrinthe à l'intérieur d'un ego en constante évolution. Aucune combinaison de folie et de raison n'est plus potentiellement dangereuse, ni moins prévisible. Or, lorsque ces conditions s'associent chez un individu doté d'une grande intelligence, les profils établis par les experts sont souvent faussés, le sujet étant maître dans l'art de déguiser ses comportements. Les spécialistes se perdent donc souvent sur des voies erronées, aboutissant, inévitablement, à de mauvaises conclusions. (...) »

C'était précisément la thèse qu'il soutenait concernant William Fredrick Ing. Jusqu'à présent, il avait eu raison.

Je replaçai le livre sur son étagère et me tins au milieu de la pièce, regardant l'équipement vidéo, les ordinateurs, les imprimantes, les interminables cabinets de rangement et les témoignages ostentatoires de son autosatisfaction. Sa personnalité résonnait dans la pièce comme un écho lointain. Mais ce n'était précisément qu'un écho que je percevais, et non le son lui-même. Je me souvins d'une phrase qu'Izzy prononçait souvent au sujet de la composition musicale : on entend toujours l'écho d'abord.

Mais comment le suivre à rebours dans le temps et remonter jusqu'à sa source ?

Je pris une des cassettes des conférences d'Erik, la glissai dans la fente d'un magnétoscope et appuyai sur « play ». Elle était datée du mois de février de l'année précédente. Erik se tenait devant un pupitre, présentant les principes de base du déchiffrage de codes génétiques. Il décrivait en détail, et en des termes plutôt arides, la loi des probabilités. La caméra le prenait depuis un point fixe au fond de la salle, et le cameraman, sans doute un étudiant, avait fait quelques tentatives timides de gros plan et de travelling sur l'audience attentive.

Je choisis une autre cassette, datée de cinq ans plus tôt, portant le titre mystérieux de « Motivation, opportunité et le saut de la foi ».

C'était un autre amphithéâtre. Erik était plus jeune et son débit plus énergique. Même le cameraman semblait plus inspiré. Il zoomait, tentait d'anticiper les moments forts du discours, faisait des gros plans des étudiants (à vrai dire, il avait surtout filmé leurs nuques et, parfois, un profil). Il avait même pris plusieurs plans, comme une sorte de symbolisme, je suppose, de la pendule murale.

Un détail attira mon attention, une nuque et un profil vus de trois quarts, au premier rang. Cette tête me disait quelque chose. J'appuyai sur « rewind » et revis le passage. Puis j'appuyai sur « pause ». Oui, c'était bien elle, c'était ma fille. Elle levait des yeux admiratifs sur Wald, son stylo en suspens au-dessus du cahier. J'appuyai sur « play ». Erik lança une plaisanterie au sujet des fanatiques religieux qui faisaient de bons assassins. Grace sourit et secoua son épaisse chevelure noire. Elle devait avoir treize ans. Ce devait être la période où Amber avait sa liaison avec Wald. J'éjectai la bande et en visionnai rapidement plusieurs autres, toutes datées du même mois que la première. Sur chacune, Grace était assise à la même place, au premier rang, précoce, gracieuse, belle.

Je commençais à comprendre.

Je refermai la porte du bureau à clé, replaçai la clé dans la cuisine et revins dans la chambre à coucher. C'était la pièce la plus imprégnée de la personnalité de Wald, de sa rigueur et de son hédonisme, de ce mélange de rudesse et de sensualité, de banalité et de fantaisie. Si je devais croire qu'il était dans la chambre d'Amber cette nuit-là – *avec Grace* –, il me fallait localiser l'essence même de son être pour comprendre avec mon esprit ce dont mon cœur voulait me convaincre.

Je refis donc mon inspection au complet. Puis je visitai les chambres d'amis, la cuisine, le salon et la salle à manger, les deux salles de bains. Une fois que les objets acceptent de se livrer, ils sont intarissables.

Erik et Grace. Grace et Erik. De retour dans la chambre, je fouillai une nouvelle fois la table de chevet de la partenaire de Wald, intrigué par les pouvoirs contradictoires émanant du charmant panda en peluche et des livres sordides. « Grace, pensai-je, c'est bien toi que je vois ici ? »

Je me tins près de la table – celle de Grace ? – et contemplai la grande console de bois au pied du lit. Je trouvai un interrupteur, le pressai et regardai l'énorme écran de télévision s'élever lentement. Quelle sorte de programme pouvait-on bien regarder de si près sur un écran géant ?

Il ne me fallut pas longtemps pour répondre à cette question. Peut-être la réponse me fut-elle inspirée en partie par l'autel qu'Erik s'était érigé à lui-même dans son bureau. Je comprenais le pouvoir de l'image. Pourquoi Narcisse chercherait-il son reflet dans un étang quand il pouvait le capturer une fois pour toutes dans une cassette vidéo ?

En choisissant une cassette du *National Geographic* intitulée « Sauvons l'Antarctique », je savais déjà que je n'y verrais pas d'ours polaires. Je la glissai dans le lecteur et attendis.

Tout ce que je peux dire, c'est que j'avais trouvé ce que je cherchais tout en le redoutant. La fille couchée dans ce même lit m'apporta à la fois le soulagement et la tristesse de la révélation. Grace devait avoir seize ans. Elle avait un sourire doux, timide, séducteur. Puis l'image sauta et la banquise se superposa au corps lascif de mon enfant. Je replaçai la cassette dans son étui et la glissai dans la poche de ma veste.

La dernière chose que je fis avant de partir fut de replacer soigneusement l'écran devant la fenêtre.

J'étais en route vers le centre médical quand mon téléphone retentit. C'était Erik.

– C'est pas malin ce que tu viens de faire, Russ.

Mon cœur fit un bond.

– Ce n'est pas en rendant l'Œil de minuit fou furieux qu'on aidera le comté.

Je parvins à garder un ton naturel.

– Je crois que le risque en vaut la peine, Erik. Entre nous, je n'arrive toujours pas à croire que toi et Parish ayez oublié d'interroger les gens des télécom ! Pour un professeur en criminologie, ça la fout mal.

– Parish a merdé. Peut-être qu'il était trop occupé à autre chose, comme vous coincer, toi et Grace.

– Et il a fait du bon boulot. Où en est-on, Erik ?

– Il croit qu'Amber sera seule chez elle ce soir. Je

me suis débrouillé avec le secrétariat téléphonique. En fait, c'est comme si Amber m'avait laissé un message, mais s'était trompée de numéro. Il suffit qu'il écoute ses messages, qu'il reconnaisse sa voix et le tour est joué.

– Quelle heure ?

– 23 heures. Je te propose qu'on se retrouve sur place à 22 heures.

– Et Amber est d'accord ?

– Elle meurt d'impatience.

28

A 3 heures de l'après-midi, j'aidai les infirmières du centre médical à transférer Isabella des soins intensifs au service de neurologie. Je marchai à côté du lit à roulettes, un vase rempli de roses sous un bras, poussant le goutte-à-goutte devant moi, contemplant son visage boursouflé. Ses yeux fixaient les miens avec une clarté tranquille.

– Comment va mon homme ? demanda-t-elle.

– Il tient le coup. Tu as mal ?

– Ma tête, ça va. C'est juste la gorge, là où il y avait le tube, et le poignet, à cause de la perfusion.

– Tu te rends compte de ce que tu es en train de faire ?

Elle esquissa un sourire restreint par les bandages et les médicaments.

– Je parle sans bégayer. Le Dr Nesson est fier de moi.

– Il y a de quoi.

– J'essaie de le convaincre de me laisser sortir. Il a dit demain, peut-être, ou après-demain.

– Ce serait fantastique.

La chambre était sinistre, avec une vue sur l'autoroute, le stade d'Anaheim et une salle de cinéma multiplex. Mais Isabella y serait plus tranquille. Les infirmières l'installèrent confortablement, prirent sa température, rebranchèrent les appareils, lui donnèrent un menu pour choisir son dîner et disparurent.

– Isabella, je suis si heureux de te voir !

– Je suis heureuse que tu sois là. Tu as passé une bonne nuit ?

– Instructive.

Elle me scruta de sous son turban de gaze, évaluant, sans nul doute, l'effet de son cadeau offert par l'intermédiaire d'Amber.

– J'espère qu'elle était instructive dans un sens positif, mon amour.

– Les seules nuits positives sont celles que je passe avec toi.

– Quelle chance j'ai !

– Non, c'est moi.

– Tu as l'air fatigué. Ici, on ne parle plus que de l'Œil de minuit. Les infirmières font des heures supplémentaires parce qu'elles ont peur de rentrer chez elles.

– Ils vont bientôt le coincer. L'enquête avance. Tout le comté est passé au crible.

Je lui racontai brièvement les événements des deux derniers jours, mais après avoir censuré tout ce qui était susceptible de la déprimer ou de l'effrayer, il ne restait plus grand-chose à dire. J'évitai toute allusion à Grace, à Martin et à Wald et lui décrivis plutôt la battue organisée autour du suspect et notre projet de le placer dos au mur avec mon article. J'eus d'ailleurs l'occasion de relire ce dernier dans l'édition du soir du *Journal* pendant que les infirmières aidaient Izzy à faire sa toilette. Il était accompagné d'un portrait de Ing sans barbe réalisé par un ordinateur.

Je sentis bientôt la concentration d'Izzy faiblir et la fatigue se dessiner autour de ses yeux.

Elle m'adressa un sourire rêveur, ferma les yeux.

– L'heure de la sieste, murmura-t-elle.

En reposant sa main sur sa poitrine, j'aperçus l'ecchymose laissée par l'aiguille de la perfusion, la bande de sparadrap qui la tenait en place, la petite boucle de tube transparent qui se gorgerait de sang si la valve se bloquait. La fine pointe d'acier disparaissant sous la chair me parut comme une insulte, un viol.

Quelques minutes plus tard, elle ronflait doucement.

Je fermai les yeux et sentis mon cœur battre. « Reste, pensai-je. Reste, Isabella. » Je me levai, fermai la porte de sa chambre et me couchai à ses côtés. Elle ne bougea pas. Je plaçai ma tête contre la sienne, le nez dans la gaze stérile, pris sa main en veillant à ne pas déranger les tubes et les seringues. Je m'endormis.

Plus tard, depuis la cabine du hall de l'hôpital, j'appelai d'abord Wald, qui me répéta que Parish serait chez Amber peu après 23 heures. Je téléphonai ensuite à Amber, qui me confirma d'une voix rageuse qu'elle ne manquerait pour rien au monde le rendez-vous du soir. Enfin, je joignis Parish, pour la deuxième fois depuis la réunion houleuse du matin.

– Tu avais raison, annonça-t-il, il travaillait bien à l'agence centrale des télécommunications sous le nom de Stuart Bland. M. Bland n'est pas réapparu à son poste après la pause-déjeuner. Le salaud a dû nous voir. Et je te jure sur la tombe de ma mère que Wald m'avait dit qu'il avait déjà interrogé les gens des agences.

– Je te crois. Maintenant, c'est à ton tour de me croire.

– Je ne croirai que la vérité, Monroe. Tu n'as qu'à me convaincre.

– C'est précisément ce que je compte faire.

Je raccrochai puis pris la route de la mission de San Juan Capistrano, où Isabella et moi nous étions mariés quelques années plus tôt. J'aspirais à retrouver le vieux mur d'adobe, le pouvoir mystérieux des crucifix et des cierges, le parfum suranné des miracles. J'avais grand besoin de me ressourcer avec des souvenirs heureux.

Mais la mission était fermée pour travaux. Je me tins devant la porte, lus le panneau puis m'assis à l'ombre d'un poivrier. De l'autre côté du mur me parvenait le vacarme des ouvriers qui aurait pu être celui des missionnaires d'antan bâtissant leur église, si l'on oubliait le son strident de la scie électrique. Je tentai d'imaginer ce qui allait se passer dans quelques heures chez Amber, si Martin réagissait conformément à sa nature, ainsi que Wald. Je me sentais possédé par une détermination lucide et, aussi, par une certaine soif de violence.

Grace n'était pas à la maison quand je rentrai chez moi. Elle avait laissé un message disant qu'elle était partie rendre visite à un ami et qu'elle rentrerait tard. « Tu parles d'un ami ! » pensai-je en revoyant l'écran de télé dans la chambre d'Erik.

A 8 heures du soir, l'Œil de minuit appela.

– Vous avez fait une énorme bourde, annonça-t-il. Je ne suis pas William Fredrick Ing.

– Alors, où est le problème ?

– Oh, il va y avoir un gros problème, R-R-Russell.

Tant pis pour vous et pour les porcs du bureau du shérif.

Je ne répondis pas.

– Les flicaillons ont fini par me retrouver. Brillant comme idée, non, de créer mes propres lignes de téléphone ?

– En effet. Vous êtes où maintenant ?

– Tss-tss, au chômage, naturellement. Mais je ne suis pas inquiet. J'ai quelques sous de côté. Je suis prévoyant. C'était drôle, tout de même, de voir Parish et ses larbins débarquer en masse à l'heure de la pause. J'étais dehors, en train de manger mon sandwich. Peut-être qu'ils m'enverront mon dernier salaire par la poste. Vous m'avez menti, Russell, au sujet de l'intercepteur. Et moi qui avais confiance en vous.

– Ils l'ont fait dans mon dos.

– C'est Winters et Parish, n'est-ce pas ? Ah, ces hommes de loi ! C'est vous et Wald qui avez défendu l'idée plus subtile de me faire parler le plus longtemps possible.

– On parle maintenant.

– Oui, mais cette fois le temps nous est compté. Je voulais juste vous dire que, la prochaine fois que je ferai parler de moi, vous saurez que le vrai responsable de la mort de pauvres innocents, c'est vous. Me traiter d'obèse épileptique, ce n'était pas gentil. Je ne suis pas Ing. Je suis l'Œil de minuit.

Il raccrocha.

J'appelai aussitôt Carfax.

– C'est un numéro du comté de Los Angeles... annonça-t-il, une cabine de l'aéroport. Winters est déjà en route.

L'aéroport international de Los Angeles ? Etions-nous parvenus à le faire fuir ?

Avant d'aller chercher Amber, je passai dans mon bureau et ouvris le tiroir où je cachais un colt 45, mon arme préférée. Il avait disparu.

Après un mouvement de surprise, je compris pourquoi et souris en moi-même.

A sa place, je pris le Smith & Wesson, un 9,06 mm avec un canon de dix centimètres de long, que je fixai sous mon aisselle dans un holster. Il était lourd, volumineux et visible, mais tant pis. Je glissai également un clip de chargement rapide dans la poche de ma veste, avec la cassette vidéo subtilisée chez Erik. Ainsi paré d'une arme et d'un fragment de vérité, j'allumai les lumières du porche, verrouillai la porte derrière moi et grimpai dans ma voiture.

A 21 heures, je passai prendre Amber dans un quatre étoiles de Laguna. Elle portait une robe blanche, avec une large ceinture et des chaussures rouges. On aurait dit l'agneau du sacrifice. Dans le hall de l'hôtel, elle s'accrocha à mon bras et nous traversâmes le sol de marbre comme deux amants allant dîner en ville. Tous les regards étaient braqués sur nous, ou plutôt, sur Amber. Même dans des circonstances aussi difficiles, elle conservait sa prestance, fruit de nombreuses années de labeur sous les projecteurs.

– Tu as bonne mine ce soir, me contentai-je de dire.

– Et toi, tu as l'air d'un écrivain au bout du rouleau qui cache un revolver sous sa veste.

– Certaines choses ne changent jamais.

– Je suis morte de peur, Russ.

– Il y a de quoi.

– Je suis furieuse contre Erik.

– Essaie de le cacher encore un peu. Tu auras tout loisir de le lui dire plus tard.

A 21 h 30, nous entrions chez Amber, après avoir garé la voiture loin de la villa.

Wald arriva comme prévu à 22 heures pile. Il portait pour l'occasion un costume large en lin crème, idéal pour dissimuler sous sa veste mon colt 45 qui, si je ne me trompais pas, avait été subtilisé par Grace plus tôt dans la journée. Il me serra la main et embrassa Amber sur les deux joues.

– Je pète le feu, annonça-t-il, je suis chargé à bloc par l'adrénaline de la justice. J'adore ce genre d'exercice, hors des salles de conférences et sur le terrain.

– Tu es sûr qu'il va marcher ? demanda Amber, toujours aussi efficace quand il s'agissait de jouer un rôle.

– Presque sûr.

– Et s'il ne vient pas ?

– Alors, ma toute belle Amber Mae, on essaiera autre chose.

Il lui adressa un sourire radieux. Ses yeux brillaient de la même lueur de complicité et de désir que j'avais détectée plus tôt quand il regardait ma fille. Il les avait possédées toutes les deux ! J'avais du mal à réprimer mon envie de lui écraser le visage.

– On devrait s'installer dans la chambre, proposai-je calmement. C'est là que Martin s'attend à te trouver.

– A mon avis, il va débarquer vers minuit, dit Erik. A une heure où elle devrait dormir, comme Alice. Ça lui facilitera les choses.

– Erik, dis-je en souriant, ta perspicacité m'étonnera toujours.

Nous montâmes au premier et nous installâmes confortablement dans la chambre d'Amber. Je réglai le variateur du plafonnier au minimum. Amber se coucha sur son lit avec un livre. Erik monopolisa le divan près de la fenêtre et je dus me contenter d'une chaise confortable dans l'autre coin de la pièce. Je pris soin de montrer que j'évaluais soigneusement mon emplacement par rapport au miroir de la penderie, pour m'assurer que Martin ne pourrait me voir depuis le seuil de la chambre.

Erik hocha la tête d'un air approbateur.

– Eh bien, soupira-t-il. Il nous reste au moins une heure à attendre. On pourrait parler de nos sentiments, partager nos expériences personnelles, exprimer nos conflits internes ?

Amber ne répondit rien.

– Si on commençait par toi, Erik ? Tu pourrais nous raconter, par exemple, ce que tu faisais dans la chambre d'Amber la nuit des 3 et 4 juillet.

Il émit un petit ricanement, mais son regard allait et venait entre Amber et moi avec une lueur d'angoisse.

– Eh bien, je me préparais à me déshabiller et à me faire une petite branlette, comme mon copain Marty. Oui, c'est ça. A rêver d'Amber en m'astiquant le manche.

Je ris doucement.

– Et à quel moment exactement tu as perdu une vis de tes lunettes ? Celle de la branche de gauche. Avant ou après la branlette ? A mon avis, ce devait être après.

– Je ne te suis pas, Russ.

– Lorsque tu es revenu le lendemain soir pour faire le ménage, une vis de la monture de tes lunettes est tombée. Tu ne t'en es aperçu que ce matin, quand tu as voulu les mettre. Je l'ai trouvée ici, dans le tapis, le 4 juillet. Je suis retourné chez toi cet après-midi après la réunion. Et devine quoi ? La vis colle parfaitement.

Erik esquissa un sourire gêné.

– Il y a beaucoup de vis qui collent dans beaucoup d'endroits, Russ. Tu aurais peut-être dû essayer avec une paire de lunettes appartenant à Martin.

– Martin a une vision parfaite. Et tu ne portes tes lunettes que quand tu es seul, ou que tu crois que personne ne te voit. C'était le cas le 4 juillet, quand tu repeignais les murs pour cacher les écritures à la bombe que tu avais tracées vingt-quatre heures plus tôt.

– J'ai comme l'impression que vous êtes en train de faire une méchante plaisanterie au Pr Wald.

– Je n'ai plus le cœur à plaisanter depuis deux ans, Erik.

– Alors sois un chic type et dis-moi ce que signifie ce cirque.

Je sortis la cassette vidéo de ma poche et la lui montrai. Wald blêmit. Je sortis également mon Smith & Wesson et le pointai droit sur son cœur.

Amber écarquilla les yeux.

Wald lui lança un regard. L'espace d'un instant, son corps sembla se rétracter, prêt à bondir. Puis il se cala au fond du divan et croisa les jambes. Il parvint à sourire.

– Qu'est-ce que tu attends pour tirer, Russ ?

– Pas encore. Tu vas rester bien sage pendant qu'Amber passe derrière toi et sort le revolver de son étui sous ta veste. Si tu fais un geste, je t'explose le cœur. Je parie même que l'arme qu'elle va trouver n'est autre que mon colt 45. Si on vérifiait ?

Son visage, à demi dans la pénombre, était livide. Une fine couche de transpiration lui donnait un aspect lustré, irréel. Malgré son attitude détendue, je le sentais prêt à réagir en un éclair.

Amber s'approcha derrière lui.

– Ecarte les bras, ordonnai-je.

Il s'exécuta.

La main d'Amber glissa sous le revers de la veste de lin et réapparut en tenant du bout des doigts la forme brillante de mon automatique en acier. Erik ne broncha pas. Amber retourna vers le lit, laissa tomber le revolver sur la couverture, puis se tourna vers moi.

– Si on regardait l'introduction de ce passionnant documentaire sur les ours polaires ? proposai-je.

– Avec plaisir, dit Erik.

– Espèce de salaud, siffla soudain Amber. Si j'étais Russ, je t'abattrais sur-le-champ. Tu ne vaux même pas la prison.

– Je n'irai pas en prison, tu peux en être sûre.

– Non, Erik n'est pas du genre à moisir derrière les barreaux, intervins-je. Raconte-nous donc comment Grace et toi aviez projeté de tuer Amber et vous êtes retrouvés avec le cadavre d'Alice à sa place. Comment vous avez planqué son corps dans mon congélateur et manipulé Parish. Comment tu as commencé à t'envoyer Grace quand elle n'était encore qu'une enfant et comment tu l'as terrorisée en la convainquant que sa mère la faisait torturer. Quand tu nous auras gentiment expliqué tout ça, chacun partira de son côté. Tu seras de retour chez toi à temps pour regarder toutes les vidéos que tu veux. Tu vois, Wald, tu avais raison sur un point : je ne suis pas disposé à livrer ma fille à la police juste pour le plaisir de te faire arrêter.

Wald sembla se détendre légèrement.

– Bon sang ! s'exclama-t-il, et moi qui croyais que

tu cherchais la vérité, à savoir : comment j'ai réussi à sauver le cul de ta fille des griffes de Parish. Et le tien aussi, mon petit Russ.

Je reposai la crosse de mon revolver sur le bras du fauteuil et croisai les mains sur mes genoux.

– O.K., raconte-nous ta version.

– Avec plaisir, bien que cela m'oblige à rompre la promesse que j'ai faite à Grace. Elle tient tellement à faire bonne impression sur toi, Russ. Je savais qu'elle était suffisamment terrorisée par Amber pour faire une bêtise. J'avais vu les cicatrices sur ses plantes de pieds. J'avais assisté à tout ce que sa tendre maman ici présente lui avait fait endurer. Elle est sortie de chez moi tard la nuit du 3 juillet, soûle, avec un automatique. Je l'ai suivie. Quand je suis entré ici, il y avait le cadavre d'une femme et Grace se tenait devant, vomissant toutes ses tripes. Je l'ai ramenée chez moi. C'est Parish qui a tué Alice, c'est sûr. Il a d'abord voulu faire croire que c'était l'Œil de minuit puis, s'apercevant qu'il avait buté Alice, il est revenu effacer sa mise en scène en espérant que personne ne remarquerait rien. De toute façon, dans le cas contraire, c'est à lui qu'on aurait signalé le crime.

Je souris intérieurement. Le regard haineux d'Amber était toujours aussi intense.

– C'est une histoire intéressante, dommage qu'elle ne corresponde pas à celle de Grace. Elle m'a tout raconté. Et Martin sera mis au courant incessamment.

Je savais que je prenais un gros risque en mentant. Si le lien entre eux était aussi fort que je le craignais, Wald ne démordrait pas de sa version. Sinon, il allait peut-être flancher et se contredire.

Il haussa les épaules.

– Grace est une enfant perturbée. J'ai fait de mon

mieux pour la protéger. Oui, c'est vrai, on a fait l'amour. J'avoue que je la désire comme un fou et je reconnais sans complexes que je la baisais comme une reine pendant que toi, Amber, tu jouais les princesses en essayant de me faire ramper à tes pieds. Putain, ce que c'était bon ! Je lui ai appris à combler un homme au lit et j'ai fait d'elle la femme la plus sensuelle du monde. Mais je baisse les bras. Si elle veut tout me coller sur le dos, alors, tant pis, il est temps qu'elle se cherche un bon avocat.

Il se leva, je repris mon revolver.

– Tu veux dire qu'on va se revoir devant les tribunaux, Erik ?

– C'est le dernier endroit où je compte me rendre. Tu sais bien que ça foutrait ma carrière en l'air. On ne se remet pas de ce genre de scandale, même si ça se solde par un non-lieu. Mais Parish et Haight ? C'est *ta* peau qu'ils veulent, Russ. Tu te retrouveras dans le box des accusés bien avant moi. Quand ce crétin de Parish croit tenir une piste, il est plus coriace qu'un chien enragé. C'est un imbécile, mais un imbécile déterminé. C'est toi qui es piégé, Russ, c'est *ta* tronche qui est sur la vidéo en train d'enterrer Alice Fultz dans *ton* jardin. Quand tu te seras enfin débarrassé des crocs que Martin t'aura plantés dans les couilles, tu auras oublié ce que c'était que d'en avoir.

Il sourit et se tourna vers Amber.

– Quant à toi, regarde-toi. Le plus joli con de la terre !

Amber fit un pas en avant et lui envoya une gifle retentissante.

Le coup le fit trébucher, mais n'effaça pas son sourire.

– Vous ne m'arrivez pas à la cheville. Vous ne

pouvez rien contre moi. Une pute avide de fric et un minable ex-flic qui prétend écrire. C'est un miracle que vous ayez pu pondre un être aussi beau que Grace.

– Tu ne t'en tireras pas comme ça, Erik, cracha Amber. Pour ce que tu as fait à Grace... et à Alice.

– Pauvre conne, je m'en suis déjà tiré. Mon seul regret, c'est ne pas avoir eu le plaisir d'étaler ta cervelle sur cette moquette.

Il en était là quand Martin Parish descendit calmement de l'une des deux énormes penderies qui abritaient la garde-robe considérable d'Amber. Dans une main, il tenait un magnétophone, le voyant rouge clignotant toujours. Dans l'autre, son monstrueux Magnum 44.

– Wouf, wouf, fit-il.

Wald le regarda, puis moi, puis Amber.

– On sait tous qu'un enregistrement n'est pas une preuve probante. C'est la dernière chose que je dirai avant d'avoir vu mon avocat. Ou plutôt l'avant-dernière : allez vous faire foutre, bande de minables ! J'ai déjà prouvé que je valais mieux que vous. J'épouserai ta fille pendant que tu croupiras en taule, Monroe. Tu ne peux rien contre moi, Parish, je t'écraserai comme la pâtée pour chien que tu es. Tiens-t'en à ta version contre Russell. Toi et moi on continuera à chasser les méchants ensemble.

Parish secoua la tête.

– Ben voyons, Erik, tu as toujours raison. En attendant, tends les mains que je te passe les menottes. Tu vas répondre du meurtre d'Alice Fultz et du détournement de mineure sur la personne de Grace Wilson. Tu pourras appeler ton avocat de la prison du comté.

– N'oublie pas possession d'objet volé, ajoutai-je, à

savoir mon automatique. Si tout s'était passé comme prévu, les flics auraient trouvé un meurtre-suicide dans cette chambre demain matin.

Après avoir lié les poignets de Wald derrière son dos, Parish lui décocha dans le ventre un crochet d'une telle puissance qu'on entendit l'air siffler dans sa gorge. Il chancela mais parvint à garder l'équilibre, une prouesse qu'il devait sans doute à sa pratique des arts martiaux. Parish lui en envoya un autre pendant qu'il cherchait à reprendre son souffle, et cette fois, il s'effondra comme un immeuble dynamité.

– Quel beau spectacle ! dit Amber.

Parish appela le central, ordonna aux unités stationnées un peu plus bas dans la rue de monter nous rejoindre et demanda qu'on envoie une équipe arrêter Grace Wilson qui, normalement, devait attendre sagement chez Wald le retour triomphal de son héros. Parish m'apprit aussi que l'Œil de minuit n'avait pas été appréhendé à l'aéroport de Los Angeles, malgré les efforts considérables, quoique tardifs, déployés par le bureau du shérif et la police de l'air.

Cinq minutes plus tard, quatre officiers emmenaient Erik. Amber, Martin et moi restâmes plantés dans la chambre, où toute cette folie furieuse avait commencé. J'ignore ce qui se passait dans la tête des deux autres, mais personnellement, je me sentais agrippé au flanc d'une pyramide chancelante qui avait bien failli s'effondrer et nous ensevelir tous. Elle était encore instable, car Martin et moi nous retrouvions face à face avec notre obsession commune pour cette femme, notre passé commun et la terrible vérité concernant Grace que nous commencions à peine à entrevoir. Moins important, mais tout aussi présent dans mon esprit, était le fait que Martin et moi, si subtilement montés l'un contre l'autre par

Wald, avions été si complètement convaincus de notre culpabilité respective. J'avais trahi un homme intègre qui avait été autrefois mon ami. L'expression embarrassée et perplexe de son visage semblait indiquer qu'il ressentait le même malaise.

Pour ce qui était de ma fille, je n'éprouvais que du dégoût, de la culpabilité et des remords.

Plus tard cette même nuit, allongé seul dans mon lit, épuisé mais incapable de m'endormir, je rêvai à Isabella, seule elle aussi dans son lit d'hôpital. Dans ma tête, je dressai l'inventaire de tout ce que je pouvais faire dans la maison pour préparer son retour. J'étais soulagé qu'on ait fait installer à temps l'ascenseur pour son fauteuil roulant, si bruyant et dérangeant fût-il, nous en aurions plus besoin que jamais au cours des jours qui allaient suivre. Je devais acheter des bouquets pour en mettre dans toutes les pièces et nettoyer toutes les vitres, car la lumière du soleil était pour elle une source constante d'enchantement.

Quand le téléphone retentit à 3 heures du matin, je savais déjà qui m'appelait.

– Vous avez réussi, dis-je en décrochant.

– J'ai embarqué trois minutes après notre conversation. J'étais navré de rater l'arrivée des flics, mais je suis sûr qu'ils ont trouvé un nègre à tabasser dans le coin et qu'ils n'ont pas complètement perdu la soirée.

– Où êtes-vous ?

– Tss-tss. Votre intercepteur vous le dira. Dans une contrée lointaine. J'en ai terminé avec le comté d'Orange pour le moment. Informez-en vos lecteurs. Dites-leur que je reviendrai quand je serai prêt. Ce n'était vraiment pas gentil de votre part de leur faire croire que j'étais William Ing. Et d'avoir obligé cette pauvre Mary Ing à identifier m-m-ma voix. Si seulement les gens avaient saisi le sens de ma mission, ils m'auraient soutenu.

– Vous sous-estimez l'opinion publique.

Il y eut de la friture sur la ligne et un bruit de fond évoquant une salle vaste et une activité humaine intense. Cela pouvait être un aéroport.

– Nous savons qui vous êtes, dis-je.

– Vous ne savez même pas qui j'étais. Vous êtes comme les balayeurs des rues, vous attendez que la merde tombe dans le caniveau pour la ramasser.

– Qu'est-ce que vous voulez ?

– Comment va Isabella ?

– Parish a coffré Wald et Grace pour le meurtre d'Alice Fultz.

Après une pause, l'Œil émit de nouveau son petit rire de serpent.

– Le comté d'Orange va me manquer. Dans votre article sur mes adieux, dites bien à vos amis et fidèles lecteurs que l'Œil de minuit reviendra quand on aura le plus besoin de lui. La purification n'est pas terminée.

– J'ai moi aussi un message pour vous. Il n'y aura plus d'articles. Si vous avez envie de faire la causette, appelez quelqu'un d'autre. Vous n'intéressez plus personne ici, Ing. Adieu et crevez vite.

Je raccrochai et rappelai aussitôt Carfax.

– New York City, dit-il avec une note d'agacement dans la voix. L'aéroport John F. Kennedy.

29

Deux jours plus tard, le lundi 21 juillet, je ramenai Isabella à la maison. Par un service d'hospitalisation à domicile, j'avais obtenu qu'une infirmière vienne s'installer chez nous pendant une semaine à un prix raisonnable. Elle s'appelait Dee. C'était une grande femme costaude avec un visage rond et lisse de bébé et de grosses mains à la peau douce. Il était impossible de deviner son âge et je me gardai bien de le lui demander. Ses cheveux raides couleur miel étaient noués en queue de cheval. Elle devait peser plus de quatre-vingt-dix kilos.

Isabella dormait la plupart du temps. Nos conversations étaient brèves. Le traumatisme de ce qu'elle venait de vivre resurgissait fréquemment et sans prévenir. Nous restions assis sur la terrasse et contemplions le paysage. Elle était heureuse de retrouver Notre-Dame-du-Canyon, la femme couchée avec les lumières de la ville entre les cuisses. Elle se mit même à rire quand Mort noire se percha sur le poteau téléphonique et tourna vers nous sa tête rose.

Izzy dévorait avec appétit les plats que lui préparait Dee, qui s'avéra être un vrai cordon-bleu. Elle ne se joignait jamais à nous à table. Elle prenait ses repas dans la chambre d'ami et nous laissait toute l'intimité dont nous avions besoin. Mais quand venait l'heure du bain, de la sieste ou des médicaments, elle reprenait la situation en main et me congédiait d'un sourire timide. Elle semblait totalement vouée à sa tâche. Isabella était à elle, ne serait-ce que pour une semaine, et Dee comptait fermement utiliser chaque seconde de son temps à bon escient.

Au cours de la journée qui suivit l'arrestation de Wald et de Grace, Martin Parish me tint régulièrement informé par téléphone du déroulement des interrogatoires. Après les avoir maintenus vingt-quatre heures sur le gril, chacun de leur côté, l'équipe des détectives de Martin n'avait rien obtenu d'autre que des versions légèrement plus détaillées de ce que Wald m'avait déjà raconté : il avait suivi Grace chez Amber où ils avaient tous les deux découvert le corps d'Alice. Ils clamaient leur innocence et s'indignaient de la manière dont on les traitait.

Après une journée de garde à vue, il ne restait plus que vingt-quatre heures pour arrêter des chefs d'accusation ou relâcher les deux suspects. Je restai sans voix quand Martin m'annonça que c'était ce qui risquait de se passer. Son ton était de plus en plus tendu à mesure que le temps passait et, tard dans la nuit, il doutait ouvertement que Grace et Wald finiraient par se contredire, et a fortiori par avouer. Je le suppliai pour la énième fois de me laisser parler à ma fille.

– Non, prouver qu'ils étaient sur les lieux ne suffira pas. Ils ont parfaitement rodé leur histoire, il n'y a pas encore la moindre faille. J'ai essayé de faire croire à Grace que Wald était en train de la trahir. Rien à faire. Ils avaient prévu cette éventualité. J'ai obtenu un mandat de perquisition pour tenter de découvrir l'arme, mais on sait très bien tous les deux qu'on ne la retrouvera pas. J'ai obtenu du juge qu'on nous remette les cassettes porno et des vêtements pour voir s'ils correspondent aux fibres que Chet garde au labo.

– Ces fibres pourraient tout autant provenir de nos propres vêtements, lui rappelai-je.

– Oui. Il me reste peut-être un atout dans le carton des pièces à conviction que j'avais collectées. Mais ce n'est pas très légal. Winters est... hum... légèrement irrité par certaines de mes... activités. Je te tiendrai au courant.

– Laisse-moi voir Grace.

– Pas encore. Ce ne serait pas une bonne idée.

– Elle me parlera peut-être.

– Pour la première fois de sa vie ? Vu son comportement actuel, elle te cracherait plutôt à la figure.

– Le temps presse, Martin.

Il réfléchit.

– Demain après-midi, si on n'a pas progressé d'ici là.

– Vous avez interrogé les compagnies aériennes au sujet de l'Œil de minuit ?

– Il a voyagé avec Continental Airlines sous le nom de Mike Eis. Un grand type, rasé de près, des cicatrices sur le visage. Il a payé en espèces.

– Et ?

– La piste s'arrête net à J.F.K.

Le lendemain midi, Parish n'avait toujours pas avancé d'un pouce. Le procureur général Peter Haight tentait fiévreusement d'inculper Wald pour détournement de mineure et Grace pour introduction par effraction dans une propriété privée, mais c'étaient là des accusations dérisoires comparées au sang qu'ils avaient sur les mains. Nous étions tous conscients qu'à minuit il faudrait choisir entre les relâcher ou enclencher une procédure à partir de preuves plus fines que du papier de soie. Chet Singer se démenait avec les indices braconnés par Martin.

Martin me fit entrer dans le bureau d'audition peu après 15 h 30. Grace portait toujours ses vêtements civils et n'avait pas de menottes. Parish et deux officiers attendaient dehors. Je savais qu'ils nous observaient derrière un miroir sans tain.

L'air épuisé, Grace me salua d'un léger signe de tête.

– Russell.

– Bonjour, Grace.

– Tu es venu me demander si j'avais une dernière volonté ?

– Tout ne va pas si mal.

Elle ne répondit rien. Elle resta assise, les mains sur les genoux et ses longues jambes croisées sous la table. Elle tourna la tête vers le miroir et esquissa un petit geste de salut, puis elle soupira profondément et posa les mains devant elle sur la table.

– Je suis fatiguée.

– Ils ne te ménagent pas, hein ?

Elle hocha la tête.

– C'est surtout le temps. Eux, ils se relaient pour dormir. Mais moi je dois rester là à contempler la tête bovine de mon ex-beau-père. (Elle se tourna vers le miroir.) Oh pardon, Marty ! C'est une jolie tête. J'ai toujours eu un faible pour les bovins. J'ai même des porte-serviettes en forme de vache chez moi, quelque part.

– Depuis combien de temps ça dure, toi et Wald ?

– J'avais treize ans à l'époque où il voyait maman.

C'est là que ça a commencé. Tu sais, je leur ai déjà tout raconté. Je n'étais peut-être pas une adulte consentante, mais j'étais consentante tout de même. J'étais précoce, c'est un crime ?

Elle bâilla.

– Tu le voyais pour te venger d'Amber ?

Elle acquiesça.

– Qui a eu l'idée de se débarrasser d'elle ?

– Personne, Russell. C'est ce que je me tue à répéter depuis un jour et demi.

Je soupirai à mon tour, en partie par frustration et en partie parce que je savais que je la faisais souffrir.

– Est-ce que je peux faire quelque chose pour toi ?

– Demande-leur de me laisser partir.

– Ils te soupçonnent d'avoir tué Alice, ils ne te laisseront pas tranquille tant que tu ne leur auras pas dit ce qui s'est passé.

– Dans ce cas, Russ, qu'est-ce que tu comptes faire pour moi ?

– J'y réfléchis.

– Et ?

– Je pourrais te dire le fond de ma pensée.

– Quel beau cadeau.

– Je pense que la haine que tu ressentais pour ta mère était... justifiée. Il y a eu des moments difficiles, des malentendus, de la jalousie et de la rivalité. Amber est la première à le reconnaître.

– Quelle générosité de sa part !

– Et je crois qu'Erik s'en est servi pour te manipuler. Tu sais, ce bibelot au sujet duquel Amber et toi vous chamailliez depuis si longtemps ? La police l'a retrouvé chez Erik. Ils ont aussi retrouvé les traces d'appels téléphoniques aux deux hommes qui t'ont brûlé la plante des pieds. Amber ne les a jamais engagés, c'est Erik. Pendant des années, il a alimenté tes peurs. Puis il lui a suffi de quelques mois pour semer une telle panique en toi que tu étais prête à commettre un meurtre. Il t'a utilisée.

Elle me lança un regard vide et je compris soudain toute la mesure de son désarroi et de sa lassitude.

– Je l'ai vraiment aimé.

– Je comprends. Il y a pas mal de choses chez lui qui inspirent l'amour.

– Tu n'es pas si con, après tout.

– Il ne faut pas être un génie pour comprendre qu'une femme puisse tomber amoureuse d'un type comme lui. Beau, intelligent, l'amant de maman.

– Mon Dieu, dit-elle doucement. Je l'aimais.

– Oui.

Elle respira profondément et leva ses beaux yeux vers moi. Une seule chose me retenait de la prendre dans mes bras, il fallait d'abord que j'entende la vérité de sa bouche.

– Tu sais... la première fois qu'on en a parlé... c'était une sorte de plaisanterie. Comme un fantasme de crime parfait. On s'amusait à... imaginer ce qui arriverait. Puis, quand maman a envoyé ces hommes à mes trousses pour me menacer, tout s'est mis à devenir plus plausible. Cela semblait si logique. Quand on parle sans arrêt d'un projet, qu'on en ressasse les détails, il arrive un moment où on doit le réaliser. Le... concrétiser.

Oh, combien je comprenais la logique démente de cette déclaration ! L'avais-je transmise à ma fille à travers mes gènes, cette compulsion à vouloir rendre vraies les idées les plus folles, à vouloir coûte que coûte transformer les pensées en actes ? Y avait-il en Grace, comme en moi, un défaut des facultés mentales qui séparent les pulsions de l'action ?

– Je sais ce dont tu parles. Je peux te raconter une histoire ?

– Bien sûr.

– Trois semaines environ après le diagnostic d'Izzy, je me suis soûlé et j'ai grimpé sur la colline avec mon revolver. Je ne savais pas vraiment ce que j'y faisais. Je me suis assis et j'ai contemplé la maison et les lumières de la ville. J'ai prié Dieu qu'il arrête le cauchemar, qu'il berce Isabella dans ses bras de guérisseur. Je lui ai offert mon âme en échange. Puis j'ai vidé toutes les balles du chargeur, sauf une. J'ai fait tourner le barillet et j'ai posé le canon sur ma tempe. S'il me laissait vivre, cela signifiait qu'il était de notre côté. Sinon, c'était un simple troc, ma vie contre celle d'Isabella. Complètement idiot, non ? Mais plus j'y pensais, plus ça semblait logique et plus le revolver devenait vrai. Si j'étais allé aussi loin, je ne pouvais pas m'arrêter en chemin. A la dernière seconde, j'ai baissé le revolver et appuyé sur la détente. Ma main a tremblé quand le coup est parti. J'avais ma réponse : rentre chez toi, cuve ton whisky, occupe-toi de ta femme et n'emmerde plus le Seigneur. Ma foi n'a jamais été aussi profonde.

Grace ne montra pas la moindre émotion, mais sa fatigue sembla s'accentuer encore. Puis ses lèvres esquissèrent un sourire amer.

– Je suis désolée pour tout ce qu'Isabella et toi avez subi. J'aurais vraiment aimé être utile.

– Tu le peux.

Elle attendit.

– Dis-leur ce qui s'est passé. Mets-toi dans la tête qu'Erik fera tout pour se décharger sur toi.

Elle inspira profondément.

J'imaginai la tension muette qui régnait derrière le

miroir. Grace se tourna vers lui, puis vers moi. Ses yeux brillaient.

– Il y a encore une chose que tu pourrais faire pour moi, ajoutai-je. Appelle-moi papa, p'pa ou ce que tu veux, n'importe quoi sauf Russell.

Elle sourit faiblement.

– Serre-moi contre toi, papy.

Le mardi soir, je ramassai mon courrier au passage et filai droit au centre-ville faire les courses pour le dîner. Sur le parking du supermarché, je jetai un coup d'œil aux enveloppes. Des factures, des catalogues et, à ma grande horreur, une carte postale de New York datée du 10 juillet. Sur le recto, la photo montrait le Flat Iron Building, le plus ancien des gratte-ciel new-yorkais qui abritait, entre autres, ma maison d'édition. Au verso, un message était griffonné dans une écriture à peine lisible :

Cher Russell, New York ! Quelle ville fascinante, pleine de... promesses ! N'est-ce pas là l'immeuble de votre éditeur ? J'envisage quelque opération mineure de purification, mais il faudrait une armée de croisés comme moi pour ébranler ce cloaque de l'humanité. Le comté me manque. Grosses bises, moi.

Mon cuir chevelu fourmillait sous la chaleur. Je plaçai soigneusement la carte dans la boîte à gants, conscient que l'Œil de minuit avait déjà effacé toute empreinte digitale. Mais on pouvait toujours essayer. Le service de graphologie serait ravi d'avoir quelque chose à se mettre sous la dent.

En parcourant les rayons du supermarché, une sensation de satisfaction, quoique fragile, m'envahit. Je faisais les courses en pensant à Isabella, choisissant les produits qu'elle aimait. Peu de choses peuvent autant apaiser un être perturbé que l'acte simple d'aimer un autre être. Je prenais chaque sachet, chaque conserve, chaque bouteille en pensant que c'était pour Isabella et que si je ne pouvais enrayer le mal dans sa tête je pouvais au moins réconforter son corps avec le fruit de mon labeur. Il y avait d'autres points positifs : les chèques du *Journal* commençaient à arriver ; Nell, mon agent, avait obtenu une offre modeste pour le livre sur l'Œil de minuit et je l'avais acceptée, bien que mes éditeurs et moi sachions qu'il était loin d'être terminé ; j'avais assisté à l'amorce d'une reddition chez ma fille.

Je m'arrêtai à la boutique de produits diététiques pour acheter un thé qu'Isabella appréciait particulièrement, puis je chargeai les commissions dans le coffre et marchai jusqu'à la plage pour contempler le coucher de soleil. C'était une heure étrange, la canicule de la semaine précédente commençait tout juste à faiblir. Loin au-dessus de la ligne d'horizon, un banc de nuages noirs chargés de pluie se formait. En passant derrière eux, le soleil se mit à luire. Il ressemblait à une orange enveloppée dans du papier de soie. Quelques minutes plus tard, il réapparut et effleura l'eau. Tandis qu'il sombrait, le ciel s'embrasa et ne fut bientôt plus qu'un patchwork de noir et de rouge étendu sur une mer en flammes. J'avalai une gorgée de whisky.

Je commençai à discerner avec plus de clarté les tâches qui m'attendaient. Isabella allait avoir besoin de plus en plus de soins, et il y aurait des victoires comme des défaites. J'espérais que les joies que nous partagerions mitigeraient les peines. Je priais que notre amour reste intact. Si elle devait mourir, qu'on nous laisse au moins encore un éclat de rire, un sourire, une caresse. Le désir de fuite qui m'avait animé les semaines précédentes s'était estompé. Si ma flasque continuait à me lancer des clins d'œil de temps à autre, du moins n'étaient-ce plus des appels péremptoires. Amber m'avait donné quelque chose en s'offrant à moi dans un élan désespéré et doux : elle avait brisé les limites que j'avais créées moi-même, me permettant de toucher le fond d'une obsession et de comprendre qu'une fois possédé de manière aussi complète l'objet du désir ne recèle plus cet attrait dévastateur. La désirais-je toujours ? Certes. On ne peut pas effacer les impératifs génétiques. Mais je ne croyais plus qu'elle, ou une liaison secrète avec elle, me fournirait l'antidote à la vie que j'allais devoir mener désormais. En contemplant l'eau qui s'obscurcissait, je pris conscience des changements qui avaient bouleversé notre existence depuis la maladie d'Izzy. En moins de deux ans, une vie de rêves et de projets s'était transformée en une lutte acharnée pour la survie. Et il me vint à l'esprit que l'essence d'une vie n'était pas ce que l'on perdait à jamais mais ce pour quoi on était prêt à se battre.

Mon téléphone cellulaire sonna juste au moment où je tournais sur Laguna Road.

– Salut, Russell.

Une sueur froide envahit mes mains.

– Je vous avais dit de ne plus m'appeler.

– Tss-tss, méchant garçon ! Je voulais juste vous demander un dernier petit service. Dans votre article sur mes adieux, vous voudrez bien préciser qu'à mon retour toutes les pédales et les gouines du comté devront craindre pour leur vie. Je ne tiens pas à faire de discrimination, je ne me souvenais plus si j'avais été assez clair à ce sujet.

– Vous ne pouvez pas revenir. Tout le monde connaît votre visage et votre nom. La police de New

York va bientôt frapper à votre porte, ce n'est qu'une question de temps. Ensuite, il y aura l'extradition vers la Californie, un long procès, quelques recours en appel, pas mal de temps en prison, puis la chambre à gaz. Winters m'a proposé un fauteuil au premier rang, et j'y serai.

– Tss-tss. Ce que vous êtes susceptible ! J'aimerais vous faire comprendre à quel point ce dernier article est important. Ce n'est pas parce que j'ai quitté le comté que je ne vous aime plus. Soyez le plus précis possible, n'oubliez pas. Il faut que vous vous montriez à la hauteur de votre réputation.

Là-dessus, il raccrocha. Je composai comme d'habitude le numéro du bureau du shérif et obtins Carfax.

– C'est un numéro de Brooklyn, dit-il. On a l'adresse. Il est cuit !

De retour chez moi, les bras chargés de paquets, j'ouvris tant bien que mal la porte d'entrée. Je venais juste de la claquer derrière moi d'un grand coup de pied quand je vis Dee couchée dans l'escalier, un trou au milieu du dos. Un filet de sang coulait le long des marches.

Devant moi, dans la pénombre, je perçus un mouvement. La lumière s'alluma brusquement. L'Œil de minuit n'était pas à plus de trois mètres de moi, un grand barbu, coiffé d'une perruque, enveloppé dans sa vieille couverture verte, pointant un petit automatique prolongé d'un gros silencieux directement sur les paquets entre mes bras.

– Salut, Russ.

Mon premier réflexe fut de lever les yeux vers le premier étage, au-delà du corps de Dee, là où se trouvait la chambre. Je laissai tomber les sacs sur le sol, esquissai un geste vers l'escalier puis me ravisai.

– Elle d-d-dort, dit l'Œil de minuit. J'ai veillé sur elle. Ne t'inquiète donc pas. Tss-tss. Fais un pas vers moi, lentement, en écartant les bras.

Je m'exécutai. Je jetai un autre coup d'œil vers l'escalier, dans l'espoir de percevoir le souffle de sa respiration ou d'entendre un son, même infime, indiquant qu'elle vivait. La rage qui me brûlait le ventre, la colonne vertébrale et les oreilles était insoutenable. J'avais peine à respirer.

– Voilà, c'est ça, dit-il. Assieds-toi.

Ma machine à écrire et une pile de feuilles blanches avaient été placées sur la table de la salle à manger. J'avançai vers elle, tendant toujours l'oreille vers l'étage.

– Assis !

– Je veux voir Izzy.

– Je viens de te dire qu'elle dormait. Profondément.

– Je veux m'en assurer.

– Pas question, menteur de merde ! Tu as triché. Lâche ! Assis !

Je tirai une des lourdes chaises et m'assis.

– Je suis arrivé par le vol de 7 heures ce matin.

– Comment vous êtes-vous arrangé pour appeler de Brooklyn ?

– J'ai simplement demandé un transfert d'appel sur la ligne de mon petit nid d'amour à Brooklyn. L'intercepteur indique alors que l'origine de l'appel vient de là-bas. En fait, j'ai tout simplement téléphoné de ton bureau.

– Très malin.

– Tous ces petits gadgets sont du domaine public aujourd'hui. Il faut dire merci à la guerre froide, elle nous a tant appris. La plupart des gens l'ignorent, mais la plupart des gens sont des imbéciles. Je n'ai fait qu'utiliser des rudiments d'électronique. Naturellement, deux années passées à la compagnie de téléphone m'ont un peu aidé.

De ma place, je pouvais le contempler plus calmement. Il était aussi grand que je me l'étais imaginé, un mètre quatre-vingt-dix peut-être, et légèrement enveloppé. Même de loin, sa fausse barbe rousse et sa perruque hirsute ne pouvaient tromper personne. Mais, en dehors de sa taille et de son déguisement de fortune, rien chez lui n'inspirait la terreur que suscitaient ses crimes. Il avait des yeux noirs intelligents, un regard calme et résolu. Sa peau était pâle et je remarquai ses doigts potelés avec des ongles longs, serrant la crosse du revolver. Ses jambes étaient trapues et ses pieds énormes, ce qui lui donnait une silhouette lourde. Cet effet était encore renforcé par sa posture, légèrement penchée en avant. Une lueur furieuse brilla dans ses yeux quand ils croisèrent les miens.

– On ne t'a jamais dit que c'était malpoli de fixer les gens ?

A en juger d'après les photos de famille de Mary Ing, j'avais devant moi une version caricaturale de ce à quoi William Fredrick Ing avait dû ressembler quand il était plus jeune. A quoi ressemblait-il à présent, sous cette fausse barbe et cette perruque ? Wald et moi avions eu raison, l'Œil de minuit s'était déguisé en un « autre », jouant un rôle dans le rituel qu'il s'était inventé. Et comme nous nous en étions doutés, Ing avait pu travailler, se déplacer librement et poursuivre ses activités macabres la nuit en toute impunité parce que, en temps normal, il n'avait pas du tout l'air de la bête qu'il pouvait devenir. Voilà pourquoi il ne s'était pas inquiété outre mesure de la publication de sa photo dans le journal, personne ne l'aurait reconnu. Sauf, bien sûr, sa propre mère.

– Il te reste un article à écrire, dit-il. Je vais te le dicter. Mets le papier dans la machine.

Je plaçai une feuille dans le rouleau et mis le chariot en position. J'avais beau tendre l'oreille, il n'y avait pas un bruit dans la maison. Pas un froissement de draps, pas un soupir.

– Ecris : « L'Œil de minuit n'est pas William F. Ing, contrairement à ce qu'affirmaient les articles p-p-précédents. Je l'ai rencontré hier soir et il m'en a donné la p-p-preuve. »

Je tapai la phrase.

– Tu aimes mon intro ? demanda-t-il.

– C'est un peu plat.

– Qu'est-ce que tu mettrais ?

– Je mettrais : « William Fredrick Ing, le tristement célèbre Œil de minuit, m'a rendu visite hier soir. D'abord, il a tué l'infirmière de mon épouse, puis mon épouse et, quand vous lirez ces lignes, il m'aura tué aussi. »

– Non, non, tu vas trop vite. Tu as partiellement raison, et partiellement tort. Cesse de t'inquiéter pour Isabella. Tss-tss... Et je n'ai qu'un seul nom : l'Œil de minuit. Ing n'existe plus depuis longtemps. Ton devoir de journaliste est d'être le plus exact possible, non ?

– En effet.

– Phrase suivante : « C'est un homme grand et puissant, dont le regard sombre inspire le respect. »

J'écrivis.

– « C'est un homme grand et puissant, dis-je, ... qui, petit, se faisait chahuter par ses camarades et n'avait pas d'amis. Sa vie de famille n'était guère plus palpitante. Très jeune, il s'est inventé un monde imaginaire. »

– Non ! Si tu écris un seul mot de ce genre, je te tue et je finis l'article moi-même. Je sais aussi taper à la machine !

Il braqua son arme sur moi, son canon offrant une version condensée du trou noir où il comptait sans doute m'envoyer.

– Je ne faisais que proposer, je ne l'ai pas écrit, rectifiai-je. Je disais juste que vous étiez un enfant qui s'est fait bouffer par ses propres chiens un 4 juillet... qui a surpris ses parents faisant l'amour et a reçu une claque pour s'être inquiété à tort. Vous n'avez pas eu beaucoup de chance par le passé. Vous n'avez pas toujours été l'Œil de minuit. Pourquoi ne pas le dire ?

– Parce que ça n'a rien à voir.

– Expliquez-moi.

– L'Œil de minuit vient de nulle part, il est apparu. Il n'a pas grandi, il a été choisi. C'est dans le paragraphe suivant : « Selon l'Œil lui-même, très jeune il a ressenti des pulsions meurtrières. Il a commencé par tuer des animaux. Jeune homme, il a assisté au viol de son pays par des étrangers, des pillards qui ne venaient dans le comté d'Orange que pour s'en mettre plein les poches. C'est alors qu'il a découvert sa véritable vocation. »

Je tapai le paragraphe et attendis.

Il enchaîna :

– « Et à mesure que son corps se développait et se musclait, ses pulsions se fondirent en une mission plus grande encore. »

– Celle de tuer tous ceux qui ne lui ressemblaient pas ?

– « Celle de tuer les parasites et les sangsues. La

mission de redonner au sable et aux cieux leur pureté. Restaurer l'équilibre, remettre chacun à sa juste place. »

– Je changerais ça, à votre place.

– Comment ?

– Je dirais : « Il a cherché Dieu et, ne le trouvant pas, il s'est pris pour Dieu en personne. »

– Faux. Je ne suis que son serviteur. Ecris ça ! « L'Œil de minuit affirme qu'il n'est qu'un serviteur. »

– Serviteur de quoi ?

– « De l'histoire. Du chemin vers l'avenir. Au service du rêve... effacer ce qui a mal tourné ici-bas. »

J'écrivis.

– Je peux voir votre visage ? demandai-je.

– Regarde donc.

– Non, l'autre, celui qui est sous le déguisement.

– Tu vois ce qui doit être vu.

– Vous allez me tuer, n'est-ce pas ?

– Naturellement.

– Alors, laissez-moi voir votre visage. Je veux voir l'Œil de minuit tel que personne d'autre ne le verra. Donnez-moi cette... exclusivité.

Ing sembla réfléchir. Il me regarda, baissa les yeux vers son revolver, puis leva de nouveau la tête vers moi.

– Quand j'ai vu ta femme là-haut, j'ai compris qu'elle souffrirait encore plus si je la laissais en vie. Comment as-tu pu épouser une merde de Mexicaine ?

– Je l'aimais et je l'aime encore.

– Tu irais jusqu'à gaspiller ton sperme dans un de ses œufs ?

– En ce qui nous concerne, ça ne risque pas d'arriver.

– Tant mieux... tant mieux pour l'humanité. Et maintenant, écris : « L'Œil de minuit m'a annoncé que le pays devait être purifié de fond en comble. Après de brèves vacances sur la côte Est, il est revenu hier pour poursuivre sa mission. La personnalité de l'Œil de minuit est, si possible, aussi remarquable que ses actes généreux d'abnégation. »

« Générosité, abnégation... pensai-je, comme le couple Fernandez. Comme les Ellison, les Wynn et les Stein. Comme tous les animaux. Comme Dee et sans doute Izzy et, bientôt, moi. »

Il me vint soudain une idée.

– Vous détestez les couples, n'est-ce pas ? Les couples mariés.

– Je vous hais.

– Pourquoi ?

– Pour cette dépendance, cette façon pitoyable que vous avez de vous accrocher l'un à l'autre, d'être... enchaînés et de ne sortir de votre cocon que pour des raisons matérielles.

– Vous détestez nous voir heureux. C'est parce que vous n'avez jamais aimé ? Vous êtes jaloux ?

– L'homme est fait pour vivre seul. Le mariage n'est qu'une aberration nécessaire pour préserver la race. Ce n'est pas pour rien que les prêtres font vœu de chasteté.

– Vous n'avez jamais fait l'amour avec une femme ?

Son regard se durcit et je vis sa main se crisper sur la crosse du revolver.

– Ensuite, reprit-il : « L'Œil de minuit invite toutes les minorités à quitter le pays au plus tôt. Il sera permis à ceux qui partent de vendre leurs biens. Tous ceux qui choisiront de rester devront vivre sous la menace d'une mort violente. »

Je tapai le paragraphe. Mes oreilles bourdonnaient. Mes doigts étaient raides.

Ing se tenait derrière moi. Je voyais son reflet dans la baie vitrée. Il lisait par-dessus mon épaule. En me penchant légèrement en avant, j'aperçus la batte pendant sous son épaule gauche, exactement comme Chet Singer l'avait prédit. Il ne l'avait pas nettoyée, elle était encore couverte de cheveux et de sang, une patine rougeâtre séchée et noircie par le temps. Le mélange d'odeurs entre l'Œil et sa batte soulevait le cœur.

– Ensuite, Russell : « L'Œil de minuit a déclaré qu'il devait me tuer parce que je n'avais pas été honnête envers lui. Il place l'honnêteté au-dessus de toute autre vertu. On m'a fait croire que l'Œil de minuit s'appelait William Ing, ce qui est totalement faux. Je dois à présent payer pour cette erreur et rejoindre les autres, dont l'élimination rend l'air de ce pays plus respirable chaque jour que Dieu fait. »

Je n'écrivis rien.

– Vous comptez signer ? demandai-je.

– Pas la peine, ma signature sera partout sur les murs.

Effectivement, cela n'avait pas grande importance. Mais il me fallait du temps et une idée, quelle qu'elle soit, pour l'empêcher de me tirer dans le dos.

– Une signature serait plus... dramatique.

– Avec ton sang ?

– Excellente idée ! Et je crois que vous devriez ajouter un mot sur... comment les gens peuvent échapper à la mort.

– Ils n'ont qu'à s'en aller.

– Et si vous leur donniez un délai ? Une sorte de période de grâce pendant qu'ils font les préparatifs pour partir ?

Il sembla réfléchir. Il leva le revolver pour se gratter la tempe et fit un pas en direction de ma chaise.

– Donnez-leur un mois ! proposai-je.
– Non ! C'est trop long !
– Deux semaines ?
– Ta gueule ! Laisse-moi r-r-réfléchir.

Le silence qui baignait la méditation de Ing fut soudain troublé par un crissement métallique venant de l'étage, suivi par le ronronnement d'un moteur. L'ascenseur !

Je vis Ing lever la tête, perplexe. En un éclair, je rassemblai toutes mes forces pour empoigner la lourde machine à écrire, faire volte-face et la précipiter contre sa poitrine. Puis je me jetai sur lui. Mon poing l'atteignit dans le bas-ventre et je l'entraînai dans mon élan jusque dans la cuisine, le plaquant contre le réfrigérateur. J'entendis le bruit de son revolver claquant sur le sol. Je tentai de le saisir à la gorge des deux mains, mais comme mon expérience de flic me l'avait appris, la force des déments peut être prodigieuse. Ses mains se refermèrent sur les miennes et les écartèrent avec un grognement, me laissant les bras en croix, le regard plongé dans ses yeux noirs grands ouverts. Seule la chance me permit de réagir le premier. Je lui envoyai le genou dans l'entrejambe et le sentis s'enfoncer dans la chair molle. Il hurla et s'affaissa momentanément, libérant une de mes mains qui atterrit aussitôt sur sa tempe. Il tressaillit et son corps se relâcha. Rassemblant toutes mes forces, je m'apprêtai à lui envoyer un crochet du gauche, visant sa mâchoire. Mais en une fraction de seconde, sa main droite fendit l'air et intercepta mon poignet en plein vol. Son corps se raidit avec une fureur accrue et son bras gauche m'encercla le cou et m'attira, comme une moissonneuse-batteuse cueillant une gerbe de blé, contre sa masse puante. Je me débattis dans un gémissement étranglé et nous roulâmes contre la table, la renversant, puis sur le tapis, les deux bras de Ing noués à présent sur ma gorge, m'étouffant. Je sentis ses cheveux au bout de mes doigts et tirai, n'emportant que sa perruque. Je trouvai alors ses yeux et y enfonçai mes pouces avec le peu de forces qui me restaient. J'entendis ses halètements de porc juste au-dessus de ma tête ainsi que le grincement de l'ascenseur qui touchait la plate-forme du rez-de-chaussée. Mes pouces pénétrèrent dans ses orbites. Ing hurla de douleur et à l'instant où, par réflexe, il portait les mains à son visage, je me libérai de son étreinte, glissai mes doigts de ses yeux à sa gorge et m'y agrippai comme s'il s'agissait de la dernière branche qui me retenait au-dessus d'un précipice.

Je le retournai sur le ventre et serrai de toutes mes forces, essayant de le maintenir au sol sous mon poids. Mais, au moment où je reprenais mon souffle, j'aperçus sa main se tendre et se refermer sur le revolver. Je criai et rassemblai mes dernières forces pour extirper la vie de ce corps avant que l'arme ne se tourne contre moi. Ce ne fut pas suffisant. Sa main serra la crosse et son doigt se glissa sur la détente. Au même instant, alors que j'allais devoir lâcher prise pour me protéger, une silhouette se dressa à l'extrême droite de mon champ de vision. La canne d'Isabella cingla l'air et s'abattit avec fracas sur le revolver, écrasant l'arme et la main contre le tapis. Je ne levai les yeux qu'une fraction de seconde mais je n'oublierai jamais cette vision : Isabella, dans son pyjama bleu, la tête enturbannée et le visage bouffi, ses maigres jambes chancelant tandis qu'elle s'efforçait de maintenir son équilibre sur la poignée de sa mince canne, usant de toute sa concentration pour se tenir debout. Elle oscillait comme un plant de coton agité par le vent. Son courage m'insuffla une énergie nouvelle et je m'acharnai à faire expirer son dernier souffle au monstre que je chevauchais. Je poussai un cri qui résonna dans toute la pièce. Les yeux protubérants de William Fredrick Ing se fixèrent sur les miens avec une haine féroce qui se figea tandis que je rugissais de plus belle. Je sentis enfin les os de son cou craquer sous mes doigts et me mis à taper sa tête inerte contre le sol, encore, encore et encore. Quand, à bout de souffle et sans force, je me redressai sur les genoux et lâchai sa gorge, je levai les yeux vers Izzy qui s'efforçait de rester debout. Ses paupières étaient fermées et sa tête coiffée de gaze pointait vers le ciel. Elle oscillait. Puis elle s'écroula. Je la rattrapai, toujours à genoux, et parvins à retenir sa tête dans le creux de mon bras et à guider lentement son corps vers le sol. De mon autre main, je pris le revolver de Ing et introduisis le canon dans sa bouche, au cas où une étincelle de vie subsisterait en lui. Nous restâmes ainsi, Isabella et moi, crucifiés sur le tapis berbère et incapables de faire autre chose que d'écouter notre souffle pantelant.

Lentement, notre respiration reprit un rythme normal. La sueur me brûlait les yeux. Je regardai ma femme. Le fauteuil roulant se tenait derrière elle. Elle ouvrit un œil puis cligna des paupières. Je voyais son pouls battre sous sa chemise en coton. Ses jambes tremblaient.

– C'est fini ? chuchota-t-elle.

– C'est fini. C'est fini.

Martin Parish arriva le premier sur les lieux. Je l'accueillis sans un mot, montrai du doigt le corps de Dee dans l'escalier, puis le conduisis dans le salon, où Isabella était assise dans son fauteuil. L'Œil de minuit était étalé entre la cuisine et la salle à manger.

– Bonsoir, Isabella, dit-il doucement.

– Salut, Marty.

– Ça va aller ?

– Je crois.

Il se tint un long moment devant le corps. Il enleva la fausse barbe et la posa par terre. Le vrai visage de l'Œil de minuit apparut : il était assez beau, avec des traits réguliers, marqué par de vieilles cicatrices, un nez droit, intelligent, un grand front rendu encore plus large par un début de calvitie, quelques mèches brunes en bataille, les yeux enfoncés, très sombres, encore ouverts. Ils ne semblaient plus exprimer qu'une immense douleur.

Martin hocha la tête et se tourna vers nous.

Je me tenais près d'Isabella, mes mains reposant sur ses épaules qui tremblaient encore, le regard plongé sur le corps sans vie gisant sur le sol de la cuisine.

Martin montra le sofa du doigt.

– Je peux ?

– Je t'en prie, répondis-je.

Il se laissa tomber.

– Onze vies humaines.

– Un vrai cancer, dit Isabella.

– On l'a guéri un peu tard.

– Mieux vaut tard que jamais.

Après un long silence, durant lequel on entendit se rapprocher le gémissement lancinant des sirènes, Martin se racla la gorge et me regarda.

– Grace a craqué environ une heure après ton départ. Elle a tout avoué. On n'est pas obligés d'en parler maintenant si tu préfères.

Isabella déglutit silencieusement.

– Lequel des deux a tué Alice ?

– C'est Wald qui tenait la batte. Ils comptaient devenir riches et se marier. Elle a caché le corps ici, selon les instructions de Wald. Ils l'avaient recouvert de sacs-poubelle pour ne pas salir la voiture. Selon Grace, ils ont balancé la batte du quai Aliso, on enverra une équipe de plongeurs à l'aube.

– C'est bien.

– Dan menace de me virer à cause de ma petite promenade avec toi dans les collines l'autre soir. Tout dépend de la plainte que tu vas ou ne vas pas déposer. Mais je veux que tu saches, Russ, que je croyais sincèrement que c'était toi. Je savais que ce n'était pas moi.

Je ne trouvai rien à dire.

– Wald m'avait fait des allusions à plusieurs reprises, poursuivit-il. Des bribes d'information sur ta situation financière, ta relation avec Amber... Je me suis cru intelligent en tirant des conclusions logiques. Si j'avais été plus malin, c'est sur lui que j'aurais eu des doutes.

– Et moi j'étais persuadé que c'était toi. On s'est tous les deux laissé manipuler comme des bleus.

Martin lança un regard vers Ing.

– Bon Dieu, vous devriez prendre quelques vacances, tous les deux. Partir d'ici. Vous nettoyer la tête.

– C'est ce qu'on va faire.

– Tu comptes aller à la chasse cet automne ?

– Donne-moi le temps d'y réfléchir, Marty.

30

A présent, l'hiver s'est installé et on peut commencer à oublier. Le vent souffle sans cesse et les pluies se font rares.

Mary Ing a identifié son fils unique. Le comté tout entier a poussé un soupir de soulagement à la nouvelle de la mort de l'Œil de minuit. Des veillées funèbres ont été organisées dans trois villes pour pleurer les victimes. La presse écrite et les journaux télévisés ont développé tous les aspects de l'affaire pendant des semaines.

Après la mort de l'Œil de minuit, le comté s'est réveillé en portant un nouveau regard sur lui-même. Les psychologues et les psychiatres qui se sont penchés sur les motifs et les causes de son comportement n'ont rien trouvé dans son passé qui justifie totalement son tempérament. On a eu droit aux sempiternelles explications de déséquilibres biochimiques, de troubles psychologiques, etc., mais le Ing qui apparaissait au fil des innombrables entretiens avec sa mère et ses proches ne semblait se différencier en rien des autres habitants du comté d'Orange. Il avait fréquenté l'école publique, reçu une instruction religieuse de base et avait fini agent des télécommunications avec une rage au ventre qu'il ne pouvait pas, ou ne voulait pas contrôler. Sa haine des minorités resta en grande partie inexpliquée, mis à part un petit incident au lycée, où le timide Billy Ing était tombé amoureux d'une jeune Mexicaine qui l'avait éconduit. Elle avait conservé ses lettres d'amour qui furent publiées dans le *Journal*. Elles étaient simples, touchantes, sincères.

En outre, le comté avait pris conscience que Billy Ing était un fils du pays au moment où la crise économique s'éternisait, faisant chuter les prix des terrains, gelant tout projet de construction, et entraînant avec elle un sentiment général que le « rêve du comté d'Orange » tournait court. Pour la première fois de ma vie, et j'ai toujours vécu ici, j'ai vu s'effriter l'optimisme facile qui régnait depuis des décennies, cédant la place au doute. Le comté était comme une femme robuste à qui l'on vient d'annoncer qu'elle a un cancer. Nous étions, au fond de nous-mêmes, atterrés. Et si nous pouvions de nouveau dormir en laissant les fenêtres ouvertes et nos armes rangées au fond des tiroirs, il y avait toujours le risque que l'Œil de minuit vienne hanter nos rêves, ou que nous donnions naissance à un nouveau monstre.

Alice Fultz a été exhumée, autopsiée et expédiée en Floride par Amber pour avoir des funérailles plus dignes auprès de sa famille.

Dans sa prison, Grace se montre timide et réservée, sauf avec Isabella et moi. Nous lui rendons visite tous les jours où Izzy en a la force, c'est-à-dire trois ou quatre fois par semaine. Elle me rappelle une créature qui vient de naître. Elle est curieuse de tout ce qui se passe à l'extérieur de la prison et ne prend rien pour acquis.

A la fin de l'automne, l'audience préliminaire a établi suffisamment de preuves contre Grace et Wald pour les accuser de meurtre. Au cours de la procédure, les événements de la nuit des 3 et 4 juillet et des jours suivants ont pu être reconstitués grâce à la déposition de Grace : la nuit du 3 juillet, elle est entrée avec Wald dans la villa d'Amber, Wald ayant garé sa voiture dans une allée transversale près de chez Amber (ce qui explique que Martin n'ait vu que Grace cette nuit-là). Il a caché la batte dans un sac de tennis qu'il portait en bandoulière. Ils ont trouvé « Amber » dormant, et Grace a attendu au rez-de-chaussée pendant que Wald tuait sa mère. Ce n'est que pendant qu'ils disposaient les éléments du décor censés lancer la police sur la piste de l'Œil de minuit que le répondeur s'est déclenché et qu'ils ont entendu Amber appelant de Santa Barbara pour annoncer qu'elle rentrerait plus tard. C'est Wald qui a eu l'idée d'effacer les traces, espérant que personne ne remarquerait le crime et qu'ils pourraient réutiliser leur plan une prochaine fois. Ensemble, ils sont revenus chez Amber le lendemain après-midi pour tout effacer. Grace était chargée de mettre le cadavre d'Alice dans mon congélateur, ce qu'elle venait de faire tard dans la nuit du 4 juillet quand je l'ai trouvée m'attendant devant chez moi.

Grace s'étant montrée coopérative, le procureur général Haight m'a annoncé qu'il entendait utiliser son témoignage pour inculper Wald de meurtre avec préméditation, et qu'il laisserait donc tomber quelques-uns des chefs d'accusation retenus contre elle. Avec un peu de chance, elle s'en sortira peut-être avec une peine de quinze ans ferme. Wald risque la chambre à gaz. Ses avocats comptent apparemment déclarer que leur client a été séduit par une fille assoiffée de vengeance contre sa mère, aveuglé par l'amour et attiré dans un traquenard dans la villa d'Amber la nuit du 4 juillet. Comme on pouvait s'y attendre, ils sont particulièrement discrets sur les détails.

Il m'a fallu près d'un mois pour trouver le courage de poser à ma fille la question qui me hantait : savait-elle que le colt 45 que Wald lui avait ordonné de voler dans mon bureau était destiné à m'abattre ? Pour la première fois depuis son arrestation, je l'ai vue s'effondrer en larmes, et ses sanglots m'ont convaincu qu'elle croyait que seule Amber serait présente le soir où le piège d'Erik s'est retourné contre lui. Je la crois, car je veux la croire.

Elle m'a dit l'autre jour qu'elle était presque prête à revoir sa mère.

Amber est venue nous voir deux fois, à notre invitation. Il va sans dire qu'à chacune de ses visites elle est entourée d'un parfum chargé de non-dits qui n'encourage ni le confort ni l'intimité entre mari et femme. Elle en est consciente et sa seconde visite était, je crois, un adieu. Elle part pour New York la semaine prochaine. La dernière fois, je l'ai raccompagnée à sa voiture. Il y avait un silence gêné entre nous.

– Reste mon ami, Russ. On ne se fait plus très jeunes, tu sais.

– Je sais. Je suis ton ami.

– Est-ce que je suis si mauvaise que ça ?

– Non. Tu t'es faite toi-même et c'est pour ça que je t'aime.

– Faite moi-même, comme un projet scientifique. Brute, pleine de promesses, et inutile.

– Tu as des circonstances atténuantes.
– Ah oui ? Lesquelles ?
– Tu étais seule.
Elle réfléchit avant d'ajouter :
– Et tu sais quoi ? J'ai toujours trouvé que c'était mieux ainsi.
– Je sais.
– Tu crois que, dans un autre lieu, à une autre époque, ça aurait pu marcher, nous deux ?
– Oui.
– C'est gentil. Merci.
– Est-ce que c'est important ?
– Si on le pense, alors c'est important. Prends bien soin de toi au Mexique, Russ.
– Merci, Amber.
– Et n'oublie pas, si tu as besoin d'argent...
– Ça ira. Je ne pensais pas à ça.
Elle a souri, rougissant légèrement. Je l'ai embrassée sur la joue puis lui ai tenu la portière tandis qu'elle grimpait dans sa voiture. C'était une Maserati rouge. Le rugissement du moteur a retenti dans notre petite allée escarpée. Je l'ai entendu vrombir sur Laguna Canyon Road. Amber Mae, seule comme d'habitude, a glissé dans son bolide le long de la courbe de Notre-Dame-du-Canyon, avant d'être engloutie par la ville.

Isabella m'a accueilli sous le porche avec un air entendu. Elle a toujours su faire la conversation sans dire un mot. Je me suis demandé si cette faculté subtile nous serait utile à l'avenir.

Elle était assise dans son fauteuil roulant, sa casquette sur la tête. Je l'ai poussée vers le banc devant la maison et me suis assis à côté d'elle. L'automne approchait. Une brise chaude montait du désert et les ombres commençaient à changer.

Nous avons contemplé le canyon, main dans la main. Elle a pressé la mienne.

– Voilà tout ce qu'on a, Russ.

– Oui.

– Ce n'est pas ce qu'on a voulu, mais c'est ce qu'on a eu.

– Ça me convient, Izzy.

– Quoi qu'il arrive, souviens-toi combien je t'ai aimé. S'il te plaît, n'oublie jamais.

Le mois prochain, Isabella et moi partons pour le Mexique. Notre destination : le hameau de Los Mochis, où vit ma belle-famille. Izzy n'a jamais vu la plupart de ses membres, mais elle a hâte de les connaître. Ils nous ont préparé une maison, propre, fraîchement repeinte et meublée. Il paraît qu'il y a une belle vue sur la petite vallée. Joe et Corrine seront là pour nous accueillir.

Certains amis pensent, sans le dire à voix haute, que nous partons au Mexique pour qu'Isabella puisse y mourir. Vu de l'extérieur, c'est compréhensible. Il y a trois jours, j'ai reçu une carte de condoléances de la part d'un ami lointain, tentant de me réconforter devant cette perte immense. J'ai d'abord pensé que ce mauvais timing allait faire rire Isabella, puis je me suis dit que peut-être pas. J'ai déchiré la carte et j'ai envoyé à l'ami en question un portrait Polaroid d'Izzy tenant un quotidien (date bien en vue !) avec un bref erratum. Isabella s'est montrée très intriguée par ma petite mise en scène, mais j'ai refusé de lui en expliquer le motif en plaisantant. Maintenant elle n'y pense plus. Nous ne sommes pas un couple qui vit dans la terreur des secrets. Le monde est suffisamment terrifiant comme ça.

Notre secret, si secret il y a, est le suivant : nous ne partons pas au Mexique pour y mourir, mais pour y vivre.

DANS LA MÊME COLLECTION

Claude Amoz
Le caveau, n° 5741/G

Laurent Botti
Pleine brume, n° 5579/L

Philippe Carrese
Graine de courge, n° 5494/G

Thomas H. Cook
Les instruments de la nuit, n° 5553/I

Nicci French
Jeux de dupes, n° 5578/L

Estelle Monbrun
Meurtre chez tante Léonie, n° 5484/H

T. Jefferson Parker
L'été de la peur, n° 3712/K

Maud Tabachnik
Un été pourri, n° 5483/H

Carlene Thompson
Tu es si jolie ce soir, n° 5552/J

Fred Vargas
Debout les morts, n° 5482/H

3712

Composition PCA – 44400 Rezé
Achevé d'imprimer en Europe (France)
par Maury-Eurolivres – 45300 Manchecourt
le 24 juillet 2000.
Dépôt légal juillet 2000. ISBN 2-290-30408-5
Éditions J'ai lu
84, rue de Grenelle, 75007 Paris
Diffusion France et étranger : Flammarion